古代广西山水散文与地域文化研究

吴建冰 著

本书为广西壮族自治区哲学社会科学规划研究课题《景观人类学视域下广西多民族山水文化整合研究》(项目编号：21BMZ003)阶段性成果。

上海大学出版社
·上海·

图书在版编目(CIP)数据

古代广西山水散文与地域文化研究 / 吴建冰著. ——上海：上海大学出版社，2022.6
ISBN 978-7-5671-4487-3

Ⅰ.①古… Ⅱ.①吴… Ⅲ.①古典散文-古典文学研究-中国②地方文化-文化史-研究-广西 Ⅳ.①I207.62②K296.7

中国版本图书馆CIP数据核字(2022)第096614号

策　划　农雪玲
责任编辑　农雪玲
封面设计　缪炎栩
技术编辑　金　鑫　钱宇坤

古代广西山水散文与地域文化研究

吴建冰　著
上海大学出版社出版发行
（上海市上大路99号　邮政编码200444）
（http://www.shupress.cn 发行热线 021-66135112）
出版人　戴骏豪

*

南京展望文化发展有限公司排版
江阴市机关印刷服务有限公司印刷　各地新华书店经销
开本 710mm×1000mm 1/16 印张 21.5 字数 268千
2022年7月第1版　2022年7月第1次印刷
ISBN 978-7-5671-4487-3/I·659 定价 50.00元

版权所有　侵权必究
如发现本书有印装质量问题请与印刷厂质量科联系
联系电话：0510-86688678

前言 FOREWORD

空间转向早已成为人文社会科学研究的新途径,文学研究的空间转向从20世纪80年代文学地理学和地域文学研究的兴起与升温可见一斑。中国文学研究长期以来形成了以文学史研究为主导的局面,但近些年,被忽视的文学空间亦渐为研究者意识到,比如将同一时期活动于不同空间的文学家和发生的文学活动予以平行关照,考察对文学史发展有意义的个体化的文学空间,比较不同文学空间品质的差异,发掘空间维度的中华文学史、空间维度与古代文学的关系等。因此,文学空间的研究是对以往文学史研究的补充,是对文学史局限的新思考,时空交错的文学研究是一种新型的文学史研究范式。

山水文学同其他文学相比是一种空间性很强的文学,也是中国文学中独特的文学样式。它的形成与中国山水文化密不可分。山水文化是以自然山水为素材创造出来的精神文化,山水文化是中国古代最独特的文化形态,中国文人用对自然山水的认识反观人类社会,推理宇宙奥秘。同时在与山水朝夕相对中,中国文人感悟山水,受到山水的启发,将人生的理想、悲喜都投注在了山水之间,或将对山水的体验用以沟通人与自然,澄怀体道。因而形成了独特的山水审美观,是"山水"构筑了中国文人的精神人格。自古以来,中国文人心中的精神家园绕不开"绿水青山",从原始崇拜的"山水有神"到孔子的"山水比德",到庄子言及的自然天地与万物之理的审美关系,再到魏晋时期山水审美自觉意识的形成,中国古代的"山水"经历了从原始的"自然"到人文的"自然"的过程。

魏晋以后出现了"山水"这一固定搭配,其含义突破了"山"和"水"的简单相加,包含了与山水相关的一切花鸟鱼虫、草木云露等自然之物以及自然环境和某种境界,几乎涵盖了与世俗社会相区别的、以山水为主体的整个自然界,因此"山水文学"并非只局限于模山范水,还包括了一切描写自然、环境和境界甚至人化自然的文学作品。山水文学有山水诗、山水文、山水词、山水散曲、山水楹联等体裁,它们是最能体现作家对某一地的情绪、情感和态度的文学样式,能看出作家受地域的影响以及与地域文化的关系。山水散文是山水文学中一种十分重要的形式。就目前学术界山水文学的研究成果看,山水诗的研究成果多于山水散文的研究成果,如对魏晋南北朝时期陶渊明、谢灵运、谢朓等人的山水诗、田园诗的研究,对唐代王维、孟浩然、李白、柳宗元的山水诗的研究,对宋代苏轼、陆游、杨万里等人山水诗的研究。山水散文的研究又更偏重于山水游记,如对郦道元、柳宗元、苏轼、袁宏道、徐霞客等人的山水游记的研究,其中以对柳宗元游记的研究最受关注。另外古代山水词、山水散曲、山水楹联也被学者注意到。本书关注的焦点是清代以前的广西山水散文,除了游记之外,描写山水、园林、花木等题材的散文作品也都在研究范围之中。

一、本书研究的意义

在中国古代,几乎所有的山水文学都可以从中找到所描写"山水"的所在地,都以某一地的自然景观为依托,因此山水文学一定是与空间和地域相关的。广西处于中国的南疆,古为百越之地,广布的岩溶地貌、独特的亚热带气候造就了秀丽的山水、奇幻的溶洞等独特的自然景观。在这片土地上繁衍生息着百越支系古西瓯、古骆越人,其后裔与历代陆续迁移而来的民族不断进行文化交流,冲突挣扎后又互相认同,形成了广西独特的多民族共处一地的局面,生长出独特的地域文化。广西的地域文化的形成是一个历史的过程,自唐代咸通三年(862)将岭南道分成了岭南西道和岭南东道,岭南西道便形成了广西行政疆域的基本轮廓,行政疆域的大致稳定,为广西地域文化的稳定和发展奠定了基础。古代的广西一直处于文化的边缘地带,在中原人眼中是瘴气袭人、夷獠错居、风俗奇特、文化未开化的蛮荒之地,唐宋时期为贬地之首选,明清以后逐渐向中原文化靠近,但依然难改在世人心中的形象。但广西犹如仙境般的奇山秀水却安抚了流寓文人的心,他们在山水中找到了慰藉,留下了不少与山水相关的散文作品。在广西地区开发较早的桂林,自唐宋便成为著名的游览胜地,闻名于世。"桂林山水甲天下"的印象也是在唐宋时期于世人心目中定型的。未踏入广西土地的文人也通过各种途径与广西山水神交,留下了山水文章。在唐宋以后渐渐接受了中原文化教育的广西本土文人也用自己的眼光看待广西山水,写下了山水散文。所以广西山水散文数量很多,这些文章中有山水赋、山川记、游记、宫室记、桥梁记、杂事记、祠庙碑文、寺观碑文、赠行序、杂事序、论、说、考、辨、题跋、铭等。

现存广西山水散文,有的存在于以游记为名的集子中,如明代董传策《奇游漫记》、徐霞客《粤西游日记》,清代的吴秋士所辑《天下名山游记》的广西卷;有的存在于笔记形式的地方文献中,如唐代莫休符《桂林风土记》,宋代范成大《桂海虞衡志》、周去非《岭外代答》、罗大经《鹤林玉露》,明代张鸣凤《桂胜》《桂故》、邝露《赤雅》,清代汪森所编《粤西文载》;有的存于广西山水间的摩崖石刻中;有的存于广西一些地方志中,如胡虔、朱依真嘉庆本《临桂县志》,黄泌光绪本《临桂县志》,谢启昆修、胡虔纂的《广西通志》，蒋若洲《兴安县志》，吴德征《阳朔县志》等；有的存于清康熙年间陈梦雷编辑的类书《古今图书集成》、光绪年间王锡祺编辑的《小方壶斋舆地丛钞》；有的散见于《全唐文》《全宋文》及各作家的文集中，如《柳河东集》《于湖居士文集》《南轩集》《随园全集》《经德堂文集》《补学轩文集》等。这些山水散文体现了中国古代文人对广西山水、风俗、人文的看法，见证了他们面对广西山水的情怀，也表现出了广西山水的人文精神，从这些山水散文中广西地域文化可窥见一斑。

古代广西山水散文属于地域文学，是与当时广西地理环境和文化空间相伴而生的山水文学。一方面古代广西山水散文的特征因地域文化而生，另一方面它又促成了广西地域文化的生成。古代广西山水散文的数量很大，却没有得到重视，缺乏全面整理和整体性研究。作为一个整体的古代广西山水散文虽然不一定在文学史上有引人注目的成就，或是有过重大的影响，但不能以其为小众而忽视其价值，对广西山水散文的研究实际上是一种文学空间研究，"其目的首先在于重新发现长期以来被忽视的文学空间，其次在于从文学空间的视境重新阐释与领悟文学的内在意义，最后则在于超越当前文学史研究的局限而重新构建一种时空并置交融的新型文学史范式"[①]。且广西文学虽然长期处于中国文学版图的边缘地带，但不可忽视其"边缘活力"，可以与精英文化的模式化形成互补[②]。当需要描绘中国山水文学全景图时，古代广西山水散文的价值就在于与地域文化交融后所产生的独特性能呈现出中国山水文学的多样性和差异性，而文学形态、风格、地域的多样性形成了文学的生态系统，多样性维护了生态系统的平衡，差异性则为文学欣赏提供了更多的选择和审美角度，激发人们的想象力。

古代广西山水散文的独特性是因广西地域文化而获得的，所以研究

[①] 梅新林.中国古代文学地理形态与演变(上册)[M].上海：复旦大学出版社，2006：2.
[②] 杨义.重绘中国文学地图的方法论文体[J].社会科学战线，2007(1)：105.

古代广西山水散文与广西地域文化的关系也十分有必要。研究广西地域文化与广西山水散文的关系，既可以在广西地域文化的背景和视野之下对广西山水散文作一次很好的整理，探讨其特点，也可以通过对山水散文的研究，从文献的角度对广西地域文化加以进一步的补充，体现出广西山水散文的价值。古代广西山水散文研究应注重时间维度和空间维度的结合，就个体的作品而言，其在山水文学中的影响有大有小，却都是中国山水文学全景中不可忽视的一部分，使中国古代山水文学呈现出个性而具有生命的趣味。

二、几个问题的界定

（一）"山水散文"范围的界定

散文作为一种文体在中国古代几乎与诗歌同步产生，但"散文"一词的使用却是比较晚的事。宋代罗大经《鹤林玉露》中说："四六特拘对耳，其立意措词，贵于浑融有味，与散文同。"①这是文献中最早出现的"散文"一词，这里的"散文"是指与骈文相对的散体文。陈柱《中国散文史》说："骈文散文两名，至清而始盛，近年尤甚。……现代所用散文之名，则大抵与韵文对立，其领域则凡有韵之诗赋词曲，与有声律之骈文，皆不得入内；与昔之谊同古文，得包辞赋颂赞之类，其广狭不侔矣。"②也有认为散文作为文体的命名是现代才确定的。有人认为以用韵之文和不用韵之文作为切割是不是散文的标准，模糊了散文的外延："韵文中除了诗歌之外，辞赋、颂赞、箴铭、碑志、哀祭五类文体中许多作品恰恰也是散文。"③在文体范畴上，本书所用散文的范畴为除却诗、词、小说、戏曲之外的文章，也包括骈文。从内容上，本书研究的山水散文，主要是指涉及了古代

---

① ［宋］罗大经撰，王瑞来点校.鹤林玉露［M］.甲编卷二，北京：中华书局，1983：27.
② 陈柱.中国散文史［M］.上海：上海书店，1984：1—3.
③ 朱世英，方道，刘国华.中国散文学通论［M］.合肥：安徽教育出版社，1995：287.

广西山川、岩洞、园林、寺观、祠庙、风物、气候、风俗、游观揽胜等的散体文章,包括了赋、山川记、游记、宫室记、桥梁记、杂事记、祠庙碑文、寺观碑文、赠行序、杂事序、论、说、考、辨、题跋、铭等文体。本书从广义上理解山水文学,既包括专写山水的散文,也包括写景散见、言及其他的散文。

(二)广西山水散文作者的确定

本书研究范围包括旅桂作者、未入桂作者和本土作者,只要是其描写广西山水风物的散文作品都纳入研究对象之中,但不包括广西人士在其他地方所作的山水散文。这一范围的确定是为了更好地结合广西地域文化来研究广西山水散文。

(三)古代广西山水散文时间的界定

本书确定的研究时间段为古代,指清代及以前。但需要指出的是,广西地区在唐以前散文较少,山水散文更少。山水文学反映的是人与自然的关系,以人对山水的审美解放为基础,有赖于人对山水审美意识的孕育。一般认为山水审美意识形成于魏晋时期。但此时广西本土人士并没有进入精英文化的系统,山水是他们的家园和生存环境或是信仰对象,他们并不把山水作为审美对象,也不可能用文字记录山水之美。而中原入桂的文人以审美心态对待广西山水的也不多,被称为广西最早的山水诗出自刘宋颜延之的"未若独秀者,峨峨郛邑间",但仅存两句,并不完整。北魏时期并未到过广西的郦道元《水经注》中有对广西一些山水的描绘。唐以后,随着贬谪和宦游的中原官员增多,将愁心寄托于广西秀美山水和真正欣赏广西山水之美的人士才逐渐增多。清代汪森所编《粤西文载》中的《山川记》所列作家作品也是从唐开始的。

本书主要从文学角度和文化角度来对古代广西山水散文进行整体研究,形成纵横交错的研究模式,期望能为古代广西山水文学的研究贡献微薄之力。笔者已出版《古代广西山水散文发展简史》(上海大学出版社2020年版),因此本书略去前书中已有的时间维度文学史部分的研究,共分为7章:第一章为古代广西山水散文与地域文化概述;第二章为古代广西山水散文的题材;第三章为古代广西山水散文的表现手法与文体类型;第四章为古代广西山水散文与山水文化;第五章为古代广西山水散文与流寓文化、边境文化;第六章为古代广西山水散文与多民族民俗文化;第七章为古代广西山水散文作家的心态与地域文化。

目录

第一章 古代广西山水散文与地域文化概述 ... 1
- 第一节 古代广西山水散文概述 ... 1
- 第二节 广西地域文化概述 ... 4

第二章 古代广西山水散文的题材 ... 14
- 第一节 古代广西山水散文的题材分类 ... 14
- 第二节 古代广西山水散文题材变化的影响因素 ... 63

第三章 古代广西山水散文的表现手法与文体类型 ... 74
- 第一节 古代广西山水散文景物描写手法 ... 74
- 第二节 古代广西山水散文的抒情与议论 ... 87
- 第三节 古代广西山水散文的文体类型 ... 98

第四章 古代广西山水散文与山水文化 ... 114
- 第一节 山水文化的内涵 ... 114
- 第二节 古代广西山水散文与山水城市、山水园林 ... 121
- 第三节 古代广西山水散文与山水艺术 ... 134

第五章　古代广西山水散文与流寓文化、边境文化 ·········· 158
第一节　古代广西流寓文化 ·········· 158
第二节　古代广西山水散文与流寓文化 ·········· 165
第三节　古代广西山水散文与边境文化 ·········· 184

第六章　古代广西山水散文与多民族民俗文化 ·········· 203
第一节　广西多民族民俗文化概述 ·········· 203
第二节　古代广西山水散文与物质民俗文化 ·········· 213
第三节　古代广西山水散文与社会民俗文化 ·········· 236
第四节　古代广西山水散文与民间信仰 ·········· 249
第五节　古代广西山水散文与民间艺术 ·········· 276

第七章　古代广西山水散文作家的心态与地域文化 ·········· 287
第一节　本土作家的心态与广西地域文化 ·········· 287
第二节　流寓作家的心态与广西地域文化 ·········· 302

结语 ·········· 316

参考文献 ·········· 319

后记 ·········· 327

第一章　古代广西山水散文与地域文化概述

第一节　古代广西山水散文概述

古代广西山水散文描写广西的山水景观、人文景观、山水民俗,其发展基本是伴随着中原统治者开发岭南的步伐行进的。先秦广西有西瓯、骆越两大古老的土著居民,根据历史资料及考古发现,先秦时期广西和中原王朝已有政治、经济、文化的联系,但未正式归入中原王朝的版图,至秦始皇统一岭南后,设南海、桂林、象郡,开始对广西的统治,但统治政策并未真正实施。西汉汉武帝平定南越国,加强了对广西的统治。[1] 至三国两晋南北朝时期政治动荡,频繁更替的政权对广西的管理比较松散。隋朝统一岭南后,加强了对广西的统治。在此背景之下,广西此期的文学创作主要是原住民的民间文学,如民歌。以汉文记载的文学作品是比较少的,散文的创作多为应用性的文章,数量和文学成就落后于中

---

[1] 钟文典.广西通史(第一卷)[M].南宁:广西人民出版社,1999:23、37、60.

原地区,关注广西山水的散文仅可见北魏郦道元《水经注》,其中有描绘广西河流的部分。

至唐代中原王朝对岭南地区的统治进一步加强,越来越多的中原文人或任官、或贬谪、或游历来到了广西,山水最先进入他们的视线。如初唐时期的宋之问,中唐时期的元结、任华、郑叔齐、于邵、柳宗元、李渤、李涉、吴武陵、韦宗卿,晚唐时期的元晦、鱼孟威、莫休符等,他们用创作山水散文的方式认识和仔细观察广西山水,在他们的山水散文中,对广西山水景物的描摹从印象到泛化,从泛化到具体,从具体到细致,让世人更深入地了解了广西山水,为广西山水注入了人文因素和文化内涵。唐代广西山水景观描写对象所处的地域主要集中在桂州(今桂林)、邕州(今南宁)、柳州(今柳州)、梧州(今梧州)这些受中原文化影响较多的地区,其中大部分描写的是桂州山水。另外受中原文化影响,唐代广西籍的作家也开始出现,并有了本土的少数民族贵族文人的山水散文作品,如韦敬办《大宅颂》和韦敬一《智城洞碑》。特别是《智城洞碑》可看作是最早描写广西山水的散文片段,写景状物生动细腻、情感表达自然流露,文章体现了唐代广西本土作家对汉文化的认同及对家乡的热爱之情。唐代广西山水散文虽然作品不多,但影响深远,不仅奠定了一批广西山水名胜的地位,还为后世作家提供了借鉴。

宋灭南汉统一岭南,设广南西路,治所在桂州,"广西"作为广南西路的简称出现,广西的经济文化得到进一步发展。此时尚游的风气、北人的南迁、广西的风俗渐化、广西可进入性的增强,以及以桂州为代表的山水景观园林大范围营建、官员贬谪、名家入桂、笔记风物志和日记体的流行,都为宋代广西的游览活动和山水散文的繁荣提供了基础。山水散文的创作数量较前代大大增加,主题与情感抒发在继承了唐代开发景观、为新建和重修景观建筑作记、赞美山水等传统的基础上,从纯粹的记游、写景、山水景观开发重建拓展到山水辨说、山水政论、山水传说、行旅日记、山水笔记。两宋时期广西山水散文的作家群体主要是寓桂的地方官员和贬谪官员,本土文人较少,寓桂地方官员如北宋时期柳开、梅挚、李师中、刘谊、黄邦彦、周刊、李彦弼等,南宋吴元美、张孝祥、张维、鲍同、范成大、张栻、周去非、梁安世、方信孺、李曾伯等;贬谪官员主要有邹浩、黄庭坚、李邦彦等;除此之外还有游历广西的文人如尹穑、杨万里、罗大经等。这些文人在广西留下了大量的山水散文,其模山范水在继承唐代的基础上有了新的角度,对山水的描摹更为细致,对岩洞的描绘极尽形容之词,从写山为主到山水皆写,并意识到了桂林"山有余而水不足"的劣势,开始营建水体景观。宋代还留下了广西山水散文中较为特殊的一种文体——石刻题记,宋代石刻题记作品为广西历代石刻题记作品之首,从中可见宋人游览广西山水的方式、游览体验。

明王朝设广西承宣布政使司,加强了对广西的统治。明代广西的水陆交通四通八达,广西的可进入性进一步增强,明代广西的城市建设得到进一步发展,桂林、柳州、南宁、梧州日益繁荣,引来大批游人,明代著名的旅行家田汝成、谢肇淛、曹学佺、王士性、徐霞客在广西留下了游览的足迹,写下了山水文章,如田汝成《炎徼纪闻》《桂林行》《觐贺行》、谢肇淛《粤西风土记》、曹学佺《广西名胜志》,还出现了大旅行家的游记作品,如王士性《五岳游草》《广游志》《广志绎》和徐霞客《粤西游日记》,从地理学的角度考察了广西山水。明代董传策被贬南宁,著《奇游漫记》记广西山水之游,吴时来被贬横州,著诗文集《横槎集》,描写横州山水之美。其他流寓文人的作品有魏濬《西事珥》《峤南琐记》、邝露《赤雅》。明代广西地区教育进一步发展,广西本土文人开始崛起,广西山水散文的本土作家如全州的蒋冕在文学上开一代先风,桂林的张鸣凤才华横溢、博雅能文,所著《桂胜》《桂故》堪称经典之作,拉开了广西本土文人文学崛起的序幕。

清代广西山水散文进一步发展,出现了新的特征,表现在山水散文作家的变化上。由于清代广西文化教育的兴盛,本土散文名家辈出,他们代表了此期广西山水散文的主要成就。代表作家有清初"粤西三大家"的谢良琦、谢济世和陈宏谋,开广西古文之风气;"岭西五大家"的朱琦、彭昱尧、龙启瑞、王拯;不宗一派的壮族文人郑献甫;全州蒋氏家族中的蒋励常、蒋启敦、蒋琦龄。此期创作了广西山水散文的流寓作家主要有乔莱、袁枚、查礼、阮元等。清代是笔记集大成的时代,清代的广西笔记也十分丰富,多是纪行、游览、见闻之类的笔记,如闵叙《粤述》、陆祚蕃《粤西偶记》、张祥河《粤西笔述》、林德钧《粤西溪蛮琐记》、沈日霖《粤西琐记》、张心泰《粤游小志》、张维屏《桂游日记》、金武祥《漓江杂记》《粟香随笔》等,这些广西笔记是广西山水散文的一部分,为后人提供了游览经验。此外清代广西作为越南北使的必经之路,留下了不少越南汉文燕行文献,其中记游、写广西山水的主要有阮辉㷲《奉使燕京总歌并日记》、潘辉注《䡟轩丛笔》、李文馥《使程志略草》、阮文超《如燕译程奏草》、阮思僩《燕轺笔录》等,丰富了广西山水散文。

第二节 广西地域文化概述

地域文学因其在空间上的独特性而获得独特的审美价值。古代文学与地域文化之间关联的研究方兴未艾,随着古代文学研究的深入,近10多年来,在从人地关系审视文学的综合性的研究、断代文学的地域性研究、地方文学研究、专题性研究方面取得了丰硕的成果[①]。而关于广西地域文化与文学的交叉研究也有不少,比如桂学研究中广西古代文学的研究不断向纵深发展,如唐代广西诗歌与广西地域文化的研究、清代广

---

① 向铁生,康震.类型与范式——关于古代文学与地域文化研究的一点思考[J].西北大学学报(哲学社会科学版),2012(5):123-129.

西家族文学的研究、岭西五大家的研究、广西石刻的研究、广西文学发展史的研究、古代广西籍作家的研究等等,学者们从不同角度对广西地域文化与文学的交叉研究做出了贡献。从地域文化的角度研究古代广西山水散文可以说也十分必要。那么,地域文化是什么、广西地域文化的内涵是什么,这是要首先解决的问题。

一、地域文化概述

"地域"代表的是横向的、相对静态的、稳定的地理空间,中国自古就有地域的划分,一般是以山水为基础的自然空间,如以山为界、以水为界来区分地域,而后来可能是经历了从自然空间到种族空间到政治空间、文化空间、经济空间的过程[①]。地域是以自然地理空间为基础的人文历史空间[②],是"赋予了人文因素和历史文化传统的区域空间,是历史的和人们心理意识中所认同而约定俗成的空间区域"[③],这使得地域也具有了一定的历史性的纵向的特点。文化则是纵向的、动态的、具有历史性的人类智慧的积累过程,是在时间上的线性进展。文化的内涵包罗万象,英国人类学家泰勒将文化定义为包括全部的知识、信仰、艺术、道德、法律、习俗和个人作为社会成员所必需的其他能力及习惯[④]。另外从文化的层次上看,有代表上层精英文化的"大传统"文化,也有代表民间文化的"小传统"文化,或是大小传统文化互相交融,因而文化也具有一定的横向性特点。

地域文化是一个纵横交错、动静相生的时空概念,它是依附于一定的自然地理空间,经过长期的历史积累而成的。在中国,关于地域文化的划分因角度不同呈现多样性,有以文化源头为依据的,如黄河流域文

[①] 王祥.试论地域、地域文化与文学[J].社会科学辑刊,2004(4):123.
[②] 白晓欲."地域文化"内涵及划分标准探析[J].江苏社会科学,2011(1):77.
[③] 雍际春.地域文化研究及其时代价值[J].宁夏大学学报(人文社会科学版),2008(3):54.
[④] 〔英〕爱德华·泰勒著,连树声译.原始文化[M].上海:上海文艺出版社,1992:1.

化、长江流域文化、珠江流域文化、辽河流域文化等;有以大致地理方位来划分的,如中原文化、西域文化、关东文化、江南文化、巴蜀文化、岭南文化、云贵文化等;还有以历代行政区划来划分的,如齐鲁文化、秦晋文化、楚文化、八桂文化;等等。地域文化的划分范围还有大有小,如一个区域文化中又存在不同的更小的地域文化。比如岭南文化中又有广东文化和广西文化之别,广西文化中又有桂北、桂西、桂东、桂南文化之别。地域的划分还有自然的、地理的、文化的、经济的多种分法。古代"地域"的概念一般是沿袭或约定俗成的历史区域,但随着时代的发展,地域的精准性被改变了,有些区域之间的边缘地区文化具有相似性、相融性,导致地域文化的边界也常常变得模糊不清。所以立足于历代的行政区域进行地域划分还是比较可行的,因为历代的行政区域划分,首先也是以自然地理空间为基础,如唐宋时期的道和路的划分基本上是以山水为界而划分出来的,到后来逐渐定型,即便有了一些变化,人们心理上也有一定的认同。

地域文化具有独特性,这是地域文化最容易被感知的特点。"一方水土养一方人",地理环境决定了人类生存模式,生存模式形成一定的生活方式和思维模式,以思维模式为核心衍生出相应的文化,自然山水的地形地貌能影响人格、气质和性情是中外学者的共识。南北朝刘勰的《文心雕龙·物色》中有"江山之助"的著名论断,明代王士性,近代刘师培、梁启超,国外黑格尔及现代诸多学者都有关于自然对人性情影响的论述,因此地域文化呈现独特性也与地理品格的差异有密切关系。地域文化也有多元性和包容性,文化涵化和文化交流、文化认同和文化融合对地域文化的形成都存在一定的影响。地域文化在历史的积累过程中往往是多种文化的交融,在坚守和妥协中进行文化重构而得以延续,因此具有了多元化的特色。地域文化也有中心和边缘的区分,是各地之间经济文化发展不平衡的结果,但中心和边缘也不是恒定不变的,"某一地区在某一时期内文化发展较快,甚至居于中心地位,对全国起着辐射作用。而在另一时期,则发展迟缓,其中心地位被其他地区所取代"[①],从中心到边缘、从边缘到中心是地域文化发展过程中转化的常态。地域文化还具有乡土性,给生活在其中的人特定的地方依恋,是人们的精神故乡。

二、广西的历史沿革与地理品格

广西最早的历史可以追溯到石器时代的"柳江人""白莲洞人""甑皮岩人""麒麟山人",春秋以前属于荆州,战国后为岭南百越的一部分,秦朝时今广西全州及桂东北地区属于秦三十六郡之一的长沙郡,今广西三江、龙胜等属于黔中郡,秦始皇统一岭南后在广西设桂林郡、南海郡、象郡,今广西大部分在这三郡之中。汉代广西属赵佗统治的南越国,汉武帝平定南越国后,今广西大部重新析置于零陵郡、郁林郡、合浦郡、牂牁郡、苍梧郡等。三国时期今广西大部分地区为孙吴所管辖,属荆州、交州、广州;今广西西北部靠近云贵的部分地区属蜀管辖的益州。两晋时期,今广西大部分地区为湘州、交州、广州所辖。南北朝时期除桂西、桂西北小部分属北朝周,多为南朝之宋、齐、梁、陈所属,大部分地区属越州、桂州、安州、成州、南合州、黄州、石州、南定州、静州、湘州等。隋代实行郡、县二级制,今广西大部分地区为始安郡、永平郡、郁林郡、合浦郡、宁越郡。部分地区属于治所在广东、湖南境内的苍梧郡、南海郡、永熙郡、零陵郡和熙平郡。唐初全国设十道,今广西属于岭南道,后为加强对广西的统治,将岭南道分为岭南东道和岭南西道,广西又分属岭南西道,设桂、邕、容三管,三管下辖地区大部分是今天广西的地域,还包括了雷州半岛和海南岛的部分地区,唐代广西的行政区划基本定型。五代十国时期,广西北部属于楚国,后都属于南汉。宋代将全国分为二十三路,广

---

① 袁行霈,陈进玉.中国地域文化通览·广西卷[M].北京:中华书局,2013:4.

西为广南西路,简称"广西路",自此,广西开始成为一个固定独立的行政区划①,辖境内包括了今广西和广东雷州半岛及海南省。元初属湖广行中书省,元末隶属广西等处行中书省,全州路、钦州路、廉州路等为湖广行中书省②。明代实行布政使司、府、县等级别的行政建制,广西为广西承宣布政使司,领十一府,其中庆远府之荔波今归贵州,梧州府之怀集今归广东,而将原属湖广省永州府的全州和灌阳归于桂林府,而钦州、灵山、合浦等地又划归广东所管,广西地域大体形成,清朝基本沿袭。

广西的疆域在唐代奠定了基本的轮廓,宋代成为独立行政区划,但所辖范围也发生过变化,部分地区曾与湖南、广东、贵州有交集,唐宋时期雷州半岛和海南岛还在当时广西的行政区划之内,明清时期合浦、钦州、灵山、防城港等地区都在广东管辖范围内。本书在对"广西"的地域界定时虽也考虑历史上的地域范围,但主要以现在广西的行政区划范围为主,计全州、灌阳、合浦、钦州等地,不计雷州、海南和广东怀集等地。

古代的广西曾有过"越""百越""百粤""桂""八桂""南越国""岭西""粤西""广西"等称谓。广西在中国的版图上一直处于边缘,从地理位置上看,其东接广东、东北紧靠湖南、西与云贵相邻,西南与越南接壤,南临北部湾与海南隔海相望,是中国的南疆。

从地理品格上看,广西地形、地貌及河流具有自身特点。广西处于云贵高原的东南边缘,在大山的环绕包围之中,桂北有九万大山、凤凰山、大苗山、大南山、天平山,桂东北有猫儿山、海洋山、越城岭、萌渚岭、都庞岭,桂东南有云开大山,桂南有大容山、十万大山,桂中有大明山、大瑶山,桂西北有金钟山等,海拔都在千米以上。广西水网密集,地表河流分属珠江流域、长江流域、红河流域、滨海流域四大流域的五大水系,如

---

① 钟文典.广西通史(第一卷)[M].南宁:广西人民出版社,1999:210.
② 邓敏杰.广西历史地理通考[M].南宁:广西民族出版社,1994:24.

珠江流域的西江水系、北江水系,长江流域的洞庭湖水系,红河流域的百南河水系,滨海流域的桂南沿海诸河水系。主要河流有桂江、柳江、南流江、浔江、黔江、郁江、左右江、红水河。[①] 古代一般认为广西河流主要是三条江,即府江、左江和右江。府江即漓江,自兴安下桂林历平乐至梧州,因其经桂、平、梧三府城故名府江;古时左右江概念与今天略有不同,左江自越南入广西,经丽江汇入邕江、郁江;古之右江大致是今之黔江,自西而来至桂平与郁江合流后为浔江。最后三江于梧州汇合入西江。西江汇集诸多大小河流,经梧州入广东,注入南海,是广西河流的主动脉。广西多为山地型河流,因而落差大,水流湍急,河岸高、多险滩、多峡谷、多弯曲。对广西山水的描述素有"八山一水一分田"之说。广西广泛分布的是岩溶地貌,其岩溶地貌面积超过了总面积的1/3以上,岩溶地貌的主要特征是地表上山峰拔地而起,河流随山势流转,山峰之中又多侵蚀为岩洞,钟乳石琳琅满目,洞奇石美。广西山水景观是典型的岩溶地貌景观。

三、广西地域文化的形态与特征

广西地域文化是中国文化空间的一部分,也是岭南文化空间的一部分。广西地域文化是在长期的历史中形成的、与广西特定的地理生态环境相适应的文化,包括了广西地区在历史上形成的历史遗存、文化形态、社会习俗、精神气质等,若论其文化的形态,则有物态文化、制度文化、行为文化、心态文化等。广西地域文化也包括"大传统"文化与"小传统"文化,即精英文化与民间文化。从大量的古代文献资料和实地考察的资料看,广西地域文化中的"大传统"精英文化是以儒家文化秩序为中心的中原文化与广西地理环境相适应后的产物,如中原文化在广西的传播和被接受后形成的广西精英文化,如摩崖石刻、山水诗文、山水书画、山水传

---

① 肖建刚.广西导游[M].桂林:广西师范大学出版社,2007:46.

说、山水景观、山水城市等山水文化。还有中原精英文化传承者由于贬谪、宦游等原因入桂后形成的流寓文化。精英文化对古代广西文化的开启起到了重要的作用。广西地域文化中的"小传统"民间文化是广西地理环境中自然生长的文化模式,主要包括了少数民族民间文化和汉族民间文化,是民间文化自我运作的结果。从"大传统"文化角度来说,由于远离精英文化中心,广西地区的文化相对比较落后,而从"小传统"文化角度而言,因为多民族的长期共处与交流、冲突、妥协和融合之下,广西地区的文化又是异彩纷呈的。因而本书讨论广西地域文化时也将考虑这两种层次的文化,将历时的考察置于广西的地域之中,以便更全面地把握广西地域文化,抓住其文化品格与特色。

但若将不同形态的地域文化和不同层次的地域文化一一罗列,未免显得过于琐碎,而失去了对作为整体的地域文化特点的把握,所以对于地域文化的品格,应该从各形态文化和文化的不同层次中提炼出最能体现该地域特色的部分进行概括,方能使地域特色显现出来。广西地域文化是在长期的历史过程中形成的、富有地域特色的文化自足体系。结合广西独特的地理生态环境,提取多民族文化的共性特点对其进行概括,广西地域文化内容主要是古代广西较稳定的、具有共性的、最具代表性的文化,学者们对广西地域文化的结构特征作了总结,如民族文化、稻作文化、山水文化、海洋文化、历史文化、边境文化[①],又如民族文化、战争文化、流官文化及土司文化[②],其中有交叉的部分。而本书将与广西山水散文有关的广西文化形态归纳为山水文化、流寓文化、边境文化、多民族共生的民间文化。其中山水文化和流寓文化多为"大传统"文化,是在坚守中原儒家文化秩序的基础上确立的;多民族民间文化属于"小传统"文

---

① 杨树喆.略论文化生产力视域下的广西特色传统文化[C].桂学研究(第一辑),桂林:广西师范大学出版社,2014:92-95.
② 黄树森.广西九章:海洋语境中的文化整合与观念建构[M].南宁:广西人民出版社,2009:17.

化,包括了广西地区汉族、壮族等12个世居民族的民俗文化。

广西地域文化的特征表现为:一是丰富性和原始性。广西自古以来就有多个民族,每个民族都有自己的文化,多民族共生、多元文化共存,呈现出广西地域文化异彩纷呈的现象。另外由于少数民族多居住在闭塞的大山中,民族文化具有古朴原始的特点。二是闭塞性和交融性。广西处在群山之中,大山阻隔了文化交流,使得本土文化显得闭塞,而中原文化与本土文化、精英文化与民间文化的交流互动又使之具有了交融性特征。三是不稳定性和不成熟性。这是因多民族杂居和次区域分化造成的。四是边缘性和可塑性。广西一直处于中国文化的边缘地带,文化具有边缘性特点,而广西本土民族虽然历史上对中央朝廷有过反抗,但民族性格总体而言是温和的,在南北交流、多民族文化交流中形成的文化宽容心态、可变性、可塑性较强。多民族共同生活在同一地域,在族际交往中,以和为贵形成了广西人文化上的平和心态和包容性。五是向外拓展能力欠缺。由于古代地处远离精英文化中心的边缘地带,交通不便,使得广西地域文化难以对外拓展。

四、古代广西山水散文与地域文化的关系

人们越来越意识到维护文学的地方独特性就是维护文学生态多样性的方式,也认识到文学与地域文化的关系密切。文学从本质上看都是地域的,因为它必定要依托于某地,文学是地域文化的结晶和载体,而地域文化对文学的影响既全面又深刻。文学离不开特定的时空,以往从"史"来研究文学是主流,从20世纪80年代开始,地域文化与地域文学的研究开始成为学术热点,古代文学研究也经历了从以时间维度为主到以时间维度为基础增加空间维度的过程。对文学空间维度的关注,是了解人在空间中是如何以生存智慧和审美想象的方式来完成自己的生命

表达,因而能使文学进入它的生命现场,进入它的意义源泉。① 研究文学与地域文化的关系即是在时间维度的基础上强化其空间的维度。在两者的关系中,地域文化对文学的影响更应得到关注。地域文化与文学的关系主要体现在 4 个方面:一是特殊的地理环境和独特的民俗文化对文学作品的内容和题材的影响;二是地域文化对文学作品的体裁和传播方式的影响;三是地域文化形态与文学的关系;四是作家与地域文化的关系。

  古代广西山水散文与地域文化的关系也是显而易见的。唐以后随着中央朝廷对岭南统治的推进,越来越多的中原文人进入广西,其秀美山水最先进入文人视线,他们创作了大量涉及广西之山川、岩洞、园林、寺观、气候、风物、民俗、游观揽胜的山水散文作品。这些山水散文作品的内容体现了广西特殊的地理环境和风物特产、民俗风情,广西自然环境影响了古代山水散文题材的变化,广西文化环境影响了山水散文景观地域的选择,广西交通也影响了山水散文题材的选择。古代广西山水散文的情感与文体类型与广西地域文化关系密切,广西自然地理条件也影响了山水散文的文体和传播方式。古代广西山水散文与广西山水文化、流寓文化、边境文化、多民族共生的民间文化等地域文化形态交织在一起。古代广西山水散文的作家主要有几类:一是因各种原因来到广西的作家,或称为流寓作家;二是未来过广西却写广西的作家;三是本土作家。唐宋时期广西山水散文的作家主力为外来的流寓作家群体,明代以后广西本土出现了山水散文的知名作家,清代更是广西本土作家崛起的时代,在山水散文创作方面本土作家更为出色。广西地域文化不仅影响了古代广西山水散文作家的性格气质,也影响了他们的创作心态和情感。流寓作家以短暂栖居或观光为主,本土作家

---

① 杨义.文学地理学会通[M].北京:中国社会科学出版社,2013:6-8.

以栖居为主,所以两者在创作时心态亦不同,表现在山水散文作品中的情感倾向也有所差别,而这些差别又是与广西地域文化密不可分的,另外广西地域文化同样对流寓作家创作山水散文时心态的变化起到了重要的作用。

第二章　古代广西山水散文的题材

第一节　古代广西山水散文的题材分类

一、气候、环境、动植物

(一) 古代广西气候的描写

古代广西山水散文对自然的描绘,除了山水景观,对气候的描写是比较引人注目的。唐代入桂的中原人对广西气候的描述较少,而本地人依借着对朝夕相处的生活环境的熟悉,在文中有对广西气候的感受。如初唐壮族文人韦敬一的《智城洞碑》,从本地人的角度感受到了独特而真切的广西气候:

> 尔乃郊原秋变,城邑春移,木落而天朗气清;花飞而时和景淑。①

---

① 广西民族研究所.广西少数民族地区石刻碑文集[M].南宁:广西人民出版社,1982:2.

此处写的是上林秋天的景色,广西气候与中原气候有差异,作者的感受中完全没有秋天的萧瑟和冷清,而是秋如春的宜人感受。在广西,秋天气温适宜,天高气爽,确实比春天的温热潮湿来得舒适。户崎哲彦认为在秋季感到清朗快乐是因为上林属于热带,四时之中秋季最宜人,这"木落而天朗气清"是本地人对本地气候的熟悉而来的独特感受①。清代广西本土作家郑献甫《游白龙洞记》中也写了广西与中原迥异的秋色正浓:

  鱼鳞万瓦,螺髻千峰,疏林来风,不落一叶,野树当屋,犹开数花。②

随着中原人渐渐亲近广西山水,对气候的感受也逐渐增多,自宋以来,入桂文人所写的广西山水散文中多了一些关于气候的描绘,真实贴切,为之后入桂者提供了认识广西气候的范本。范成大三月进入桂林,正值桂林春光最好的时节,他的感受是十分准确的:

  乾道八年三月,既至郡,则风气清淑,果如所闻。③
      ——宋·范成大《桂林虞衡志·序》

柳开抓住了桂林有雨便凉,无雨就热,而且一天之内变化极大的气温特点:

  夏雨多凉,秋旱多热。春裘冬扇,朝顺夕变。反侧无恒,夭疠

---

① 〔日〕户崎哲彦.唐代岭南文学与石刻考[M].北京:中华书局,2014:404.
② [清]郑献甫.补学轩文集:骈体文[M].台北:文海出版社,1975:1284.
③ [宋]范成大著,胡起望、覃光广校注.桂海虞衡志辑佚校注[M].成都:四川民族出版社,1986:1.

相仍。①

——宋·柳开《玄风洞铭并序》

不少文人都注意到了广西气象的瞬息万变,邹浩说自己在昭州一年感受到的是"江山气象,变化无穷",许申在柳州感受到的是"夫炎荒之地,温寒不时"。周去非《岭外代答·广右气候》更是系统地描述了广西的气候。

明代入桂文人在广西行程中记录了亲自经历的天气变幻,如田汝成、董传策、魏濬都在文中写到了在游广西过程中适应变化无常的气候的感受,田汝成笔下广西不同地方在同一季节也会不一样。他在八月底抵达广西,正值秋季,但在苍梧、龙江等地正好遇上了磅礴大雨,九月初宿于鳌洲,繁星满天,雷电不彻,郁蒸之气,无异伏中。九月二日到昭平又北风起,温度急剧下降,深感广西气候难测。九月九日在桂林,田汝成写道:"时秋雾风清,桂花盛发,香气馥郁,冉冉自岩谷中来。"终于感受到了清风明月、桂花暗香的惬意秋天,留下了较好的印象。

董传策对广西天气转瞬即变的描写也不少,如:

自苍梧来,郁蒸不异盛暑,至不可衣单衣,而摇橹人裸裎袒裼,犹汗流浃背。至是,忽雷声震烈,雨大作如注,顿觉瘴气疏爽,人至穿夹袄子云。②

——明·董传策《渡左江诸泷记》

此处是宋代周去非的"钦阳雨则寒气渐渐袭人,晴则温气勃勃蒸人,阴湿

---

① [清]汪森编辑,黄盛陆等校点.粤西文载校点(第四册)[M].卷六十,柳开.玄风洞铭并序.南宁:广西人民出版社,1990:298.
② 四库全书存目丛书编纂委员会.四库全书存目丛书 史部 第127册[M].济南:齐鲁书社,1996:709.

晦冥,一日数变,得顷刻明快,又复阴合"①的最好注释。董传策《游钵山记》中也有类似的表述:

> 岭表气候靡常,雨旸倏换。谚云:"四时都是夏,一雨便成秋",又云:"一日借四时之气"是已。是日曙色依微,浮云旋合。仆夫方索雨具,忽卷云,露日光,炎风飘扬,瘴烟乍爽。余辈骑者、舁者、笠而负持者,冉冉出林塘上,大为荒裔添景概云。②
>
> ——明·董传策《游钵山记》

写广西天气一日三变不足为奇,前人已有,而董传策将在变化无常的气候中的不适应隐藏起来,发现变化之中给人带来的美感,如瘴气乍爽的感觉,《游钵山记》更是将广西五月云卷云舒的天气特征描绘得十分真切,还将自己的活动与景物框成一幅景观图,颇有意趣。

徐霞客也感受到了广西"日中可夹衫,而五更寒威彻骨……一雨即寒,深夜即寒"的特点。

明代也有对广西气候作专门论述的,如魏濬《西事珥》卷二之《水随气升降》《腊月多雨》《春半如秋》《晴候》。其《峤南琐记》中用邕州两年的气候来进行对比说明当地气候之不可琢磨:

> 庚戌冬,予以长至前数日抵邕,时骤燠,单袷衣挥扇,尽去衾之有絮者。归辄向人云:邕州热甚。次岁抵邕,又早十日,而连晨严霜,风透骨至,觅地炉烧炭。气候之不常如此。③
>
> ——明·魏濬《峤南琐记》

---

① [宋]周去非著,杨武泉校注.岭外代答校注[M].卷四.风土门,北京:中华书局,2012:149.
② 四库全书存目丛书编纂委员会.四库全书存目丛书 史部 第127册[M].济南:齐鲁书社,1996:716.
③ [明]魏濬.峤南琐记[M].卷上.北京:中华书局,1985:17-18.

此外,广西的风雪天气也进入作家们的视野。

写风:

> 广东南海有飓风,西路稍北州县悉无之,独桂林多风。秋冬大甚,拔木飞瓦,昼夜不息。俗传,朝作一日止,暮七日,夜半则弥旬。去海犹千余里,非飓也。土人自不知其说。余试论之,桂林地势,视长沙、番禺在千丈之上,高而多风,理固然也。①
>
> ——宋·范成大《桂海虞衡志》

桂林的风大自古有名,范成大在此不仅描写了桂林之风的特征,还试图理解为什么桂林与南海相隔甚远却有如南海飓风一般的大风的原因。

写雪:

> 南州多无雪霜,草木皆不改柯易叶。独桂林岁岁得雪,或腊中三白,然终不及北州之多。灵川兴安之间,两山蹲踞,中容一马,谓之严关,朔雪至关辄止,大盛则度送至桂林城下,不复南矣。②
>
> ——宋·范成大《桂海虞衡志》

写冰雹:

> 辛亥春三月,邕州雹大如斗,城中屋瓦皆尽无一存者。……予

---

① [宋]范成大著,胡起望、覃光广校注.桂海虞衡志辑佚校注[M].成都:四川民族出版社,1986:168.
② [宋]范成大著,胡起望、覃光广校注.桂海虞衡志辑佚校注[M].成都:四川民族出版社,1986:167.

冬月行部至邕,望坊楼上残瓦半漏,时见天光,屡疑是积雪未消。①

——明·魏濬《峤南琐记》

魏濬描绘了邕州冰雹太大将房屋瓦片打掉,甚至是将席上的盘盂打碎的情景。

周去非对雪、冰雹与广西人民生活的关系作了对比,说道:"钦之父老云,数十年前,冬常有雪,岁乃大灾。……若春夏有雹,岁乃大熟。盖春夏热气,能抑之反得和平,而百物倍收,非若中土春夏遇雹而阳气微也。"②

雪在广西是异常的,范成大写雪仅仅止于桂林,周去非也说除了桂林其他的地方都不知道雪是什么样子的,还分析了"瑞雪兆丰年"之说并不适用于广西,倒是初夏之冰雹对年成有很好的作用。

本土作家和流寓作家对广西气候的态度是不同的,流寓作家对广西气候的赞赏较少,而本土作家更能感受广西异于中原的气候之美。

(二)广西瘴气和环境的描写

我国西南地区的两广、云贵、四川甚至福建、海南都不同程度有瘴气,古时广西之瘴气被认为是最厉害的。在外来作家的笔下,"瘴"的描写从自然之风气,到损害身体的疾病,到地方的代称,再引申出其他意思。唐代宋之问在《桂州与修史学士吴兢书》中描绘广西景象是"魑魅之途",将当时世人对广西的恐怖印象全付诸文字,其中就提到了"毒瘴横天"。

古代广西山水散文中有对自然之"瘴"的解释,并提及广西瘴气的分布情况。以广西"瘴"为题材的文章中,最有名的是宋代梅挚的《五瘴说》。梅挚在昭州为官,昭州是世人所说的瘴气之"大法场",梅挚不仅不

---

① [明]魏濬.峤南琐记[M].卷上.北京:中华书局,1985:18.
② [宋]周去非著,杨武泉校注.岭外代答校注[M].卷四.风土门.北京:中华书局,2012:150.

为瘴气所吓,还亲自深入民间,为百姓做了不少实事。《五瘴说》更显其浩然之气,文中将租赋、刑狱、伙食、货财、帷簿等比作五种瘴气,认为这五瘴要比自然之瘴气更可怕,以此来反对官场的腐败。文中也对作为自然现象的"瘴"的形成及影响人的原因进行了解释,认为广西山多林密,瘴气是"冈峦重复之势,日月回薄之所"而形成的"蒸郁",虽然瘴气致病,但亦并不是唯一使人致病的原因,也没有想象中可怕,只不过北人对南方的瘴气过于敏感。

宋代范成大《桂海虞衡志》、周去非《岭外代答》,明代魏濬《西事珥》和清代闵叙《粤述》都对瘴气有所描述,清代陆祚蕃《粤西偶记》还记载了瘴的气味和形态:

> 天气炎蒸,地气卑湿,结为瘴疠,为害不小,有形者如云霞、如浓雾,无形者或腥风四射,或异香袭人。①

瘴气是南方地区的湿热之气,因山高林密而郁集难以消散,在古代,瘴气一直被世人认为是一种十分可怕的致病之恶气,如周去非称"南方凡病,皆谓之瘴,其实似中州伤寒"②。古代广西瘴气使人丧命已经成了中原人士的思维定式,闻之丧胆。而春夏之交的青草瘴和秋冬之交的黄茅瘴被认为最可怕,是一年四季中最毒的两个时段的瘴气,而又以秋冬之黄茅瘴更甚。瘴气其实是中原南来人士对广西水土不服的真实体现,在历代流放的官员中情感上的挫折更容易与水土不适应形成共鸣,进而伤神伤身。古人对广西"瘴"的印象最为明显,古代文人渐以"瘴"作为此地的代称,如:

---

① [清] 陆祚蕃.粤西偶记[M].北京:中华书局,1985:1.
② [宋] 周去非著,杨武泉校注.岭外代答校注[M].卷四.风土门.北京:中华书局,2012:152.

岭以南,繇昔日瘴,士人畏往,甚于流放。盖岚烟氛雾,蒸郁为疠,中之者死。人之畏往,畏其死也。……予将漕来南,行矣二年,盖尝深入瘴乡矣。①

——宋·朱晞颜《龙图梅公瘴说跋》

倪谓瘴乡之不可久居,夫岂知处夷险而其志不变者邪?②

——宋·梁安世《乳床赋》

粤之西,瘴乡也。③

——明·张所望《瑞泉记》

爰有高旷之徒,如唐柳宋二苏者,以屏斥愤郁之抱,寄情于岩壑烟云之间,遗迹片言,辉辉瘴岭而有余光。④

——明·张佳胤《游贵县南山记》

瘴乡、瘴土、瘴岭成为广西的代称,也暗指偏僻、荒远、野蛮的边疆。"瘴"从一种自然现象渐渐演变成了一种地理位置,有学者认为"瘴"是体现了中原汉文化强烈的地域政治意识,凝结着汉文化向边疆地区渗透的特殊地理体验。⑤

(三) 广西动植物的描写

广西的自然环境复杂多样,组成了种类繁多的动植物生态群。广西的气候适合植物生长,因此植物资源异常丰富,物种种类居全国第三。古人虽然无法认识所有植物种类,但已经开始关注广西植物的特殊种类。范成大《桂海虞衡志》之《志草木》列出了当时广西的异草瑰木近30

---

① 杜海军.桂林石刻总集辑校(上)[M].北京:中华书局,2013:245.
② [清] 汪森编辑,黄盛陆等校点.粤西文载校点(第一册)[M].卷一.梁安世.乳床赋.南宁:广西人民出版社,1990:8.
③ [清] 汪森编辑,黄盛陆等校点.粤西文载校点(第二册)[M].卷二十一.张所望.瑞泉记.南宁:广西人民出版社,1990:138.
④ [清] 汪森编辑,黄盛陆等校点.粤西文载校点(第二册)[M].卷二十一.张佳胤.游贵县南山记.南宁:广西人民出版社,1990:130.
⑤ 张轲风.从"障"到"瘴":"瘴气"说生成的地理空间基础[J].中国历史地理论丛,2009(2):143.

种,《志花》中将上元红、白鹤花、南山茶、红豆蔻、泡花等北州所未有的花卉列举出来,《志果》中列出了广西 55 种水果。周去非《岭外代答·花木门》列举 45 种广西植物。外来作者在山水散文中常对广西的特有植物有所描绘,比如黄庭坚游龙水城南看到了"木威":

> 洞南有乔木,似栟榈,熟视叶间有实毵生似橄榄,问从者,盖木威也。木威,《本草经》无有,宜州诸城砦多有之,风俗取豚脍合之为膳,盘中珍膳也。顷有馈余,余不能啖也。佃夫曰:广东盖号为乌榄,犹邕贵间谓波斯橄榄云。木威之叶,广东西人用作雨衣,柔韧密致,胜青萍也。①
>
> ——宋·黄庭坚《游龙水城南帖》

另有写毒草的,如使人麻痹的曼陀罗和毒性大的断肠草,在周去非《岭外代答·花木门》、魏濬《峤南琐记》中都有记载。

董传策在《渡左江诸泷记》中见桄榔、胡蔓、闷陀罗草等,并加以记录:

> 三日,渡伶俐水,入宣化界。起视其境,殊荒落,多出异竹木数十种,至桄榔,木本,类竹,尤奇。野有胡蔓、闷陀罗草,能毒人。②

将广西植物作为观赏对象,如魏濬对桄榔树的欣赏:

> 桄榔身似棕榈,而色绿似竹,亦有丝自裹,薄似绨绤,高七八丈,

---

① [宋] 黄庭坚著,屠友祥校注. 山谷题跋[M]. 上海:上海远东出版社,1999:239-240.
② [清] 汪森,黄盛陆等校点. 粤西文载校点(第二册)[M]. 卷二十一. 董传策. 渡左江诸泷记. 南宁:广西人民出版社,1990:125.

> 亭亭直上,叶大如掌,皆攒于树之杪,甚浓密。其杪抽丝蔓千百条,长丈余,垂下如缕,蕤蕤可玩。土人云:高二三丈时剜其心,粉之作面,甚美。南中树,此种形之最异者。①
>
> ——明·魏濬《西事珥》
>
> 邕州道署后有桄榔树四株,隅立竞秀,高俱十余丈,玩之不厌。②
>
> ——明·魏濬《峤南琐记》

《桂海虞衡志》中也记载了桄榔木:"身直如杉,又如棕榈,有节,似大竹,一干挺上,高数丈。开花数十穗,绿色。"③桄榔木中有桄榔粉,是当地特色食品。清代赵翼《檐曝杂记》中之"面木"也是桄榔木:

> "面木",初不解所谓,余至广西,乃知"面木"即桄榔树也。大者五六围,长数丈,直上无枝,至颠则生叶数十,似栟榈。其树中空,满腹皆粉,可得十数斛。沸汤淬之,味似藕粉。粤人尝以此馈遗。④

赵翼描绘当时广西边境的"树海":

> 镇安沿边,与安南接壤处,皆崇山密箐,斧斤所不到,老藤古树,有洪荒所生,至今尚葱郁者。其地冬不落叶,每风来万叶皆飐,如山之鳞甲,全身皆动,真奇观也,余尝名之曰"树海",作歌记之。其下荫翳,殆终古不见天日,故虺蛇之类最毒。余行归顺州,途中有紫楠木七十余株,皆大五六抱,莫有过而顾之者,但供路人炊饭而已。孤

---

① 四库全书存目丛书编纂委员会.四库全书存目丛书·史部 第247册[M].济南:齐鲁书社,1996:795.
② [明]魏濬.峤南琐记[M].卷上.北京:中华书局,1985:2.
③ [宋]范成大著,胡起望、覃光广校注.桂海虞衡志辑佚校注[M].成都:四川民族出版社,1986:153-154.
④ [清]赵翼.檐曝杂记(清代史料笔记丛刊)[M].北京:中华书局,1997:49.

行者无炊具,以刀斫竹一节,实水米其中,倚树根而炊,炊熟则树根之皮亦燃,久之,火盘旋自外而入,月余则树倒矣。倒后,火仍不灭,旅炊者益便焉。使此木在江南,不知若何贵重,而遭此厄,可惜也。余尝欲构一屋材,拟遣匠剋尺寸断之,雇夫运出,终以距水次甚远,一木须费数十千,遂不果。①

写出了当时广西边境地区森林的壮阔景象,风一吹动,就像把山身上的鳞甲吹动了似的,描写得惟妙惟肖。还提到了广西珍贵的树种紫楠木,紫楠木价值连城却被人当成了炊具,赵翼看到如此景象,想搬运回去又无法实现,觉得太可惜。可见广西的森林资源丰富,确实如宝库。赵翼还写了广西榕树的观赏价值,他在镇安看到了榕树根的奇特:

昔在镇安,府署后独秀山有榕一株,根千百条,沿缘山腹,透入石罅,如鼠钻穴、蛇入洞,固已奇矣。②

明代吴时来在横县下高岭时见到荔枝成熟和池塘中莲花盛开,观赏两者争胜之景写得颇有趣味:

荔子新熟,标丹醉绿,望之如长虹被于林树间。夹路披肩,手可摘而啖也。坐树下赏之,池塘中莲华盛发。山人诵其家君诗一首。余谓岭南荔枝时,煞是一景,而莲华又出而争胜者,其助游人奇兴哉!③

——明·吴时来《登高岭记》

---

① [清] 赵翼. 檐曝杂记(清代史料笔记丛刊)[M]. 北京:中华书局,1997:48.
② [清] 赵翼. 檐曝杂记(清代史料笔记丛刊)[M]. 北京:中华书局,1997:74.
③ 杨东甫. 八桂千年游——古代广西旅游文学作品荟萃[M]. 南宁:广西人民出版社,2005:370-371.

徐霞客在游上林三里时描绘了当地的木棉花、攀枝花、相思豆及各种竹子,其中写木棉花和攀枝花以红、白作对比,又用比喻手法,给人强烈的视觉感受:

> 木棉树甚高而巨,粤西随处有之,而此中尤多;春时花大如木笔,而红色灿然,如云锦浮空,有白鸟成群,四面翔绕之,想食啄其丛也。结苞如鸭蛋,老裂而吐花,则攀枝花也。如鹅翎、羊戟,白而有光云。①
> ——明·徐霞客《粤西游日记四》

广西的动物资源也十分丰富,古代广西山水散文中也关注到与众不同的动物,且以神化来彰显其异,如对各种鱼的种种描绘。如《粤述》中所言:"藤县有鲭鱼,入石穴下食青苔……梧州有嘉鱼、鲫鱼,桂林有竹鱼,太平有香鱼,而鬼鱼则出没蛮洞中。"②

有形象特殊的婢妾鱼和人鱼:

> 大荒山中有鱼,似婴儿。有带长三四尺,摇动有光,号婢妾鱼。其状甚异,此即孩儿鱼。③
> ——明·魏濬《西事珥》

> 人鱼,状如妇人,出没水中,人鲜捕者。④
> ——清·陆祚蕃《粤西偶记》

有神秘的鬼鱼:

---

① [明]徐弘祖著,褚绍唐、吴应寿整理.徐霞客游记(上)[M].上海:上海古籍出版社,2011:556.
② [清]闵叙.粤述[M].北京:中华书局,1985:17.
③ 四库全书存目丛书编纂委员会.四库全书存目丛书 史部 第247册[M].济南:齐鲁书社,1996:802.
④ [清]陆祚蕃著.粤西偶记[M].北京:中华书局,1985:8.

  鬼鱼似鳄,獞人仇杀,取是鱼以祷于鬼,则胜。腌而与人,食之辄死。有觉者,亟请蛮人喃咒,乃得苏。①

——明·魏濬《西事珥》

有产于岩洞潭水中的嘉鱼:

  火山……山下有丙穴,产嘉鱼。
  月林山……有石洞,洞口有潭,产嘉鱼。②

——清·闵叙《粤述》

有神话般跃出水面即成飞鸟的小鱼:

  柳州卫公台下,江水澄澈,小鱼簇浪而来,不可数计。泼剌一声,跃出水面,即成飞鸟,未及生毛羽,即罹网罗,味甚脆美,曰秋风鸟。③

——清·陆祚蕃《粤西偶记》

  还有老虎、黑猿、毒蛇、野象等各种动物也出现在古代广西山水散文中。

二、模山范水、记录游程

  古代有大量的模山范水、记录游程的山水散文,这也是古代广西山水散文最重要的一部分。其中主要有专写岩洞、专写山、专写水的散文

---

① 四库全书存目丛书编纂委员会. 四库全书存目丛书·史部 第247册[M]. 济南:齐鲁书社,1996:802.
② [清] 闵叙. 粤述[M]. 北京:中华书局,1985:11、13.
③ [清] 陆祚蕃. 粤西偶记[M]. 北京:中华书局,1985:3.

以及写山水交融的散文。

（一）岩溶洞穴的描绘

广西岩溶地貌十分普遍，山水景观多为岩溶地貌景观，岩溶洞穴、山水萦绕、山清水秀都是岩溶地貌所赐。如闵叙《粤述》中说："粤西诸山，皆纯石叠成，其中岩洞玲珑，石液凝为乳花，倒植如峰峦，末锐而中空。"①自唐以来中原人士观赏的最主要的广西景观是岩洞，因而在古代广西山水散文中表现岩溶洞穴奇美的作品非常多，占广西景观描写的大部分。古人对广西山水的细致描绘大概也是从对岩洞的细致刻画开始的。最早描绘了广西岩溶洞穴的郑叔齐《独秀山新开室记》中写道："闳而外廉，隘以傍达，立则艮其背，行则蹞其腓。"②这是独秀峰读书岩未开发时的真实状态。后来的文人对广西岩洞的观看和描绘越来越细致，主要是描绘洞内钟乳石形象之琳琅满目，如唐代李渤《南溪白龙洞记》，又如唐代吴武陵《新开隐山记》对隐山岩洞极尽描摹之词，刻画出岩溶洞穴钟乳石之状形："清缥若绘，积乳旁溜，凝如壮土"，"千山如指"，"凝乳如楼如阁，如人形，如兽状"，"石状如牛如马，如熊如罴，剑者鼓者，笙竽者，埙箎者，不可名状。"③

宋代吴元美的《勾漏山宝圭洞天十洞记并序》把勾漏洞10个洞写得非常详细，如写白沙洞钟乳石极尽形容：

> 仰睇之，如崩云，如飞幄，如栋梁，如榱桷。俯盼之，如惊湍、如怒涛、如畦畎、如丘阿、如鼎俎、如笾豆祝敔笙竽之为礼乐器者，如弧矢刀刃剑、戈矛甲胄之为兵戎具者，如杵臼犁轴、瓶罂瓮盎为农庶家所费用者，如塔像台案、幢幡钟磬为僧道居所严设者，如齐缟、吴纻、

---

① ［清］闵叙. 粤述［M］. 北京：中华书局，1985：16.
② ［清］董浩，等. 全唐文4［M］. 卷五三一. 太原：山西教育出版社，2002：3186.
③ ［清］董浩，等. 全唐文5［M］. 卷七一八. 太原：山西教育出版社，2002：4356.

霜缣、雾縠,其文彩铺张于桅架,如赵璧、楚璞、圆环、方块,其雕琢堆叠于府藏,其朴如蕡桴土鼓,其奇怪如神鬼形状。千巅万壑,不可殚尽。或考击之,则锵然如洪钟,轰然如震雷,历然如长风吼众籁,泠然如飞瀑泻谷,令人神思飞扬,形容不逮。①

写玉田洞石田也颇有特色:

其塍畔皆勾续蜿蜒,刻镂精致,如今人食用器皿所为。其傍有花瓣,寸余,纯然玉色,亦如今人器皿日用,铜银为饰,造化巧妙琐屑,遂至于此,安可以描模亿度也!②

宋代梁安世《乳床赋》是赋体文,将桂林岩洞钟乳石写得文采斐然:

或击斯钟,或振斯裘,或莲斯菡,或笋斯抽,或胡而龙,或脊而牛,或象之嗅,或鼋之浮,或麟其角,或马其骀,或跃而鱼,或攀而猴,或粲金星,或罗珍馐,或肺而支,或臂而瘤,或釜之隆,或囊之投,或溜而塍,或叠而丘,或凿圭窦,或层岑楼,或贾犀贝,或农锄耰,或士冠缨,或兵兜鍪,或上下而相续,或中阙而未周。③

对洞中钟乳石的奇姿异态倍加赞赏,并分析了钟乳石的形成过程,提出石钟乳的形成是由于千万年洞内水滴石长的独到见解,这被认为是最早

---

① [清]汪森编辑,黄盛陆等校点.粤西文载校点(第二册)[M].卷十九.吴元美.白沙洞记.南宁:广西人民出版社,1990:80-81.
② [清]汪森编辑,黄盛陆等校点.粤西文载校点(第二册)[M].卷十九.吴元美.玉田洞记.南宁:广西人民出版社,1990:85.
③ [清]汪森编辑,黄盛陆等校点.粤西文载校点(第一册)[M].卷一.梁安世.乳床赋.南宁:广西人民出版社,1990:7.

有关石钟乳形成的科学见解。徐霞客写七星岩内钟乳石之形象亦是栩栩如生:

> 洞顶横裂一隙,有石鲤自隙悬跃向下,首尾鳞鬣,使琢石为之,不能酷肖乃而。其旁盘结蟠盖,五色灿烂。①
> ——明·徐霞客《粤西游日记一》

清代乔莱《游七星岩记》也对洞内石钟乳之形象做了全面的描绘,文中龙门、天门、花果山、须弥山、转轮藏、银丝网、仙人田、佛、仙、罄、床、犀、象、狻猊、驼、虎及珍禽异卉不胜枚举。

古代广西山水散文在描绘岩洞内景观时较多从形象的角度,将钟乳石与某种物象进行比附,同时也注意到石钟乳、石笋、石柱、石幔、石珊瑚、石莲花、石管等不同形态的钟乳石的特色。比如徐霞客游白崖堡见洞中奇特的钟乳石:

> 由井下坠,即得平峡,西行三丈,又悬峡下坠,复得平洼,其中峡窈盘错,交互层叠,乳柱花萼,倒垂团簇,不啻千万。随行胡生,折得石乳数十条,俱长六七寸,中空如管,外白如晶,天成白玉搔头也。又有白乳莲花一簇,径大三尺,细瓣攒合,倒垂洞底,其根平贴上石,俱悬一线,而实粘连处,蒂仅如拳,铲而下之甚易。第出窦多隘,且下无所承,恐坠下时伤损其瓣,不忍轻掷也。②
> ——明·徐霞客《粤西游日记四》

此中有两种罕见的钟乳石:石管和石莲花。石管是石枝的一种,中心是

---

① [明]徐弘祖著,褚绍唐、吴应寿整理.徐霞客游记(上)[M].上海:上海古籍出版社,2011:294.
② [明]徐弘祖著,褚绍唐、吴应寿整理.徐霞客游记(上)[M].上海:上海古籍出版社,2011:551.

空的,碳酸钙水溶液因毛细管的作用,在薄膜水中沉积结晶而形成;石莲花更是一种神奇的岩溶洞穴景观,是经过千百年的滴水和巧妙的协同作用而形成的莲花形态。

周去非说:"洞穴有水,然后称奇",古代广西山水散文也少不了要写溶洞之水,最常见的是写岩溶洞穴的洞隙滴水现象:

南望有结乳如薰笼,其白拥雪。自岩西南上,陟飞梯四十级,有碧石盆,二乳窦滴,下可以酌饮,又梯九级,得白石盆,盆色如玉,盆间有水无源,香甘自然,可以饮数十人不竭。①

——唐·吴武陵《新开隐山记》

再进,一色若白浪飞撞,虬螭百千,驾涛奔角力,不可驰。上有石乳倒垂者三,渗泉滴,下之三柱,若然吻合。②

——明·胡直《游七星岩记》

还有宋代吴元美写玉田洞中石盆里的积水:

田中积水,无间夏冬,不溢不涸,不增不减,气常温和,盖万乳所融泄耳。③

写洞内飞溅之水:

其下者巘岩轩豁,嵌窦如磨镜,源泉浑深,由石磴而下,依山循

---

① [清]董浩,等.全唐文 5[M].卷七一八.太原:山西教育出版社,2002:4356.
② [清]汪森编辑,黄盛陆等校点.粤西文载校点(第二册)[M].卷二十一.胡直.游七星岩记.南宁:广西人民出版社,1990:134-135.
③ [清]汪森编辑,黄盛陆等校点.粤西文载校点(第二册)[M].卷十九.吴元美.玉田洞记.南宁:广西人民出版社,1990:85.

流,之石喷激,砱然雷震,响溢群谷。①

——宋·李邦彦《乳岩三洞记》

砮岩,在州北十五里,虚明深邃,有飞泉百余丈,白练萦纡,鸣响深越。中有石田石乳及佛像莲台,五彩炫耀,洞水贯岩直入,深不可测。②

——清·闵叙《粤述》

写地下暗河水景之神奇:

方舟造洞,遥望大江平阔,直抵山根,横有一线之光。迩而望之,乃知洞穴表里明彻而然也。即其洞口,水面阽阽,正将枕山不可得入者。③

——宋·周去非《岭外代答·灵岩》

水月岩,在郁林州东南,虚明爽豁,石室如琅玕倒垂。洞水出岩中,溯湃有声。循涧入洞,游必列炬。跨木渡水,石势益奇。西南为天马洞,有马蹄迹,中益幽邃。又有均天洞,洞分三界,怪石临潭,捌击如作乐。④

——清·闵叙《粤述》

桂林七星岩也有暗河流通各洞:

由台上行,入一门,直北至黑暗处,上穹无际,下陷成潭,顽洞峭裂,忽变夷为险。……既入,则复穹然高远,其左有石栏横列,下陷

---

① 曾枣庄,刘琳. 全宋文(第154册)[M]. 上海:上海辞书出版社,2006:291.
② [清] 闵叙. 粤述[M]. 北京:中华书局,1985:8.
③ [宋] 周去非著,杨武泉校注. 岭外代答校注[M]. 北京:中华书局,2012:19.
④ [清] 闵叙. 粤述[M]. 北京:中华书局,1985:11.

> 深黑,杳不见底,是为獭子潭,导者言其渊深通海,未必然也。盖即老君台北向下坠处,至此则高深易位,丛辟交关,又成一境矣。……又逾崖而上,其右有潭,渊黑一如獭子潭,而宏广更过之,是名龙江,其盖与獭子相通焉。①
>
> ——明·徐霞客《粤西游日记一》

> 其水或细流清浅,或潭深数百丈,投之石,久之乃有声。②
>
> ——清·乔莱《游七星岩记》

可见七星岩地下暗河互相通连,深不可测。

还有潮水涨落的岩洞:

> 圣水岩,在城东三十里,夜半则潮上岩,日中则潮下岩,略不愆期。③
>
> ——清·闵叙《粤述》

广西岩洞除了具有观赏价值外,在本地人生活中亦有不少功用,如读书其间、储藏东西、供奉诸神甚至栖息于洞中。岩洞具有冬暖夏凉的特点,夏天在岩洞中乘凉,是当地人的生活方式。柳开在《玄风洞铭并序》中描写了玄风洞的位置、形态、特点,也让读者看到作者到玄风洞纳凉之情景,表达了玄风洞夏日的清凉使人忘忧。

此外,徐霞客还总结出了西南地区岩溶地貌的地域差别,广西的岩溶地貌与云南和贵州的不同:广西之山是"有纯石者,有间石者,各自分行独挺,不相混杂"④山以石为主,外形峭拔,而石山在雨水作用下容易

---

① [明] 徐弘祖著,褚绍唐、吴应寿整理.徐霞客游记(上)[M].上海:上海古籍出版社,2011:294.
② 杜海军.桂林石刻总集辑校(中)[M].北京:中华书局,2013:783.
③ [清] 闵叙.粤述[M].北京:中华书局,1985:7.
④ [明] 徐弘祖著,褚绍唐、吴应寿整理.徐霞客游记(上)[M].上海:上海古籍出版社,2011:711.

被侵蚀,水的自净能力强,因而"惟石,故多穿穴之流,而水悉澄清"①;云南之山"皆土峰缭绕,间有缀石,亦十不一二,故环洼为多"②,山以土为主,山多洼,因而"惟多土,故多壅流成海,而流多浑浊";贵州之山"则界于二者之间,独以逼耸见奇"③,贵州的山石、土介于广西、云南二者之间,外形上亦有耸峭之处,岩洞的侵蚀和水的清澈程度亦"界于二者之间"。

（二）山景的描绘

广西处在大山环绕之中,山体景观有岩溶地貌山、丹霞地貌山、花岗岩山、土山等,这几种山体在广西山水散文中都有描绘。

1. 岩溶山峰的描绘

古代广西山水散文描绘的山主要是岩溶山峰,就山体而言,有山体较大、重峦叠嶂、基部相连的峰丛;有基座分开、群峰林立、连绵不绝的峰林;有峰峦低矮、孤立于岩溶平原的孤峰;有溶蚀过度而形成的石灰岩残丘。其中峰林类型的山峰以圆锥体和圆柱体为多,山体溶洞发育成熟,由石灰岩经流水溶蚀而形成了各种石钟乳、石笋、石柱、石花,形成了千姿百态的岩洞景观。广西岩溶景观以桂林、阳朔一带为代表,该地拥有规模最大、风景最美的岩溶景观,包括峰丛洼地和峰林平原。漓江沿岸青山林立,其特点是山体不高,为黛色石灰岩石山,却郁郁葱葱生长着花草树木,造型丰富,色彩和形态上都具有很好的观赏价值,自古以来桂林叠彩山、独秀山、虞山、象山、七星山、隐山、南溪山都是人们游赏的对象。

吴武陵《阳朔县厅壁题名》描绘了阳朔山之奇特,如"孤崖绝巘,森耸骈植","如楼通天,如阙凌霄,如修竿,如高旗,如人而怒,如马而欢,如阵将合,如战将散,难乎其状也"④,并且写出了阳朔山环水绕的特点。

柳宗元《柳州山水近治可游者记》生动形象地描写了柳州可游的岩

---

① [明]徐弘祖著,褚绍唐、吴应寿整理.徐霞客游记(上)[M].上海:上海古籍出版社,2011:711.
② [明]徐弘祖著,褚绍唐、吴应寿整理.徐霞客游记(上)[M].上海:上海古籍出版社,2011:711.
③ [明]徐弘祖著,褚绍唐、吴应寿整理.徐霞客游记(上)[M].上海:上海古籍出版社,2011:711.
④ [清]董浩,等.全唐文5[M].卷七一八.太原:山西教育出版社,2002:4356.

溶山:"夹道崭然"的背石山、"上下若一"的甄山、"壮耸环立"的驾鹤山、"正方而崇"的屏山、"独立不倚"的四姥山、"形如立鱼"的石鱼山,更是精彩绝伦地描绘了仙弈山洞穴和石鱼山洞穴孔窍玲珑的特点。

范成大《桂海虞衡志》之《志岩洞》的前言部分对广西的山景给予了很高的评价"余尝评桂山之奇,宜为天下第一"①。自唐以来就流传着关于桂林山水天下第一的说法,柳宗元也曾对桂州的山水特点进行了概括,但世人都以为有夸大之嫌。范成大更进一步以亲临者的姿态多方比较各地名山之特点,真切而细致地总结出桂林之山与其他地方之山的不同。周去非《岭外代答》总体介绍广西的山,如《五岭》《湖广诸山》,再具体介绍广西的山,如《桂山》《象山》。王士性《广志绎》写了广西山脉的走势、山和溶洞的特点,并对广西的山进行了评价。清代广西籍作家王拯《游石鱼山记》写了柳州鱼峰山与周围景观的和谐美以及鱼峰山诸洞孔窍玲珑的特色。清代袁枚《游桂林诸山记》中说"大抵桂林之山,多穴,多窍,多耸拔,多剑穿虫齿。前无来龙,后无去踪,突然而起,戛然而止,西南无朋,东北丧偶,较他处山尤奇"②,记录了他对桂林山特点的感受。

总之,历代广西山水散文描写广西岩溶山特点时比较注意突出山的形象,如山形与自然界中某些东西神似,山色绿意盎然等;关注到了山中的岩溶洞穴孔窍玲珑的特色;并通过比较对广西岩溶山特点进行总结,同时也有融情于景的抒发和议论的表达。

2. 丹霞山峰的描绘

丹霞山为丹霞地貌山体,其在红色厚层砂砾岩地区经过流水侵蚀、切割、风化、重力崩塌作用形成赤壁丹崖、方山、石墙、石峰、岩穴等景观,因岩石"色渥如丹,灿若明霞"而得名,山体特点是颜色赤红、紫红,形成

---

① [宋]范成大著,胡起望、覃光广校注.桂海虞衡志辑佚校注[M].成都:四川民族出版社,1986:4.
② [清]袁枚著,周本淳标校.小仓山房诗文集[M].上海:上海古籍出版社,1988:1794.

坡陡、顶平、身陡、麓缓的方山,山形呈现宝塔状、堡垒状、柱状、棒状或峰丛。丹霞景观有丹霞石柱、丹霞孤峰、丹霞残丘、丹霞崖壁、丹霞方山、一线天、丹霞洞穴、丹霞凹槽等。广西丹霞地貌景观主要有桂北八角寨和桂东都峤山、白石山、宴石山、铜石岭等。广西的丹霞地貌虽然不如岩溶地貌广泛,但其独特的景观具有很高的观赏价值,古代广西山水散文也对丹霞山景观进行了描绘。如五代十国时期南汉大宝二年(959)容州太守刘崇远《新开宴石山记》中对丹霞山的描绘:

> 西枕清波,南连翠嶂,晓则轻云簇白,昼则远树攒青。石罅泉喷点点,而斜飞皓雪;洞边花秀丛丛,而密缀红绡。左纡右回,前龟后鹤。蔬足果足,松寒竹寒。①

从中可见丹霞山色彩之美,丹霞地貌特有的自然美跃然纸上。

都峤山、白石山都是道教三十六洞天之一,古人游迹颇盛。古代广西山水散文中对丹霞地貌描绘得最详细的是徐霞客,崇祯十年(1637)七月中至柳州后过象州、武宣,经大藤峡,七月二十一日至浔州府,过郁林、北流、容县,游览了白石山、勾漏洞和都峤山,白石山和都峤山让徐霞客感受到了丹霞山的胜景。他细致地观察了白石山丹霞地貌的特征,首先是白石山山体的颜色:

> 崖石多赭赤之色。谓之"白石",岂不以色起耶?②

徐霞客看到的白石山山体颜色是赭红色的,而山名却是"白石",因而他感到疑惑,其实白石山是因白石山山体远望呈现白色而得名的。白

---

① 重庆市博物馆.中国西南地区历代石刻汇编(第四册)[M].天津:天津古籍出版社,1998:8.
② [明]徐弘祖著,褚绍唐、吴应寿整理.徐霞客游记(上)[M].上海:上海古籍出版社,2011:406.

石山为典型的丹霞山，山体由第三系红色砂砾岩构成，其远观呈白色是因为红色砂砾岩退化而成灰白色。徐霞客描绘得最多的是不同类型的丹霞山的形态，如其笔下的独秀峰和莲蕊峰具有丹霞孤峰、方山、丹霞峰丛的特征：

> 由其东南越一岭，由岐径望白石而趋。其山峰攒崖绝，东北特耸一峰为独秀，峭拔孤悬，直上与白石齐顶，而下则若傍若离，直剖其根。
>
> 盖此峰正从浔州来，所望独秀峰西白石绝顶，而独秀四面耸削如无柱，非羽轮不能翔其上。
>
> 遂攀登倚石之顶，则一台中悬，四崖环峙，见上又或连或缺，参错不齐。
>
> 崖虽危峭而层遥，盘隔处中有子石，圆如鹅卵，嵌突齿齿，上露其半，藉为丽趾之级、援手之阶。不觉一里，已腾踊峰头，东向与独秀对揖矣。①

从方向和位置上看，徐霞客先写的是东西相对的莲蕊峰和独秀峰，莲蕊峰为丹霞方山，拥有宽阔的平顶，独秀峰为丹霞孤峰，呈现锥状山峰，两峰拔地而起，四面陡峭，形成双峰对峙。而后徐霞客看到了独秀峰东南面环绕的峰丛，那是典型的丹霞峰丛，为高低不等、形态各异的连体同座峰丛。徐霞客十分准确地描绘出了莲蕊峰丹霞方山、独秀峰丹霞孤峰的顶平陡峭及附近丹霞峰丛参差错落、双双对峙的特点。他还通过与广西桂林、柳州诸峰的比较，凸显出丹霞山的特点：

---

① ［明］徐弘祖著，褚绍唐、吴应寿整理.徐霞客游记（上）[M].上海：上海古籍出版社，2011：406-409.

> 桂、朔、柳、融诸峰,非不亭亭如碧簪班笋,然石质青幻,片片如芙蓉攒合,窍受蹑,痕受攀,无难直跻;而此则赤肤赭影,一劈万仞,纵覆钟列柱,连轰骈峙,非披隙导窾,随其腠理,不能排空插翅也。①

这里比较了岩溶地貌山峰和丹霞山峰的区别:同是独秀峰,岩溶地貌的独秀峰颜色是青黛色,山形如碧玉簪、竹笋、芙蓉攒集一起,山石可以经受得住踩踏,是比较好攀登的;而白石山的独秀峰颜色呈赭红,形如擎天柱、山势高耸万仞,且四面陡峭,必须顺着山势纹理的空隙走,否则无法登顶。徐霞客对白石山之独秀峰的高耸孤峭赞叹不已。

徐霞客还写了分布于白石山周围的低矮、浑圆的丹霞残丘:

> 稍东而南折,直抵山之北麓,则独秀已不可见,惟轰崖盘削,下多平突之石,石质虽不玲珑,而盘亘叠出,又作一态也。②

写白石山一线天的奇异景观和亲临游览的体验:

> 已东转而上入石峡中,其峡两峰中剖,上摩层霄,中裂骈隙,相距不及丈,而悬亘千余尺,俱不即不离,若引绳墨而裁削之者,即俗所夸为"一线天",无以过也。磴悬其中。时有巨石当关,辄置梯以度,连跻六梯,始逾峡登坳。坳之南北俱犹重崖摩夹。乃稍北转,循坳左行,则虬木盘云,丛篁荫日,身度霄汉之上,而不知午日之中,真异境也。③

---

① [明]徐弘祖著,褚绍唐、吴应寿整理.徐霞客游记(上)[M].上海:上海古籍出版社,2011:408.
② [明]徐弘祖著,褚绍唐、吴应寿整理.徐霞客游记(上)[M].上海:上海古籍出版社,2011:406.
③ [明]徐弘祖著,褚绍唐、吴应寿整理.徐霞客游记(上)[M].上海:上海古籍出版社,2011:407.

一线天属于丹霞线谷景观,是受节理裂隙控制,经流水侵蚀形成的天然大缝隙,白石山一线天是上山的通道。徐霞客在登山时感受到了一线天之神奇,峡谷两侧山峰被从中剖开,绝壁如削,如裂开的一道缝隙,宽不足一丈,悬空绵亘千余尺,就像是拉墨线削出来的一样。徐霞客所游的"一线天"即苍玉峡,他又登险峻云梯至会仙岩,有了"千秋之鹤影纵横"之体验。此中还有对丹霞洞穴的描写,岩洞是黄红色的岩石,洞内无氤氲之气,洞顶亦无滴水石长的现象。丹霞洞穴是崖壁上顺着软岩层或流水侵蚀部位延伸出的洞穴,徐霞客在游览丹霞洞穴时感受到洞内干燥,这与岩溶洞穴是不同的。

徐霞客在游览容县都峤山时也感受到了丹霞山的特点:

由岩左循崖跻石,其上层石回亘如盘髻上突,而俱不中空;虽峭削无容足之级,而崖端子石嵌突,与白石之顶同一升法。约一里,遂凌峰顶。其间横突之崖,旁插之峰,与夫环涧之田,傍溪之室,遐览近观,俱无非异境。①

另外都峤山的丹霞洞穴多达300个,徐霞客在都峤山的游记中也对都峤山的洞穴进行了描绘:

一岩甫断,复开一岩,层穴之巅,复环层穴,外有多门,中无旁窦,求如白石下岩所云潜通勾漏者,无可托矣。②

从徐霞客的描绘中可知,都峤山的洞穴多,且分布很有规律,洞穴内的建筑有近千间,岩洞内还有寺庙、民居,文化底蕴深厚。

---

① [明]徐弘祖著,褚绍唐、吴应寿整理.徐霞客游记(上)[M].上海:上海古籍出版社,2011:430.
② [明]徐弘祖著,褚绍唐、吴应寿整理.徐霞客游记(上)[M].上海:上海古籍出版社,2011:429.

3. 其他山体的描绘

其他山体景观还有花岗岩山体,由花岗岩构成峰林状岩峰和球状岩丘,质地坚硬,形成陡峭削峻的山体,特点是岩石造型丰富、主峰突出、山峰陡峭、气势宏伟,多奇峰怪石。广西的花岗岩山有桂北猫儿山、桂平西山。其中西山古为浔州府名山,宋代苏轼、李曾伯、姚嗣宗曾有关于西山的诗词,明清以后,西山游赏者渐多。西山旧名思陵山,以"林秀、石奇、泉甘、茶香、佛圣"五绝享誉天下。西山属于黑云母花岗岩山,山上石头千奇百怪,美不胜收,有歇脚石、飞来石、棋盘石、试剑石、蛤蟆石、缆花石等,造型独特、形态逼真,还有巨石堆叠而成的岩洞吏隐洞、观音岩等。清代曹秀先《游西山》称西山林壑美、岩嶂奇。清同治年间张荣组游西山时描绘了西山"石磴欹斜,履之若虚"的奇景。

山体景观还有土山,如桂林尧山。尧山经过地壳运动被推高,成为桂林高大雄浑的大山。尧山岩层为砂岩页岩组成,经过风化岩体被破坏,形成了平缓的土山,山坡和山麓上亦有一些岩石的碎屑。宋代张栻《尧山漓江二坛记》中说桂林"环城之山,大抵皆石,而兹山独以壤"①,明代张鸣凤《桂胜》称尧山:"积土盘回,亦略带石。"②徐霞客《粤西游日记一》说:"盖此中皆石峰林立,得土山,反以为异。"③桂林尧山传说与尧舜有关,说明了它在桂林人心中非比寻常的地位。

(三)水景的描写

水是生命之源,人类的发源地几乎都是在水边。从观赏的角度看,水体景观主要是指江、河、湖、海、泉、溪、瀑等。广西水系发达,水资源十分丰富。古时灵渠、漓江、西江是人们出入岭南的重要水路通道,南来北往的人乘舟而行,容易关注到沿途的风光。由于唐代中原南下的文人一

---

① [宋]张栻撰,邓洪波校点.张栻集[M].长沙:岳麓书社,2009:574.
② [明]张鸣凤著,杜海军、闫春点校.桂胜桂故[M].桂胜卷六.北京:中华书局,2016:221.
③ [明]徐弘祖著,褚绍唐、吴应寿整理.徐霞客游记(上)[M].上海:上海古籍出版社,2011:321.

般带着愁苦心情进入广西,对广西的水的观察并不如对岩洞和山的观察那么细致,又因为从文学体裁上看诗歌善于抒情而散文更注重细致的描摹,因此从入桂文人的诗中最常见到的是水景,而其散文更多是细致地描绘山景和洞景,因此广西山水散文中对水景的描绘要少于对山峰和岩洞的描绘。广西水体景观较有名的河流、湖泊分别以漓江、桂林西湖为代表,另外还有不少奇异的泉水。从古代广西山水散文作品中可见,最早被文人关注的是漓江,最早被文人单独书写的是灵渠。

1. 灵渠与漓江的描写

灵渠位于兴安县境内,是中国最古老的运河之一,开凿于公元前224年,是秦始皇时代的水利工程,为秦始皇统一岭南打下了坚实的基础。灵渠也叫湘桂运河,它连接湘江和漓江,沟通了长江水系和珠江水系,曾是岭南地区重要的水路通道。唐代鱼孟威《桂州重修灵渠记》写到了灵渠与漓江的关系、修浚灵渠的经过,为现存最早专写灵渠的散文。晚唐莫休符《桂林风土记》也提及了灵渠。后世不断有人写关于重修灵渠的文章,清代最多。

漓江属于珠江水系西江的支流,清代以前一般都认为它是与湖南的湘江同一源头,因灵渠分水,两江相离,在"相"和"离"字上分别加上三点水,而有了湘江和漓江之名。郦道元《水经注》有关于漓水的源头、去向、支流的记录,还介绍了漓江流经的一些山水、岩洞。郦道元的湘漓同源说一直影响世人对湘水、漓水同源的看法,直到清代人们才开始认识到郦道元对南方诸水系书写的错误。清以后有人对湘漓同源的说法提出了质疑,开始认为漓江另有源头,是在桂北的猫儿山上。漓江自猫儿山源头流经灵川、桂林、阳朔、平乐、昭平,流至梧州与浔江交汇入西江,全长426千米,其中山水精华的部分是桂林至阳朔的80多千米的水域,山环水绕、风景如画。

唐代广西山水散文中对漓江的描绘并不多,止于一些泛化的形态的描写。韩愈有"江作青罗带,山如碧玉簪"的诗句,韩愈并未到过广西,却能如此形象地描绘桂林山水,可见至唐代漓江已名声在外,但当时的文字主要是从山和水的角度对漓江进行泛化的描绘。唐代任华《送宗判官归滑台序》、柳宗元《桂州裴中丞作訾家洲亭记》点到了漓江,但重点不在漓江,漓江只是桂林山峰的点缀,只为了凸显山水相依的特点。莫休符《桂林风土记》中写了灵渠,称其为"漓、湘二水分流处",主要是对灵渠开凿历史的一些辩驳,未有景物描写。

宋代柳开《湘漓二水说》提出了对湘江和漓江名字的来源的见解,李师中《重修灵渠记》、周去非《岭外代答·广西水经》也从漓江与湘江的关系来描述。唐代以"形"来观漓江,如"青罗带""环山洄江""萦纡若带",至宋代文人对漓江的描绘有了新的角度,宋代广西山水散文开始有了对漓江水质的描绘,说明古人逐渐对漓江展开了更细致的观察。比如开始写漓水之清澈:张栻《尧山漓江二坛记》里说漓江"清洁可鉴";范成大《复水月洞铭并序》以"水清石寒"形容象山水月洞一段的漓江的美感;《桂海虞衡志·志岩洞》写水月洞之倒影,从侧面表现漓水之清澈。

明清之后的广西山水散文对漓江的描绘更多了,从漓江的源头到漓江各流域段的景致都有描绘,漓江美景越写越细致。比如张鸣凤《桂胜》写出了漓江美的精髓——清澈,清澈的漓水可见水底的五色石子、摇曳的水草和游动的鱼儿,水上飞云过鸟构成了极美的漓江山水画面。对于漓江张鸣凤还有与前代不同的见解,认为桂林自古都是以山和岩洞闻名,但若是缺少了漓江,则"不但气之盘郁无所宣泄,而山亦偏枯,何所丽以增其清韵也"[①],充分说明了漓江在桂林山水景观中的重要作用。

徐霞客《粤西游日记》中写了漓江阳朔段的美景,他体会过漓江夜色和晨景,在阳朔漓江的精华——画山一带陶醉于"上罨彩壁,下蘸绿波,直是置身图画中"的美妙。到清代广西山水散文中可见到人们对漓江山

---

① [明]张鸣凤著,杜海军、闫春点校.桂胜桂故[M].桂胜卷六.北京:中华书局,2016:246.

水的描述越来越多,且能从不同的角度发现漓江变幻之美:张心泰《粤游小志》写漓江两岸的榕树,写游阳朔所见山、水、云、雨的动态美和朦胧美;张维屏《桂游日记》将漓江春景描绘得如诗如画,写漓江春色可人,也写了漓江烟雨的朦胧美;金武祥《漓江杂记》营造出了平乐段漓江的月夜、江水、山峰、渔火的清幽意境,阳朔段漓江的绿水、青山、翠竹、村落、渔舟的山水田园画卷,及兴坪山段漓江"空灵雄厚"的壮美风格。清代越南使节沿水路上京,途中舟行漓江也留下了很多描写漓江山水的散文,如阮思僩的《燕轺笔录》描绘了漓江黄阜的景色,文中漓江秋色、烟雨、渔火、船歌及漓江边上的田园风光十分动人。

实际上,古人沿着西江进入广西时,由于多处江滩非常艰险,很多人在描绘府江(漓江)时都表现了江水的险恶,并不是所有的江段都能看作是被欣赏的美景。如田汝成到达广西的时间是八月二十四日,进入广西境地后,沿西江而上,田汝成认为漓水附近少数民族众多,山高、水深、林密是盗匪的天然屏障。至昭平开始他感到"山明水秀,恍若画图,亦岭外绝景也"[①],至平乐见到山水的奇美,认为平乐以下山水平平。赵翼《檐曝杂记》记述了自己去往广西赴任途中,亲身经历了广西滩峡之险:"但见满江如沸,有数千百旋涡。询知下有一石,则上有一涡"[②],舟行过滩非常惊险。

2. 西湖的描写

古代广西山水散文中被写得较多的水景是桂林的西湖,曾有"天下西湖三十六,以桂林西湖为大"的说法,但桂林西湖经历了沧海桑田的变化,到后来几乎不可复原当日胜景,只能在古代广西山水散文中见到它昔日的风采。唐宝历年间李渤开发了桂林城西的隐山,发现了隐山山麓的这片水域,为之命名为"蒙泉",从吴武陵《新开隐山记》、韦宗卿《隐山六洞记》中可见,这是一片横跨五六里的宽阔水域,水波如镜,荷花、水

---

① 丛书集成续编(第一百一十六册)[M].田汝成.田叔禾小集.台北:新文丰出版公司,1988:322.
② [清]赵翼.檐曝杂记(清代史料笔记丛刊)[M].北京:中华书局,1997:44.

草、鱼鸟、群鸭、船女、游客相映成趣,是当时人们的游览胜地。后来这片水域从"蒙溪"变为"西湖",至南宋"岁久废为田"。南宋乾道年间鲍同《复西湖记》记载了当时静江知府张维修浚西湖之事,说到了张维可惜美景被荒废,对之进行了修浚,西湖恢复到了"水遂盈衍澶漫,若潭若池,横径将数十亩,望之,苍茫皎澈,千峰影落,霁色秋清、景物辉煌,转盼若新"①的状态,称可以与杭州西湖相媲美。范成大《桂海虞衡志》对桂林西湖之美景的描绘可见其游览品质极高:

  西湖之外,既有四山巉岩,碧玉千峰,倒影水面,固已奇绝。而湖心又浸隐山,诸洞之外别有奇峰,绘画所不及。荷花时有泛舟故事,胜赏甲于东南。②

南宋桂林的石刻题记也显示了西湖当时是桂林必游之胜地。南宋淳熙五年(1178)廖重能等3人《隐山题记》记载了廖重能、詹仪之、张栻泛舟西湖之事:

  淳熙戊戌岁六月丙戌,廖季能置酒,约詹体仁、张敬夫登千山观,泛舟西湖。荷花虽未盛开,水光清净,自足消暑。③

詹仪之《北牖洞题记》是记同一事的石刻:

  水光山色隐映,万状毕陈于尊俎之间。遂登北牖洞,扪崖剔藓,

---

① [清]汪森编辑,黄盛陆等校点.粤西文载校点(第二册)[M].卷十九.鲍同.西湖记.南宁:广西人民出版社,1990:89.
② [宋]范成大著,胡起望、覃光广校注.桂海虞衡志辑佚校注[M].成都:四川民族出版社,1986:21.
③ 杜海军.桂林石刻总集辑校(上)[M].北京:中华书局,2013:224.

得唐刺史李渤宝历间题名,盖西湖最胜处也。①

淳熙十四年(1187)詹仪之又邀众人游西湖,其《北牖洞题记》云:

历览西湖六洞之胜。时霁雨初霁,风日融怡,流峙动植,触目会心,分韵赋诗,薄暮而返。②

淳熙八年(1181)王卿月等8人《白石岩题记》记载这年夏秋之交,王卿月约客西湖之上,纵情欢歌的情形。淳熙十四年(1187)刘愈等9人《北牖洞题记》记载了这年孟冬初约众人探胜西湖之上,享受怡畅风景,竟夕乃还。嘉定五年(1212)管湛、李讹《北牖洞题记》记载二人泛舟访招隐见到湖光潋滟、云锦带暎的美景,忽然下雨,又有了不同的景致。同年六月,管湛、孟默等3人《北牖洞题记》记载管湛携家人泛舟西湖之事。

方信孺于嘉定六年(1213)来到桂林任职,在遍游桂林山水后,十分喜爱西湖,希望将这里作为自己的隐居之所,虽然未能如"奉母偕隐"之愿,但建起碧桂山林,作《碧桂山林铭并序》《碧瑶潭铭并序》等文章,写到西湖"吞蒙溪,吐阳江"的气势,表达了对西湖的喜爱。南宋末年李曾伯《游隐山诗并序》记载邀约众人醉千山观、游隐山、泛西湖的事。宋亡后,桂林西湖渐渐荒废,元代郭思诚《新开西湖之记》记录了桂林西湖从蓄水养鱼到占湖为田的荒废历史及新开西湖的经过,西湖通过修复恢复了旧貌。明代桂林西湖水量减少,渐渐湮塞,田汝成《觐贺行》记游览隐山时,西湖的盛景已经不在,他说道:"迄今荒壤蔓草,狼藉狐兔之居。惟蒙溪

---

① 杜海军.桂林石刻总集辑校(上)[M].北京:中华书局,2013:227.
② 杜海军.桂林石刻总集辑校(上)[M].北京:中华书局,2013:242.

瀰淡,犹存一带。陵谷迁易,亦可叹也。"①董传策《游桂林诸岩洞记》记载,西湖已成"田畴",邝露《赤雅》中《游桂林招隐山小记》也对嘉靖中西湖复灌为田表示遗憾。明末徐霞客来游桂林,看到昔日能乘舟载酒而入的西湖如今已变成田地,有了"沧桑之感有余,荡漾之观不足矣"的感叹。张鸣凤《桂胜》中对恢复西湖的事发表议论,考虑到修复西湖必定增加人们的负担,他也认为西湖要恢复确实不容易了。至清代西湖的情形亦是如此,从黄之隽《游隐山记》中可见西湖仍是数百亩的稻田;阮元《隐山铭并序》中"何人能复,西湖之旧"则对西湖的荒废耿耿于怀,"四面澄波,水天一碧"的西湖已是游人想象的美景了。

3. 阳塘的描写

阳塘,即今桂林之杉湖和榕湖。对桂林阳塘的描写先见于魏濬《西事珥》,而邝露《赤雅》在它的基础上写成了一篇文辞极美的山水游记:

> 漩桂皆山,漩桂皆水也。漓江、阳江、弹丸、西湖、白竹、躔城、郭市日域,姑未暇论。即城中揭帝、梓潼、华景、西清,色色入品,惟阳塘最胜。阳塘东西横贯,中束以桥。东曰杉湖,西曰莲荡。征蛮幕府,镇守旧司,南北相望。演漾若数百亩。临水人家,粉墙朱榭,相错如绣。茂林缺处,隐见旌旗。西枕城,阳水入焉。予先一日忆吾家花田游舸,有诗云:"芙蓉叶烂不还乡,五月玄岩尚怯霜。梦入花田看越女,手擎丹荔倚斜阳。"及游阳塘,风开翠扇,水泛红衣,杜若芳洲,不减花田珠海。红蕖白苣,不减丹荔素馨。纨绮王孙,不减三城侠少。词郎佳句,不减水部风流。金谷佳人,不减海边素女。至如玉山紫黛,金削芙蓉;倒蘸冰壶,天光上下,则吾家之所无也。②

---

① 丛书集成续编(第一百一十六册)[M].田汝成.田叔禾小集.台北:新文丰出版公司,1988:323.
② [明]邝露著,蓝鸿恩考释.赤雅考释[M].南宁:广西民族出版社,1995:107.

此篇主要写阳塘的风光,写出了阳塘周边山水景观的诗情画意,并与自己的家乡风光进行了对比,赞叹桂林山水相依、奇峰倒影、水天一色是家乡风景无法比拟的。

清代唐景崧《补杉楼记》有对阳塘的描写:

> 桂城内有阳塘,塘有桥,桥东曰杉湖,西曰莲荡,闽人馆于湖之北,祠天后,宏阔清严。门以外十步而临湖,朱榭横波,玉篸绕城,风景幽夷,忘在人境。达官富贾,相率而高会燕游最胜处也。①

补杉楼是位于桂林杉湖畔的建筑,文中描绘出了杉湖周围的建筑与自然和谐的画面。

4. 泉水的描写

唐代元结在梧州时所写的《冰泉铭》写到梧州的一道泉水:

> 苍梧郡城东二三里,有泉焉。出在郭中,清而甘,寒若冰。在盛暑之候,苍梧之人得救渴。泉与火山相对,故命之曰冰泉,以变旧俗。铭曰:火山无火,冰泉无冰。惟彼泉源,甘寒可征。铸金磨石,篆刻此铭。置之泉上,彰厥后生。②

冰泉是梧州最负盛名的泉水和古迹,这篇由序和铭组成的文章,篇幅短小,主要介绍了梧州冰泉名称的由来,突出了冰泉的"清而甘""寒若冰"的特点和能为人解渴的功用。

广西名泉还有青秀山菫泉、西山乳泉等。清代张荣组游西山时描绘了西山的乳泉:

---

① 杜海军.桂林石刻总集辑校[M].北京:中华书局,2013:1233.
② [唐]元结.元次山集[M].中华书局,1960:157.

数十武,得乳泉之源。泉水涓涓崖窦出,方圆不盈二尺,深不过尺许,四时不涸不溢。足踏山空,终不见水流何处,亦一奇也。①

乳泉方圆不足二尺,但一年四季不枯涸不溢出,时有白如乳的汁液喷出,故名乳泉,堪称奇观。

另有一些传说中的神奇泉水,明代《西事珥》《赤雅》、清代《粤述》中记载了富川之犀牛泉、思恩之婆娑泉、浔州白石山漱玉泉等泉水"泉呼即应"。清代陆祚蕃《粤西偶记》记泗州骂泉亦是闻声而出泉,充满了神奇色彩。

5. 溶洞水、地下河水的描写

岩溶洞穴的形成与地下水密不可分,古人在观赏广西岩溶洞穴时,也注意到了岩洞中的水,如宋代梁安世的《乳床赋》在探明石钟乳的形成时提出"泉春夏而渗流。积久而凝,附赘垂疣"②,点明岩溶洞穴中水滴石长的奇妙。从宋代的石刻中可以看到宋人游览岩洞时还有一种特别的习惯是饮用洞中的滴水,称之为"乳泉",他们在游览龙隐岩时还不忘"酌乳泉,煎沉水"。

对岩洞中地下河的描绘可见于周去非《岭外代答》:

> 洞穴有水,然后称奇。桂林诸洞,无虑百所,率近在城外数里,俱有可观。若水东之曾公岩、兴安之石乳洞,皆有流水自洞而出,施直桥横槛其上,遨游者得以徙倚其间。异于他洞者,空明幽遂而已。虽然,未若城南之水月洞,东江之龙隐岩也。水月中通,形如半规,江流贯之,中有石桥,可以舣客。龙隐修曲而高明,江流贯之,鼓棹而入,仰视洞顶,夭矫乎真龙之脊胁也。范石湖谓二洞奇赏绝世。

---

① [清] 张荣祖. 游西山记. 桂平西山洗石庵碑刻.
② [清] 汪森编辑,黄盛陆等校点. 粤西文载校点(第一册)[M]. 卷一. 梁安世. 乳床赋. 南宁:广西人民出版社,1990:7.

> 融州老君洞亦通川流,中有一洲,其旁高岑有乳石滴成老君之形,须眉衣冠,无一不具。张于湖榜曰:"天下第一真仙之洞"。以是知凡洞必以川流为贵也。①

说明了广西岩洞中水与洞的关系,接着引出"水深数尺"的灵川灵岩,对其洞中水景进行了描绘:

> 是岩也,大江洞其腹,水阔二十丈,深当倍之。……即其洞口,水面阽阽,正将枕山不可得入者。舟子击水伏而进,仰视洞顶,与水面相去才丈余。水与洞顶,皆平如掌。②

写出了灵岩地下河的景观特色,水与洞顶的奇特组合,洞与水共振的声音,通过对水的描绘道出了灵岩的神秘,"水色沉碧,雄深严静",人置其间如有神灵护佑。

（四）记录游程

广西自唐宋以来为贬官之所,贬谪官员即便是心情落寞也会拾整心情在山水间释放,而派遣到广西的官员即便是公务在身也会利用闲暇来纵情山水,他们游览山水之后记于笔端,形成了山水游记。这些游记展现了广西山水景观的特色和山水游览方式的独特,这也是古代广西山水散文中的一个重要主题。唐代吴武陵《新开隐山记》、韦宗卿《隐山六洞记》已有记游的成分,到了宋代广西山水散文中记游程的越来越多,如黄庭坚《游龙水城南帖》写与友人游宜州龙隐洞之事,《宜州乙酉家乘》中也有在宜州与兄弟朋友游历山水的记录;吴元美《勾漏山宝圭洞天十洞记并序》是其游览勾漏洞的记游性的作品;罗大经《游南中岩洞记》记录游

---

① [宋]周去非著,杨武泉校注.岭外代答校注[M].北京:中华书局,2012:18-19.
② [宋]周去非著,杨武泉校注.岭外代答校注[M].北京:中华书局,2012:19.

览栖霞洞和勾漏洞之事；林岊《柳山记》记夜里游柳山，赏山、水、月。记录游历过程以广西留下的石刻题记最为普遍，如关杞《游白龙洞记》，吕伟信、蔡颜仲等四人《七星岩游记》，蒋燮《碧云岩记游》。宋元时期广西石刻中大量的题记都简单地记录了人们的游历经过，最能展现宋代人游览特色的也是这些题记。如宋人游山玩水多是众人同行，大量的摩崖题记表现出率群僚、聚朋友、挈家属等众人随行游览山水的排场。在桂林摩崖题记中一人题记为少数，多人题记的占了八九成，2人、3人、5人、6人的题记最多，7人以上的题记也有50余件，而熊飞、李谟等《留春岩题记》参与者达23人之多。与此相应的是宋代的旅游应酬多，如陪上级官员旅游、为人饯行的不在少数。如宋熙宁六年（1073）许彦先、张觐等《议事桂林题记》就体现了宋人即便是公务在身也逢山水必游的特点。宋代题记中还表现出游者喜爱舟游，且将桂林诸景点串起来游，有日暮而归的，也有游了三天的，说明桂林的山水名胜是比较集中的：

> 嘉祐癸卯寒食旬休，谭舜臣携累登石门，下临江岩，参唐代佛塔，览风帆沙岛，江山之胜，此为最焉，遂舟过虞山。①
>
> ——宋·谭舜臣《木龙洞游观题记》
>
> 自寿宁院抵庆林观，少休风洞，上登栖霞洞，却下漾楫，泊龙隐岩，肴觞啸咏，日薄西渡……②
>
> ——宋·余藻等4人《龙隐洞题记》
>
> 元祐六年三月二十四日，自逍遥楼出桂江，泛舟至雉山，观岩洞，微雨，不可登绝顶，泝流过寿宁，复还逍遥置酒……③
>
> ——宋·孙览等7人《雉山题记》

---

① 杜海军．桂林石刻总集辑校（上）[M]．北京：中华书局，2013：52．
② 杜海军．桂林石刻总集辑校（上）[M]．北京：中华书局，2013：56．
③ 杜海军．桂林石刻总集辑校（上）[M]．北京：中华书局，2013：75．

……自八桂堂过伏波岩,啜茶,遂游龙隐洞。①

——宋·程节等5人《还珠洞题记》

……相与遍游岩洞,登超然,过八桂,升雄山,探风穴,入栖霞,扪七星,濯缨于洑波,烹茶于灵隐,酌酒曾公岩中,泛舟妙乐堂下。②

——宋·杨损等6人《曾公岩游记》

宋人也喜欢在山水名胜处喝茶饮酒、以文载游,在游览中还有一些独特的习惯,如饮钟乳石上的水:

经臣张觐、执中刘彝、志康傅燮,熙宁甲寅六月八日同寻回穴山,饭于是岩,挹石乳之溜,试郝源新芽,香色味相得皆绝,叹赏数四,遂同舟以游风洞。③

——宋·张觐等3人《同寻回穴山题记》

……饮罢,挐舟绝溪,游龙隐岩,酌乳泉,煎沉水,解衣盘薄久之。过栖霞,晚复集天宁。④

——宋·赵少隐等5人《龙隐岩题记》

古代广西山水散文文字或简或繁记录游程,出现了各种奇异的游览山水的方式。其中游览岩洞的方式呈现出了多样化的特点,唐代吴武陵、韦宗卿关于隐山六洞的游览具有探险性,而秉烛游洞是传统的方式,黄庭坚被贬谪到宜州后曾与友人点烛游洞:

---

① 杜海军.桂林石刻总集辑校(上)[M].北京:中华书局,2013:87.
② 杜海军.桂林石刻总集辑校(上)[M].北京:中华书局,2013:130.
③ 杜海军.桂林石刻总集辑校(上)[M].北京:中华书局,2013:61-62.
④ 杜海军.桂林石刻总集辑校(上)[M].北京:中华书局,2013:146.

> 烧烛入洞中,石壁皆沾湿。道崖险路绝,相扶将上下。①
>
> ——宋·黄庭坚《游龙水城南帖》

> 入集真洞,蛇行一里余,秉烛上下,处处钟乳蟠结,皆成物象,时有润壑,步行差危耳,出洞。②
>
> ——宋·黄庭坚《宜州乙酉家乘》

即便传统的秉烛游洞,也有新的游法,如罗大经描写的声势浩大的千人举火同游栖霞洞:

> 列炬数百,随以鼓吹,市人从之者,以千计。③
>
> ——宋·罗大经《游南中岩洞记》

寥寥数笔便描绘出了生动有趣的千人入洞游洞场面。

在宋代广西记录游洞的散文中还出现了新的游览方式,如游勾漏洞时就有点烛和舟游两种方式。吴元美记录的游宝圭洞的方式:

> 秉烛而入,有丹灶床几,盘瓮碾臼,皆石乳自然凝结而成……约半里,水涯循梯直下,挐竹筏以行,历瓮门三四重,间关委蛇,烛尽而回。翌日棹小舟以往,乃穷水际,益广益奇,波光澄明……④
>
> ——宋·吴元美《宝圭洞记》

罗大经在游北流勾漏洞时手拿火把坐小木筏游洞:

---

① [宋]黄庭坚著,屠友祥校注.山谷题跋[M].上海:上海远东出版社,1999:239.
② [宋]黄庭坚撰.宜州乙酉家乘(据知不足斋丛书本排印)[M].北京:中华书局,1985:2.
③ [清]汪森编辑,黄盛陆等校点.粤西文载校点(第二册)[M].卷十九.罗大经.游南中岩洞记.南宁:广西人民出版社,1990:89-90.
④ [清]汪森编辑,黄盛陆等校点.粤西文载校点(第二册)[M].卷十九.吴元美.白沙洞记.南宁:广西人民出版社,1990:79-80.

因同北流令结小桴,乘烛坐其上,命篙师撑人,诘屈而行,水清无底,两岸石乳虎豹猱玃,森然欲搏。①

——宋·罗大经《游南中岩洞记》

更奇特的方式是周去非记载的游灵川灵岩的方式:

舟入渐深.楫声隐隐震洞,固已骇人心目,人声一发,山水皆应,大音叱咤,洞虚蓉裂。当岩之中,洞顶穹窿如宝盖然。……是江也,西通瑶洞,日泻良材,贯岩而下,水深不可施篙,撑拄岩顶而后得出。②

——宋·周去非《岭外代答·灵岩》

因岩洞中的水太深,船篙无法撑到底,而是撑顶上岩石使舟行,这样的游洞方式是前无古人后无来者的,与灵岩独特的环境有关。

也有一些不需举烛,步行可至的岩洞,如范成大《屏风岩铭并序》的高广壁立的屏风岩,张栻《韶音洞记》中的韶音洞,梁安世《弹子岩题记》中的宽平从步之适的弹子岩,周刊《释迦寺碑记》中可以"骋步纵目,而一境之美赴焉"的龙隐岩、舟游江上可远观和近泊的水月洞。

到了明代,徐霞客游广西岩洞时用足步测量,具有了科学考察的性质,他两次游七星岩,里里外外、仔仔细细地寻出了15个洞。徐霞客在游岩洞时就岩录诗,显示出其游洞的与众不同。游览岩洞的不同方式从侧面表现出了广西岩洞的鬼斧神工、千姿百态,这也说明古代游者游览广西山水经验的不断丰富。

---

① [清]汪森编辑,黄盛陆等校点.粤西文载校点(第二册)[M].卷十九,罗大经.宝圭洞记.南宁:广西人民出版社,1990:89-90.
② [宋]周去非著,杨武泉校注.岭外代答校注[M].北京:中华书局,2012:19.

三、山水开发与重建的题材

山水的开发与重建是古代广西山水散文中较为常见的主题,特别是唐宋时期;这个时期是广西山水开发的高峰期,中原人初识广西山水之美,开始对之进行改造和营建,并以文记之。唐宋时期山水散文中山水开发主题较多,唐宋以后广西山水开发减少,明清时期广西的山水景观渐渐成熟和定型,山水开发主题的散文较少,取而代之的是山水景观、园林重建修缮主题的散文增多了,仅有一些稍偏远的地区还有些景点开发的记载。

中唐以后,广西山水景观逐渐被开发,在当时的山水散文中得以表现,有对山、岩洞、湖、泉、江河等自然景观的开发,也有兴建园林景观及对民智的开发。最早描写广西山和岩洞的开发的散文有郑叔齐《新开石岩记》,记录李昌巎对独秀峰下读书岩的开发:"于是申谋左右,朋进畚锸。壤之可跳者,布以增径;石之可转者,积而就阶。景未移表,则致虚生白矣。"①读书岩不大,清理开辟所用时间也不多,但这可算是最早的岩洞开发的记录。还有吴武陵《隐山题记》《新开隐山记》和韦宗卿《隐山六洞记》中记录的李渤对隐山和隐山六洞的开发。《隐山游记》相对简单地记录了李渤发现了隐山的事:"太和年既丰,乃以泉石为娱,搜奇访异,独得兹山,山有四洞,斯为最。"②而《新开隐山记》则详细地记录了李渤开发隐山和六洞的经过,并把这些经过写成了游记,《隐山六洞记》与之相似。李渤《南溪诗序》、李涉《南溪玄岩铭并序》记录了对南溪山及玄岩的开发。元晦《叠彩山记》《于越山记》《四望山记》记录了对桂林叠彩山的命名和开发。

宋代广西山水得到进一步的开发,且常以无人问津的荒僻处山水的

---

① [清] 董浩,等.全唐文 4[M].卷五三一.太原:山西教育出版社,2002:3186.
② 杜海军.桂林石刻总集辑校(上)[M].北京:中华书局,2013:16.

发掘为趣事,并以开发者的名字为山水命名,这在宋代的广西山水散文中多有体现。关于岩洞开发的有刘谊《曾公岩记》,记载了曾为广南西路经略安抚使的曾布带领属下游览时发现了普陀山冷水岩的经过;唐铎《开辟伏波山岩洞记》简单记载了伏波山还珠洞的开辟,《新修清秀岩记》较详细地记载了桂林清秀岩从藏于荒棘到被发现其幽奇秀美的开发过程;张维《张公洞记》记载其与张孝祥游玩发现桂林中隐山的山洞,并为之命名为张公洞,《开潜洞记》则是记西湖疏浚后开潜洞之事;张栻《韶音洞记》记张栻发现整理韶音洞之经过。明代有桑悦《开邃岩记》写了开发融州城西一处"虎狼之与居,瑶僮之与邻,蒿莱荆棘为之充塞蒙蔽"的岩洞之事。

唐代广西山水散文中对江河湖泉的开发体现得较少,有元结《冰泉铭》对泉水的命名、李渤对蒙泉的命名等。宋代广西山水散文对水体景观的关注开始多起来。宋代水域交通发达,泛舟游玩是人们出游的风尚,宋元时期已经注意到了桂林"山有余而水不足"的劣势,开始营建水体景观。宋代对桂林水域景观的营建是当时开发的重点,张鸣凤《桂胜》中记载了宋崇宁年间王祖道开凿了朝宗渠,东接漓江,西入阳江,补形胜之不及的情形。宋代桂林人张仲宇《桂林盛事记》中有记载:"沺子癸之流,以注辛戌,环城有水,如血脉之萦一身。"①后范成大、方信儒多次修浚,引朝宗渠水入西湖,形成了沟通漓江和阳江、直达西湖的水域,使得西湖形成了七百亩浩瀚水面。可以说宋代以桂林自然河流为基础在城西开壕塘、在城南凿南江,开朝宗渠,后又修浚西湖,形成了环城水网。宋代山水散文中记述开发水景的有鲍同《西湖记》,记载了张维疏浚西湖之事。方信孺《修朝宗渠记》中写到了引灵溪水入阳江来补充西湖之水量。到了元代,桂林西湖荒废,郭思诚《新开西湖之记》记新开西湖的经

---

① [清]汪森编辑,黄盛陆校.粤西文载校点(第三册)[M].卷三十六.张仲宇.桂林盛事记.南宁:广西人民出版社,1990:77.

过,提及恢复了西湖的旧貌。明清之后西湖几经荒废,张鸣凤认为复湖似乎不是那么容易的事了。明清两代桂林城中有阳塘、杉湖美景,但山水散文中几乎未能见到开发水域的文章了。

  唐以后广西园林景观的开发、兴建和营造也在山水散文中表现出来了。园林是建筑文化的一部分,被称为"大地艺术",中国古典园林发展到唐代,写意山水园林趋于成熟,文人参与造园使得园林在山水诗画中获取了营养,柳宗元就是具有代表性的唐代造园文人之一。中国古典园林的代表是江南园林,追求以小见大,"虽由人作,宛自天开"的境界,讲究叠山理水、建筑和植物等要素的组合。而广西属于岭南地区,自然山水条件佳,有真山真水,岭南园林自有其特色。唐代广西地区的造园充分利用了广西自然山水的良好条件,唐代文人对广西的园林营建主要是在自然山水的基础上保留自然的简朴,如"不斫椽,不剪茨,不列墙,以白云为藩篱,碧山为屏风,昭其俭也"①(《邕州柳中丞作马退山茅亭记》),"不采不腹,倏然而成"②(吴武陵《新开隐山记》),对其人工的改造主要是建亭植树和通过景观的组合方式达到审美效果。

  亭、台、楼、阁、轩、榭、馆、桥是园林建筑的要素,亭在园林景观中有点明主题、引导游览的作用,在不同的位置又具有不同的审美效果,亭既是观赏风景的场所,又是景观。古代广西山水散文中有不少建亭的记录,如在马退山之阳建茅亭;柳宗元在柳州城外建东亭;裴行立在訾家洲南建燕亭,北建崇轩,左浮飞阁,右列闲馆、建浮桥;李渤在隐山顶上建庆云亭,又在北牖洞建亭,亭的两翼有厨房、游廊、歌台和舞榭;李渤在南溪山建亭;元晦在叠彩山"建大八角亭写其真,院砌台、钓榭、石室莲枕、流杯亭、花药院";等等。去除杂草杂木,种植合适的草木,增加景观的生气,使得士人精神愉悦,游兴倍增,也是体现人的情趣、象征人的品格的

---

① [唐]柳宗元撰,尹占华、韩文奇校注.柳宗元集校注[M].北京:中华书局,2013:1794.
② [清]董浩,等.全唐文5[M].卷七一八.太原:山西教育出版社,2002:4356.

园林要素。如柳宗元建柳州东亭时,清除杂物后,种上竹箭松柽以及桂桧柏杉等名贵树木,松柏喻君子,其苍老遒劲、挺拔嵯峨的姿态,显得庄重沉稳,又具有生机勃勃的气势。又如李渤在隐山环植竹树,竹挺拔有节,契合了中国古代士大夫的高尚情操,同时也可渲染景观气氛,在南溪山种竹则是为了营造一个远离尘世喧嚣的清幽环境。

园林的经营艺术在柳宗元《桂州裴中丞作訾家洲亭记》中表现得最明显：一是因地制宜地选址,依据地势地貌,因景制宜地进行安排。訾家洲是漓江上的一个小浮洲,面积不大不小,正好符合私家园林面积的要求；且地理位置优越,离桂州城很近,可以感受到在洲上清静幽雅而洲外车来人往,正好符合白居易所说的"中隐"的园林之境。二是在布局上灵活多变、因势就形。"南为燕亭,延宇垂阿,步檐更衣,周若一舍",用作休息和宴饮聚会的地方选择比较封闭的地方,营造庭院深深之感。"北有崇轩,以临千里",适合观景的地方修观景建筑,眺望千里秀色。建筑物借助訾家洲自然山水、巧于因借,与訾家洲的周围自然环境相协调。三是在园林构景上手法多样,比如运用了对景、添景、框景、借景、漏景等。对景是中国园林中普遍运用的构景手法,裴行立在开发訾家洲时用了不少对景手法,除了南燕亭、北崇轩、"左浮飞阁,右列闲馆",南、北、左、右互为对景之外,崇轩还对着洲外的桂林山水之景。"比舟为梁"是用浮桥来添景,增加了景观的层次,随波升降又增添了景观的生动。框景是以小见大,用建筑门窗作为画框定格风景,"苞漓山,涵龙宫,昔之所大,蓄在亭内",此处的亭成为画框,定格了漓山、龙宫的画面,是园林中的框景。訾家洲的景观美很大程度上借了洲之外的美景,訾家洲是无山的,所以要借附近的漓山、七星山等山景,同时"日出扶桑,云飞苍梧。海霞岛雾,来助游物",还要借漓江、阳光、云雾等为景色添彩,将訾家洲的空间引申到洲外。而"其隙则抗月槛于回溪,出风榭于篁中"是漏景,是园林中"犹抱琵琶半遮面"的含蓄意境的制造手段,在曲折的溪流间,月槛漏出于景物的空隙处,风榭则藏在竹林中若隐若现,给人一种含蓄韵味和神秘感。

北宋时期邹浩被贬至偏僻的昭州,他给自己建起了十分惬意的园林小品,《翛风亭记》中写他在山腰松竹最深处"筑亭以避暑",《梅园记》中写他对所居王氏屋后半山腰的一株梅花树周围环境的改造:

> 谕使辟路而回之,撤篱而远之,视丛篁榛棘而芟夷之。环数百步,规以为圃,曾不顷刻而梅已颙颙昂昂,立乎云霄之上。如伊尹释耒而受币,如吕望投竿而登车,如周公别白于流言而衮衣绣裳。西归之日,前瞻龙岳,回瞩仙宫,左顾魏坛,右盼佛子,其气象无终穷,悉在梅精神之中矣。①

可见通过一番营造,建出了一个梅园,此时的梅树经过"梳妆打扮",又与周围景观融为一体,更凸显出了梅的精神。

其他古代文人写广西园林营建的山水散文也较多,如宋代李邦彦《蒙亭记》,为伏波山新建蒙亭而记;李彦弼《八桂堂记》记录兴建八桂堂之经过;方信孺《碧桂山林铭并序》记在桂林西山建碧桂山林之事。清代查礼任太平知府,该地为广西的边陲之地,开化程度不高,其《受江亭记》写到了他充分利用此地充满了野趣的山水来营建园林景观、建受江亭,使得周边的山水具有了人文情怀。明清时期,广西的山水园林形成了地域特色,成为岭南园林的代表之一,桂林杉湖、榕湖之间建起了不少文人别墅园林,如李宗瀚的湖西庄、拓园,罗辰的芙蓉池馆,王鹏运的杉湖别墅、补杉楼,唐岳的私家园林雁山别墅等,因此清代的广西山水散文中亭、台、楼、阁、桥的修建比比皆是。

---

① [清]汪森编辑,黄盛陆等校点.粤西文载校点(第二册)[M].卷三十.邹浩.梅园记.南宁:广西人民出版社,1990:380-381.

古代广西山水散文中还有不少对亭、台、楼、阁、桥、城的重修重建的记载。经过唐以来的山水开发,到了清代广西山水名胜渐渐趋于成熟与稳定,但广西自然环境相对封闭,少数民族众多,在世人眼中还是偏僻蛮荒之处,知名风景名胜常常得不到相应的保护,经过战火或人为因素,荒废不少,也有从知名山水变得默默无闻的。宋代黄邦彦《蒙亭记》是为重建蒙亭而记,李曾伯《重修湘南楼记》记湘南楼的重建,谭景先《重修郁林子城记》与元代曾昺《重修飞鸾桥记》、明代包裕《重建怡云亭记》和杨芳《重修横桥记》,从文章名字即可知其重修、重建之事。清代广西山水散文中记载山水名胜处的修缮和营建的相对更多了,如清代龙嘉德《重建刘仙岩寥阳殿记》记载山水名胜处佛寺、道观、庙宇的重修和兴建,还有陶宗《重建华景洞铁佛寺碑记》、戴玑《重修罗池庙记》、戴朱纮《重修罗池碑记》、俞品《重修龙王庙伏波祠碑记》、王用霖《重修诸葛武侯祠记》、潘瑚《重建云峰寺碑》、吕炽《重修普陀山观音殿碑记》、鄂昌《重修龙王庙碑记》、杨仲兴《重修分水龙王庙碑记》、卫哲治《重建定粤禅林碑记》、黄体正《重修宾山寺碑记》、魏笃《重建镇江慈云寺记》等,皆可见在广西山水名胜处重建寺庙的风气。又如对灵渠的修缮,有范承勋《重修兴安灵渠碑记》、陈元龙《重建灵渠石隄斗门记》、梁奇通《重修兴安陡河碑记》、杨应琚《修复陡河碑记》、赵慎畛《重修陡河记》、陈凤楼《重修兴安陡河碑记》等。还有祁埙《增修独秀山石路记》、张联桂《重修独秀峰石路记》记载的是对山水景观的基础设施的修缮,朱椿《重修南薰亭记》、李世杰《重新风洞遗刻记》记载的是对人文景观的重整和清理。

　　古代广西山水散文在表现对广西山水景观开发的同时也表现出了对民智的开发。郑叔齐记述李昌巙在独秀峰下建宣尼庙,设东西庠,这是桂林官府办学的最早记录,说明了当时已经出现通过教育开发广西民智。元结《冰泉铭》中有对苍梧冰泉的命名,其命名也可以看作是某种人文开发,其中也提到既要给苍梧之人救渴也要改变旧俗,启发民智。吴武陵《新开隐山记》里对李渤开发隐山、开启民智也做了说明："疏山,发隐也;决泉,启蒙也。"正因如此才有"邦人士女,咸取宴适,或景晴气和,萧然独往,听词于其下",才有"我俗既同,我风既调"的局面。

四、山水辨说与考证的题材

山水辨说考证、山水政论、山水传说等主题在古代广西山水散文中也有不少。山水辨说文既有对山水名称的辨说考证,也有对江流源头的辩论。对山水名称的辨说,如柳开《湘漓二水说》,文中对湘江和漓江名字的来源提出见解,认为湘江、漓江同源而分,两条江的名字源自"相离"二字,并在二字前各加三点水,便成了"湘"和"漓"。且湘江在北,漓江在南,北为中原,南为夷地,北为主,为尊,南次之,所以北流的用"湘江"为名,南下的用"漓江"为名,湘江、漓江由此得名。魏濬《西事珥》中的《虞山尧山》认为桂林虞山和尧山借用虞舜为名有附会之意。徐霞客《粤西游日记一》中对虞山、尧山、孔明台、诸葛祠的名称有自己的看法:

> 于是东向溯小溪行,共二里,抵尧山西麓。……大舜虞山已属附影,犹有史记苍梧之文,而放勋何与于此哉!若谓声教南暨,则又不独此山也。或者曰:"山势岩峣。"又或曰:"昔为瑶人所穴。以声音之同,遂讹为过化所及。如卧龙之诸葛,此岂三国版图哉!"其山之东,石峰攒丛,有溪盘绕其间,当即大坝之上流,出于廖家村西者也。①

徐霞客提到了尧山名称可能的由来:附会舜帝、与山势有关、与当地瑶族有关。他认为尧山、虞山附会舜帝还有一点凭据,因为《史记》中有

---

① [明] 徐弘祖著,褚绍唐、吴应寿整理. 徐霞客游记(上)[M]. 上海:上海古籍出版社,2011:321.

舜帝南巡的记载,但卧龙山、诸葛祠连附会都没有根据,纯属乱贴标签了。徐霞客以其实地考察来辨清前人所言的夸张之词,如在游浔州白石山时,亲自考察并访问了当地人,证实魏濬《西事珥》、谢肇淛《百粤风土记》及地方志中所记的漱玉泉之名何指未明,更不用说其"暮闻钟鼓而沸溢而起"的夸大之说了。清代谢济世《广西三江考》在文后有对左右江名称的议论:

> 三江之源本委如此。今按府江自北而南,象江自西北而东,郁江自西南而东,无所谓左右也。若据一省之大势,由梧溯洄而上,郁为左,则府为右,而象为中,亦不得为右也。左右江其因浔得名者乎?呜呼,世未有舍一省之左右而以一府之左右为左右者也!①

他提出广西三条江的名称,不以一省而是以一府的左右为依据是不合理的,古往今来因为相沿成习,大家都不去考证,导致冒其名而无其实。

对江水源头的辩论最具有代表性的是漓江和湘江源头是否同源这一问题。郦道元《水经注》言及湘水的源头:"湘水出零陵始安县阳海山,即阳朔山也……湘、漓同源,分为二水。南为漓江,北则湘川,东北流。"②言及漓水源头:"漓水亦出阳海山,漓水与湘水,出以山而分源也。湘、漓之间,陆地广百余步,谓之始安峤。峤,即越城峤也。峤水自峤之阳南流注漓,名曰始安水……"③柳开《湘漓二水说》、范成大《桂海虞衡志》、曹学佺《广西名胜志》、魏濬《西事珥》、张鸣凤《桂胜》、王士性《广志绎》、徐霞客《粤西游日记》、谢济世《广西三江考》、乔莱《湘漓二水记》几乎都是沿

---

① [清] 谢济世著,黄南津等校注.梅庄杂著[M].南宁:广西人民出版社,2001:56.
② [北魏] 郦道元著,陈桥驿校证.水经注校证[M].北京:中华书局,2014:890.
③ [北魏] 郦道元著,陈桥驿校证.水经注校证[M].北京:中华书局,2014:899.

用了《水经注》里的湘漓同源说。到清乾隆年间开始有了关于湘漓源头的争论,乾隆年间兴安知县黄海对湘漓同源提出了不同意见,认为前人并未亲自考察二水源头,漓水应发源于兴安县南的双女井,与湘水的源头不同。查礼在《漓水异源辩》《海阳山湘漓水源记》中,于亲自实地考察后提出辩驳,认为黄海所说甚是荒谬,坚持了郦道元的说法。清代广西山水散文中湘漓异源说最有代表性的是全州人唐一飞的《漓水源流考》:

> 自郦道元《水经注》之误,漓水久已失其源矣。近世黄海指双女井为湘漓同源,而漓实不与湘同海阳山之源。查礼又辩《水经注》之非误,且详辩双女井之水直下而合湘入湖,非后人激之入陡河,则此水终不得归漓,然则湘漓非秦将史禄激而分之,其有涓滴入漓乎?郦既误于前,查复附会于后,而漓水之源终古不明矣。①

唐一飞在此文中非常细致地分析了漓水真正的源头在兴安县西北的猫儿山上,既辩驳了黄海之说,也辩驳了查礼之说,认为二人虽然都做了实地考察,但忽略了兴安县西的猫儿山,所以无法找到真相。唐一飞《漓江源流考》关于漓江源于越城岭猫儿山的论断,经过后人的多次考察而被证实。

古代广西山水散文中还有不少考证、辨析前人之误的文章。比如宋代吴曾《湘水记》辩驳前人观点,提出"故凡称湘之山水,今皆不在境内。南水自阳朔,山自县北尔"的观点。明代蒋冕《洮水考》是考证洮水、洮阳的文章,认为《史记》和《汉书·地理志》中对洮阳的理解多不实,经考证,他认为洮阳即湘源县,即清湘,即今全州县。魏濬《西事珥》中亦多有山水考证之文,如《五岭考》《牂牁》《愚溪钴鉧潭》《虞山尧山》等,其中《愚溪

---

① [清]谢昆启修,[清]胡虔纂,广西师范大学历史系中国历史文献研究室点校.广西通志[M].南宁:广西人民出版社,1988:3266.

钴鉧潭》指出《一统志》中永州、全州都记载境内有钴鉧潭是不合适的,全州脱离了零陵后,非本郡之山水不应归属于它头上。

五、山水与民俗相结合的题材

从古代广西山水散文的发展看,其内容从单纯的写景到对当地风土人情的关注,逐渐将民族风俗纳入山水散文中。

除了自然景观之山水、风气、物候,广西山水散文中还有大量的人文景观的描绘,名人胜迹、石刻、诗文、风俗都成了其描写的对象。比如宋代黄庭坚在《游龙水城南帖》中写了洞南的植物木威,谈及木威的用途又涉及宜州的饮食习俗和服饰习俗。文章看上去写得十分随意,但能凸显出作者的用意,突出与友人同游山水的乐趣,叙写起来也很有层次,将宜州的气候、山水、风俗、朋友情谊融为一炉,读之很有趣味。又如吴武陵《阳朔县厅壁题名》、魏濬《西事珥》、王士性《广志绎》有对当地居住习俗的描绘;清初张尔翮《九日会登思陵山记》《刘三妹歌仙传》有对广西歌唱习俗的描写;等等。

广西山水散文中对风俗的描写更集中在唐至清代的笔记、地方博物志中,从自然山水到人文胜迹,再到气候、物产、民族、风俗、传说、奇闻逸事等等,汇集成书。具有广西地方博物志性质的唐宋笔记主要有莫休符《桂林风土记》、范成大《桂海虞衡志》、周去非《岭外代答》。明代广西笔记数量增多,有田汝成《炎徼纪闻》、魏濬《西事珥》《峤南琐记》、邝露《赤雅》、张鸣凤《桂胜》《桂故》、王士性《广志绎》、谢肇淛《百粤风土记》、曹学佺《广西名胜志》、王济《日询手镜》等。清代广西笔记十分繁荣,有闵叙《粤述》、陆祚蕃《粤西偶记》、张心泰《粤游小志》、张祥河《粤西笔述》、林德钧《粤西溪蛮琐记》、沈日霖《粤西琐记》、江德中《西粤对问》、范端昂《粤中见闻》等。另外,清代越南燕行文献中也有不少文章,将当地风土人情融入山水的描写中,表现了广西山水与风俗的结合,自然、真实又平和。这些作品全面介绍了广西的山水、名胜、气候、物产、习俗、民族等内容,使得广西山水散文不仅在体裁上也在题材上得到了极大的扩展。

将山水与传说结合在一起也是广西山水散文中常可见到的。比如莫休符《桂林风土记》中舜祠、双女井、漓山、尧帝庙、欧阳都护冢、会仙里、隐仙亭、如锦潭、仙人山诸条都是传说与山水的融合。宋代尹穑《仙迹记》,记载了唐代郑冠卿入栖霞洞遇见日华、月华二君,出洞赠诗的传说。周去非《岭外代答》中有"桂林猴妖",记载了叠彩岩猴子精的传说。宋代王象之《舆地纪胜》中较多地引用前人有关广西山水的传说,其中"廖家井"条,记载了廖家井的神奇,一族人数百口饮此井水都长寿百岁。魏濬《西事珥》、邝露《赤雅》、闵叙《粤述》、陆祚蕃《粤西偶记》等笔记中有大量的与广西山水相关的传说,如梧州火山的神话与传说,桂林榕树门的榕树死而复生的传说,白州绿珠井的生女必丽的传说,富川犀泉、浔州漱玉泉、思恩婆娑泉呼之即应的传说等等。

第二节　古代广西山水散文题材变化的影响因素

一、广西自然环境对山水散文题材变化的影响

广西山水散文的题材从唐代至清代有一个较为明显的变化过程。唐代的广西山水散文写岩洞、山景的较多。由于岩溶洞穴就景观美学而言与中原和江南景观风格迥异,堪称奇景,因而文人在广西景观中对岩洞更感兴趣,如唐代韦宗卿《隐山六洞记》,对后来的游者有很大的影响。唐代单独写水景的比较少,或是较为泛化地描写山水之形,如任华《送宗判官归滑台序》、柳宗元《桂州裴中丞訾家洲亭记》。宋人喜欢乘舟游览的风尚,使得入桂文人发现了桂林"山有余而水不足"的特点,于是对水

景进行营造。在宋人营造水景的基础上,文人们渐渐也关注到了广西的水景,并将之作为审美对象,对之进行仔细的观察。因此可以说广西山水散文作家选择的题材最初是山景,再到岩洞,接着是山水相依,而后才是对水的单独关注。唐代写山的散文多,宋代开始写桂林城中的水的美景,明清以后对西江的描写逐渐增加,但对西江不同段落的描绘明显不同,有的写充满危险的旅途体验,有的写诗情画意的山水画卷。这一变化的过程是与广西的自然地理环境密切相关的。

广西在大山的环抱中,河流众多,河网密集,且多为山地型河流,多险滩和峡谷,广泛分布着岩溶地貌,形成了"千峰环野立,一水抱城流"的山环水绕景观。总体来说,广西山多水少,素有"八山一水一分田"之说。广西山都比较集中,抬眼便是,而山的形态多是奇异的,且广西岩溶山的特点是山中有洞,岩洞是大自然的鬼斧神工之作,洞内的钟乳石神奇又不可思议,与中原的名山大川相比自有魅力。正如王士性所说:"自灵川至平乐皆石山拔地而起,中乃玲珑透露,宛转游行。如栖霞一洞,余秉炬行五里余,人物飞走,种种肖形,钟乳上悬下滴,终古累缀,或成数丈,真天下之奇观也。"[①]可见古代广西山水散文作家在情感关注中最先凝视的是广西的山景,岩溶山及岩溶洞穴对来自中原的人来说充满了吸引力,自然就成了中原人探究的兴趣所在,因此占据广西山水散文较大比重的就是写岩洞的散文,这些散文或写岩洞中钟乳石的美轮美奂,或写探险广西岩洞的乐趣,或写广西岩洞的神奇。

古代广西山水散文作家加大了对水的关注大概是从宋代开始的,这与宋人爱坐船游山玩水的风尚有关。当他们发现桂州城山多水少的情况后,就通过人为的努力来营造水景,在护城河的基础上,引城中阳江水,开朝宗渠,经过王祖道、范成大、方信孺等人的多次修浚,沟通漓江和

---

① [明]王士性著,周振鹤编校.王士性地理书三种[M].上海:上海古籍出版社,1993:376.

阳江,到达唐代开发隐山蒙泉形成的西湖,形成了桂州城的水上游览格局。

广西山水散文中关于水的题材还有对江流的描述。与中原的大江大河相比,广西江流多是水急滩险。广西水系的主动脉是西江,西江是广西出入中原、进入广东的主要通道,但由于滩多峡窄且江流附近是少数民族聚居之地,对行人有着种种安全威胁,如"府江两岸六百里湍流悍激,林木翳暗,猺獞执戈戟窜伏,钩引商船,劫夺盐米,甚至杀官伤吏,屡剿不止。只为深林密箐,彼得伏而下,我不得寻而上也"①。在古代沿西江而下,人们都要时时提防,稍不留意就有生命之危。因此一开始,文人很难将广西的江流作为审美对象,对之进行关照,而只对山水相对平缓的一段进行欣赏和书写。只有在心态平和的情形之下,才有可能将自然作为欣赏和审美的对象。对文人而言,西江的不同江段给人的感觉是不一样的,能让他们拥有平和心态的一段大概就是漓江一段。

广西山水散文中最早描写的水景是从漓江开始的,漓江在兴安与灵渠南渠水汇合后称为漓江,流经灵川、桂林城、阳朔、平乐,从平乐恭城河口下称为桂江,桂江流经昭平,在梧州鸳鸯江口与浔江交汇为西江,从兴安至平乐一段漓江是西江流域中游览的黄金水道,漓江的青山、绿水、烟雨、晴岚、月光都是绝美的田园诗画。至于静下心来看看广西江水水质的文人并不多,这大概是因为古时清澈的水质并不独见于漓江,独特处不是很明显。古代广西山水散文对漓江常是从整体上来描绘的,主要突出漓江与群山整体上表现出的意境,而较少对漓江水质的专门描绘。由于漓江与中原大江相比比较秀丽小巧,可以从整体上对之进行观察,文人最先看到的是水的形态,所以唐代形容漓江有"青罗带""环山泂江""萦纡若带",都是从整体形态上来描写的。宋以后文人开始对漓江水的

---

① [明]王士性著,周振鹤编校.王士性地理书三种[M].上海:上海古籍出版社,1993:379.

清澈有所描绘,如张栻《尧山漓江二坛记》称漓江"清洁可鉴",范成大《复水月洞铭并序》称漓江"水清石寒",《桂海虞衡志》之《志岩洞》写到水月洞与漓江水交相辉映时有"望之端整如大月轮",倒影成画,这是从侧面写出了漓水清澈。赵翼《檐曝杂记》对镇安的"水"之清奇感受颇深:

> 惟水最清削,极垢衣荡漾一二次,则腻尽去,不烦手揃也。是以不论贫富皆食豨脂以润肠胃。①

这里写出了岩溶地区水的特性,即清澈、水自净能力强、泥沙少。因为广西大多数地区都是岩溶地貌,石灰岩溶于水,不产生泥沙,而且河床底有大量裂隙、溶洞和地下河,所以江水的自净能力特别强。

二、广西文化环境对山水散文题材的影响

古代广西山水散文对景观的地域选择也具有一定的规律性,从总体上看,写古代桂州城山水的散文要远远多于写广西其他地区的山水散文,且从时代上看广西山水散文选择的山水对象也有一个从桂北到桂中,再到桂南的趋势。这与广西的文化环境密切相关,而广西的文化环境的变化又与中原王朝对广西的渐进开发有关,也与广西在地理上和文化上的可进入性有关。

广西古代被称为百越之地,后来纳入中央朝廷的统治。广西是一个少数民族众多的地区,要对这样的地区进行统治必须经历一个缓慢渐进的过程,从武力的征服到文化的征服以及文化的调适都需要漫长的时间。

从历史上看,广西的疆域是在唐代奠定了基本的轮廓,但处于传统

---

① [清] 赵翼.檐曝杂记(清代史料笔记丛刊)[M].北京:中华书局,1997:45-46.

国家阶段的中央王朝由于行政力量有限,国家的控制范围更多是在城市,对其收纳的边远疆域无法进行真正意义的统治,所以唐统治者对广西境内复杂的少数民族的管理方式是实行羁縻制度,而后实行土司制度进行管理。明清以后随着中央朝廷对广西统治的加强,才逐渐进行了改土归流。古代广西山水散文作家以中原南来的文人居多,有些也是统治者统治策略的一部分,所以他们多集中在一些军事上重要、经济文化发达、受中原文化影响较多的城市,如桂州城,这里直到清代都是广西的省会之地。恰好桂州城山水相宜,自然景观很好,所以广西大多数的山水散文表现的对象都在桂州城。

唐代广西山水散文描写的对象基本上都是集中在桂州城,有部分是写桂中的柳州,仅有一篇是写桂南的邕州,壮族文人的《智城洞碑》写的是桂南的上林。宋代广西山水散文的表现对象仍是以桂州为主,随着贬官入桂者的增多,广西山水散文的地域对象在唐代的基础上进一步向桂西、桂东推进,如黄庭坚入宜州,写宜州山水,邹浩入昭州,写昭州山水。还有容州山水也进入了人们的视野,如吴元美、罗大经写勾漏洞。明清以后,中原文化进一步扩展到了桂南及边境地区,广西少数民族的风俗也在很多的广西笔记中表现出来,人们对广西少数民族有了一些认识,不再闻之丧胆。广西山水散文的描写地域开始深入广西的边境之地和少数民族聚居地,这其中有中央朝廷派出的官员对边境山水进行了描绘;也有冒险的旅行家率性而为,不惧危险,对一些边远地区有特殊的兴趣,用生命在游和写;还有越南使臣北行过程中对异域的描绘。

此外,广西文化环境对古代广西山水散文中的山水开发主题也具有很大的影响。与中原文化相比,古代广西文化相对落后,直至清代广西还是给人炎荒的感觉,山水的开发也是与广西文化拓荒同步的。文章以开发、重建为主要记录,体现了中原文官初到广西的不适和以儒家经营天下的方式来经营广西的种种努力。古代广西山水散文中的山水开发、营建题材也与中原文化统治向广西推进的进程相适应。广西山水营建从唐代开始,唐宋时期的山水开发集中于都会城市——桂州,如郑叔齐《独秀山新开室记》记录李昌巙对独秀峰的开发,柳宗元《桂州裴中丞作訾家洲亭记》写裴行立对訾家洲的开发,吴武陵《新开隐山记》、韦宗卿《隐山六洞记》写李渤开发桂林隐山的经过,元晦作《叠彩山记》记开发叠彩山。宋代延续了唐代的山水开发模式,如周刊《释迦寺碑》赞美程节将荒废的龙隐岩兴盛起来的功绩,侯彭老《程公岩记》是对程节开发屏风岩功绩的描述。明清以后,广西主要的山水游览格局基本定型,早期开发的桂林山水经过历代文人的吟咏成了广西代表性的景观,人们放缓了开发自然山水的脚步,转向了景区的修缮和园林的营建,表现自然山水开发主题的散文渐渐少了,出现了大量以"重建""重修"为名的广西山水散文。此期园林建设也较为突出,出现了不少别墅园林及描写这些园林的散文作品,如朱琦《杉湖别墅记》、唐景崧《补杉楼记》、刘名誉《雁山园》等。也存有一些对更为荒远的地区进行山水开发的散文,比如清代查礼的《受江亭记》:

既立丽水庙后,旬日度庙前隙地广,且十畂上荫古木,十数株修篁,几百竿林樾,缺处江水汨汨从南来,若可吸而漱之者,隔江之山峦,环匝苍翠,恍接眉宇。余曰:嘻,是未可以荒隘弃,于是夷其崎岖使坦,刈其秽乱使洁,临江筑亭颜之曰受江亭。之外围以短垣,于丛竹中甃石子为曲径,补红蕉、佛桑诸花于龙眼、木棉、洋桃杂树之间。亭成而游者踵相接登斯亭也。山若逶迤而有意,水若潆洄而有情,禽语虫音若嘤嘤唧唧之可听,清风袭袂,残照侵檐,俱若可观、可玩,至若四时之晴雨昏晓,天光碧而云影白,近烟横而远树浮,风帆、沙鸟、渔笛、樵歌献巧呈技,于凭眺闲者则更有变幻之不同,官斯土者,于政事之暇,携酒一壶,琴一张,与二三侍侣低徊、俯仰、啸傲于其上,悠悠然,斯亭之景于心神耳目相谋合,致足乐也。①

此处所写的是广西边陲之地的太平府丽江山水,作者利用此地山水做了一些景观园林的营建。其按照中原文化的美学思想,充分利用山水的自然形态,营造诗情画意的意境,寓意曲折含蓄,有曲径通幽之感。所建的受江亭与周围环境景观协调,既体现了广西风物特色,又使得丽江山水从原生的荒蛮状态变成了具有中国传统人文情怀的景观。

总之,随着中央朝廷对广西统治的加强,以及中原文化影响在广西地区的逐渐扩大,广西山水散文描写的地域范围也随之扩大,广西山水开发的侧重点也随之变化,从自然山水到人造园林,更加体现了中原文化在广西的深入。

三、古代广西交通对山水散文题材选择的影响

广西山多,因此交通不便,进入性差,文化也较为落后和闭塞。即便如此,历代的中央朝廷都在改善广西的交通,加强广西的可进入性。另外广西的河网密集,出入的交通孔道较多。广西的西江作为主动脉,依地势自西向东流入广东。又有左江、右江、郁江、黔江、浔江、南流江、柳江等江流,这些江流彼此沟通,形成了广西境内四通八达的水系。文化的传播隔山不隔水,秦始皇决定在兴安修建灵渠,就是利用了水路运送物资与传播文化的优势,征服了岭南的越人。灵渠连接了湘江和漓江,沟通了长江水系和珠江水系,使得中原的物资和文化源源不断地进入广西。虽然灵渠日渐荒废,但不可否认它是中原进入岭南的重要通道。唐代广西的交通状况是:北有桂州路,是岭南北上要道,为安南和岭南西道地区与中原连接的重要节点;南有容州线,经鬼门关可达南海,西南经白

---

① 《续修四库全书》编纂委员会.续修四库全书1431集部别集类[M].铜鼓书堂遗稿.上海:上海古籍出版社,1995:209.

州,沿南流江可达廉州;西有邕州线可达南诏。唐代广西还修筑了很多驿站,重修灵渠,武则天时期在桂林修筑了相思埭,即桂柳运河,沟通漓江和柳江,有利于向西拓展。唐宋以来形成了桂州、柳州、梧州、邕州、容州等一些重要的城市,这些城市也是广西与中原之湖湘、广东、云南、贵州及安南的重要的交通节点,基本奠定了广西交通的网络与格局。明代广西水陆交通已经十分发达,水陆交通网四通八达,以梧州为中心,北可至湖南,南可至北部湾、安南,西可入滇黔,东可出大海。水路交通发达,沿江增设不少水驿,如明永乐四年(1406)黄福出使安南著有《奉使安南水程日记》,其中记载从灵渠至太平府,经过了南亭驿、古祚驿、昭潭驿、广运驿、昭平驿、龙门驿、龙江驿等26个水驿[1]。除了水驿还有马驿,据《明太祖实录》卷二三四:"广西水驿五十三,为里四千四百六十。马驿六十四,为里四千二百六十五。"[2]黄现璠《壮族通史》记载,明代广西的水驿、马驿共计97处,其中桂林府17处,柳州府16处,南宁府13处,庆远府5处,浔州府5处。[3] 发达的交通加强了广西的可进入性,水路航行也成了广西山水游览方式之一。

交通对古代广西山水散文题材的选择是有一定影响的,就古代广西山水散文选择描写的景观看,基本都集中在广西交通重要节点的城市和地区,或者就是在交通网络之上。从水路交通的角度看,古代广西山水散文景观的书写往往是从有江河的地方向没有江河的地方层层推进。从陆路交通的角度看,古代广西山水散文景观的选择从北到南,在交通馆驿、关口的节点上,从交通发达的地方向交通闭塞的地方推进。

古代广西山水散文中表现馆驿的如唐代柳宗元《柳州东亭记》,东亭

---

[1] 见[清]汪森编辑,黄振中、吴中任、梁超然校注.粤西丛载校注(上)[M].卷三.入粤纪程.黄福.奉使安南水程日记.南宁:广西民族出版社,2007:101-109.
[2] 明太祖实录(第5册)[M].卷二百三十四.洪武二十七年八月庚申.台北:台湾"中研院"历史语言研究所影印,1962:3425-3426.
[3] 黄现璠.壮族通史[M].南宁:广西民族出版社,1988:402.

即是柳宗元在柳州城南一处被弃用的荒地上所建的一个馆驿建筑。可见当时广西的馆驿形制简陋,建在荒僻之地,破败不堪。宋代汪应辰的《桂林馆记》中所写的"馆"即传舍,是古代为行人提供的休息食宿之处。古代广西山水散文中专写关口的有各类广西笔记中的"鬼门关",鬼门关是自唐代以来多数贬官所经之地,历来认为过了鬼门关离死亡不远。邝露在《赤雅》中曾将鬼门关描绘得令人毛骨悚然:"日暮黑云霾合,阴风萧条。苍鹘啼而鬼镰合,天鸡叫而蛇雾开……行数武,有一大石瓮,中有骷髅骨五色,肠皆石乳凝化。"①清代以后广西通往安南的三关中,镇南关因被定为官方指定出入境关口而被文人关注,特别是清代越南使臣的汉文行记中几乎无一例外地写到了镇南关,如阮辉㑷《奉使燕京总歌并日记》、阮文超《如燕译程奏草》都写了镇南关的景物,李文馥《使程志略草》还详细记录出镇南关的场景。

交通要道上的历史古迹被纳入了文人创作的视野中,其中最多的是灵渠。从唐代鱼孟威《桂州重修灵渠记》、莫休符《桂林风土记》中的灵渠开始,灵渠成为广西山水中很重要的古迹和景观。因为灵渠是连接湘江和漓江的人工运河,文人写湘漓二水的关系时也常常提到灵渠。如宋代柳开《湘漓二水说》,对湘江和漓江名字的来源提出了自己的见解,清代乔莱《湘漓二水记》将湘江、漓江二水的源头、分支的来龙去脉一一写出。清代张心泰《粤游小志》写湘水和漓水时,提到灵渠的分流作用,以浮竹片的方法证实六分水东北流入湘江,四分水东南流入漓水,显得十分有趣。特别是明清以后,由于灵渠是南来北往水路交通的重要环节,关注灵渠的山水散文越来越多,其中越南的使节沿水路而上,至灵渠往往都会吟咏记录。清代越南使臣阮辉㑷的《奉使燕京总歌并日记》描写了灵渠三十六陡七十二湾盘旋屈曲。道光年间出使中国的越南使臣潘辉注

---

① [明]邝露著,蓝鸿恩考释.赤雅考释[M].南宁:广西民族出版社,1995:60.

在其《辀轩丛笔》中较详细地写了灵渠,除了写灵渠水路迂折外,还写出灵渠地位的重要性,对灵渠的开凿和修复大加赞赏,称"灵渠为楚粤咽喉要路……觉昔人通渠功利,固不自小"①。道光年间出使中国的越南使臣阮文超《如燕译程奏草》,其中"临源分水"介绍了灵渠的概况和历史。同治年间越南使臣阮思僩《燕轺笔录》记录了冬天灵渠水干涸不便通行的状态。

此外广西山水散文中有很多记录行程的散文都是顺着交通路线而写的,让人十分清晰地看到当时广西的交通路线。如范成大《骖鸾录》是其接到朝廷任命后从江苏出发前往广西途中所记,从乾道八年(1172)十二月出发,第二年二月底入广西,抵达全州、入桂林。明代黄福《奉使安南水程日记》记其于永乐四年(1406)出使安南,七月底入广西,经过26个水驿,到达安南。田汝成《桂林行》是他接到广西布政使司左参议调令后,于是年七月初七出发,自家乡钱塘出发至广西赴任途中所记。此次行程田汝成自钱塘走水路,经溯钱塘江而上至常山港,改陆路至江西,自江西大余,越过梅岭至广东,由广东转溯西江至漓江,历时64天后,九月十三日到桂林。徐霞客《粤西游日记》更是详细记录了他从湖南进入广西、从南丹至贵州的交通线路。赵翼《檐曝杂记》记录了从桂林由水路到镇安赴任的交通。张维屏《桂游日记》记录了作者从番禺出发,沿西江逆流而上,途经广东佛山、肇庆以及广西梧州、平乐、阳朔,正遇上暴雨季节,行程艰难的经历。从越南使节的燕行汉文行记中,可看到当时越南出入边境关口再至中原的主要交通路线,多数是从镇南关入关后至宁明登舟,顺左江、邕江、郁江而下,转桂江、漓江,经灵渠出湘江,再入湖南后进京。

广西水路交通虽然顺畅,但因水流湍急、滩险石多、匪寇出没,常常会有意外发生,因此古代广西山水散文中对广西水路行程的险境会加以

---

① 中国复旦大学文史研究院,越南汉喃研究院.越南汉文燕行文献集(越南所藏编)第11册[M].上海:复旦大学出版社,2010:40-41.

描述。如张维屏《桂游日记》卷一,记途中遭遇狂风暴雨,加上漓江滩险石多,数里一停,行程艰难,其记雨中行船的不适云:"不能开篷,甚觉郁闷,风狂雨急,床席漏湿。"①更记下了三月二十一日行舟遭遇的危险:"午过枫木滩,水急桨断,舟人与桨俱堕水中,流去数丈。幸抱桨得活,舟亦无恙。停船修桨,良久乃行。"②可谓是一路行一路惊。

另外一个值得关注的现象是,在广西的山水文学中,山水诗和山水散文的题材及其变化规律是不同的。广西山水诗首先写的是水,因为入桂者往往由水路而来,最先感受到的是广西水上的景象,张明非教授研究唐代广西生态环境与贬谪诗时提到了贬谪广西的诗人常常先是用"移步换形法描绘了沿江西行所见的景象"③,广西山水诗的题材一般是先写水再写山。而广西山水散文最先写的却不是水景,而是广西的山景,特别是岩洞,后来才关注水景。殷祝盛教授在其研究中也分析过山水诗和山水文题材颇不相同的原因,认为山水诗多缘情而发,山水文多为事而作,山水散文描写景物更细致而具体,需要更深入地熟悉了解其表现的对象④。综合两位教授的观点分析,最早的入桂者带着愁情进入广西,并不愿意细致观察当地景物,而走水路,当然就先借着水来抒发落寞愁情,所写的广西江景多是"藤蔓丛生,林木葱茏,悬崖峭壁",或是"水急、浪大、滩险"。在行路时景物瞬间而逝,带着愁绪、没有好心情,不喜欢也不可能认真观看和欣赏风景,但瞬间的感受是可以捕捉的,因此适合用诗歌来借景抒情。当入桂者在广西安定下来后,可以近距离与山水朝夕相处,从而发现广西山水之美,并在山水开发的过程中深入地了解和观察,并把它当成审美对象,才能以山水散文的形式将山水景物描绘细致。

---

① [清] 张维屏.桂游日记[O].道光丁酉七月听松庐藏版.
② [清] 张维屏.桂游日记[O].道光丁酉七月听松庐藏版.
③ 张明非.唐代粤西生态环境与贬谪诗[C].唐文学研究(第十四辑).桂林:广西师范大学出版社,2010:76.
④ 殷祝盛.桂林山水文的兴起与唐代桂帅的山水景观开发[C].桂学研究(第二辑).桂林:广西师范大学出版社,2015:116.

第三章 古代广西山水散文的表现手法与文体类型

第一节 古代广西山水散文景物描写手法

一、层次分明的景物描写

古代广西山水散文在写景状物方面经过了历代的发展,越来越成熟,表现山水层次分明,刻画生动细腻。如唐初韦敬一的《智城洞碑》,碑文由序和铭构成,序文可称为标准、精美的骈体文,文中描写了智城山的景色和气候:

> 然则智城山者,廖州之山名也。直上千万仞,周流数十里。昂昂焉,写嵩、岱之真容;隐隐焉,括蓬、壶之雅趣。丹崖硌崿,掩朝彩以飞光;玄岫㟧巘,含暮烟而孕影。攒峰竦峭,槩碧盖以舒莲;骇壑澄渊,纫黄兴而涌镜。悬岩坠石,奔羊伏虎之形;落涧翻波,挂鹤生虹之势。幽溪积阻,绝岸峥嵘;灵卉森罗,嘉禾充仞。疏藤引吹,声含中散之弦;密筱承风,影倾步兵之钵。灵芝挺秀,葛川所以登游;

芳桂蘩生,王孙以之忘返。珍禽瑞兽,接翼连踪;穴居木栖,晨趣昏啸。歌莺转响绵蛮,成玉管之声;舞蝶翻空飘飏,乱琼妆之粉。尔乃郊原秋变;城邑春移。木落而天朗气清;花飞而时和景淑。则有丹丘之侣,玄圃之宾,飞羽盖于天垂,拖霓裳于云路。缤纷鹤驾,影散缑山之麓;仿佛龙舆,□□□□之水。兼乃悬瓢荷篠之士,离群弃代之人,或击壤以自娱,时耦耕而尽性。清琴响亮,韵雅调于菱歌;浊酒沦漪,烈芳香于芰席。实乃灵仙之窟宅,贤哲之攸居。复涧连山,真名胜境。重峦掩映氤氲,吐元气之精;叠嶂纷纷泱轧,纳苍黄之色。壮而更壮,实地险之不逾;坚之又坚,信丘陵之作固矣。

……

周回四面,悉愈雕镌;绝壁千寻,皆同刊削。前临沃壤,凤粟与蝉稻芬敷;后迩崇隅,碧雾与翠微兼暎。澄江东逝,波开濯锦之花;林麓西屯,条结成帷之叶。傍连短峤,往往如埵;斜对孤岑,行行类阙。①

此篇作者对智城山的景物描写达到了较高的水平,用尽溢美之词来赞美智城山,层次分明地描绘了澄江景色。

清代广西本土作家王拯游柳州石鱼山,写《游石鱼山记》表现立鱼峰之美:

石鱼山在柳州城隔江二里余,牂江绕城如带,南岸皆山。登城南楼望之,天马正南最巍特,甑山、驾鹤、四姥、东台、仙弈左右森然若屏嶂,独西南一峰小而蔚然隐秀,蒙茸草树,若常有烟云缭绕之者,乃石鱼也。山腹三洞,若联环通。缘山东南麓,登石级数十,砑

---

① 本段引文综合参考了广西民族研究所.广西少数民族地区石刻碑文集[M].南宁:广西人民出版社 1982:2-3;〔日〕户崎哲彦.唐代岭南文学与石刻考[M].北京:中华书局,2014:319-321.

然深邃者,为前洞。中广袤十数丈,四壁乳泉,垂缩异状,时或玖琤作水乐声。由洞东逾石门,豁然虚敞者,为后洞。出洞有麓,回眺郡城,烟火江帆苍然无际。前洞西上又一石门,若小而高,数级以登得横洞,数十武,下砥平,而上深黝。北有石牖,天光临之洞然。又西,石径仅容一人,而中暗若漆,荦确殆不可游。山南之半,石出若厂。凿石出磴,有阁翼然,祀大士像。前对仙弈之山,群树虬螺绕檐际,灵泉觳鸣在其趾。阁左磴曲,亭曰"跨鲸亭",右崖侧阁曰"洞宾",游人于此皆憩息焉。①

这篇文章也表现出了景物的层次性。作者先远观,描述了石鱼山在柳州诸山中的位置和独特之处,柳江周围的群山天马山、甑山、驾鹤山、四姥山、东台山、仙弈山环绕其左右,如同屏障,只有西南面的石鱼山是一座小山,虽然不高,却是郁郁葱葱,隐隐透出秀色,山上植被繁盛,常有云烟缭绕其间。这是从外观上看到的石鱼山的形式美,有形有色,还有云雾缭绕的动态之美。接着把人的视线拉近,细致地观看其山中之岩洞,石鱼山的岩洞连环相通,文中细写了山中的3个岩洞,前洞洞口大而深邃,中洞宽阔,四周岩壁上挂满了奇形怪状的钟乳石,还伴随着滴水声,后洞豁然开朗,宽敞开阔。然后移步换景,表现出柳州石鱼山诸洞孔窍玲珑、相互连接的特点,走出后洞眺望郡城,苍茫无际,忽然又从前洞转出,过石门,又有横洞,往西走,石径仅一人可过,漆黑一团,不可游。又到南半山,似乎又是岩洞,从石头上凿出登山石阶,上有亭阁供奉着大士像,在跨鲸亭上又可以看到迷人的山水景观。这是一篇游记散文,既有静态地观景,又有移步换景,因作者富有层次的描述,使人很好地跟随着作者的赏景角度欣赏石鱼山之景,达到了很好的风景观赏效果。

---

① [清] 王拯. 龙壁山房文集[M]. 台北: 文海出版社, 1970: 262-263.

二、采用白描手法,写景简洁而出色

古代广西山水散文景物描写常使用白描手法,如柳宗元《柳州山水近治可游者记》:

> 古之州治,在浔水南山石间。今徙在水北,直平四十里,南北东西皆水汇。
>
> 北有双山,夹道嶄然,曰背石山。有支川东流入于浔水。浔水因是北而东,尽大壁下,其壁曰龙壁。其下多秀石,可砚。
>
> 南绝水,有山无麓,广百寻,高五丈。下上若一,曰甑山。山之南皆大山,多奇。又南且西,曰驾鹤山。壮耸环立,古州治负焉。有泉在坎下,常盈而不流。南有山,正方而崇,类屏者曰屏山。其西曰四姥山,皆独立不倚。北流浔水濑下。
>
> 又西,曰仙弈之山。山之西可上。其上有穴,穴有屏、有室、有宇。其宇下有流石成形,如肺肝,如茄房。或积于下,如人、如禽、如器物,甚众。东西九十尺,南北少半。东登入小穴,常有四尺,则廓然甚大,无穷,正黑,烛之,高仅见其宇,皆流石怪状。由屏南室中入小穴,倍常而上,始黑,已而大明,为上室。由上室而上,有穴北出之,乃临大野,飞鸟皆视其背。其始登者,得石枰于上。黑肌而赤脉,十有八道,可弈,故以名。其山多柽,多楮,多篔筜之竹,多蘽吾。其鸟多秭归。
>
> 其南有石鱼之山,全石,无大草木,山小而高,其形如立鱼,尤多秭归,西有穴,类弈仙。入其穴东出,其西北,灵泉在东趾下,有麓环之。泉大类觳,雷鸣西奔二十尺,有洄在石涧,因伏无所见,多绿青之鱼及石鲫,多鯈。
>
> 雷山两崖皆东面,雷水出焉。蓄崖曰雷塘,能出云气,作雷雨,

变见有光,年旱,祷用俎鱼、豆羹、修形、糈稌、酒阴,虔则应。在立鱼南,其间多美山,无名。而深峨山在野中,无麓,峨水出焉,东流入于浔水。①

历来认为这是柳宗元散文中风格比较奇特的一篇,将柳州多处山水集中于一篇文章中。文中对柳州背石山、龙壁、甄山、驾鹤山、屏山、四姥山、仙弈山、石鱼山、雷山、峨山、浔水、雷水、峨水等景观的描写都是寥寥几笔,简洁平淡,详略得当,却能抓住景物的特征,如背石山"夹道崭然"、甄山"上下若一"、驾鹤山"壮耸环立"、屏山"正方而崇"、四姥山"独立不倚"、石鱼山"形如立鱼",都形象而生动地描绘出山的特点,正是"不著一点姿色,从是记山水真手段"②。

清代袁枚《游桂林诸山记》的景物描写也十分简洁而出彩:

凡山离城辄远,惟桂林诸山,离城独近。余寓太守署中,晡食后,即于于焉而游。先登独秀峰,历三百六级,诣其巅,一城烟火如绘。北下至风洞,望七星岩如七穹龟,团伏地上。

次日,过普陀,到栖霞寺。山万仞壁立,旁有洞,道人秉火导入。初尚明,已而沉黑窅渺。以石为天,以沙为地,以深墅为池,以悬崖为幔,以石脚插地为柱,以横石牵挂为栋梁。未入时,土人先以八十余色目列单见示,如狮、驼、龙、象、鱼网、僧磬之属,虽附会,亦颇有因。至东方亮,则洞尽可出矣。计行二里许,俾昼作夜。倘持火者不继,或堵洞口,则游者如三良殉穆公之葬,永陷坎窞中,非再开辟,不见白日。吁其危哉!所云亮处者,望东首正白。开门趋往,扣之,

---

① 该篇引文参考了[唐]柳宗元撰,尹占华、韩文奇校注.柳宗元集校注[M].北京:中华书局,2013:1952-1953;[唐]柳宗元著,易新鼎点校.柳宗元集[M].北京:中国书店,2000:404.
② [唐]柳宗元撰,尹占华、韩文奇校注.柳宗元集校注[M].北京:中华书局,2013:1953.

竟是绝壁。方知日光从西罅穿入,反映壁上作亮,非门也。世有自谓明于理、行乎义,而终身面墙者,率类是矣。

次日,往南薰亭。堤柳阴翳,山溪远萦绕,改险为平,别为一格。

又次日,游木龙洞。洞甚狭,无火不能入。垂石乳如莲房半烂,又似郁肉漏脯,离离可摘。疑人有心腹肾肠,山亦如之。再至刘仙岩,登阁望斗鸡山,两翅展奋,但欠啼耳。腰有洞,空透如一轮明月。①

这篇短小的山水游记将桂林的各名山胜景串联起来,行文灵活而巧妙,"描写顿挫波澜,晓畅明白,似得之天然"②,篇末总结出桂林山之特点,十分准确和到位。作者的感受自然地融入景物中,所以即便是一笔带过也因自然道出而显得韵味十足。

三、写景虚实结合,善于抓住景物的风神

广西山水历来被称赞为仙境,亦真亦幻,广西山水的风神以朦胧之美为最。朦胧之美是借助外在的因素,如烟雨、月色、植物等,以模糊不清的形式,含蓄地表现山水的形象,达到一种时隐时现、若有若无、捉摸不透、迷离恍惚、变幻莫测的审美效果。古代广西山水散文能常见到作者描绘在云烟、月色下山水的虚实朦胧变幻出的山水胜境,捕捉到了广西山水意境之美。如柳宗元《桂州裴中丞作訾家洲亭记》,写漓江的虚实之景十分出彩:

忽然若飘浮上腾,以临云气,万山面内,重江束隘,联岚含辉,旋视其宜,常所未睹,倏然互见,以为飞舞奔走,与游者偕来。③

---

① [清]袁枚著,周本淳标校.小仓山房诗文集[M].上海:上海古籍出版社,1988:1793-1794.
② 王立群.中国古代山水游记研究[M].北京:中国社会科学出版社,2012:253.
③ [唐]柳宗元撰,尹占华、韩文奇校注.柳宗元集校注[M].北京:中华书局,2013:1786.

此处可见实景是訾家洲的山、水,而虚景是云、岚,虚实相生的描绘将訾家洲变成了仙境,十分具有美感。

宋代李彦弼《湘南楼记》也描绘了云烟变化的朦胧美:

> 今湘南之景,骏骋雄张,环辏城郭,而云烟之变化,风月之朝昏,千态万状,惟公以一楼临之。倚槛转瞬之顷,尽得于眉睫之间,则虽使造物欲韬光匿奇,秘藏而惜之,乌可得哉?①

写到了桂山漓水云烟之变幻,文辞宏阔绮丽也不失恢宏和壮阔之美。

范成大《桂林中秋赋并序》中"登湘南以独夜兮,挹訾洲之横烟;绛霄艳其光景兮,涌冰镜于苍巅"②,表现了中秋月夜漓江上烟雾和月光同时作用下呈现出的朦胧之美。宋代林岊《柳山记》中"归舟列炬,同游仅二十人许,下水上天,月行其间。水月之光,滉漾太虚,水澄之光,妆严色界"③,写夜游江上赏月,月光水影,水天一色,境界迷蒙,让人回味无穷。

景物的虚与实还通过民间传说加以渲染。如《桂林风土记》对桂林山水的描绘中就有大量的传说,虚实结合,增加了山水的动态之美。

如写舜祠:

> 今每遇岁旱,张旗震鼓,请雨多应。中有大鱼,遇洪水泛下,至府东门。河际有亭容巨舫,往往载起,然终不为人之害。④

---

① [清]汪森编辑,黄盛陆等校点. 粤西文载校点(第二册)[M]. 卷三十. 李彦弼. 湘南楼记. 南宁:广西人民出版社,1990:376.
② [宋]范成大著,富寿荪标校. 范石湖集[M]. 上海:上海古籍出版社,2006:457.
③ [清]汪森编辑,黄盛陆等校点. 粤西文载校点(第二册)[M]. 卷十九. 林岊. 柳山记. 南宁:广西人民出版社,1990:92.
④ [唐]莫休符. 桂林风土记[M]. 北京:中华书局,1985:1.

写訾家洲：

洲每经大水，不曾淹浸，相承言其浮也。①

写漓山：

古老相传，龙朔中，曾降天使，投龙于此。今每岁旱，请雨潭中，多有应。②

写尧山庙：

天将降雨，则云雾四起，逡巡风雨互至。每岁农耕候雨，辄以尧山云卜期。③

写会仙传说：

旧有群仙于此，韬軿羽驾，遍于碧空，竟日而去。④

写锦潭：

近岁有人伐潭边巨木，树倒入潭中，逡巡沈没，莫知所在。潭中时闻音乐，如大府广筵，移时而止。⑤

---

① ［唐］莫休符.桂林风土记[M].北京：中华书局，1985：3.
② ［唐］莫休符.桂林风土记[M].北京：中华书局，1985：3.
③ ［唐］莫休符.桂林风土记[M].北京：中华书局，1985：4.
④ ［唐］莫休符.桂林风土记[M].北京：中华书局，1985：6.
⑤ ［唐］莫休符.桂林风土记[M].北京：中华书局，1985：8.

写开元寺震井：

> 属暑月，以食余熟羊脾悬井中，逡巡雷震暴作，羊肉置于隙地，而烟气薰灼。犬不食，蚁不附。至今僧俗众言井有龙至云。①

此外还有欧阳都护冢处有运土投江后土流下变成訾家洲的传说，延龄寺圣像里有卢舍那佛古像的传说，增加了景物的灵动之美。

邝露《赤雅》中最大的特点是用大量古代典籍或民间流传的神话、传说来点缀景物，使之神奇化。其中有源自古代典籍中的神话，如《崇山》中有"放驩兜"的传说，《尚书·舜典》中有"放驩兜于崇山"，《山海经》中将舜把凶兽驩兜放逐崇山当作神话记载下来。《何侯山》引《梧州府志》中尧帝时期何侯者的传说，说何侯者隐居苍梧山，两百余岁，五帝赐之药一器，家人三百余口同升。《查浦》引《博物志》《荆楚岁时记》中仙槎横于江边的传说，云至唐宋后此传说移植到横州，横州因此由原来的宁浦而改名。还有引用大量民间传说渲染广西山水之神奇，如《李白岩》提到了李白流放夜郎的传说，据蓝鸿恩考释，李白流放路线并未经过广西，所以是民间传说的附会之说②。《火山》说下埋着南越王的神剑，又说"下有宝珠，月星皎洁，冷光烛天，如峨眉、洛伽、南岳圣灯之状"。《绿珠井》《杨妃井》将井水与广西古代著名美女的传说附会，如"此井者，诞女必丽"，"饮之美姿容"，显示其与众不同。《犀泉》之"观者呼之，应声即出，须臾盈科"，《婆娑泉》之"饮者呼之，渴尽渴尽（一本作消渴），则止"，《漱玉泉》之"每钟鼓动，则踊跃而来，声歇随缩"，都因为奇闻而增添了神奇色彩。

因此古代广西山水散文的虚实相生，注重景观与审美的距离，以烟云、气雾、月光、传说等表现山水的美态。

---

① [唐] 莫休符.桂林风土记[M].北京：中华书局，1985：9.
② [明] 邝露著，蓝鸿恩考释.赤雅考释[M].南宁：广西民族出版社，1995：68.

四、多层次、多角度、细致逼真的景物描摹

古代广西山水散文多层次、多角度、细致逼真地描绘景物,模山范水在形态美、色彩美、动态美、朦胧美等方面都不断发展。形态美方面以广西山为例。广西多为岩溶地貌,根据岩溶地貌发育程度,广西山有峰丛、峰林、孤峰和残丘。峰丛山体稍高大,底座相连呈锥状群峰。峰林基座分开,群峰林立,连绵不绝。孤峰是分散的峰林,虽然绝对高度不高,但相对高度较高,显得峻拔陡峭。残丘是孤峰被风雨侵蚀成为零星的残峰。岩洞地貌的山通常与洞穴相依相伴,山体内溶洞发育成熟,钟乳石琳琅满目。

古代广西山水散文对广西不同山峰的山势作了描绘:

> 是山崒然起于莽苍之中,驰奔云矗,亘数十百里……诸山来朝,势若星拱……①
>
> ——唐·柳宗元《邕州柳中丞作马退山茅亭记》
>
> 尖山万重,平地卓立。②
>
> ——唐·任华《送宗判官归滑台序》
>
> 桂州多灵山,发地峭竖,林立四野。③
>
> ——唐·柳宗元《桂州裴中丞作訾家洲亭记》
>
> 不藉不倚,不骞不崩,临百雄而特立,扶重霄而直上。④
>
> ——唐·郑叔齐《新开石岩记》
>
> 阳朔道上,一山高十余仞,体圆而皱,内全空,宛如粟壳。戍卒

---

① [唐]柳宗元撰,尹占华、韩文奇校注.柳宗元集校注[M].北京:中华书局,2013:1794-1795.
② [清]董浩,等.全唐文3[M].卷三七六.太原:山西教育出版社,2002:2263.
③ [唐]柳宗元撰,尹占华、韩文奇校注.柳宗元集校注[M].北京:中华书局,2013:1785-1786.
④ [清]董浩,等.全唐文4[M].卷五三一.太原:山西教育出版社,2002:3186.

有栖止其中者。①

——明·魏濬《峤南琐记》

这是分别对广西的峰丛、峰林、孤峰和残丘的描绘,抓住了峰丛高大盘亘、峰林连绵不绝、孤峰拔地而起、残丘具体而微的特点。另外,岩溶地貌的石灰岩体较纯净,溶蚀的速度较快,经过长时间的差异溶蚀造成了千姿百态的奇峰,造型各异,所以山峰与某些物象十分形似。古代广西山水散文中对这些山体的形象也有描述,如任华形容桂林之山"锐如笔锋""有如虎牙,夹天而立";柳宗元形容柳州石鱼山"山小而高,其形如立鱼";吴武陵写阳朔群山"如楼通天,如阙凌霄,如修竿,如高旗,如人而怒,如马而欢,如阵将合,如战将散,难乎其状也",写隐山"石状如牛、如马、如熊、如罴,剑者,鼓者,鏧竽笙竽者,塄篪者,不可名状"。徐霞客游象山、斗鸡山和穿山时提到象山原名是漓山,象鼻岩原名是水月洞,因为其山的形象神似大象,因此"盖一山而皆以形象异名",还称:"插江之涯,下跨于水,上属于山,中垂外掀,有卷鼻之势力。"清代舒书《象山记》写到象山形如大象:

山惟石一卷,无土无树。其邻于地者,有石穴一,彼此可以相望,形圆而长,其半入于漓水中。水时高时下,故其穴亦时有大小,且状类象形,故名象山。②

古代广西山水散文对岩溶地貌溶洞内的景观也有不少形似的描绘,如柳宗元写仙弈山的洞穴的流石怪状:"如肺肝,如茄房。或积于下,如人、如禽、如器物,甚众。"吴武陵写隐山六洞:"积乳旁溜,凝如壮土,上负

---

① [明]魏濬.峤南琐记[M].卷上.北京:中华书局,1985:11.
② 杜海军.桂林石刻总集辑校[M].北京:中华书局,2013:781.

横石,奋怒若活","南望有结乳如薰笼,其白拥雪。""顶上方井,弱翠轻绿,便如藻绣","仰瞩东崖,有凝乳如楼,如阁,如人形,如兽状"①。李渤写南溪山玄岩"俯而察之,如伞如盖,如栾栌支撑,如莲蔓藻井。左睨右瞰,似帘似帏,似松偃竹袅,似海荡云惊"②。

  色彩美是自然景观中最直观的形式美因素,人的视觉最敏感的是色彩,色彩能给人强烈的印象。古代广西山水散文在色彩美方面也很突出,对广西山水不同季节色彩的描绘十分精准。如李渤写阳春三月的南溪山"其孕翠曳烟,迤逦如画",将桂林春日烟雨朦胧、新绿勃发、春光迷漫时的山色写得一点不差,令人神往。夏秋之交炎热无比,叠彩山却依然是清凉境界,元晦写夏秋之交的叠彩山,"山以石文横布,彩翠相间",一脉清凉,山石纹路的形态和山色的青翠,凸显出了桂林叠彩山的特色。韦宗卿写隐山"是岁孟秋月,庆云见于西方,自卯及酉,南北极望,万状竞变,五色相鲜",初秋时节,山上所见云与天交相辉映出五彩之色。柳宗元《邕州柳中丞作马退山茅亭记》写冬十月的马退山山色"苍翠诡状,绮绾绣错","白云为藩篱,碧山为屏风",天色"烟霞澄鲜",可见邕州地区初冬季节仍树木青绿,景色如秋。任华写仲冬季节桂林山色为"黑是铁色",四处萧凉,山亦如此,确是抓住了桂林冬月之色的清冷静穆的感觉。吴武陵写阳朔的山"四时红紫,望之森然,犹珊瑚琼玖",说明了阳朔山花烂漫,四季如春的特点。另外古代广西山水散文对山的苍翠、钟乳石的雪白晶莹、江水的青绿、潭水如墨都有描绘。

  自然山水中江流、飞瀑、泉潭,与相伴的日升月落、行云飘雾等自然现象构成了山水的动态美。古代广西山水散文也描绘出了山水的动态之美。写水的动态如任华《送宗判官归滑台序》,文中将桂林漓江、桃花

---

① [清] 董浩,等.全唐文 5[M].卷七一八.太原:山西教育出版社,2002:4356.
② [清] 汪森编辑,黄盛陆等校点.粤西文载(第四册)[M].卷五十一.李渤.南溪白龙洞记.南宁:广西人民出版社,1990:34.

江的动态写得很有气势："略军城而南走,喷入沧海,横浸三山。"①柳宗元《柳州山水近治可游者记》中写出了浔水支流众多,州治被水东西南北环绕的动态,又写石鱼山东面灵泉在泉水流动时发出雷鸣般响声,向西奔流二十尺后就形成旋涡,流入石洞后不见踪影,写出了灵泉如神龙见首不见尾的动态,再以水中鱼的动态来凸显灵泉之灵。吴武陵《新开隐山记》中记"有碧石盆二,乳窦滴下"和"左右壁有控钟乳,或垂或滴",写出了岩溶地貌溶洞钟乳石滴水长石的动态;又写"崖南有水,水容若镜,纤鳞微甲,悉可数识。……阁下水阔三十尺,伏流涯南,亦达朝阳。自西峒口南去一矢,得南峒,峒西壁可宴数十人。其东有水,轻风徐来。微波荡漾"②,南崖的水平静清澈,水中的鱼让水面活起来,水阁下的水是洞中暗流,流向了朝阳洞,南洞东面的溪水在清风吹拂下微波荡漾。这段对隐山洞中和洞外水的动态美写得很好。

柳宗元《桂州裴中丞作訾家洲亭记》中"日出扶桑,云飞苍梧。海霞岛雾,来助游物",写出云雾烟岚的飘动之美,云雾从江上慢慢飘浮升腾,訾家洲似乎在缥缈的轻纱帷幔中随着云烟飘动,人在洲上如腾云驾雾,仿佛进入了仙境;水云相间,苍茫一片,云雾中景物的若隐若现又尽显訾家洲的朦胧之美。

李彦弼《湘南楼记》中写湘南楼的景象:

> 骏骋雄张,环辏城郭,而云烟之变化,风月之朝昏,千态万状,惟公以一楼临之。倚槛转瞬之顷,尽得于眉睫之间,则虽使造物欲韬光匿奇,秘藏而惜之,乌可得哉?③

---

① [清] 董浩,等.全唐文 3[M].卷三七六.太原:山西教育出版社,2002:2263.
② [清] 董浩,等.全唐文 5[M].卷七一八.太原:山西教育出版社,2002:4356.
③ [清] 汪森编辑,黄盛陆等校点.粤西文载校点(第二册)[M].卷三十.李彦弼.湘南楼记.南宁:广西人民出版社,1990:376.

桂山、漓水皆在眉睫,气象万千。

莫休符《桂林风土记》中描写尧山"将降雨,则云雾四起",张栻《尧山漓江二坛记》描写尧山"天将雨,云气冒其巅",都写出了尧山的动态美。宋代邹浩《清华阁记》是情景交融的一篇山水散文,其中曰:"日月之晦阴,云烟之舒卷,朝朝相寻乎空旷寥廓之中,而江山气象,变化无穷。"①亦是对清华阁景物变幻之动态美的描绘。

第二节　古代广西山水散文的抒情与议论

古代广西山水散文除了纯写景的篇章,也有情景交融之作,还有不少作品融写景、记事、抒情、议论于一体。而这些抒情和议论是古代广西山水散文作家基于自己的人生经历的,也是他们的情感在广西山水中的自然发酵。总体而言,古代广西山水散文表达的情感主要有怀才不遇之感、北归之思、赞美山水之情和畅游之趣。

一、抒发怀才不遇之感

由于古代广西属于边缘地区,从中央进入边缘后,人会有复杂的情感需要宣泄。因此进入广西的作家们多是抒发知己难遇、怀才不遇的情感。

唐代广西山水散文中有不少是赠行序,都是为友人送行时写的作品,这类散文作品最能体现情景交融的特点,抒发的多是友人难聚的离情、知己难遇的情怀,其中又夹杂着怀才不遇的情感。其中最具有代表性的是任华,他在桂所作的散文几乎都是赠行序,有送人觐亲、游幕、入

---

① [清]汪森编辑,黄盛陆等校点.粤西文载校点(第二册)[M].卷三十.邹浩.清华阁记.南宁:广西人民出版社,1990:379.

京、使还四类。最有名的是《送宗判官归滑台序》，同是心怀"四方志"，任华与宗衮互视为知己，却面临理想与现实、生命有限与大展宏图、知己相惜与无法常聚的冲突，再感受到山水恒常而人生无常，于是发出了"人生几何？而倏聚忽散，辽夐若此，抑知己难遇，亦复何辞"的感叹，而遐荒之外的如是山水与落入遐荒之处的人一样，本是有志有才却难免被埋没，所以知己的可贵在于感同身受，即便是被埋没也懂得赏识对方。另一篇《送李审秀才归湖南序》送的是李审秀才，任华与之大概并不如与宗衮般交情深厚，但言"仆是以恨相知晚也"的感受，可见也视他为知己了。李审本是"才甚清，气甚和，节甚奇，心甚高"之人，同样也具有四方之志，所以大概在桂时亦并不如意，任华送行时赠送桂林之一枝以表离情与祝愿，结尾处李审回复的一句"甚幸"，可见二人是懂得彼此，心灵相通的。

广西山水秀美而又处于蛮荒，古代广西山水散文中多是广西山水与人的遭遇相联系，表达作者被埋没于蛮荒的不甘。柳宗元《邕州柳中丞作马退山茅亭记》中说："是亭也，僻介闽岭，佳境罕到，不书所作，使盛迹郁堙。"要使盛迹不郁堙，要靠有才之人的书写，要使有才之人不被埋没，就得靠懂得赏识的人了。郑叔齐《新开石岩记》在文章结尾也抒发了相同的怀才不遇的感情："岂非天赋其质，智详其用乎？何暑往寒袭，前人之略也？譬犹士君子韬迹独居，懿文游艺，不遇知己发明，则蓬蒿向晦，毕命沦恨，盐车无所伸其骏，和氏不得成其宝矣。"[①]柳宗元《桂州裴中丞作訾家洲亭记》也贯穿着这种情感："凡峤南之山川，达于海上，于是毕出，而古今莫能知。"文章开始就对訾家洲被埋没感到惋惜，又对訾家洲的开发者裴行立的独到慧眼进行了赞美歌颂，文后道："然则人之心目，其果有辽绝特殊而不可至者耶？盖非桂山之灵，不足以瑰观；非是洲之旷，不足以极视；非公之鉴，不能以独得。噫！造物者之设是久矣，而尽

---

① [清]董浩，等.全唐文 4[M].卷五三一.太原：山西教育出版社，2002：3186.

之于今,余其可以无藉乎?"也寄寓了作者自身怀才而不为所用的感慨。

二、抒发北归之思

怀念故土之情与古人安土重迁的传统分不开,古人认为背井离乡是最难堪的事,不是迫不得已是不会如此的,因此中国自古以来的游览和纪行的文字中都包含着思乡之情。古代来到广西的中原人多是中央的派官或贬官,特别是在唐朝,士大夫有根深蒂固的重京官轻外任的观念[①],在外为官都有耻辱感,都期盼有朝一日回归,且在广西风俗迥异于中原,水土和文化都不适应的情形下,山水美虽可当作心灵的慰藉,但终是不长久的。任华在散文中多表达与友人在他乡的聚散离合之情,难免也有些思乡之情。其《送祖评事赴黔府李中丞使幕序》说:"金石丝竹,虽有秦声;青山白云,恨非吾土。"《桂林送前使判官苏侍御归上都序》中说:"因登高把酒,南望千峰,白云离披,横在山畔,与我畴昔所见,岂有异乎?由是益令人思北归。"更是直接点出了北归之思。元晦《叠彩山记》中说:"旷视天表,想望归途,北人游此,多轸乡思。"渴望北归的情感十分明显。其《四望山记》中说:"山名四望,故亭为销忧。"用了王粲《登楼赋》中"登兹楼以四望兮,聊暇日以销忧"的典故,所以也是在表达北归思乡之情。

宋代邹浩被贬昭州,在其很多散文中表达了忠君之心和北归之思。范成大并非贬官,但入广西仍有此种情绪,其《桂林中秋赋并序》抒发了"叹此生之役役"的情感,将桂林中秋的夜景和情感融为一体,浑然天成:

> 登湘南以独夜兮,把訾州之横烟;绛宵艳其光景兮,涌冰镜于苍巅。怅旻宇之佳节兮,并四者其良难;矧吾生之漂泊兮,寄蘧庐于八埏。……谁识为此驱逐兮,岂不坐夫微官!知明年之何处兮,茕一

---

① 唐晓涛.唐代桂管地区贬官人数考析[J].学术论坛,2003(2):109.

笑而无眠。①

来到蛮荒之地的落寞和看到山水美景的喜悦这两种矛盾的心情亦被表现在抒情中。

中原南来的文人复杂的心情无人可诉说,只能说给山水听,最终在山水中得以释怀。如柳开《玄风洞铭并序》中"我来洞中,百虑时穷。翛然自释,忘归终日"②,又如许申《柳州待苏楼》中"彩云昼舒,淡烟晓留;清风时兴,毒雾冰释。登而玩之,无不动心涤虑矣"③,都是在山水中得到了心灵的放松。

三、赞美山水之情

自唐以来在与广西山水的交往中,中原文人对广西山水表达了由衷的赞美,"甲天下"美名的传播开端当属唐代柳宗元,"桂林山水甲天下"于唐宋时期定型。在桂林独秀峰的摩崖石刻上有宋代王正功《劝驾诗》,其中有"桂林山水甲天下"一句,是至今发现的最早的"桂林山水甲天下"的文献出处。日本学者户崎哲彦认为对桂林山水的评价很大程度上源于柳宗元④,柳宗元的评价也表明了天下第一名胜从江南移到了岭南地区⑤。而这些评价与美誉是广西山水为人认识和欣赏的证明。

宋代广西山水散文中出现了很多以"第一""甲""冠""绝"等词汇对广西山水进行赞美和评价的文字:

---

① [宋]范成大著,富寿荪标校.范石湖集[M].上海:上海古籍出版社,2006:457-458.
② [清]汪森编辑,黄盛陆等校点.粤西文载校点(第四册)[M].卷六十.柳开.玄风洞铭并序,南宁:广西人民出版社,1990:298.
③ [清]汪森编辑,黄盛陆等校点.粤西文载校点(第二册)[M].卷三十.许申.柳州待苏楼记,南宁:广西人民出版社,1990:385.
④ 〔日〕户崎哲彦.唐代岭南文学与石刻考[M].北京:中华书局,2014:73.
⑤ 〔日〕户崎哲彦.唐代岭南文学与石刻考[M].北京:中华书局,2014:5.

驰步纵目,而一境之美赴焉,则龙隐岩于桂林为第一。①

——宋·周刊《释迦寺碑》

盖龙隐栖霞之所蕴蓄,与夫转魁傲云之所铺写,是皆兼而有之。备具众美,冠于天南,虽使造物者更复运意,不可增损。②

——宋·侯彭老《程公岩记》

余尝评桂山之奇,宜为天下第一。③

——宋·范成大《桂海虞衡志·志岩洞序》

桂林石山怪伟,东南所无。④

——宋·罗大经《游南中岩洞记》

勾漏甲于天下,而此洞为勾漏第一。⑤

——宋·吴元美《白沙洞记》

桂林诸山,奇秀为岭南最。⑥

——元·潘仁《刘仙岩记》

明清时期入桂文人对广西山水的赞美也比比皆是,他们在看到前人留下的广西山水的评价时由向往到怀疑,亲历后才发出名不虚传的感叹,如明代蔡汝贤《桂胜序》:

尝读柳子厚《訾家洲亭记》,称"桂州多灵山,发地峭竖,林立四

---

① [清]汪森编辑,黄盛陆等校点.粤西文载校点(第三册)[M].卷四十一.周刊.释迦寺碑.南宁:广西人民出版社,1990:208-209.
② [清]汪森编辑,黄盛陆等校点.粤西文载校点(第二册)[M].卷十九.侯彭老.程公岩记.南宁:广西人民出版社,1990:93.
③ [宋]范成大著,胡起望,覃光广校注.桂海虞衡志辑佚校注[M].成都:四川民族出版社,1986:4.
④ [清]汪森编辑,黄盛陆等校点.粤西文载校点(第二册)[M].卷十九.罗大经.游南中岩洞记.南宁:广西人民出版社,1990:89-90.
⑤ [清]汪森编辑,黄盛陆等校点.粤西文载校点(第二册)[M].卷十九.吴元美.白沙洞记.南宁:广西人民出版社,1990:80-81.
⑥ [清]汪森编辑,黄盛陆等校点.粤西文载校点(第二册)[M].卷十九.潘仁.刘仙岩记.南宁:广西人民出版社,1990:94.

野",意欣然向之。……余未遑周览,即一二所睹记:峰峦锐者笔耸剑植;稍有起伏,或箷而麈,或几而凭,又或列甗可炊,或端笏以谒;其平者屏倚幕张,诡丽非一;中有岩洞,或堂或室,或阙或阁,乳凝苔绣;诸石骈附者又千态万状,尚讶子厚所称未备云。①

作者从侧面表达出了对广西山水的赞美之情。

四、表现畅游之趣

广西山水秀美,让游人暂时忘记生活中的烦忧,给游人带来极大的精神愉悦,是游赏散心的好去处。所以即便是被贬谪到此地的人,也可以从山水中得到慰藉。古代广西山水散文抒发了文人山水畅游之趣。如唐代李涉《南溪玄岩铭并序》中作者在山岩之下发出了"酒一厄兮琴一曲,元岩之下,可以穷年"的感慨,情景交融,发出了游人情思。宋代李邦彦《三洞记》中作者游兴安乳岩三洞,在山水中涤荡俗尘,忘记烦恼:

> 若夫撷幽花之素香,荫修篁之柔阴,濯玉溪之清波,步宝坊之净界,则身世尘劳,一洗俱尽,不独可以释羁怀而摅滞思,搜奇玩幽之士,宜不能忘也。②

宋代梁安世《乳床赋》通过观察岩洞中的钟乳石抒发情志:

> 吾将灰心槁质,屏颜畔岸,兀坐嵌岩之侧,观融液之流转。自分及丈,十百而羡,高低联属,柱擎台建,小留侯济北之遇,玩蓬莱六鳌

---

① [明]张鸣凤著,杜海军、闫春点校.桂胜桂故[M].蔡汝贤序.北京:中华书局,2016:6.
② 曾枣庄、刘琳.全宋文(第154册)[M].上海:上海辞书出版社,2006:291.

之拤。俾磨崖刻画之子孙,当语之以老人大父之贵贱。虽盖倾而舆穿,戴一姓字奄甸。傥谓瘴乡不可久居,夫岂知处夷险而其志不变者邪!①

正如邝露《阳塘记》所言:"昔日谓楚南山川,造化以慰夫贤而辱于此者。"古代广西山水散文中有不少都是抒发中原文人在此游赏,忘记烦忧的欣喜和欢悦。如登临山顶极目千里的神清气爽:

> 手挥丝桐,目送还云,西山爽气,在我襟袖,八极万类,揽不盈掌。②
> ——唐·柳宗元《邕州柳中丞作马退山茅亭记》

> 山之最高处也,桂江属望,萦纡若带;越岭退眺,点簇如黛;寸眸千里,周览一息。构亭其上,以俟登临。是岁孟秋月,庆云见于西方,自卯及酉,南北极望,万状竞变,五色相鲜。③
> ——唐·韦宗卿《隐山六洞记》

又如赏景带来的忘乎人间之感:

> 众山横环,嶣阔灢湾。当邑居之剧,而忘乎人间,斯亦奇矣。④
> ——唐·柳宗元《柳州东亭记》

> 溪左屏外,崖巘斗丽争高。其孕翠曳烟,迤逦如画。左连幽墅,

---

① [清]汪森编辑,黄盛陆等校点. 粤西文载校点(第一册)[M]. 卷一. 梁安世. 乳床赋. 南宁:广西人民出版社,1990:8.
② [唐]柳宗元撰,尹占华校注,韩文奇、柳宗元集校注[M]. 北京:中华书局,2013:1795.
③ [清]董浩,等. 全唐文 5[M]. 卷六九五. 太原:山西教育出版社,2002:4209.
④ [唐]柳宗元撰,尹占华、韩文奇校注. 柳宗元集校注[M]. 北京:中华书局,2013:1943.

园田鸡犬,疑非人间。①

——唐·李渤《南溪诗并序》

这些都表明了中原文人在广西畅游山水而获得了审美感、愉悦感。又如清代舒书《象山记》写其在象山独自畅游的各种乐趣,以至后来成了一种习惯,欲罢不能:

> 山阴有原,日不得而照之,人不得而扰之,可以饮酒,可以弈棋。时或操琴一弄,弦声与水流风响相应,其韵为特甚。而流水既绕于座畔,则又可以垂钓,其或久坐生厌,则操弓矢,观猿臂之奇,亦无不可。自饮而弈而琴,以至于钓而射,又可以赋诗,洋洋巨观哉!
>
> 既而夕照城头,渔翁晚唱,晚风寒峭,新月将升,莫不因山之奇而各露其奇,乃余虽心悦其奇而日云暮矣,相率而归。及明日忆其奇之不能忘,复驰马而出,如是者数载不能止。其始或月而至焉,继则日而至焉,其或不至者,必其为风雨所止。②

作者与象山相对无厌,寄情于象山上。

五、山水散文中的议论

古代广西山水散文有不少篇章表现了作者在山水中发掘出的人生哲理和理趣,体现出人与自然的融合。所谓山水理趣,是指通过观察山水景物而获得对人生、宇宙的深刻认识,将写景、议论、说理、抒情巧妙地结合起来,造就出文学作品的独特意境。理趣与理学并非一码事,但对

---

① [清]汪森编辑,黄盛陆校点.粤西文载校点(第四册)[M].卷五十一.李渤.南溪白龙洞序.南宁:广西人民出版社,1990:34.
② 杜海军.桂林石刻总集辑校[M].北京:中华书局,2013:781-782.

理趣的挖掘确实是在宋明理学兴盛的背景下而兴盛的。宋代是理学兴盛的时代,在理学的影响下,文人喜欢在诗文中发议论,有的直接表达理学思想,有的则是伸发出理趣。宋代广西山水散文顺应时代的特点,有较多的作品是将山水与理学思想、人生哲理融合在一起的。宋代儒学在与道家、释家哲学的激荡和融汇后,形成了儒学新气象的理学,将传统儒家的政治哲学转变为人生哲学。宋代理学的人生哲学根据为宇宙论,采用道教宇宙无极之说,并吸纳融汇了佛教禅宗心性意识的养分,在不同的角度上满足了儒家经世致用、伦理纲常及文人们安身、安神、安心的个人修养的需要。宋代广西山水散文也展现了宋人在理学的影响下对待山水的态度,并善于从山水中发掘理趣和人生哲理。张栻《韶音洞记》在欣赏桂林虞山景致时有感古代舜帝之德,在篇末有一大段赞美帝德的议论:

> 嗟乎,有虞氏之德,其盛蔑以加矣。盖君臣父子兄弟夫妇之彝性,孰不具是哉!帝之所以为盛德,亦尽吾心之所同然者而。是则,帝之泽流,洽于人心,固将与天命并行而不可泯,夫何有古今之间哉!后人徘徊于斯地,遐想箫韶之音,咏歌南风之诗,歌舞而忘归也。其亦庶几有以兴起乎?遂书于石。①

作为宋代有名的理学家,张栻倡导的"理"是事物的体现,认为"所谓天者,理而已"。在他看来,"理"就是流行于古今所有人的天命,它"贯乎古今""通乎万物","理"也是人伦之理,即"礼者,理也"。这样就将儒家的伦理道德提高到了天理的地位。在这篇游记中,可以感受到张栻的理学思想,他说上天为人们安排了君臣、父子、兄弟、夫妇的伦理常性,虞舜

---

① [清]汪森编辑,黄盛陆等校点.粤西文载校点(第二册)[M].卷十九.张栻.韶音洞记.南宁:广西人民出版社,1990:91.

的功德只是最大限度地发挥人的共同本性,也因此将和天命并行而不可灭。

除了表现理学思想外,宋代文人在广西山水中发现人生哲理、体现理趣的也不少。如邹浩《梅园记》写其游岭南见梅花不受人重视,由梅花入禅理:

> 夫天地,昔之天地也;山川,昔之山川也,而俯仰之间,随梅以异,梅果异邪?果不异邪?梅虽无言,余知之矣。昔之晦,非梅失也,时也;今之显,非梅得也,时也。人以时见梅,而梅则自本、自根,自古以固存。①

道出客观事物是不变的,只是不同时运的人看它时感受不同而已。

范成大的《屏风岩铭并序》将屏风岩比作一壶:"心尘目华,三昧现前。我提一壶,弥罗大千。无有方所,四维上下。"表达壶中天地以小见大的理趣。梁安世观桂林普陀山留春岩后留下了文采斐然的《乳床赋》,作者在看到大自然鬼斧神工的钟乳石后得到了点拨,悟出人生道理,愉悦、满足、超脱世俗,情、理、景、文交融一体,感人至深。

明代董传策的《奇游漫记》中写山水表现哲理的作品也不少,《游桂林诸岩洞记》发表的议论表现出董传策对文化相对落后的少数民族边缘地区的开明态度:

> 夫山川草木,夷裔之主,非其人谁当焉?又安知八桂诸岩洞之间,异时不有贤豪士出,而剪除荒秽,兴起斯文,与天壤相终始也!②

---

① [清]汪森编辑,黄盛陆等校点. 粤西文载校点(第二册)[M]. 卷三十. 邹浩. 梅园记. 南宁:广西人民出版社,1990:380-381.
② 四库全书存目丛书编纂委员会. 四库全书存目丛书 史部 第127册[M]. 济南:齐鲁书社,1996:707.

此处董传策用辩证的、发展的眼光来看待广西,认为事物的好坏在于人以什么样的眼光来看它,还奉劝好游之人不应鄙夷广西落后。其《伶俐水说》从伶俐水的名字入手,辩证地看待世人眼中的"伶俐"和"憨"、智者和愚者。从伶俐水所处的位置和功用看,它是"憨"的,却以"伶俐"为名,作者深层揭示出此水的伶俐之处,"独嗜恬泊、茹孤寂,养其洁清之源,而自脱于浊秽之外"也可算是智者了。由此感叹:"若而人者,亦异乎兹水矣。故伶俐人以兹水为憨,乃兹水又以伶俐人为憨。彼伶俐则此憨,彼憨则此伶俐。其伶俐同,其所以伶俐异。"文中提出的"智愚无定在,惟物所归"发人深省,好静者以恬淡为智,好动者以喧哗为智,智此愚彼,充满了哲理的思辨色彩。其《石泷说》也表现出了深刻的道理:

> 粤西之水多泷焉,厥石巉巉然睨其旁,或错而厄其旁……人谓水险,或曰石险。廓然子过而诧曰:嗟乎!水之激于石也,其险固若斯哉?夫水之滔滔然流也,石之栗栗然峙也,二者不相遇焉,即流者流,峙者峙,奚于险之有?惟夫水激于石,而其险斯成。彼世之激而险者,奚啻水石哉?以故,君子之慎乎激也。虽然,余盖尝究观其初焉,今夫化机之运而靡息也,融斯为水,结斯为石,其真体固未必相离耳矣,乃其流形,即不能不殊云。盖水以动为用,石以静为用,动静之相形,流峙之相搏,兹其势有固然者与。人自触厥榜焉,而后谓之险,彼水与石何有哉?嗟乎!水石之无情也,人即以有情触之,犹成其险,矧诸有情者与久矣。凡物之纷然出乎情也,又安知有情者之与无情者非由一体哉?夫如是,则水石可以一视,而夷险将无异指。奚其泷!奚其泷![1]

---

[1] 四库全书存目丛书编纂委员会.四库全书存目丛书 史部 第127册[M].济南:齐鲁书社,1996:729.

从广西之险滩引出"凡物之纷然出乎情",万事万物都是客观存在的,觉得石泷险,完全是人的感受而已。董传策类似的文章还有不少,如《游山说》将游分为形游和神游,形游小而神游大,神游能达到"游非游,不游亦游"的境界。又如《罗秀山游谈记》说:"胜不在山水,在游山水人,故山非能胜也,人好游山者胜之。……夫人有包罗万象之怀,以览睹山之青青者,又奚小乎?"①山不在乎大小,关键在于个人的感受,在于是否有发现山水之美的心,不同的人对美景的感受也不同,文人骚客在山水中触发情思,有志之士在山水中寻找真理,人的心中有什么才能看到什么样的美,从山水中看到个人的本性,才生出了美感。其《雷埠石壁记》中说:"石无奇不奇,人奇之即奇;苟不奇之,亦不奇。"亦有异曲同工之妙。

第三节 古代广西山水散文的文体类型

中国古代的文体内涵丰富,"既指文学体裁,也指不同体制、样式的作品所具有的某种相对稳定的独特风貌,是文学体裁自身的一种规定性"②,可以说中国古代的文体是文章体制、语体、体式、体性等所呈现出来的风格。从中国古代文论中对文体的分类和特征的描述中看出,每一种文体都具有自身的审美风格和艺术表现手法。用于山水散文的文体在魏晋至唐之前有赋、书、序、记,但主要以辞赋类和书类为主。如陆机《行思赋》、谢灵运《归途赋》、谢朓《临楚江赋》、鲍照《游思赋》、张协《洛禊赋》、孙绰《游天台山赋》、谢朓《游后园赋》等纪游赋中已经对行途和游览

---

① 四库全书存目丛书编纂委员会.四库全书存目丛书 史部 第127册[M].济南:齐鲁书社,1996:719.
② 吴承学.中国古代文体形态研究[M].广州:中山大学出版社,2002:322.

中的风物进行了描绘,写景状物与情感抒发结合,可算山水文学中的佳作。也有一些著名的书、序、记体的山水散文,"序""记"的山水散文如王羲之《兰亭集序》及谢灵运的一些作品,但这些不是山水文学主流;"书"类有不少山水佳作,如陶弘景《与谢中书书》,吴均《与施从事书》《与朱元思书》《与顾章书》,鲍照《登大雷岸与妹书》等。魏晋至初唐骈体文盛行,《与朱元思书》《登大雷岸与妹书》等都是精美的骈文,与中唐以后的书、序、记体山水散文还是有一些区别的。

这里涉及骈文是不是一种文体的问题,一般都认为骈体文是中国古代的一种特殊文体。而历代文体分类中除"连珠"外难见今文、丽辞、四六等骈文的名称与其他文体并列。明代吴纳《文章辨体序说》凡例中称"四六为古文之变体",将其辑入外集,附于五十卷之后,称是为了"以备众体"[①],说明骈体文也可算是一种文体。"骈体文是从古代文学中的一种修辞手法逐渐发展形成的。"[②]"骈文就是基本由对偶的修辞格句子组成的文章。……骈文是从修辞学角度划分出的散文分类概念。"[③]由于划分的标准不一致,骈文与其他的文体并不是并列关系,可能是交叉关系。如书、序都有可能是骈体或散体。但"由于它本身具有一定的格式和特点,是中国文学中的一个重要现象,所以一般地也都把它看作是中国文学中的一种体类。"[④]因而在分析古代广西山水散文的文体特征时要分两个层次:一是山水散文中的文体,如书、序、记、铭、赋等,侧重文章的体裁;二是山水散文的骈体和散体,侧重于文章的修辞手法。

一、"书""序""铭""赋"

"书""序""铭""赋"是古代广西山水散文中数量不算多的几类体裁。

---

① [明]吴纳著,于北山校点.文章辨体序说[M].北京:人民文学出版社,1962:10.
② 褚斌杰.中国古代文体概论[M].北京:北京大学出版社,1984:155.
③ 莫道才.骈文通论[M].济南:齐鲁书社,2010:11.
④ 褚斌杰.中国古代文体概论[M].北京:北京大学出版社,1984:155.

"书"一般是书信体散文,"书"类的山水散文到唐代渐少了,"六朝时那种带有体物缘情意味的山水文体制形态——赋体和书信体在唐代山水文中被边缘化了,唐代山水文主要采用序体和记体形式。"①比如唐代宋之问《在桂州与修史学士吴兢书》,文章主旨并不是写景,而是希望通过写自身所处环境之险恶来得到帮助,因而在宋之问的这篇文章中并没有写广西山水之美。

唐代广西山水散文中"序"文类的较多,主要是序中的赠序类。《文章辨体序说》云:"其言次第有序,故谓之序也。"又引东莱云:"凡序文籍,当序作者之意;如赠送燕纪等作,又当随事以序其实也。"②可见序是要说清楚事情的来龙去脉的文体。到唐代开始赠序盛行,学界认为是古文运动中的韩愈开拓了赠序文体。③ 而其实在韩愈以前广西山水散文中以任华作品为代表的赠序也达到了很高的艺术水平。任华在桂所作的十多篇赠序文章写得很有特色,特别是《送宗判官归滑台序》送别但不伤离别,格调高雅、耐人寻味,是唐代广西山水散文中情景交融的上乘之作。

广西山水散文中的序,有为书而作的序,如莫休符《〈桂林风土记〉序》、范成大《〈桂海虞衡志〉序》、明代蔡汝贤《〈桂胜〉序》,其中范成大《〈桂海虞衡志〉序》成为历代广西山水散文的经典代表作;有赠行序,如任华《送宗判官归滑台序》《桂林送前使判官苏侍御归上都序》《送李审秀才归湖南序》《重送李审却赴广州序》《送祖评事赴黔府李中丞使幕序》、明代蒋冕《送僧正某归湘山序》,以任华《送宗判官归滑台序》最为经典。还有序记类,即序记为一的散文,《文章辨体汇选》中将《南溪诗序》归类为"记体"之"序",此文虽名为序,实为"记"④,代表作有唐代李渤《南溪诗

---

① 殷祝胜.桂林山水文的兴起于唐代桂帅的山水景观开发[C].桂学研究(第二辑).桂林:广西师范大学出版社,2015:116.
② [明]吴纳著,于北山校点.文章辨体序说[M].北京:人民文学出版社,1962:42.
③ 褚斌杰.中国古代文体概论[M].北京:北京大学出版社,1984:12.
④ 张明非.广西古代诗文发展史(下卷)[M].桂林:广西师范大学出版社,2012:53.

序》、李涉《南溪元岩铭并序》,宋代范成大《复水月洞铭并序》《壶天观铭并序》《桂林中秋赋并序》、方信孺《碧瑶潭铭并序》《碧桂山林铭并序》等。

"铭"是一种用韵的文体,"按铭者,名也,名其器物以自警也。……又有以山川、宫室、门关为铭者……其取义又各不同也。传曰:作器能铭,可以为大夫。陆士衡云:铭贵博约而温润。斯盖得之矣"[①],说出了铭文的作用和风格。古代广西山水散文中有以山川岩洞为铭的,如李涉《南溪元岩铭》、柳开《玄风洞铭》《桂州延龄寺西峰僧咸整新堂铭并序》、范成大《复水月洞铭》《壶天观铭》、方信孺《碧桂山林铭》《碧瑶潭铭》,这些作品风格典雅博约,饶有韵味。

"赋"为古诗之流,介于诗与散文之间。赋由于比诗歌更适合纪游,能具体而细致地叙述游览行程和铺排景物,早期是山水散文最发达的创作形式[②]。以纪行赋和游览赋为代表,主要繁荣时期在魏晋。赋类作品并非广西山水散文的主流,但也有文采斐然、感人至深的作品。主要有宋代范成大《桂林中秋赋并序》、梁安世《乳床赋》、易祓《融县真仙亭赋》、明代富礼《梧州南熏楼赋并序》、黄宣《游花石岩赋》、方昇《灵渠赋并序》、颜皞《重修灵渠赋并序》、田汝成《南游赋》、袁袠《远游赋并序》、俞安期《游中隐山赋并序》、胡荣《芝轩赋并序》、陈洙《漫泉亭赋并序》。

二、记体文

记体文是古代广西山水散文中的主流,广西记体山水散文也是在唐代发展起来的。中唐的古文运动使散体文章得以盛行,唐代山水散文在"记"这种文体中焕发了生命。记体文大概是与骈文相对的散体文体,在风格上是一种以叙事、议论、抒情相结合所呈现出来的文学风貌,所记的东西也比较庞杂,如褚斌杰先生将其分为台阁名胜记、山水游记、书画杂

---

① [明]吴纳著,于北山校点.文章辨体序说[M].北京:人民文学出版社,1962:46-47.
② 梅新林,俞樟华.中国游记文学史[M].上海:学林出版社,2004:37.

物记和人事杂记等,陈必祥先生将其分为叙事体、游记体、笔记体和碑志体等等。中国古代并不是一开始就有"记"这种文体。从文字上看,记最早是记忆的意思。汉代刘熙的《释名·释言语》和《释名·释典艺》分别称:"纪,记也,记识之也。""记,纪也,纪识之也。"①《说文解字》中"记"为:"忘,不识也。"段玉裁注:"识者,意也。今所谓知识,所谓记忆也。""记"最早的意思是记忆,其后发展为记录和阐释,后来用"记"来表示一种以记述叙事为主的散文文体。虽然自先秦已有题为"记"的作品,但其作为文体的类别的认定却是后来的事情。在魏晋时期细分文体之风颇多的情形下都未有"记"这种文体,如曹丕《典论·论文》论文体有四科八体之说,陆机《文赋》有十体之说,以及挚虞《文章流别集》、萧统《文选》中所论繁复的文体中都未将"记"独列出来,至刘勰《文心雕龙》有"书记"的分类,但似乎又较为庞杂,与后来的记体有所差别。《后汉书·班固传》提到班固所著的各种文体时,已意识到"记"是区别于其他文体的。到了唐代,"记"已经作为一种区分出来的文体了,从初唐的虞世南到晚唐的陆龟蒙都曾将"记"从其他文体中独立出来。

记体文在文体的发展中也经历了自身的变化,如最早的记体文与史是密切相关的,南宋的真德秀在《文章正宗·纲目》里曾说过"叙事起于古史官"②,这是指记事的文章。明代吴纳《文章辨体序说》也引用真德秀、陈师道等人对"记"的理解,将记体文的发展演变做了说明:"金石例云:'记者,纪事之文也。'西山曰:'记以善叙事为主。禹贡、顾命,乃记之祖。后人作记,未免杂以议论。'后山亦曰:'退之作记,记其事耳;今之记,乃论也。'窃尝考之:记之名,始于戴记学记等篇。记之文,文选弗载,后之作者,固以韩退之之画记、柳子厚游山诸记为体之正。"③可见早期的

---

① [汉] 刘熙撰,[清] 毕沅疏.释名疏证[M].北京:中华书局,1985:102、192.
② [宋] 真德秀.文章正宗(第1355册)[M].台北:台湾商务印书馆影印文渊阁四库全书本,1983:6.
③ [明] 吴纳著,于北山校点.文章辨体序说[M].北京:人民文学出版社,1962:41-42.

记体文主叙事,在发展过程中出现了叙事后的议论。

一般认为记体的正宗是以记事为主,在叙事之后略作议论结束的文章,并以唐代韩愈和柳宗元游诸山记为记体的"正体"。后来以游而记的记体文,因柳宗元散文的超强的艺术感染力得到后世作家的喜爱,并不断地发展和繁荣,所以后世一直以柳宗元所作游记为游记的"正体"。柳宗元的游记作品不仅有记叙、议论,还有强烈的感情抒发,成了后世游记散文作家学习的标准。

"记"从最早的记录到后来的集记事、写景、抒情、议论为一体的散文,唐代是关键时期,山水记体散文经过中唐古文运动柳宗元的开拓后,生机焕发,成了后世描摹山水的最佳文体。古文运动所倡导的散体文章在形式上有别于骈体文,使得散文的语言运用得到了解放,突破骈文的四六句的句式结构,文中三字、四字、五字、六字、七字句互有夹杂,形成声情铿锵、句式错落、跌宕流畅、涤人心肺的美感。柳宗元将这种语言运用于山水散文之中,语言精练又富于变化、文势严整而不失参差错落,具有"古丽奇崛"之美。记体文以其散文语体占了灵活自如、模山范水和抒情表意的优势,使得山水文学显示独特的魅力,同时柳宗元以其文学成就为文人游记散文创立了"正体",写景、记事、抒情、议论共同铸就了记体山水散文的艺术魅力。

记体文经过了唐代到宋代的发展,日益成熟,成为山水散文最主要的文体。宋代的记体山水散文数量较多,在写景状物、记事抒情方面得到了进一步的发展。古代广西山水记体文代表作有唐代柳宗元《邕州柳中丞维马退山茅亭记》、郑叔齐《独秀山新开室记》、吴武陵《新开隐山记》《阳朔县厅壁题名》、韦宗卿《隐山六洞记》、柳宗元《桂州裴中丞作訾家洲亭记》《柳州东亭记》《柳州山水近治可游者记》、元晦《叠彩山记》,宋代刘谊《曾公岩记》、张维《张公洞记》、鲍同《西湖记》、罗大经《游南中岩洞记》、张栻《韶音洞记》、林岊《柳山记》、方信孺《修朝宗渠记》、侯彭志《程公岩记》,元代潘仁《刘仙岩记》,明代桑悦《仙岩记》、王济《游古钵山记》、顾璘《完山记》、茅坤《太极洞记》、胡直《游龙隐洞记》、董传策《游桂林诸岩洞记》《渡漓江记》《青秀山记》《游南山记》、邝露《阳塘记》《游桂林招隐山小记》,清代乔莱《游七星岩记》、舒书《象山记》、袁枚《游桂林诸山记》、龙启瑞《月牙山记》等等,不胜枚举。总之,记体文是古代广西山水散文的主流文体,无论是景观开发、建设亭园、山水命名,还是厅壁题名、游览赏景、记录风俗,都可以以记体文来表现。

三、笔记体和日记体

在中国古代文论的文笔之辨中,笔记大致应该属于"笔"之范畴,但又不能完全等同。笔记体在中国古代的文体分类中并没有专门分列出来,从《文心雕龙》《文选》《文章辨体叙说》到《文体明辨序说》分体一百二十七类,也没有列出笔记体。最早分类探源可算刘勰《文心雕龙》中的"书记"一类:"夫书记广大,衣被事体,笔札杂名,古今多品。"这里所说的书记类似后来所说的笔记体。笔记体起源于魏晋时期,经过隋唐的发展,到了宋代发展到了新的高度,逐渐形成了笔记风物志的传统,明清时期的笔记更是达到鼎盛,数量之大、内容之丰富都超过了唐宋。明清时期的笔记大概占了中国古代笔记总数的一半以上,内容上,记人、记事、记物、记史、登临山水、观阅风俗无所不用。明清时期的山水笔记模山范水、风俗笔记记载民俗,皆得体物之妙。笔记是自由的文体,不拘体例,随笔记录,以精练为要,是个人情志的表露和记载,内容包罗万象,雅俗共赏。[①] 吴公调先生将笔记分为九类,其中第二类风土人情、第八类胜景清游,他认为这两类中有不少出色的抒情记叙短文[②],这其中多为山水散

---

① 郑宪春.中国笔记文史[M].长沙:湖南大学出版社,2004:3-4.
② 吴调公.文学分类的基本知识[M].武汉:长江文艺出版社,1982:196-197.

文。郑宪春的笔记分类中有山水笔记、小品、随笔、日记等①,其中有不少列为地理笔记,实为山水散文。笔记体山水散文的特点是总纲下面分设诸条,标明题目,条目之间的关联性不大,可以独立为文,特点是书写自由随意、篇幅短小精练、结构形散神凝、语言文质并举、意趣盎然。

  唐代莫休符《桂林风土记》是最早的以广西地域为名的笔记散文。到了宋代广西笔记风物志更加繁荣,更加系统地记述广西一地之山川、名胜、风土。宋代广西笔记风物志将山水与风俗结合起来,丰富了山水散文的书写方式和内容,以范成大《桂海虞衡志》和周去非《岭外代答》为代表,对后世影响很大,其中也有很多广西山水散文的经典之作,常为后人所引用。明代的广西笔记数量较多,如田汝成《炎徼纪闻》《行边纪闻》《龙凭纪略》,董传策《奇游漫记》,魏濬的《西事珥》《峤南琐记》,邝露《赤雅》,谢肇淛《百粤风土记》,曹学佺《广西名胜志》,王济《日询手镜》,王士性《五岳游草》《广志绎》,张鸣凤《桂胜》《桂故》等。清代笔记在前人述作的基础上进一步发展并集其大成,广西笔记在此期也十分丰富,如瞿昌文《粤行纪事》、闵叙《粤述》、陆祚蕃《粤西偶记》、张祥河《粤西笔述》、林德钧《粤西溪蛮琐记》、沈日霖《粤西琐记》、张心泰《粤游小志》、金武祥《漓江杂记》和《粟香随笔》、杨翰《粤西得碑记》、刘玉麟《桂林岩洞题刻记》、江德中《西粤对问》、范端昂《粤中见闻》等,或记述广西地理、山水、物产、民族、风俗、名人轶事,或写游览广西山水的经过。总之,唐至清广西笔记作品是广西山水散文重要的一部分。

  日记体山水散文也可属于笔记类,日记体山水散文是在笔记成熟的背景下繁盛的,可宽泛地认为是按日记录的笔记文②。但就山水散文而言,日记体的山水散文又形成了自己的特色,在笔记中为特点显著的一类,所以姑且单独讨论广西山水散文中的日记体散文。日记体游记是日

---

① 郑宪春.中国笔记文史[M].长沙:湖南大学出版社,2004:20-30.
② 梅新林,俞樟华.中国游记文学史[M].上海:学林出版社,2004:186.

记体山水散文的主要类型,以按日期记录行程为特点,可以追溯到唐前朝代以行踪为主线,描写途中景物和抒发感情的纪行赋,唐代李翱《来南录》为日记体游记之先声。日记体山水散文在篇幅上有可长可短,有单篇日记体山水散文,也有日记山水散文的专著。日记体在记游、写景、录闻、考证方面具有灵活的优势,且文字质朴而清新,以旅行日程为主要脉络,沿途山水名胜、风土人情巨细收入,如同山水长卷,是用于山水散文的较好文体。但唐代这种山水散文的文体并不流行,而到了宋代日记体的山水游记繁荣和成熟起来。宋代广西日记体散文如黄庭坚《宜州乙酉家乘》,《宜州乙酉家乘》是黄庭坚被贬宜州后所作,记录了其日常与友人兄弟聚会、书信、游览等事,其中有部分是山水散文。《骖鸾录》记录了范成大从江苏到广西一路的行程和途中所见所闻所游,其中进入广西后的日记可视为广西山水散文的日记体作品。明代田汝成《桂林行》是其接到调令后从家乡到广西赴任的行程日记,《覲贺行》是其镇压大藤峡起义成功后从广西进京觐见途中每日行程所记,丘和声《后骖鸾录》记录赴庆远府任途中见闻,黄福《奉使安南水程日记》为出使安南的行程日记。明代日记体游记最为浩大的为徐霞客《徐霞客游记》,其中《粤西游日记》占《徐霞客游记》1/3左右,其文将科学考察、民俗记录、情感抒发融为一体,是广西日记体山水游记的集大成之作。清代有张维屏《桂游日记》,所写为作者从番禺至桂林,在桂林停留一个多月,探访亲友、游山涉水,再从桂林返家的途中见闻。还有越南使节出使中国途经广西的行程日记作品。

四、石刻题记

题记是以石刻为载体的一种记体文,唐代广西石刻中已出现了题记,而发展到宋代,广西石刻中的题记作品数目最多。两宋在广西留下的题记据现存石刻文献有360多条,较唐五代数量大为增加,题记的内容也较唐代更丰富。题记题名是比较简单的文字记录,虽然多数题记题名仅仅留下了游览者的官职、籍贯、姓名和年月,但其中也不乏文字稍多、记之较详者,如同游记的题记。如宋仁宗嘉祐三年(1058)宋咸、萧固等6人《游华景洞题名》,其中记录了6人发现华景洞的经过,谈及华景洞的历史,又抒发"洞无情物耳,而得干臣、师言而兴,生灵者其兴又可详矣"之感慨。也有题记文字虽短,却详细记录游者的游程、游览方式的,如嘉祐八年(1063)谭舜臣《木龙洞游观题记》:"谭舜臣携累登石门,下临江岩,参唐代佛塔,览风帆沙鸟,江山之胜,此为最焉,遂舟过虞山。"①治平元年(1064)余藻、孔延之等4人《龙隐洞题记》:"自寿宁院抵庆林观,少休风洞,上登栖霞洞,却下漾楫,泊龙隐岩,肴觞啸咏,日薄西渡……"②宋神宗熙宁七年(1074)张觐、刘彝等3人《同寻回穴山题记》:"同寻回穴山,饭于是岩,酌石乳之溜,试郝源新芽,香色味相得皆绝,叹赏数四,遂同舟以游风洞。"③绍兴五年(1135)赵少隐等5人《龙隐岩题记》记录了5人聚会饮酒并游览的经过:"饮罢,拏舟绝溪,游龙隐岩,酌乳泉,煎沉水,解衣盘薄久之。过栖霞,晚复集天宁。"④这两条题记中还出现了饮用岩石上滴水的记录,可见这在当时也是游玩山水中的一种风尚。绍熙二年(1191)涂四友等《题柳州鱼峰山》记录了游柳州诸山的经过:"率同官登高,上仙奕山,读王初寮摩崖,把菊于立鱼峰之石室,并山出小桃源,访驾鹤书院遗址,薄暮泛舟而还。"⑤从这些文字中可以看出宋人游览广西山水的方式和游览内容,基本上都是多人同游,随行众多,且游玩包括了聚餐、饮酒、品茗、泛舟、登临、寻访古迹等内容;游览地点主要有桂林、柳州、融州、容州等地,游访的桂林山水名胜最主要的有訾家洲、小东江、龙

---

① 杜海军.桂林石刻总集辑校(上册)[M].北京:中华书局,2013:52.
② 杜海军.桂林石刻总集辑校(上册)[M].北京:中华书局,2013:56.
③ 杜海军.桂林石刻总集辑校(上册)[M].北京:中华书局,2013:61-62.
④ 杜海军.桂林石刻总集辑校(上册)[M].北京:中华书局,2013:146.
⑤ 重庆博物馆.中国西南地区历代石刻汇编(第四册)[M].天津:天津古籍出版社,1998:146.

隐岩、栖霞洞、曾公岩、八桂堂、湘南楼、雉山、还珠洞、木龙洞、虞山、隐山、西湖、千山观等,其他地方如立鱼峰、真仙岩、勾漏洞等。

这类记录了大致游程的题记还有大观四年(1110)士颖、韩公辅等4人《会酌骖鸾阁记》,政和元年(1111)朱辂、韩靖等6人《龙隐岩题记》,唐懋、陈仲宜等5人《游西山记》;政和二年(1112)王觉、陈仲宜等8人《还珠洞题记》,王觉、陈仲宜等7人《元风洞题记》,王觉、陈仲宜等《曾公岩题记》,王觉、陈仲宜等7人《龙隐洞题记》;宣和元年(1119)刘镃、蔡怿等6人《还珠洞题记》;宣和七年(1125)蔡怿、尚用之等6人《伏波山题记》,杨损、尚安国等6人《曾公岩游记》,裴梦觊、魏彦济等《清秀山题记》,唐孝称等3人《雉山岩题记》,方滋、唐时等11人《龙隐岩题记》,张好礼等10人《七星岩题记》,孙师圣等《龙隐岩题记》,张栻等《水月洞题记》,廖重能等《隐山题记》,詹仪之等《北牖洞题记》《还珠洞题记》《弹子岩题记》《虞山题记》等,不胜枚举。

还有文字不多却也发表议论和抒发感情的题记,如绍圣三年(1096)胡义修、胡宗回等《还珠洞题记》:"兹岩胜绝,在桂林洞穴之上上。"建炎二年(1128)邓公衍、蓝茁等4人《屏风山题记》"桂林岩洞冠天下,而此岩情绝,又五岭之冠也"也评价了桂林岩洞和屏风岩。淳熙三年(1176)李景亨等《乳洞题记》评论乳洞为"湘南第一洞"。咸淳四年(1268)和坰、王从龙等3人《游龙岩题记》评价道:"八桂诸岩甲天下,灵岩尤其绝胜。"还有建中靖国元年(1101)谭掞《龙隐岩题记》。

谭掞,字文初,曲江(今广东韶关)人,曾与王安石是同窗,官广西提举常平,后任广西转运副使。谭掞爱好游山玩水,在桂林游览之处多有题名,桂林石刻中留下其名的有6处,最早是元祐六年(1091),最晚是建中靖国元年(1101)腊月廿日,可见谭掞可能在桂林为官或往返其间有10年。他在桂林山水中偏爱龙隐岩,建中靖国元年(1101)在龙隐岩留下了3条题记,一条是寒食节与程节游龙隐岩的题记,一条是他即将返回曲江之前12

人同游龙隐岩的题记,还有一条是此年腊月廿日的《龙隐岩题记》,对龙隐岩进行了品评:"天下洞穴,类多幽阴,或远水,清韵不足。龙隐岩,高而明,虚而有容,复临深溪,大概似碧落洞;而登览之富,则过之。"①与周刊所写龙隐岩的特点如出一辙。在谭掞看来,天下洞穴一般都是幽深、阴湿、干枯、缺少水之清韵的,而龙隐岩宽敞明亮,还有清澈的、缓缓南流的小东江增加了龙隐岩的清韵,他以曾江家乡的碧落洞作比,认为龙隐岩在其之上,表现出了谭掞对桂林山水的熟悉和依依不舍之情。《刘昉重游还珠洞题记》是作者故地重游后抒发时光不在的感慨。绍兴二十六年(1156)王孝先《龙隐岩题记》抒发"惊岁月之逝,感风木之悲"的情感。宋景通等7人《龙隐岩题记》抒发为人饯别的黯然离思之情。元代广西石刻题记多有对历史的兴叹,如宋思义《真仙岩题记》叹道:"山川信美,人物废兴,后之视今,宁不观感于斯?"②必申达儿《普陀岩题记》在普陀岩顾瞻徘徊,慨想千古,叹"日月易迈,山川不磨"。妥妥穆尔等《叠彩山题记》也有类似感叹。

五、骈体与散体

骈体文是中国古代散文中一种特殊的文体,从修辞学的角度来说,它与散体文相比最为明显的特色是对仗、用韵、用典和藻饰,所以骈体文文采斐然,具有均衡和谐之美、音乐之美和典雅之美③。古代广西山水散文主要为散体文,在初期也有一些骈体文或骈散结合的散文。如唐代是骈体和散体文盛衰消长激荡的时期,唐代广西山水散文跟随古代散文由骈体盛行到散体兴起的历程,唐初延续六朝文风,广西山水散文几乎均为骈文,壮族本土文人韦敬办《大宅颂》虽然不算是标准的骈文,但文中

---

① 杜海军.桂林石刻总集辑校(上)[M].北京:中华书局,2013:89.
② 重庆市博物馆.中国西南地区历代石刻汇编(第五册)[M].天津:天津古籍出版社,1998:72.
③ 莫道才.骈文通论[M].济南:齐鲁书社,2010:88-158.

是有骈句的,其句式中有四/四句、六/六句、七/七句、四六/四六句,但骈句在全文不占多数,可算是骈散兼行的散文。① 韦敬一所作《智城洞碑》是一篇地道、精美的骈体文,有9种骈句句型,且用典娴熟、袭用"赋"的手法,全篇对偶,极为协调整齐,致力于叙景,几乎占全篇的3/4以上②。另外宋之问《在桂州与修史学士吴兢书》也是用的骈文,言之有物,情由衷发,中间也有散体的穿插,无艰深浮艳之感。中唐前期广西山水散文有骈有散,如任华自称为"笔家流",对自己文章以古文写成感到自豪,而于邵在桂山水散文多为骈体写成。同一篇文章也体现了骈散各行的趋势,如郑叔齐《独秀山新开室记》中语言的使用就是骈散并行,"文中写景都用骈偶句,叙事、议论多用散句;骈偶有助于横向展开,散句有利于纵向推进……其中散句的大量使用反映了当时古文影响正逐步扩大的趋势"③。柳宗元以散体为主,其在桂的几篇山水散文都是记体文,三字、四字、五字、六字、七字句甚至更长的句子都有,不同的散句长短相协,句式灵活多变,参差错落,读起来富有节奏感和疏宕之气。晚唐骈文又有了复兴之势,但并未反映在广西山水散文里,所见的晚唐广西山水散文还是延续了散体文的文体特征。

宋至明代,骈文衰落,广西山水散文中以散体文为主,骈体很少。清代骈文有复兴趋势,但亦未能超过前代的成就。清代广西籍作家郑献甫写了不少骈文,其中游记作品《游白龙洞记》是用骈体写成,记游宜州白龙洞的经过,其记游写景都十分出色。他的《白崖山寨记(为松如林子作)》也是用骈文写成,描绘了鹿寨独特的风光。从骈文形式上看,郑献甫的这两篇骈体文以四、六字句为主,其间也穿插了一些散句以便记叙,但整体平仄相协调,对仗工整,具有骈文的一般形式,几乎未见用典,以

---

① 莫道才.从上林唐碑《大宅颂》和《智城碑》看唐代中原文风对岭南民族地区文化的影响[J].民族文学研究,2005(4):7.
② 〔日〕户崎哲彦.唐代岭南文学与石刻考[M].北京:中华书局,2014:402.
③ 张明非.广西古代诗文发展史(下卷)[M].桂林:广西师范大学出版社,2012:40.

白描的手法描摹山水,使文章显得清新自然。

六、广西地理空间对山水散文传播方式和文体的影响

广西山水散文传播的重要途径是石刻,而石刻与广西岩溶地貌特点有十分密切的关系。石刻是中国古代一种独特且历史悠久的文化传播载体,早期人类常在天然的石头上刻字,因而在石刻的众多形制中,摩崖是一种较早的石刻文字。清代金石学著作《金石索》曰:"就其山而凿之,曰摩崖。"①马衡认为:"摩崖者,刻于崖壁者也,故曰天然之石。"②摩崖石刻就是以天然的石壁为材料,在上面刻写文字或图像。中国的摩崖历史悠久,传说夏禹时代的岣嵝碑和商代的红崖刻石是其起源,而从东汉开始,摩崖石刻有实物可考,到唐宋摩崖石刻更是走向繁荣,成为一种十分常见的石刻形制,"人以其简易而速成也,遂相率而为之,甚至刻经造像、诗文题名、德政神道之类,莫不被之崖壁,于是名山胜迹,几于无处无之。"③因而摩崖石刻在中国很多省市的风景名胜区都有留存。而广西独特的岩溶地貌是摩崖最好的场所,广西不仅有山体摩崖还有岩洞摩崖,并以摩崖石刻数量之多、分布之集中、文史价值之丰富而成为中国摩崖石刻的代表性地区之一,是"我国石刻文献发展一个特别集中、成就突出的地区"④。清代著名金石学家叶昌炽曾说:"桂林山水甲天下,唐宋士大夫度岭南来,题名赋诗,摩崖殆遍。"⑤并称通过这些摩崖石刻尽揽桂胜。广西摩崖石刻以桂林为代表,成为广西山水文化的重要体现。日本学者户崎哲彦也就桂林摩崖石刻的重要性和特征进行了分析,认为其是显示

---

① 冯云鹏,冯云鹓.金石索(下)[M].北京:书目文献出版社,1996:917.
② 马衡.凡将斋金石丛稿[M].北京:中华书局,1977:68.
③ 马衡.凡将斋金石丛稿[M].北京:中华书局,1977:68—69.
④ 杜海军.论桂林石刻的文献特点与价值——广西石刻研究之一[J].广西师范大学学报(哲学社会科学版),2010(3):63.
⑤ 叶昌炽撰,柯昌泗评,陈公柔、张明善点校.语石 语石异同评(卷二)[M].北京:中华书局,1994:129.

了山水文学发展的物证①。

摩崖石刻对于南方文化落后地区而言,可以起到补充传统文献不足的作用,是南方特别是广西地区最重要的文献资料之一。在广西传统文献匮乏、文化落后的背景下,石刻所起到的补充文献不足的作用十分明显。② 石刻因其是文学传播中持久性较强、较及时、较开放的传播方式,在促进文学观念成长、扩大文学存在范围、培育文学家、延续文学作品生命、推动文学发展繁荣等方面对文学的传播有重要贡献。③ 古代广西文化相对落后,文学的传播,石刻是重要的途径。而在广西石刻中,游览文化占据了大部分,以桂林为例,在唐代摩崖石刻中山水游记比重占76.2%,宋代则占80%,明代占71.9%,清代占56.7%④。古人在广西的山水散文创作大部分都通过摩崖石刻进行传播并流传至今。正如明代摩崖石刻周垚《会仙岩记》中所说:"桂岭之山川奇秀,岩谷幽深,可爱者甚繁,凡遇昔贤品题,遂播之声诗,载诸方册,名显于天下。"⑤摩崖石刻中的山水散文通过历代传播,不仅成为人们游览山水的指南,也传播了文名。

古代广西山水散文通过摩崖石刻传播还形成了一种特别的山水散文文体——石刻题记。石刻题记这种文体并未载入古代文体研究的目录中,大概亦可以归入记体文中,它是行旅之人游览之后在石壁上题字以求纪念的一种文体,多在石刻中流传,是摩崖石刻中特殊的形式。在所有的石刻文献中,题记与山水游赏关系最为密切。石刻题记的形式简单而灵活,文字有长有短,内容多为旅游时间、旅游事件和旅游者的名

---

① 〔日〕户崎哲彦.唐代岭南文学与石刻考[M].北京:中华书局,2014:33-34.
② 刘楷锋.论广西传统文献匮乏背景下石刻的文献价值[J].广西师范大学学报(哲学社会科学版),2015(6):6.
③ 杜海军.论石刻对文学传播的贡献[J].陕西师范大学学报(哲学社会科学版),2015(5):67.
④ 据郑艳萍等人的统计,见郑艳萍,胡海胜.桂林石刻景观的生命路径研究[J].人文地理,2006(3):90.
⑤ 杜海军.桂林石刻总集辑校(中)[M].北京:中华书局,2013:488.

号,即某人到此一游的记述。广西摩崖石刻题记从唐代开始,宋人在游览山水后题记的风尚十分兴盛,广西摩崖石刻题记数量大增,达到高峰,元代有所减少,明清又有所增加,但已不是主流。摩崖题记记录了古人游览的风尚,以宋代桂林摩崖石刻题记为例,其记录了率群僚、聚朋友、挈家属等众人随行游览山水的排场,体现了宋人逢山水必游、游览山水喜欢群体出游的特点。此外宋人在广西的游览路线、游览方式都在题记中表现出来。题记以简练为主要特征,但亦有些情景交融的精练文字。宋代、元代不少文人留下短小精悍的石刻题记作品,将山水之美和个人之情交融在石壁之上,具有隽永的意义。

第四章　古代广西山水散文与山水文化

第一节　山水文化的内涵

一、中国古代山水审美的发展

中国古代的山水观最早与人类早期的万物有灵观有关。人类在早期以其经验建立起了与自然的联系,这种经验来自原始宗教的万物有灵论。万物有灵论由英国人类学家泰勒提出,他认为人类在蒙昧时期通过对死亡、梦境等人的生理现象的观察和思考,总结出人有灵魂,再以人的灵魂概念模拟出万事万物的灵性。按照这种思维,自然界的日月星辰、风雨雷电、山水树木都是有神灵主宰的,并可以与人沟通,人可以取悦神灵也可能惹怒神灵,人要幸福地生存,当然就要敬畏神灵。于是对山神、水神、石神、树神的祭祀是古人敬畏神灵的虔诚表现,山水崇拜由此而生。这种带着万物有灵观的原始宗教并未随着原始时代的结束而消失,山水有神的观念一直存在,葛洪《抱朴子》中云:"山无大小,皆有神灵。

山大则神大,山小则神小也。"①刘禹锡《陋室铭》云:"山不在高,有仙则名,水不在深,有龙则灵。"这些都说明长久以来人们相信山水神灵是存在的。中国古代上到帝王祭祀名山大川,下到民间百姓祭祀山川之神,山水有神的观念不仅是古代山水观的一个重要部分,还一直影响着后世人们对自然山水的态度。原始宗教中的山水崇拜意识为中国山水文化的形成与发展奠定了基础,后世山水文化中的许多主题都能在原始的山水崇拜意识中找到原型。②

　　古人在山水崇拜中由完全敬畏到适度亲和,逐渐建立了与山水的另一种关系,比如透过山水探索宇宙奥秘的同时,又以山水去反观社会现象,总结出了人生道理。最典型的是先秦时期以山水比附道德,孔子和老子都用水的品性比附人之品性,老子说:"上善若水,水善利万物而不争,处众人之所恶,故几于道。"③水自居低处,为万物无私奉献,不争不求不索取,在老子看来水是最接近"道"的物质。孔子说:"知者乐水,仁者乐山。知者动,仁者静。知者乐,仁者寿。"④水之性流动,如智者智慧源源不断;山之性安,固生万物,如仁者之稳重和无私。除此之外,孔子在观察水流时还发出"逝者如斯"的感叹。对山水的感悟从人格品德上着眼和从山水中发出生命短暂的感叹都是以自然山水来反观社会人生,属于伦理范畴。先秦时期儒家和道家从道德情感出发所形成的山水观,也对中国古代山水文化的形成有一定的影响。

　　在孔子的山水观中,山水之道德意义要胜于审美意义,当时也有零星的对山水审美的萌芽,如《诗经》《论语》中都有一些。而对山水的超功利的审美在道家那里已初见端倪,道家代表人物庄子更是从自然山水中阐发美学思想。道家美学的核心为"道","道"就是自然,庄子说"天下有

---

① [晋]葛洪著.抱朴子[M].卷十七.登涉.上海:上海书店出版社,1986:76.
② 李文初.中国山水文化[M].广州:广东人民出版社,1998:24.
③ [魏]王弼注,楼宇烈校释.老子道德经注校释[M].八章.北京:中华书局,2008:20.
④ 论语注疏·卷六·雍也[O].乾隆四年校刊,同治十年重刊本.

大美而不言","朴素而天下莫能与之争美",朴素与自然有很密切的关系,显示出了强烈的自然审美意识。《庄子·知北游》中道:"圣人者,原天地之美,而达万物之理"①,则表现了自然天地与万物之理的审美关系,"山林欤,皋壤欤,使我欣欣然而乐欤。乐未毕也,哀又继之"②,乐和哀表达出了对自然山水的审美情感。人与自然的审美关系和审美情感对魏晋以后人们体物悟道的影响深远。

对山水的审美自觉是从魏晋时期开始的,儒家倡导的伦理美学在魏晋时期有了转变,美与人生的关系拉近了,美与伦理道德的关系淡了。魏晋时期社会动荡、人生无常,群体人格理想被自我意识所替代,随着个体意识的觉醒,对个人生命价值的肯定,审美进入自觉时代,从以"善"为美到以"真"为美,将返璞归真、放任自然、澄怀体道与生命本源之"真"联系起来,在自然山水中彻悟离形,精神获得自由。魏晋时期人们"体会到山水自然美的自在独立性,逐渐重视自然美独特的怡情荡性作用"③,魏晋时期在主流思潮——玄学的影响下,文人在山水中悟道,在此背景下,对自然山水进行细致描摹开始兴起。玄学对山水文学的作用体现在促成了人对自然的非功利性的审美,山水审美意识开始觉醒。玄学让人从外部世界转入内部世界,主张超越功利性,以审美的眼光来观照自然万物,让人体验灵性的、淡远高旷的精神境界,练就脱离尘俗的目光。魏晋时期的山水审美观对中国古代的山水文化和山水美学的形成有着深远的影响。

二、山水文化的内涵

"山水"的概念在中国古代经历了从特指到泛指的过程,最早"山"和

---

① 诸子集成(第3册)[M].王先谦.庄子集解.卷六.知北游.北京:中华书局,1954:138.
② 诸子集成(第3册)[M].王先谦.庄子集解.卷六.知北游.北京:中华书局,1954:145.
③ 章尚正.中国山水文学研究[M].上海:学林出版社,1997:58.

"水"虽然并列出现,但并未合称,孔子时代所言的"乐山""乐水"皆是山、水的特指,都是具体的山或是水。到了魏晋时期,将"山水"合称逐渐多了起来,泛指自然万物。三国至西晋时代的陈寿在其《三国志》中有关于"山水"的合称:"吴、蜀虽蕞尔小国,依阻山水,刘备有雄才,诸葛亮善治国,孙权识虚实,陆议见兵势,据险守要,泛舟江湖,皆难卒谋也。"[1]此处山水为自然地理之形势。西晋文学家左思将山水合称更具有了审美意味,其《招隐》中有:"非必丝与竹,山水有清音。"[2]"山水"之清音是指宇宙自然各种声响,充满了节律感,是自然的群籁和鸣。此处的"山水"已经是泛指自然中日月星辰、雨露烟霞、山川河流、花鸟鱼虫及各种自然现象。以"山水"代指自然之景物在魏晋时期基本定型,山水审美也渐渐得到了众人的追求。"山水"一词逐渐定型,成为大自然所有景象的代称,从具体的山和水到泛指的自然界,"山水"固定成了中国古代的美学概念。但这"山水"又不能等同于自然,因为有了人的审美意识,古人在与山水的相处中甚至将山水视作家园,如宋代著名画家郭熙的《林泉高致》中提道:"世之笃论,谓山水有可行者,有可望者,有可游者,有可居者,画凡至此,皆入妙品。但可行可望,不如可居可游之为得。"[3]可见中国古代人与自然融合的状态。有了人的因素,山水在中国古代人们的眼中几乎就是人化的自然,在自然中建立家园或是在家园中营造自然,成为与自然山水融合的最高境界。"山水"渐渐从自然再到人化自然,人化自然是古代文人理想中的自然,将自然山水裁剪,将山水林泉移入人居处所,形成了具有中国特色的园林,追求虽由人作,宛自天开的境界,虽然是人化自然,但必须不留人为痕迹。"山水"概念从具体的山和水到自然万物,再到人化自然,成为人们的精神空间,范围越来越大。

---

[1] [晋] 陈寿撰,[宋] 裴松之注. 三国志[M]. 卷十. 魏书. 贾诩. 北京:中华书局,2005:248.
[2] [梁] 萧统编,[唐] 李善注. 文选[M]. 卷二十二. 招隐. 北京:中华书局,1977:310.
[3] 沈子丞. 历代论画名著汇编[M]. 北京:文物出版社,1984:65.

在中国古代的一些表述中,"山水"还是一个具有审美意味的词语。东晋玄言诗人孙绰曾在《三月三日兰亭诗序》中说:"为复于暧昧之中,思萦拂之道,屡借山水,以化其郁结,永一日之足,当百年之溢。"①是借自然山水来抚慰心灵,从山水景物中获得了精神的快乐,此处"山水"是具有了审美意味的山水。南朝画家宗炳在《画山水序》这篇画论中说:"至于山水,质有而趣灵。……夫圣人以神法道而贤者通,山水以形媚道而仁者乐,不亦几乎?"②山水以它的形式美来表达"道",也体现了在自然中获得超功利的审美愉悦,澄怀味象,得畅神之乐。魏晋时期山水游赏的风行、玄学对山水的审视、山水审美意识的体现对后世的山水文学有较深的影响,构建了中国古代的审美、体道和人格修养三合一的方式,对中国艺术崇尚自然清新、朴实无华的追求产生了深远的影响,由山水之赏而演化出了独特的艺术风貌和趣味,成为东方美学的特征。③ 刘勰云:"宋初文咏,体有因革,庄老告退,而山水方滋。"④其中的"山水"是山水诗代称,亦有山水审美的意思。清代李渔云:"故知才情者,人心智山水;山水者,天地之才情也。"⑤此处更是将"山水"的旖旎风情与人之才情进行比拟,表现出在中国古人心中"山水"确实是充满着美的意味。总之,中国古代之"山水"从最初的山和水的特指,渐渐演化成自然万物,再扩展到人们理想中的自然,表现回归自然的渴望,体现人与自然和谐相处的审美趣味。

从中国古代"山水"概念的发展历程看,"山水"一词从形成开始就与文化结合在一起,经历了从原始的自然到人文的自然的过程。山水文化

---

① [清] 严可均. 全晋文(中)[M]. 卷六十一. 孙绰. 三月三日兰亭诗序. 北京:商务印书馆,1999:638.
② [唐] 张彦远. 历代名画记[M]. 卷六. 宗炳. 北京:中华书局,1985:208.
③ 汪裕雄. 意象探源[M]. 北京:人民出版社,2013:293.
④ [梁] 刘勰. 文心雕龙[M]. 卷二. 明诗. 北京:中华书局,1985:9.
⑤ [清] 李渔. 李渔全集[M]. 第一卷. 笠翁一家言文集. 梁冶湄明府西湖垂钓图赞. 杭州:浙江古籍出版社,1991:105.

是中国古代独特的文化形态,是自然与人文的结合,是与山水发生联系的所有文化的总和,所以除了自然山水之外,山水文化甚至包括了与山水相关的风物、社会和民俗。山水文化是以自然山水为载体而形成的各种文化形态,如山水景观、山水城市、山水文学、山水园林、山水诗文、山水书画、山水传说、山水美学等都是山水文化的范畴,山水是文化的载体,文化是山水的内涵,山水文化具有很强的审美性,对人的精神有陶冶和愉悦作用。

山水景观主要是指以某山某水为主体形成的特定区域空间组合,包括自然物和依附在自然之中的建筑物,如亭台楼阁等。经过历代游赏者的游览经验的累积,形成一定的声誉,而成为世人心中固定的山水空间,即名山名水。山水景观体现了自然与人文的结合。山水城市是在依山傍水的原则下,在城市规划和建设中将山水文化融入其中,形成宜居可游的城市环境。中国历史上城市的选址需考虑山水,"非于大山之下,必于广川之上"[①]的历史名城多是得山水滋养的城市。山水园林是以一定的空间为基础,用艺术的原则进行创作而形成的美的自然和美的生活环境,被称为"大地艺术"。山水诗文是山水文学的一种,兴起于魏晋南北朝时期,山水诗文对山水文化的形成有重要的作用,它既体现了山水文化,又构筑了山水文化精神,是山水文化的重要组成部分。山水传说也属于山水文学的一种,但有自身的特点。山水书画主要是指书法和山水画,山水画是中国传统画种之一,以描绘自然山水为主。书法既是中国一门独特的艺术,也是一种文化,是以笔墨纸砚为工具,以汉字线条和结构为表现对象,表达书写者情感和创造意境的造型艺术,有篆书、隶书、楷书、行书、草书等书体,讲求法度、笔力、形美、意境和气韵。书法艺术有较高的审美价值,它与山水结合表现在山水名胜中的楹联、匾额、碑

---

① [唐]房玄龄注,[明]刘绩补注,刘晓艺校点.管子[M].卷一.乘马.上海:上海古籍出版社,2015:22.

碣、摩崖等。山水传说是民众共同创造和传承的民间文学,以口头传承为主,也通过古代文献典籍收入进行流传,是与山水名胜、古迹文物相关的一些解释性的故事,主要是解释山水的名称、来历、特点等的故事,有时也将历史人物依附于山水之上形成故事。山水美学是沉淀在山水中的美学思想,中国古代的审美趣味的产生与山水关系密切,儒家倡导中和之美,从社会伦理的角度来发现和体验美,而儒家的"比德",比附的是自然山水之"德",可见儒家美学依然是从山水中得到启发。道家标举自然之美,道家之"道"本就是宇宙万物之根本,"道法自然"是遵循自然万物的规则,在自然中追求超然独立的人格和精神的自由,庄子的"逍遥游"成为后世文人回归自然、寄情山水的精神指导,道家"自然为美"的思想对中国美学产生了巨大影响。禅宗的审美经验是注重妙觉顿悟,强调万法皆空,推崇圆融感受,在审美趣味上,贵清净幽寂的氛围,尚空灵玄远的意境,禅宗美学思想的特征是追求空灵意境和亲近自然之美。禅宗主张的空灵美,追求象外之象、景外之景,其美学思想既来自佛教,也受到道家的影响,其基础依然是自然。总体而言,儒、道、释三家构成了中国古代审美趣味的"三重奏",并从整体上统一在"天人合一"的概念中,形成中国人的山水审美意识[①],在面对自然山水时,实现物我交融激荡,体验与自然的融合,获得情感上的愉悦和精神上的自由。

三、广西山水文化

由于"山水"一词的泛化,中国文人笔下的很多山水可能是有山无水,或有水无山,而广西山水是名副其实的真山真水,广西的地理品格使其具有较好的自然山水景观条件,"山水"一词在广西得以真正落实。广西山水的规模不大,山峰不高,水流不大,但山和水在整体上相得益彰,

---

① 王柯平.旅游美学新编[M].北京:旅游教育出版社,2000:62-87.

这是其他游览胜地难以比拟的,其山水的秀美风格符合中国山水"畅神"的审美理想。随着中央王朝对岭南地区的开发经营,入桂人士最先看到的是奇秀的山水,并以主流的审美趣味开发山水,使得以桂林山水为代表的广西山水在唐宋时期已获得了甲天下的名声,形成了一批知名山、水、洞的景观。

自古以来,中央朝廷向广西输入中原文化,中原文人参与了广西的文化建设和文化传播进程,广西渐渐接受了中原文化的影响,同时广西文化也被中原感知。广西山水的形式美正契合了儒家、道家、禅宗的山水美学精神,符合中国古代山水审美趣味,以桂林山水为代表的广西山水以其奇秀的外形而具有了灵气和韵味,也成了人们出世情怀和世外田园想象的载体,人们沉醉于广西甲天下山水之中,更能感受到自然生命与人心灵的融合,体验"天人合一"的意境。

第二节　古代广西山水散文与山水城市、山水园林

一、山水散文与山水城市

中国古代的建城多以"天人合一"的哲学思想作为指导,以山水文化为根基,因地制宜地利用山与水的元素来构建人居环境,突出自然山水之特色。古代广西重要的城市主要有桂林、梧州、南宁、柳州,这几个城市都有2000多年的建城历史,依托广西得天独厚的自然山水,它们往往与山水相依。特别是桂林城,自古以来便与山水融为一体,与自然和谐共处,是典型的山水城市。因为桂林不仅有天然之"山"和"水"的基本元素,还拥有悠久的历史和丰厚的人文积淀,这是山水之城的灵魂。桂林自建城以来一直是广西政治、文化中心和军事要地,在自然山水及南北

文化交流中形成了城市鲜明的特色。

桂林位于广西东北部,先秦时期为百越之地,战国时期处楚越之交,秦始皇统一岭南后属于桂林郡,汉初为赵佗统治的南越国领地,公元前111年,汉武帝平定南越国的第二年,在桂林设始安县,这是桂林最早的地方建制。唐代天宝初设桂州都督府,南宋绍兴三年(1133)桂林升为靖江府,地理位置愈显重要。清代顾祖禹《读史方舆纪要》中描述桂林地位:

> 府奠五岭之表,联两越之交,屏蔽荆衡,镇慑交海,枕山带江,控制数千里,诚西南之会府,用兵遣将之枢机也。昔秦兼岭外,此为戍守重地,汉平南越,分军下漓水,自孙吴以后,湘、广之间,事变或生,未有不争始安者。隋唐之初,皆置军府于此,盖天下新定,岭南险远,倘有不虞,燎原是惧,故保固领口,使奸雄无所觊觎也。①

一些山水散文亦对当时桂州的重要地位作了描述:

> 南临天池,东枕沧溟,西驰牂牁,北走洞庭,地方三千里,带甲数万卒,实五府一都会矣。②
> ——唐·任华《桂林送前使判官苏侍郎归上都序》

> 土连五岭,川束三江。直千里之奥区,杂夷风之阜壤,静则可理,动则难安。思得长才,以绥裔俗。③
> ——唐·崔嘏《授郑亚桂府观察使制》

古代桂林的城市建设与其重要的军事地位密切相关,三国时期黄盖

---

① [清]顾祖禹.读史方舆纪要(三十七)[M].卷一百七.北京:商务印书馆,1937:4370.
② [清]董浩,等.全唐文3[M].卷三七六.太原:山西教育出版社,2002:2263.
③ 李希泌.唐大诏令集补编(上册)[M].上海:上海古籍出版社,2003:518.

在始安郡建城邑府署、治军,这大概是最早的桂林筑城史。这之后至隋朝,从已有文献看,在桂林是筑有城池的。而唐代关于桂州城的建设有比较清晰的材料,唐代桂州城的营建发展到了繁荣时期,唐初武德四年(621),岭南抚慰大使检校桂州总管李靖,为了军事上方便防守,在桂林兴建衙城,也就是子城,"桂林子城在漓江西,周三里十八步,高一丈二尺,唐李靖筑有门四:南曰腾仙,东曰东江,西旧揭靖江军额,而南曰顺庆旧揭桂州额"①,子城是当时桂州之衙城,官府所在地,具体位置大概是在今独秀峰东南的漓江西岸。李靖平定侬智高后又修筑了外城的六个门,奠定了桂州城基础。唐宣宗大中年间(847—859),蔡袭在子城基础上扩大了外城,"周三十里,高一丈二尺……有门八曰怀威、曰肃清、曰朝京、曰阳亭、曰通波、曰伏波、曰龙堂、曰洗马"②,扩大了外城即居民区的规模,大概是今桂林城南北之杉湖至独秀峰,东西之漓江至中山路的范围。唐光启年间(885—887)都督陈可环于桂林外城的北面修筑"夹城",即为当时桂林的商业区,据《桂林风土记》的描述:"从子城西北角二百步,此上抵伏波山。缘江南下,抵子城逍遥楼,周回六七里。光启年中,前政陈太保可环创造。三分之二是诸营展力,日役万人,不时而就。增崇气色,殿若长城。南北行旅,皆集于此"③,可见夹城范围大概是现桂林城南北之独秀峰至叠彩山,东西之伏波山至中山路,周长六七里。经唐代三次修筑桂州城,桂林山水城市基本形成。

宋代桂林的城市建设与军事防守亦密切相关,宋至和元年(1054)余靖修桂林方六里的桂林外城,"盖城东一面逼漓江,其自南折而北者,合子城之东南隅,其自北折而南者,合子城之东北隅"④,且以"木甓瓦石"之材加强了城墙的坚固性。后来宋乾道年间李浩、淳熙年间詹仪之、绍熙

---

① [明]林富,黄佐.广西通志[M].卷三十九.济南:齐鲁书社,1996:464.
② [明]林富,黄佐.广西通志[M].卷三十九.济南:齐鲁书社,1996:464.
③ [唐]莫休符.桂林风土记[M].北京:中华书局,1985:5.
④ [明]陈琏.桂林郡志[O].卷二.明景泰元年(1450)吴惠重刻增补宣德本.

年间朱晞颜都曾修过桂林城。南宋桂州升靖江府,地位提升,南宋末年,桂林为宋廷与蒙古军作战的西南前线,为了加强静江府的城防,李曾伯等4任广西经略安抚使修筑城防设施,设城门20个,在旧城门的基础上,又新开8个城门,城门上有城楼,有兵驻守,城墙上有暗门为军事设施。桂林鹦鹉山有珍贵的摩崖石刻——宋咸淳六年(1270)章时发的《靖江府修筑城池记》及《修筑桂州城图并记》,是胡颖任广西经略安抚使时所刻,记载了南宋李曾伯、朱祀孙、赵与霖、胡颖等4任广西经略安抚使任职期间桂州城筑建的详情。李曾伯修筑桂林城时在外城依山又建新城,范围北至桂林叠彩山、桂岭,朱祀孙、赵与霖于西城外扩建新城,胡颖于新筑北城外拓建新城。此时桂林城形成了内外两城,内城以唐代李靖修筑的桂州城为基础,南北两门,东西四门;外城东临漓江,三面城壕。南宋时期第四次桂林城的修筑规模最大,"拓凿最盛",城市面积从西、南、北面得以扩展。其城市街道的规划也考虑城防,东西向的道路多于南北向道路,以镇岭门、朝宗门、顺庆门为中轴,其余道路多丁字头路、拐角路,便于军事防御。

元代也有修建桂林城,元至正年间的石刻《至正修城碑阴记》记载:

缭绕周回一十余里,起于东北宝积山连风洞,因山为城,增卑益高,筑女垣,建睥睨,各数十百丈。东为就日门,又东为癸水门、为行春门,又正东为东江门,正南为安远门、为通明门,左为掖门以达东江;又南为小南门;又西为丽泽门、为西成门,西北为宝贤门;正北为迎恩门、为安定门、为拱辰门、为镇岭门。城门皆建楼阁,设闉闍,其最大者为逍遥楼,下各为磴道,以便登陟,团敌为台者三十九,台上建楼,楼皆外向,以便观览。团敌之中,又其大者建雄边楼,城门楼阁,其高广又倍之。守城吏士为周庐五十三所,以庇风雨。城上垒陴外向,皆有箭眼,内亦设女墙,以防坠佚。城之颠面,皆砌以砖石,其平如砥,外筑栏马墙以护城。轮奂一新,雉堞相望,流水萦带,群山耸立,长虹夭矫,烟云相连,诚一道之伟观也。①

元代筑城在防御的基础上,开始注重利用"流水萦带、群山耸立"的自然资源和城市建筑共同打造山水城市,可见桂林城与山水相依的美学价值已被关注。虽然自唐开始对桂林城的建设多是从军事上考虑,但其利用桂林天然的山峰和漓江修筑城墙、城濠,循山水而筑城,筑凿了桂林南面和西面的自杉湖到骝马山、老人山、鹦鹉山的一条护城河,使桂林山水连接城郭,"千峰环野立,一水抱城流"的山水城的特色愈加明显。正是:"桂林山川藏珍毓秀,何啻数千万年,一旦逢伟人创建巍城,盖天造地设,必有待乎贤哲制作而遂成立欤?"②

明清时代桂林城建继续发展。明代分封靖江王,洪武五年(1372)在桂林独秀峰下修筑王城,洪武七年(1374)完成王城城墙、城门的营建。与王府营建同时进行的是桂林城的建设,明洪武八年(1375)桂林增筑南城:"塞西坝,开城濠,导阳江经新城西门外,通宁远桥,分二派,一南注,合雉山旧江,一东注,经王马阁,出象鼻山,与漓江合,为门十二,曰东镇,曰就日,曰癸水,曰行春,曰东江,曰武胜,曰定西,曰丽泽,曰宝贤,曰西清,曰宁远,曰安定。"③桂林城向南扩展,明代的王城和府城奠定了桂林城以独秀峰为中心、依漓江而建、护城河变为湖泊的城市布局,至此桂林山水城市的格局至清代一直延续。清代亦有雍正年间李绂修筑桂林东城,乾隆年间刘克一、杨延榕、汪垣、刘成章、孙士毅重修桂林城的记录④,

---

① [清]谢昆启修,[清]胡虔纂,广西师范大学历史系中国历史文献研究室点校.广西通志[M].南宁:广西人民出版社,1988:5880.
② [清]谢昆启修,[清]胡虔纂,广西师范大学历史系中国历史文献研究室点校.广西通志[M].南宁:广西人民出版社,1988:3634.
③ [清]谢昆启修,[清]胡虔纂,广西师范大学历史系中国历史文献研究室点校.广西通志[M].南宁:广西人民出版社,1988:3635-3636.
④ [清]谢昆启修,[清]胡虔纂,广西师范大学历史系中国历史文献研究室点校.广西通志[M].南宁:广西人民出版社,1988:3636.

基本延续了明初以来桂林城的布局。

桂林古代的城市建设是与自然和谐融为一体的,使得桂林城成为古代山水城市中理想的人居环境。广西古代山水散文中有不少是表现了桂林山水城特色的,如唐代广西山水散文表现出了桂林山水即在城市之中:

> 加以尖山万里,平地卓立,黑是铁色,锐如笔锋。复有阳江、桂江,略军城而南走,喷入沧海,横浸三山。则中朝群公,岂知遐荒之外有如是山水?①
>
> ——唐·任华《送宗判官归滑台序》
>
> 大凡以观游名于代者,不过视于一方,其或傍达左右,则以为特异。至若不骛远,不陵危,环山洄江,四出如一,夸奇竞秀,咸不相让,遍行天下者,唯是得之。②
>
> ——唐·柳宗元《桂州裴中丞作訾家洲亭记》

宋代李彦弼《湘南楼记》写了登上湘南楼看到前为群山后为城邑的感受:

> 平开七星之秀峰,旁挚八桂之远巅;前横漓江之风漪,后涌官府之云屋。环以群山,叠众皱而昂孤骞,若神腾而鬼趡,若波骇而龙惊,兹亦胜概之绝伦者矣。③

明代广西山水散文还描述了桂林山水城的风水,如第五代靖江王朱佐敬《游独秀岩记》说王城是风水宝地:

---

① [清]董浩,等.全唐文3[M].卷三七六.太原:山西教育出版社,2002:2263.
② [唐]柳宗元撰,尹占华、韩文奇校注.柳宗元集校注[M].北京:中华书局,2013:1785-1786.
③ [清]汪森编辑,黄盛陆等校点.粤西文载校点(第二册)[M].卷三十.李彦弼.湘南楼记.南宁:广西人民出版社,1990:376.

> 夫独秀岩者,据岭表之胜,控藩国之雄。上方真境,拔引乎西南;尧峰舜洞,峙立乎东北。桂岭西山,巨镇乎后先;訾洲东渡,映带乎左右。于乃有峰屹立,高插天半,势压鸿尻,盖八景之奇无出其最者,故名独秀。是繄扶与清淑,山川磅礴之气有以致然也。①

文中说独秀峰是桂林群山的中心,独秀峰和王府的风水好,是广西甲胜之最。

明代张鸣凤《桂胜》卷十六写漓江与桂林郭外、城内诸水,也将桂林山水城的特色表现出来。

徐霞客在桂林城逗留了近一个半月时间,《粤西游日记一》记桂林的部分详细记载了桂林府城、王城、衙署、城市街道的局部和山水城市的特点,如刚到桂林所见城北5座城门依着漓江岸边的山,东镇门在东北临水的地方,就日门在木龙洞,桂水门(癸水门)在伏波山下,再沿漓江稍南为行春门和浮桥门(东江门),城门都是沿着漓江,靠着山水。又登上桂林街边的楼宇看到了"朱门粉堞,参差绿树中,潮水中涵,群峰外绕,尽括一城之胜"的山水城景。在徐霞客笔下桂林因山为城,依水而建,城门都在两山耸夹中。

邝露《赤雅》之《游桂林招隐山小记》《阳塘》写的是桂林城中西湖、杉湖、榕湖与城市相映的美景,特别是《阳塘》一文说道:

> 阳塘东西横贯,中束以桥。东曰杉湖,西曰莲荡。征蛮幕府,镇守旧司,南北相望。演漾若数百亩。临水人家,粉墙朱榭,相错如绣。茂林缺处,隐见旌旗。西枕城,阳水入焉。②

---

① 杜海军.桂林石刻总集辑校[M].北京:中华书局,2013:432.
② [明]邝露著,蓝鸿恩考释.赤雅考释[M].南宁:广西民族出版社,1995:107.

可见除了漓江之外,明代桂林还利用前代护城河形成了美不胜收的湖泊景观,并与城市和人家完美和谐地融为一体。

清代越南燕行使节的散文中亦有对桂林山水城市的印象,如阮辉莹《奉使燕京总歌并日记》写桂林"一面流江,三面回山",集山水、人文、繁华于一身,是广西政治、经济、文化中心。潘辉注《輶轩丛笔》描绘桂林城"桂林山川佳胜,而风物转逊诸省会。……虽不及粤东繁华,而环城铺宅,百货贸迁,景色亦自不恶"①,体现了山水小城的特色。清代越南使节的燕行文献中也有不少写到了广西梧州、南宁的山水城市的特点。阮思僩的《燕轺笔录》写南宁府城:

> 两岸多土山,石碕临水间有之,无复石山。沿江民居稍密,田土亦饶,黄水牛随处而有。府城内外屋舍栉比,商贩辐辏。②

写梧州府城:

> 城在半山腰,半临江岸,三面水拖,体势高状。舟航云集,屋宇栉比。濒水人家,亦有联数大舟建屋其上者。歌舞游街,昼夜不绝。人烟之盛,数倍南宁。③

此外阮辉莹《奉使燕京总歌并日记》也写了梧州"山川凑会,城郭宽广","城二面枕山,一面临河"④,梧州城"地总两粤,山连五岭,水汇三江"

---

① 中国复旦大学文史研究院,越南汉喃研究院.越南汉文燕行文献集(越南所藏编)第11册[M].上海:复旦大学出版社,2010:38.
② 中国复旦大学文史研究院,越南汉喃研究院.越南汉文燕行文献集(越南所藏编)第19册[M].上海:复旦大学出版社,2010:76.
③ 中国复旦大学文史研究院,越南汉喃研究院.越南汉文燕行文献集(越南所藏编)第19册[M].上海:复旦大学出版社,2010:85-86.
④ 中国复旦大学文史研究院,越南汉喃研究院.越南汉文燕行文献集(越南所藏编)第5册[M].上海:复旦大学出版社,2010:47.

亦有"山城水都"之称。

二、山水散文与山水园林

广西山水园林是岭南园林的一部分,多属于自然式园林,以自然山峰、水域、浮洲为基础造园,甚至依山傍水全无修饰,建筑朴实无华,不遮自然风华。由于自然禀赋,广西山水园林基本上都可以远借景观,再加上历代摩崖石刻显出文化底蕴,在岭南园林中别具一格。古代广西山水园林大概可以分为王室园林、私家园林、寺观园林、公共园林等类型,王室园林以明代靖江王府为代表;私家园林以唐代訾家洲、清代桂林雁山园及名人故居为代表;寺观园林以桂平龙华寺、洗石庵和全州湘山寺为代表;公共园林以自然山水园林为代表,还有衙署园林、书院园林等。①广西最初园林建于何时无文献可考,但可以肯定的是广西山水园林是利用自然山水,以"天人合一"的审美观为指导的中原文化与广西文化融合的产物。唐宋时期伴随着中原贬谪官员的入桂,以桂州园林为代表的广西山水园林得到快速发展,人们修筑亭台楼阁、修凿朝宗渠、修浚西湖、营建私家园林,此时期还出现了著名的訾家洲、碧桂山林及南溪山、马退山、柳州东亭、叠彩山、湘南楼、八桂堂、待苏楼等公共园林景观。元明时期广西自然山水园林得到进一步发展,此时期在元代铁牛寺的基础上修筑了王室园林,即明代靖江王藩王府。清代广西私家园林达到繁盛期,一些画家、作家积极参与造园以作私家园林,出现了桂林雁山园、因而园、钵园、西湖庄、环碧山庄、拓园、芙蓉池馆、杉湖别墅、补杉楼等。

明代靖江王藩王府按照风水取桂林银锭之山为靠,坐北朝南在平面上布局,严格按照皇室规制,主体建筑在中轴线上,其他建筑沿中轴线左右对称,前朝后寝,左右为宗庙和社稷坛,主体建筑是承运殿,寝宫后为

---

① 刘圆圆.广西传统园林风水研究[D].南宁:广西大学,2012:10.

后花园。明代靖江王过着衣食无忧的优游生活,不如北京紫禁城里般压抑,所以这座王府更像是园林而非严肃的宫殿。特别是独秀峰区是靖江王游憩之地,独秀峰景色怡人,在前代开发的基础上积淀了浓厚的文化气息,留下诸多摩崖石刻和名人事迹,有造园良好的基础。园林求山求水,有了独秀峰,可以借东边漓江的水,而在独秀峰下,取土储水筑成了王府内的人工湖,形如月牙,名"月牙池",池中有画舫供靖江王泛舟游憩,旁建亭台楼阁,王府内还陈列假山奇石、种植名花、饲养珍禽异兽,形成园林之趣。历代靖江王在独秀峰上留下摩崖石刻,五代靖江王朱佐敬亲自开发了独秀峰西岩,为之"立神著文",后第十代靖江王朱邦苎改为"太平岩"。第九代靖江王朱经扶定期开发王府后花园给人游览,还为游人建造石方盆以便游观者洗手。明代能游览靖江王府的人并不多,张鸣凤称之为"禁御间地""人鲜得至者"。徐霞客《粤西游日记一》中记载了他在桂林兜转逗留多天,其中一个原因就是希望能登独秀峰,但多次申求,未能如愿,只能遗憾地离开桂林。徐霞客到桂林时正好遇上了靖江王祭灵,搭建高台礼佛念经、设栏演戏。从其日记中看,徐霞客在此遇到故人,礼佛坛的灵室和尚是其旧识,领着徐霞客从王府的北门进入王府后花园,入园后首先看到了月牙池,到独秀峰西麓的太平岩附近,看到太平岩对面即是佛寺,表演的艺人是被严格提防地关在寺内的。徐霞客游览了太平岩,未得许可没能登上独秀峰,只能绕着月牙池出了王城。

  私家园林是古代广西园林的主体。在唐代广西山水散文中能见到私家园林的营建,如柳宗元《桂州裴中丞作訾家洲亭记》,记载唐代桂州刺史、桂管观察使裴行立发现了漓江上一块浮洲,见洲上居民并未懂得欣赏山水之美,于是花重金买下后进行园林营建。訾家洲是自然浮洲,以水景为主,可以远借洲外的桂林象鼻山、穿山等自然山峰,有非常好的自然条件,无须叠山理水,经过"伐恶木,刺奥草"和建筑的营造,就是非常好的园林了。在柳宗元的文章中可以看到当时修建訾家洲确实是经

过精心的设计的:

> 南为燕亭,延宇垂阿,步檐更衣,周若一舍。北有崇轩,以临千里。左浮飞阁,右列闲馆。比舟为梁,与波升降。苞漓山,涵龙宫,昔之所大,蓄在亭内。日出扶桑,云飞苍梧。海霞岛雾,来助游物。其隙则抗月槛于回溪,出风榭于篁中。昼极其美,又益以夜,列星下布,灏气回合,邃然万变,若与安期、羡门接于物外。[①]

中国古典园林的构景手法之对景、借景、框景、添景、漏景都在其中可见。园林中两两相对的景叫对景,对景的有南燕亭和北崇轩,左飞阁和右闲馆。借景是有意识地把园外的景物"借"到园内视景范围中来,扩大景物的深度和广度,丰富游赏的内容,于有限中见无限,"苞漓山,涵龙宫"是借訾家洲对面象山的景。园林建筑的门、窗、洞或乔木树枝抱合成的景框,往往把远处的山水美景或人文景观包含其中,是为框景。框景起到"纳千顷之汪洋,收四时之烂漫"的效果,"蓄在亭内"是以亭为相框进行框景。添景是景与景之间的过渡,克服景观虚空增加景观层次,"比舟为梁"是添景。漏景是通过漏窗、植物的不完全遮挡漏出景致,使景物时隐时现,造成"犹抱琵琶半遮面"的含蓄意境,"其隙则抗月槛于回溪,出风榭于篁中"是漏景。在园林建筑上訾家洲的营建也显得十分朴素,如园内的桥是浮舟,随水波升沉,显出了古朴的意境。

宋代邹浩被贬入昭州,却得到了地方官员和当地人的善待与礼遇,其得昭州王氏乡绅拾青阁为居所,昭州太守王藻亲自更名为"来仙阁"。虽然心中充满了恐惧和耻辱,但邹浩一面改造环境,一面在自己设计的园林里与友人品茶、喝酒、赏梅,远离纷争,其散文作品《翱风亭记》《清华

[①] [唐]柳宗元撰,尹占华、韩文奇校注.柳宗元集校注[M].北京:中华书局,2013:1786.

阁记》《梅园记》等都表现了小范围的园林营造。《翱风亭记》写到王氏乡绅送拾青阁给邹浩居住,并于山腰松竹最深处"筑亭以避暑",邹浩取名为"翱风亭"。《梅园记》写的是梅园的营建,邹浩自己将拾青阁后半山腰的一株数尺环抱、几丈许高的梅花树围起来,在梅树周围百步的范围划出一个园子,在这一片小园子里,作者与客喝酒饮茶,精神得到了释放。

明代私家园林的样子在徐霞客《粤西游日记一》中也有所表现:

> 乃从县后街西入宗室廉泉园。……园在居右,后临大塘,远近山水,映带颇胜,果树峰石,杂植其中,而亭榭则雕镂缋饰,板而无纹也。①

从徐霞客的评价中可看出,明代广西的私家园林内理水、叠山、种植植物,园外借远近真山真水,风景如画,但他认为园内建筑的装饰富丽堂皇反而显得呆板而缺乏特点。

清代广西私家园林兴盛,其中雁山园借鉴了江南园林的美学趣味,而园内真山真水又突显了岭南园林的特色。清代桂林还有不少名人故居为广西山水园林佳品,如清代桂林书法家李宗瀚的故宅湖西庄和拓园、清代桂林著名画家罗辰故居芙蓉池馆、桂林著名词人王鹏运祖业杉湖别墅、"杉湖十子"酬唱聚会的补杉楼,朱琦《杉湖别墅记》、唐景崧《补杉楼记》等散文可见这些可游可居,点缀在杉湖、榕湖之间的名人故居动静相宜的美景。

自然山水园林是公共园林,可供人游览,也有私家园林或王室园林最后也成为公共园林的。广西的自然山水园林在唐宋时代奠定了基础,为后世沿用,形成了广西一些著名的游览胜地。古代广西山水散文中记

---

① [明]徐弘祖著,褚绍唐、吴应寿整理.徐霞客游记(上)[M].卷四上.上海:上海古籍出版社,2011:309.

载最多的就是在广西山水处建亭台、筑楼阁。唐代柳宗元《邕州柳中丞作马退山茅亭记》记录在马退山"以白云为藩篱,碧山为屏风",充分利用自然环境建茅亭。柳宗元《柳州东亭记》写了柳州城南建"东亭",合理的建筑布局、适宜的园林建景观营建,美化了自然环境。吴武陵《新开隐山记》叙述了李渤为隐山之山、泉、溪、潭、洞命名的过程,精选材料和工匠建亭,使得隐山的景观更为优美。元晦《叠彩山记》《于越山记》《四望山记》可见其在叠彩山上建齐云亭、销忧亭。北宋李师中、黄邦彦都有《蒙亭记》记载桂林伏波山建蒙亭事。李彦弼《八桂堂记》记录八桂堂兴建之事,于"兰皋芜原,陂陀轩霍"处筑圃为堂,种植丹桂,兴建山水园林。南宋张孝祥《千山观记》记在桂林西峰建千山观。

寺观园林中,全州湘山寺为"楚南第一刹",景色怡人,文化内涵深厚。它位于湘山脚下,始建于唐代,原为净土院,宋代景德年间改为景德寺,宋徽宗赐名湘山寺。湘山寺为典型的寺庙园林,背靠湘山,周围群山环绕,湘江、灌江、罗江三江汇流,形胜非人巧所得,风水极佳,寺内既有佛教建筑群,又有奇秀景致,著名的有妙明塔、飞来石等,唐以来文人墨客"过而游者莫不徘徊歌咏"。明正德九年(1514),时为全州知州的顾璘在湘山的半山腰倡建露胜亭,作有《露胜亭记》,可见其游览湘山寺的胜景:

> 既午乃登山观飞来石。历磴道至半峰间,奇石错列,若虎豹虬螭,跃伏左右,使人爱之不能去。乃就石布坐,盘桓平砥之上,举觞而远望焉。时雨新霁,诸峰云气映霭出没,草木向春,濯濯有容,一山之胜,毕露于此。①

---

① [清]汪森编辑,黄盛陆校点.粤西文载校点(第二册)[M].卷三十二.顾璘.露胜亭记.南宁:广西人民出版社,1990:432.

徐霞客游湘山寺记于《粤西游日记一》：

> 由寺东侧入登大殿，寄行李。东半里，入全州西门。过州前，出大南门，罗江在前。东至小南门，三江合处。约舟待于兴安。复入城，出西门至寺，登大殿，拜无量寿佛塔。……从塔东上长廊，西有观音阁。下寺，由寺西溯罗江一里，上卷云阁，绝壁临江。①

湘山寺面积较大，造景手法主要是利用附近自然山水，使之具有开阔的视野和丰富的景观层次，寺院主体建筑、妙明佛塔、飞来石、湘山、三江组成了审美空间。

无论是什么类型的广西山水园林，都是中原审美情趣与广西自然山水的结合，是中原文化与广西本土文化交融的产物，广西山水园林的发展和文化积淀丰富了广西山水文化。从最初的简单的亭台楼阁的建造，发展到清代出现了具有鲜明岭南特色的、体现高超造园艺术的山水园林，古代广西山水散文展现了广西山水园林与山水文化发展的过程。

第三节 古代广西山水散文与山水艺术

一、山水散文与山水文学

山水文学包括山水诗和山水文，是山水文化中非常重要的一部分。明代钟惺言："一切高深皆可以为山水，而山水反不能自为胜。一切山水可以高深，而山水之胜反不能自为名。山水者，有待而名胜者也，曰事，

---

① ［明］徐弘祖著，褚绍唐、吴应寿整理.徐霞客游记（上）[M].上海：上海古籍出版社，2011：274.

曰诗,曰文。之三者,山水之眼也。"①其中"事"必须通过载体流传,而这载体多为文学。所以山水文学对一个地方山水的宣传起到了关键作用。另外,山水诗文经过历代的积累,为人们提供了游赏经验,人们通过阅读山水诗文,游览之前先在脑海中有了先验的印象,再通过亲临实地验证印象,或是认同前人的经验,或是形成新的游览感受,在前人基础上创作出新的山水作品,进一步发展了山水诗文,可以说山水诗文丰富了山水文学,进而促进了山水文化的发展。

广西山水诗文的数量巨大,是历代文人创作积淀的结果。广西山水散文作者广泛地阅读过前代或同时代的山水散文作品。广西山水散文本身是山水诗文的一部分,但它同样受到前代或同时代的山水诗文的影响。年代越久远、创作者越有名、作品越出色的山水诗文对后世的影响越大。就广西山水诗文而言,唐代的山水文学对后世的影响最大,特别是一些名家的名作。从地域上说山水诗文数量最多的是桂林,其次是柳州、梧州、南宁、玉林、桂平等地区。古代广西山水散文一方面受到广西山水诗文的影响,一方面为广西山水诗文的繁荣做出了贡献,形成山水文学的叠加,铸成了山水文化。

唐以前郦道元的《水经注》影响深远,唐以后桂林地位重要,是广西府会,风光最先得到世人认可,桂林山水诗文也最引人注目。桂林山水诗文中唐代的影响最久远,对广西山水散文的影响也极大。唐代的广西山水诗歌以未到过桂林的杜甫、韩愈之作影响最大。杜甫《寄杨五桂州谭》:"五岭皆炎热,宜人独桂林。梅花万里外,雪片一冬深。"侧重写桂林的气候,是对桂林气候的赞美,对后世人们对桂林气候的印象影响很大。韩愈《送桂州严大夫》是送严谟赴任桂林,以山水美景安慰友人的诗:"江作青罗带,山如碧玉簪。……远胜登仙去,飞鸾不暇骖。"诗中对桂林地

---

① [明]钟惺著,李先耕、崔重庆标校.隐秀轩集[M].卷一六.蜀中名胜记序.上海:上海古籍出版社,1992:243.

理位置、山环水绕的形态、特产进行了描绘,虽然韩愈未到过桂林,但对桂林山水形象的逼真描绘、对桂林如仙境的合情合理的想象,成为后人对桂林山水的幻想的源泉。唐代这两首诗影响了世人对广西山水的认识,但由于二人都未到过广西,这两首诗是在情感上和想象上对后来的游览者产生影响,也奠定了广西山水的美学基调。唐代广西山水散文多是对广西山水的开发记、命名记,是广西山水文化的基础,所以对后世山水游览和山水散文创作都有影响,如元结《冰泉铭》、郑叔齐《独秀山新开室记》、柳宗元《桂州裴中丞作訾家洲亭记》《柳州山水近治可游者记》、李渤《南溪诗并序》、吴武陵《新开隐山记》、韦宗卿《隐山六洞记》、元晦的叠彩山诸记等。莫休符《桂林风土记》从体例和内容上对后世影响也很大,张鸣凤《桂故》介绍莫休符时说:"以《桂胜》多引其书,故附之传末。"①同时《桂林风土记》的文章喜欢以诗入文,如写到东观、越亭、訾家洲、碧浔亭、欧阳都护冢、隐仙亭时都引用了前人诗歌,这使得文字变得典雅并充满韵味。

宋代山水诗中以黄庭坚《到桂州》影响较大:"桂岭环城如雁荡,平地苍玉忽嶒峨。李成不在郭熙死,奈此百嶂千峰何。"这是黄庭坚被贬宜州途经桂林时所见到的真实的山水景色,主要从桂林山峰规模的角度来写。宋代梅挚《五瘴说》、李彦弼《湘南楼记》、罗大经《游南中岩洞记》、范成大《壶天观铭并序》和《桂海虞衡志》都是广泛流传的经典,特别是《桂海虞衡志》一出,更是被人广泛阅读和引用,直到清代还被奉为经典,周去非《岭外代答》即是其中最早的追随者。明代张鸣凤《桂胜》、魏濬《西事珥》是明清广西山水诗文引用最多的两部书。

宋代的广西山水散文开始大量借鉴前代的山水诗文,主要有几种情形。第一种是对前代山水诗文的认可,引用山水诗文作为自己文章的论

---

① [明]张鸣凤著,杜海军、闫春点校.桂胜桂故[M].桂故.卷三.北京:中华书局,2016:279.

据。如南宋罗大经《游南中岩洞记》对韩愈、柳宗元、黄庭坚和刘叔治等人对桂林石山的评价表示认可,认为"皆极其形容"。范成大《桂海虞衡志》志岩洞文中提到桂林山水特征即用了韩愈诗"水作青罗带,山如碧玉簪",柳宗元文"桂州多灵山,发地峭竖,林立四野",黄庭坚诗"桂岭环城如雁荡,平地苍玉忽嵯峨",说这三位的描绘就是桂林山水的特点,无须再多说了。《桂海虞衡志》中"桂山之奇,宜为天下第一"也成为后世游者赞同的关于桂林山水的评价。明代董传策《游桂林诸岩洞记》篇首:

> 余阅宋范穆公成大《桂海虞衡志》,见其评桂山之奇,以为千峰崛然特立,旁无延缘,而玉笋瑶篸,其森列怪且多若此,当为天下第一。私窃意其为过言。乃今来游桂林,睹诸峰峦巘岩,从平地削出数百千丈,不假纤培,而骨相崭然,玉立剑峙,众态毕呈。或半空开窍,冥搜讵测;或挺拔天表,登顿无阶。其奇怪夺目惊心,殆不可具状。昔人所以论列犹不及云。①

对范成大关于桂山之奇的评价从怀疑过于夸大到相信、认同,甚至认为前人评价还不够。清代查礼《游龙隐洞、龙隐岩记》对范成大"仰视洞顶,有龙迹夭矫若印泥然,其常竟洞"的描绘也表示认可。

第二种情形是在认可的基础上提出不同的看法。周去非《岭外代答》之《桂山》和《桂林岩洞》是就黄庭坚和沈彬的诗中对桂山的描述进行了现实的对比,认为桂林的山比不上雁荡的雄伟,黄庭坚所言"桂岭连城如雁荡"似乎有些言过其实,但也看出了阳朔群山的可爱之处,认为沈彬诗"碧莲峰里住人家"确实是名副其实。《桂林岩洞》中又引范成大、韩愈、柳宗元对桂林山的评价,认为确非欺人之谈。明代蔡汝贤《桂胜序》

---

① 四库全书存目丛书编纂委员会. 四库全书存目丛书 史部 第127册[M]. 济南:齐鲁书社,1996:705.

写自己被柳宗元訾家洲记中所描绘的景物所吸引,希望一睹为快,而进入桂林后所见:

> 峰峦锐者笔耸剑直,稍有起伏,或斾而麾,或几而凭,又或列甗可炊,或端笏以谒;其平者屏倚幕张,诡丽非一;中有岩洞,或堂或室,或阙或阁,乳凝苔绣;诸石骈附者又千态万状,尚讶子厚所称为未备云。且海内名山称钜丽者岂少哉?然皆数峰而止,乃桂城内外,不出数里,而玉笋瑶篸,森列若此,抑又奇矣!①

认为柳宗元所写还不够详备,不足以描尽桂山之特点,然而胜概不可不记,所以委托博雅能文的本地作家张鸣凤执笔《桂胜》。

第三种是对前代山水诗文的不满、否认、反驳,如宋孙览《五咏堂记》说郑叔齐《独秀山新开室记》未详细记载颜延之事,说其"文字猥陋,非爱奇博古之流,亦不能考寻前载也",虽然有失公允,但也是作者自身的看法感受。范成大《复水月洞铭并序》不满意张孝祥《朝阳亭记》中将桂林象山水月洞之名改为"朝阳洞",说:"近岁,或以一时燕私,更其号'朝阳',邦人弗从。"认为只有"水月洞"最是名副其实,范成大以张孝祥的文为据复水月洞之名,二文是广西山水散文中的笔墨之争。徐霞客出游前做了大量的文献准备,游浔州白石山时,认为明代魏濬《西事珥》和谢肇淛《百粤风土记》中神奇的漱玉泉的记载不实,并说是好事者之言。清代查礼《漓水异源辩》和《海阳山湘漓水源记》对清代黄海所说的湘漓非同源提出异议,赞同《水经注》里湘水、漓水同出阳海山之说。而清代唐一飞《漓水源流考》则认为《水经注》是错误的,也就否定了查礼《漓水异源辩》中的观点。

---

① [明]张鸣凤著,杜海军、闫春点校.桂胜桂故[M].蔡汝贤序.北京:中华书局,2016:6.

第四种是用前人山水诗文作品作比较，突出要写的山水景物，或是在前人的山水诗文中寻找荒废景观的蛛丝马迹，作为重修之根据或作为考据之用。如宋代周刊《释迦寺碑》虽然写的是龙隐胜概，但从其文通过与柳宗元《桂州裴中丞作訾家洲亭记》、吴武陵《新开隐山记》中所记的訾家洲和隐山六洞的比较，突出龙隐岩之绝妙。宋绍圣初年黄邦彦所作《蒙亭记》比之前李师中《蒙亭记》晚了35年，彼时蒙亭已荒废，黄邦彦文中说到在提点刑狱梁公家中寻得所藏的李师中《蒙亭记》，用李文对照着找到了蒙亭原来的位置。在李师中《蒙亭记》的基础上，黄文的篇幅更长，对景物描写更为细致。宋代鲍同《西湖记》写以吴武陵《新开隐山记》、韦宗卿《隐山六洞记》作对比，从而帮助张维修复西湖美景。清代岭西五大家之一的王拯之《游石鱼山记》感慨柳宗元文中的可游之景不复存在了：

  又尝憾于昔柳侯之志吾柳山水也，文特高而志益简。于简之中稍详于仙弈，而石鱼又简。今仙弈之山，求子厚所称诸穴者不复存。石枰虽传言，而亦未或见。独石鱼三洞，子厚记言有穴，类仙弈耳。又言山不蕃草木，今草木实蕃于他山。夫草木何足言？余甚惜夫仙弈诸穴不复能游，何陵谷变迁，历千百年乃若是？其不可知也。又千百年而后之视今，其与吾今之视子厚者又何如耶？山形植起如立鱼，故又曰"立鱼峰"云。①

清代乔莱《游七星岩记》中，以刘谊《曾公岩记》、范成大《桂海虞衡志》推测自曾布开辟曾公岩，到南宋依然未与栖霞洞连通，而元代潘仁《刘仙岩记》评价刘仙岩为最好的岩洞，所以潘仁一定没有尽游过七星

---

① ［清］王拯.龙壁山房文集［M］.台北：文海出版社，1970：264.

岩;又在看了明代胡直、袁袠、董传策关于七星岩的文章后,说也没有涉及它的起源。作者是通过考证的笔法来表现七星岩之胜境,体现出与前人游七星岩的不同。

第五种是将前人诗文视为人文遗迹,作为山水游赏的一部分。如明代田汝成《觇贺行》:

> 遂出北郭,五里许,陟虞山,谒舜庙,庙后为二妃祠,祠后为韶音洞,南轩张敬夫所开发也。
>
> ……
>
> 山下旧为巨湖,七百余亩,唐刺史李渤所开……吴武陵记之甚详。
>
> ……
>
> 遂偕都指挥使顾良弼,以小艇穿水月洞,泊訾家洲,州上旧有亭榭,乃唐都督裴行立所营而柳子厚为之记者。今皆荡灭,而环山洄江,夸奇竞秀之景,犹存旧观。①

唐代吴武陵《新开隐山记》、柳宗元《桂州裴中丞作訾家洲亭记》和宋代张栻《韶音洞记》已经成为桂林隐山、西湖、訾家洲、虞山韶音洞的文化符号,沉淀在了山水之中,即便是当时亭榭不复存在,也成了后人的记忆。明代张鸣凤《桂胜》更是集中地将桂林山水与山水诗文融为一体,将山水诗文视为名胜的一个重要部分,使游人"见与闻合","撷拾前闻,补苴遗事","弥缝吾桂之阙",如写独秀峰:

> 及见郑叔齐记,则即山建学,自唐已然。莫休符谓:其时有从事

---

① 丛书集成续编(第一百一十六册)[M].田汝成.田叔禾小集.台北:新文丰出版公司,1989:323-324.

所居,似唐以前府治亦在是,有岩曰"读书",以刘宋时始安太守颜延之著名。岩前故有五咏堂,镌颜五君咏。《风土记》云:独秀峰在郭中,高耸直上,周回一里余。《虞衡志》云:读书岩在独秀峰下,直立郡治后。为桂主山,傍无坡阜,突起千丈,有便房、石榻、石牖,如环堵之室。①

将所有与独秀峰有关的历代诗文全部引入。又如写叠彩山:

洞左小山曰"干越",其右小支戟立,曰"四望"。唐元常侍晦各有小记镂于其山,多所发明。《越亭》一诗,为兹山丽制。至其移镇浙东,恋恋不忍去,见于留别之咏。三山盖常侍之清赏处,筑凿之盛,略具《风土记》中。②

以唐代元晦的游山之事与相关诗文增加了叠彩山的文化内涵。《桂胜》中这样的山水、人文组合方式还有很多,不胜枚举。

第六种是将前代的山水诗文融入自己的作品中,不露痕迹,浑然一体。宋代张栻《尧山漓江二坛记》中的"天将雨,则云气先冒其巅。山之麓,故有唐帝庙",化用了唐代莫休符《桂林风土记》中对尧山庙的描写:"天将降雨,则云雾四起,逡巡风雨互至。每岁农耕候雨,辄以尧山云卜期。"③明末邝露是最善于此道的,其《赤雅》引用古籍多达160多种,如《桂林风土记》《桂海虞衡志》《岭外代答》《炎徼纪闻》《西事珥》《广志绎》,而他最擅长将前人文字融于自己的文中,圆融无迹。如其《阳塘记》写得诗情画意,文中还穿插了桂林阳塘美景与其家乡花田的对比,抒发了背

---

① [明] 张鸣凤著,杜海军、闫春点校.桂胜桂故[M].桂胜.卷一.北京:中华书局,2016:11-12.
② [明] 张鸣凤著,杜海军、闫春点校.桂胜桂故[M].桂胜.卷九.北京:中华书局,2016:150.
③ [唐] 莫休符.桂林风土记[M].北京:中华书局,1985:4.

井离乡的思乡之情和被阳塘山水美感染而释怀的情感。看起来是邝露自己的阳塘游记,但比其稍前的魏濬《西事珥》中已有《阳塘》一篇:

> 桂州四望皆山,森列回合如城,然泽国也。漓江、阳江、西湖、白竹环郭诸水不具论,即城中揭谛、梓漳、华景、西壕,无不深泽澄汇,崖花泉藻,交错并映。而惟阳塘最胜。阳塘东西横贯,中束以桥,如重湖,又似胡卢之腰。东曰"杉木",西曰"莲花",瀺灂演漾,各数百余亩。临水人家多构亭榭于岸,粉墙丹牗,相错如绣。其西颇迫城阃,阳水入焉。茂林修竹,晻蔼蔽阴,殊不举其近也。①

可看出邝露是化用了魏濬的文章融入自己的情感中,令人觉察不出,还写得十分动人。南宋罗大经的《游南中岩洞记》记载了游北流勾漏洞时,从宝圭洞对面的山崖上,夏天能见密密的荷叶,但因为山崖高峻无法登临观赏,并引用当地俗语"或见荷花,岁必大熟",魏濬《西事珥》中记勾漏洞,亦用了此句:

> 句漏洞天在北流县,四面石山围绕其中,忽开平野数里,洞在地上,不烦登陟。外微厂谺,中有暗溪穿贯而入,与北流水合。结小桴坐其上,命篙师撑之,诘曲而行。水清无底,两岸石如虎豹猱玃,森然欲搏。行一里许,仰见一大星炯然,细视,乃石穿一孔透天光。洞对面高崖上,夏间望见荷叶田田然,峻绝不可到。土人云:或见荷花,则岁必大稔。②

---

① 四库全书存目丛书编纂委员会. 四库全书存目丛书 史部 第247册[M]. 济南:齐鲁书社,1996:761.
② 四库全书存目丛书编纂委员会. 四库全书存目丛书 史部 第247册[M]. 济南:齐鲁书社,1996:757.

邝露《勾漏洞》也有相似的表述：

> 勾漏洞在地上，不烦登陟。外敞豁，内幽邃。暗溪穿贯，与北流水合。乘桴而游，水清无底，潆洄诘曲，与石争奇，仰见大星炯然，细视，乃石穿一孔，透天光入，依依如贯。月楂洞，对高崖。飞鸟敛翼，灵境罕秘。夏间荷叶田田，若见荷花，岁必大稔。①

将其用精练的语言写出，显得韵味十足，也丝毫没有仿造的痕迹。如此之类在《赤雅》中比比皆是。

此外还有在形式上对前代山水诗文的借鉴，如柳宗元的游记被视为是山水游记的开山经典，后世之人在写山水时常常会模仿其文章结构、行文风格、情景交融的方式。

二、山水散文与山水传说

山水传说也可算是山水文学，但其属于民间文学，是"小传统"文化。它是以民众为传播载体，以口头传承为主，也有通过文本记录传承的。山水传说是经过了民众共同创作而集体世代传承的，具有相对稳定性和变异性，相对稳定性指故事情节大致保持不变，变异性是指在传承过程中会因时、因人发生一些变化。文献记录的山水传说多是定格了某个时间点某个口述者的故事。山水传说也具有一定程度的真实性和神秘性。真实性是山水传说依附于真实的山川、古迹甚至人物，也就是确有其山、确有其物，也确有其人，但传说通过神奇的幻想和神化又赋予这些真实的山水、古迹和人物以传奇色彩，因而具有神秘性。山水传说增加了山水景物的动态之美，赋予了山水丰富的精神内涵。中国古代的山水散文

---

① ［明］邝露著，蓝鸿恩考释. 赤雅考释[M]. 南宁：广西民族出版社，1995：66.

也常常引用民间山水传说,有的是以猎奇为目的,有的增加了文章的生动性,也增加了读者对山水的神奇的幻想,延伸了文章的美感。古代广西在世人眼中荒僻而神秘,更让人对广西民间传说平添了诸多的想象成分。古代广西山水散文不少作品引用广西山水传说,特别是莫休符《桂林风土记》、范成大《桂海虞衡志》、周去非《岭外代答》、魏濬《西事珥》、邝露《赤雅》、闵叙《粤述》等一些笔记类著作大量采用山水传说,增加了广西山水的奇异色彩。同时广西山水散文也为山水传说的流传起到了一定的作用。

古人将广西奇山异水看作仙境,仙人传说与山水一同流传。道教所认为的众仙居住的地方为洞天福地,有十大洞天、三十六小洞天、七十二福地,其中广西之都峤山、白石山、勾漏洞分列三十六小洞天之第二十、二十一和二十二洞天。可见广西的自然山水环境确实容易让人产生人间仙境的幻想,而与之并肩的即是关于仙人踪迹的山水传说。神仙府第一般是在天然的洞穴中,桂林山水中有神仙传说的有七星岩、刘仙岩。宋代尹穑《仙迹记》专门记叙发生在桂林栖霞洞中的仙人传说:唐乾宁年间郑冠卿在赴任贺州途中滞留桂林,在栖霞洞口遇见了两个道士并随他们入洞,在交谈中得到二道士的点拨,赠诗二首,出洞后,才知道所遇是日华、月华二位仙人。郑冠卿回去之后官职被解除,从此绝意名宦,退居冯乘,终年104岁。这个传说曾见于唐代笔记《灯下闲谈》,是桂林流传比较早、影响较大的山水传说,尹穑《仙迹记》又转录了这个传说。这个传说打造了栖霞洞神仙洞府的地位,为其绚丽的景色增加了神幻色彩。尹穑又有《仙李洞铭并序》,序记载了绍兴六年(1136)经略安抚使李弥大与众人游览栖霞洞时,有感郑冠卿遇二君的传说,将栖霞洞易名为仙李洞的故事。南宋范成大《碧虚铭并序》,其序也记载了这个传说,以其中一首诗的末句"不缘过去行方便,安得今朝会碧虚"中"碧虚"为岩洞的名称并为之铭。

桂林还有一位声名赫赫的神仙刘仲远，其在桂林南溪山修炼隐居如仙人一般的生活被人们口口相传。刘仲远是北宋时期桂林人，张鸣凤《桂故》卷七《方外·刘景》记其生平：

> 曾游京师，馆贾相国昌朝宅二十年后，归家入南溪山，即山南岩以居，自称"太空子"。提刑李师中往访之，留诗于岩。天台张平叔是时随陆诜居桂，亦过就仲远以谈，为作《真人歌》赠之。仲远亦自著有《金玄歌》。后年至一百十八岁，乃终。里人名所居岩曰"刘仙"。旁有仙迹岩，相传仲远礼斗处，其石上至今有足迹。①

而刘仲远游京师之前的行迹在清代张本真重刻的《桂林刘真人歌》中得到了补载：

> 仙翁姓刘，名景，字仲远，桂林人也。幼尚气节，初为屠，次为商，常贩私铅，遇方士，与刘的谕以法禁之严，翁告以贫不能矣。方士大笑，取所荷铅一块，药之，即为银，以授之。达旦，失方士所在。于是大悟，乃习医卜，遍历名山，至京师，馆于贾承丞相昌朝家二十年。②

这则记录既有实的成分亦有虚的成分，可看作是传说。《桂林刘真人歌》中还说刘仲远喜欢大口喝酒，或终日不食，不论冬天还是夏天只穿一件袭服，回桂林后隐居在南溪山南面半山的岩洞中，每出市人争着见他。刘仲远从一个屠夫、商贩、道人最后成为被敬仰的神仙，传说起到了很大作用，而他居住的南溪山岩洞也因此成名。宋嘉祐年间广西提点刑

---

① ［明］张鸣凤著，杜海军，闫春点校.桂胜桂故[M].桂故卷七，北京：中华书局，2016：334.
② 杜海军.桂林石刻总集辑校（中册）[M].北京：中华书局，2013：831.

狱李师中曾上南溪山拜访刘仲远。乾道元年(1165),张孝祥任广西经略安抚使,初到桂林,与张维等人游览了南溪山刘仙岩,作《桂林刘真人赞并跋》,颂扬刘仲远,"河目甚口,须髯怒张",惟妙惟肖地描摹刘仲远的仙风道骨,抒发"山高谷深,变化成空,一笑相从,维我与公"的感叹。范成大《桂海虞衡志·志岩洞》记刘仙岩,提到是仙人刘仲远所居也。元代潘仁《刘仙岩》也说要寻访刘仙遗迹。明代张鸣凤《桂胜》卷四《南溪山》也提到了刘仙岩及其传说。徐霞客游南溪山亦提到了刘景为张平叔弟子。清代龙嘉德《重建刘仙岩寥阳殿记》记载了刘仙的传说:

> 桂林多佳境,而刘仙岩为最。虽当康衢,嚣尘自远。盖道人仲远栖真处也。道人姓刘,产于宋,得吐纳之术,事修炼之功,顿超上乘,遂相沿以刘仙名云。乘风御气,多著灵异。即如五气朝元,金钩挂月,几千百年之下,犹令人望中生敬。①

山水散文中对刘仙岩和刘仲远传说的渲染,道家文化浸入山水之中,增加了刘仙岩的神秘性。广西岩洞与道教神仙的传说比较有名的还有融县真仙岩和老子的传说、北流勾漏洞和葛洪修炼的传说等。另外也有一些关于仙人的传说,《桂林风土记》之"会仙里"云:"旧有群仙于此,辎軿羽驾,遍于碧空,竟日而去。里人聚观壮闻,因名会仙里。"提到象州仙人山云:"多有神仙聚集高山,羽驾时见。如建州武夷山,皆有仙人换骨函槯之迹。"

汉代马援与广西山水的传说也较多,马援是东汉时期人,汉光武帝建武十六年(40),老当益壮的马援奉旨征战交趾,第二年汉光武帝封马援为伏波将军,进行南征。建武十八年(42),马援首战告捷,"立铜柱为

---

① 樊平.古代桂林山水风情散文百篇[M].广州:广东教育出版社,2011:232.

汉界",表功而还。马援征战交趾在广西各地留下了足迹,当年马援沿湘江南下入灵渠,经桂林,到苍梧、藤县,至平南、桂平,再沿郁江过横县、到南宁,至崇左、龙州进入交趾。关于伏波将军与广西山水的传说也开始世代流传。桂林关于马援的传说如马援在伏波山一箭射穿桂林三座山峰,即桂林之穿山、桃源村之月亮山及阳朔月亮山,还有伏波山因马援而得名的传说。伏波山还珠洞也有马援传说,主要是还珠洞名称由来与马援事迹的附会、还珠洞试剑石与马援神力的附会。《桂林风土记》中记有伏波庙,是桂林民间在伏波山建的马援祠,可见马援事迹自汉代起在广西民间流传未中断过。

伏波山还珠洞名称由来的传说有多种,一种是一个渔人在洞内看到一个熟睡的如犬之物,旁有一明珠,于是捡拾带回家,官府勒令其归还,因其是伏波潭龙王的龙珠,于是乘龙王还未察觉归还洞中,由此此洞叫还珠洞。这是桂林民间关于道德教育的故事,流传甚广。另一种就是马援薏苡沉江的传说。据《后汉书·马援传》记载,马援征战交趾时为避岭南瘴气,常服薏苡,有很好的效果,马援班师回朝时运了一车颗粒大的薏苡回北方种,马援死后,政敌诬告其私运珍珠,皇帝听后大怒,马援家人只能将马援草草埋葬,几经申诉才得迁葬祖茔。史书中并未提及桂林,而民间传说将这个故事移植到了桂林伏波山,传说马援运回一船薏苡,在经过桂林时得知蒙冤受屈,将所有薏苡沉入伏波潭中以表清白,还珠洞也因此得名。

宗道传《题还珠岩》刻于伏波山还珠洞顶,诗道:"铜柱声威憺百蛮,肯贪捆载混溪山?无人为起文渊问,端的珠还薏苡还。"可见宋代关于马援薏苡沉江的传说应是广为流传的。明初桂林府儒学教授陈琏《还珠洞辨疑》提及这两则传说,但认为渔人还珠的故事甚是怪诞不足信,而他认为可信的是:"马伏波征交趾回,载薏苡经此,因而名。"明人胡直游还珠洞,所作《还珠洞记》也说了这两个传说,但他觉得这两个故事都不一定可靠。其实这两个故事都是山水传说，附会是当然的事。张鸣凤《桂胜》"伏波山"说其实这个洞原来叫玩珠洞而非还珠洞。董传策《游桂林诸岩洞记》说还珠洞："洞中踞石，有巨人迹，宛如刻纹。又紫白二蛟，蜿蜒相向，有浮犀络其顶，大似老龙戏珠。洞因得名还珠。或云，马伏波倾所载薏苡于此。"①清代注重考据，乔莱《游伏波岩记》从考证的角度认为伏波岩还珠洞和马援"薏苡以谤"的故事联系在一起似乎有点牵强。

关于试剑石的传说，《桂海虞衡志》写伏波岩中试剑石："有悬石如柱，去地一线不合，俗名马伏波试剑石。前浸江滨，波浪汹涌，日夜漱啮之。"②可见将伏波岩这个奇异的岩溶景观与马援试剑联系起来的传说在民间流传甚广。徐霞客《粤西游日记一》写试剑石："一石柱下垂覆崖外，直抵下石，乳莲萼倒挂，不属于下者，仅寸有余焉，是名'伏波试剑石'。盖其剑非竖劈，向横披者也。后壁上双纹若缕，红白灿然，蜿蜒相向。"③人们都应该了解传说的真实性是有限的，所以山水传说的魅力在于激发想象，增加游趣，较真于真实与否就失去了传说的意义。徐霞客也曾对"暮闻钟鼓而沸溢而起"的浔州漱玉泉进行考察，认为民间说法夸大成分太多，这说明了徐霞客具有科学精神，考证山水十分严谨，但他也常将山水传说融入文中，并不纠结其真实与否，既增加了文章的可读性，又激发了人们游览的兴趣。

广西山水传说在广西的笔记中最多，如《桂林风土记》中大量使用本地传说，对于舜祠、訾家洲、尧山庙、会仙里、如锦潭、开元寺震井、欧阳都护冢、延龄寺圣象等的描写都融入了民间传说。又如《岭外代答》写灵岩是神龙所居，叙述了数日雷雨神龙穿破山腹而定窟宅的传说；写象山的传说："山腹忽起白云，状如白象，移时不灭。然不可常见"④；写天威遥的

---

① 四库全书存目丛书编纂委员会.四库全书存目丛书 史部 第127册[M].济南：齐鲁书社，1996：705.
② [宋]范成大著，胡起望，覃光广校注.桂海虞衡志辑佚校注[M].成都：四川民族出版社，1986：10.
③ [明]徐弘祖著，褚绍唐，吴应寿整理.徐霞客游记(上)[M].上海：上海古籍出版社，2011：293.
④ [宋]周去非著，杨武泉校注.岭外代答校注[M].卷一.地理门，北京：中华书局，2012：32.

传说:"高骈节度安南,斋戒祷祠,将施功焉。一夕大雨,震电于石所者累日,人自分沦没矣。既霁,则顽石破碎,水深丈余。旁有一石犹存,未可通舟。骈又虔祷,俄复大尔震电,悉碎余石,遂成巨川。自是舟运无艰,名之曰'天威遥'"①。魏濬《西事珥》写崇山有舜放驩兜的传说,写虞山尧山有舜帝传说,写榕树门有榕树死而复生的传说,写梧州火山有赵佗藏剑的传说,写龙门有鱼跃于此化成龙的传说,写绿珠井有美女绿珠的传说,写富川犀泉、思恩婆娑泉、浔州白石山漱玉泉都有呼之即应的传说。邝露《赤雅》、闵叙《粤述》都采用了这些传说,特别是《赤雅》广征博引大量的神话传说故事,除了《西事珥》中的传说外,《赤雅》还引用了广西少数民族的神话传说,如瑶族盘瓠神话、瑶族龙子葬母神话。《赤雅》中民间传说比重大,使其文显得荒诞、夸张,但又绚丽奇幻,洋溢着浪漫主义的色彩。

当然,这些散文作品中也有不少作者从真实性角度来看待传说,道出其不实之处。如张鸣凤不语怪力乱神,发表了自己不相信刘仲远的传说故事的评论,魏濬则是一边记下传说,一边破解传说,徐霞客、乔莱都有过对传说考察、考证的事实。但是不可否认山水散文中民间传说的融入,虽然有一些神秘色彩,却能增加读者的兴趣,让人觉得山水也是有灵气的,同时也为山水传说的继续流传起到了很好的作用。

三、山水散文与石刻

广西石刻主要有碑刻与摩崖石刻。碑刻是在碑上刻文字或图画,竖立起来作为纪念或标记。广西碑刻中有不少记事写景碑,具有历史、文学、书法和旅游价值。这些碑刻常竖立在广西山水名胜处,与山水融为一体。摩崖石刻是在山崖上刮磨,然后在上面刻画,将文学、书法、绘画、雕刻等艺术形式在自然山水中融合,是山水文化的集中体现,因此全国

---

① [宋] 周去非著,杨武泉校注.岭外代答校注[M].卷一.地理门,北京:中华书局,2012:33.

各地的山水名胜多有摩崖石刻。而广西的山峰和岩洞洞壁是摩崖的天然佳处,广西摩崖石刻有题字、题名、题记、题诗、题文等形式,桂林是广西摩崖石刻最集中、丰富的地区。山水景观的扬名也得益于摩崖石刻,如清代康熙十二年(1673)翟廉《仙岩小记》中说融县真仙岩:"人为至是绝矣,而且御书藏于斯,党碑置于斯,名公翰墨,磨勒鳞错,咸借斯岩以垂不朽。"历来入桂游者不仅仅为山水风光慕名而来,还要寻访前人遗迹,摩崖石刻往往是前人遗迹的体现。况且古代广西文化较为落后,文献传承甚少,"书不具载,载不加详",清代汪森《粤西文载》编入清以前广西之文,其很大一部分都是采自石刻文献。所以广西诗文不少都以石刻的形式得以流传,特别是与山水相关的文学更是通过摩崖这种载体得以流传千古。

广西山水散文与广西摩崖石刻的关系十分密切。首先,摩崖石刻是古代广西山水散文的主要载体,不少作品因摩崖石刻才得以保存,很多对后世影响较大的山水散文都镌刻在广西山体的石壁之上,至今在目,山水和文字都因此得到扬名。隋文帝开皇十年(590)昙迁题栖霞洞为目前已知广西最早的摩崖,唐以后广西摩崖石刻逐渐增多,唐代广西几篇著名的山水散文都出自摩崖石刻,唐代最早的广西本土作家韦敬办《大宅颂》,唐高中永淳元年(682)刊刻于上林麒麟山。大周万岁通天二年(697)韦敬一《智城洞碑》刊刻于上林县智城山。唐德宗建中元年(780)郑叔齐《独秀山新开石室记》刊刻于桂林独秀峰读书岩口,《全唐文》《粤西文载》录入此文。南溪山的开发者李渤《南溪诗并序》和其兄弟李涉《南溪玄岩铭》于唐敬宗宝历二年(826)刊刻于南溪山玄岩。元晦《叠彩山记》于唐会昌四年(844)刊刻于桂林叠彩山风洞,《于越山记》《四望山记》摩崖石刻也在叠彩山上。五代时期南汉大宝二年(959)容州太守刘崇远《新开宴石山记》描绘博白宴石山之景。

宋代广西山水散文名篇中的摩崖石刻有宋仁宗嘉祐七年(1062)李师中《蒙亭记》,宋哲宗绍圣三年(1069)黄邦彦重撰《蒙亭记》,宋徽宗大观四年(1110)侯彭老《程公岩记》,宋钦宗靖康元年(1126)唐铎《开辟伏波山岩洞记》《题新修清秀岩记》,建炎三年(1129)李邦彦《三洞记》,宋高宗绍兴五年(1135)尹穑《仙迹记》《仙李洞铭并序》,宋孝宗乾道元年(1165)张孝祥《桂林刘真人赞并跋》、乾道二年(1166)《朝阳亭记》,乾道三年(1167)张维《张公洞记》,乾道九年(1173)范成大《复水月洞铭并序》,淳熙元年(1174)《碧虚铭并序》、《壶天观铭并序》,淳熙四年(1177)张栻《韶音洞记》,淳熙八年(1181)梁安世《乳床赋》,宋光宗绍熙元年(1190)朱晞颜《跋龙图梅公瘴说》,宋宁宗嘉定八年(1215)方信孺《碧桂山林铭并序》、嘉定九年(1216)《碧瑶坛铭并序》等。元代有元惠宗至元三年(1337)郭思诚《新开西湖之记》、至正四年(1344)潘仁《游仙岩记》等。明代有明英宗正统九年(1444)靖江王朱佐敬《游独秀岩记》《独秀岩西洞记》,成化元年(1465)韩雍《府江滩峡记》等。清代的摩崖石刻和碑刻有康熙元年(1662)线国安《鼎建白龙岩纪事碑记》,康熙二十一年(1682)舒书《象山记》、乔莱《游七星岩记并诗》,康熙二十五年(1686)范承勋《大空亭铭》《重修兴安灵渠碑记》,康熙五十年(1711)黄国材《游七星岩记》,康熙五十四年(1715)陈元龙《重建灵渠石堤陡门记》《灵渠凿石开滩记》,雍正十一年(1733)陈宏谋《重修横山大堰记》,乾隆二十三年(1758)曹秀先《游西山记》,乾隆四十一年(1776)康基田《西灵名山记》,嘉庆二十一年(1816)章佳庆保《景风阁记》,嘉庆二十四年(1819)阮元《隐山铭》,道光十三年(1833)祁𡒉《增修独秀山景工记》,光绪十四年(1888)任玉森《连城玉洞丹砂记》,光绪十五年(1889)《游连城白玉洞记》,光绪十六年(1890)谢光绮《东谷记》,光绪十七年(1891)朱树德《桂林八景题记》,光绪二十一年(1895)张联桂《重修独秀峰石路记》,光绪二十二年(1896)唐景崧《奎光楼记》,光绪二十五年(1899)《补杉楼记》等。

其次,古代广西山水散文对摩崖石刻进行了收集和整理。从宋代开始不少人对广西桂林摩崖石刻进行了收集,如宋代赵明诚《金石录》、王象之《舆地纪胜》、陈思《宝刻丛编》，明清以后专门收集金石的文献增多，如明代张鸣凤《桂胜》、刘继文《桂林金石录》，清代谢启昆《粤西金石略》、刘玉麐《粤西金石录》、李文藻《粤西金石刻记》、朱依真《桂林金石志》、杨翰《粤西得碑记》、刘玉麟《桂林岩洞题刻记》、王昶《金石萃编》、况周颐《粤西金石略补遗》等。其中，张鸣凤《桂胜》"多采金石之文"，从桂林摩崖石刻入手，调动了大量的人力物力到桂林各山水名胜搜抄碑文石刻，"《桂胜》以山水标目，各引证诸书叙述于前，即以历代诗文附本条下，而于石刻题名之类，搜采尤详"①。《桂胜》收录了明以前的摩崖石刻，分为摩崖诗、文、题名，是桂林石刻整理的先驱。清同治年间杨翰《粤西得碑记》汇编广西金石资料，其记梧州南汉铸铜钟文及桂林对秀峰、虞山、龙隐岩、叠彩山、南溪山等处碑刻。杨翰在游历广西时搜集了桂林、梧州等地的石刻文字，"其所得者，皆我又深契，故记其得之时游览风景并遗闻轶事，使翻阅之下山川踪迹一一在目，即以得碑记作游山记可也"。《粤西得碑记》即是其边游览山水边寻访广西石刻的作品。刘玉麟《桂林岩洞题刻记》考证桂林岩洞石刻的源流。

最后，古代广西山水散文反映了人们观赏和刊刻摩崖的活动。摩崖石刻是古代旅游者旅游经历的衍生物，是游览行为的一部分。通过摩崖留下旅游经历证据对后来的旅游者有示范作用，后世的旅游者不断重复这一旅游行为，成为旅游时尚。如桂林的摩崖题记数量众多，就是旅游模仿的典型代表，随着时间的流逝，摩崖石刻也代代累积，又被后世不断模仿。很多观赏经验都来自摩崖石刻上的前人经验，如明正德六年（1511）周垚《会仙岩记》中有："桂岭之山川奇秀，岩谷幽深，可爱者甚繁，凡遇昔贤品题，遂播之声诗，载诸方册，名显于天下。"②说的就是摩崖石

---

① 李裕民.四库提要订误（增订本）[M].卷二.史部.地理类.七七.桂胜.北京：中华书局，2005：125.
② 杜海军.桂林石刻总集辑校（中册）[M].北京：中华书局，2013：488.

刻对后来游人起到了指引作用。宋代广西摩崖石刻开始繁盛，到了元代唐宋摩崖石刻已是人们观赏和模仿的对象。元代潘仁《刘仙岩记》写其游览刘仙岩时"屏徒御，攀危磴，瞰幽穴，摩挲石刻，以访刘仙之遗踪"①。元至正五年（1345）妥妥穆尔允、李思敬等《叠彩山题记》在观赏了前人留下的摩崖石刻后感叹："自有宇宙，即有此山，过而游者，由古迄今，盖不知其几，惟石刻仅存若于人耳，后之视今，得不如今之视昔乎？"②于是决定镌名岩石，以示来者。明正统九年（1444）朱佐敬《游独秀岩记》中记游览独秀岩时亦有观赏前人摩崖石刻的内容，还表达了山水因人而显的议论：

历正统甲子夏六月，吾以书筵退讲间，与长史、儒臣三五辈，登于岩之幽邃，获睹宋颜公篆扁，洎先圣鲁司寇像，并诸诗颂，□然有动诸中，谓夫山水之奇既得其趣，文之刻又载其美，吾与尔等幸际太平之盛，可无一语传诸永永，以昭今日之胜览乎？夫惟名山秀水，必自人而后显，非人之续以文者，则□山水□随而无闻矣。矧兹岩切抵于宫壶深幽之地，承□可观此岩前所披之大□月之游，观之记，即所以纪其胜也。③

明代胡直《游龙隐岩》专写了龙隐岩的摩崖石刻：

后壁稍左，有宋磨刻二，其一即蔡京所书元祐党籍。首司马光、吕公著、苏轼、刘安世诸君子，凡三百余人。其一为宁宗书，字颇遒劲。二君酌而吊宋之君臣曰："彼京者凭天子命，谓足以贬斯人百世矣。不知反褒且远也。自今观之，则孰褒孰贬，孰荣孰辱？"余曰："天下有道，则是非在上，在当时。天下无道，则是非在下，在后世。"

---

① [清]汪森编辑，黄盛陆等校点.粤西文载校点（第二册）[M].卷十九.潘仁.刘仙岩记.南宁：广西人民出版社，1990：94.
② 杜海军.桂林石刻总集辑校（上册）[M].北京：中华书局，2013：406.
③ 杜海军.桂林石刻总集辑校（中册）[M].北京：中华书局，2013：432.

相与叹且笑,出洞,石多墙立。磨刻宋方信孺三大字,颇伟。又有记侬智高事。折而东,即龙隐处。①

此篇写游龙隐岩主要是观赏摩崖石刻,并将龙隐岩之景与岩内摩崖石刻结合起来写。桂林龙隐岩摩崖石刻两百余件,号称"壁无完石",徐霞客称龙隐岩:"宋人之刻多萃其间,后有元祐党籍碑,则其尤著者也。"②清代陈元龙称龙隐岩是"看山如观画,游山如读史"。它是广西摩崖石刻最为集中的地方,著名的石刻有蔡京《元祐党籍碑》,狄青平定侬智高叛乱所刻《平蛮三将题名》,颜延之撰、黄庭坚书《五君咏》,梅挚《龙图梅公瘴说》等。广西的元祐党籍碑是北宋震惊全国的党争事件的见证,北宋崇宁三年(1104)奸臣蔡京将自己的政敌以司马光为首,包括苏轼、黄庭坚等在内的309人列为元祐党,开列名单,全国刻石进行打击,企图让元祐党人遗臭万年。第二年宋徽宗觉得不妥,下令毁碑,因此元祐党籍碑已经不存。但广西还存两块,一块是南宋庆元四年(1198)元祐党中梁焘的曾孙梁律重刻于桂林龙隐岩,至今清晰可见;另一块在融县真仙岩,但面目不全,几近毁坏。蔡京本意让元祐党永不翻身,不想此碑却成就了元祐党,使之成为后世敬仰的对象,反倒永垂不朽了。广西山水散文中不少是写作者游览时看到此碑,吊念忠臣,评是非功过。比如明代朱子清《读元祐党籍题记》中有:"读元祐党籍,叹息往事,酌滴玉泉,陟怡云亭,映郭诸山如画,舟视龙隐遗迹,探月牙岩,泛溪两桥之间。"即是读元祐党籍碑兴叹历史。

徐霞客在游桂林时表现出了对摩崖碑刻的强烈兴趣,并通过寻访石刻找到了连当地人都遗忘了的名山胜迹。崇祯十年(1637)四月二十八日徐霞客进入桂林城,遍游桂林虞山、叠彩山、伏波山、七星岩、隐山、雉

---

① [清]汪森编辑,黄盛陆等校点.粤西文载校点(第二册)[M].卷二十一.胡直.游龙隐岩.南宁:广西人民出版社,1990:133.
② [明]徐弘祖著,褚绍唐、吴应寿整理.徐霞客游记(上)[M].上海:上海古籍出版社,2011:312.

山、南溪山、刘仙岩、象山、穿山、龙隐岩、屏风岩、中隐山、侯山、尧山等,《粤西游日记一》中记载,他在游览过程中看到有价值的摩崖碑刻,或是抄写下来,或是摹拓下来。如五月初六日游刘仙岩看到刘仲远用篆字刻的雷符合寇准的大字,徐霞客亲自摹拓,由于石崖倾斜、石壁上潮湿,至天黑进展缓慢;刘仲远《养气汤方》、唐少卿《遇仙迹》则让静闻抄下,也没抄完,直到第二天徐霞客还冒雨到岩洞里,摹完前一天没有完成的崖刻。后又发现了宋人刻《桂林十二岩十二洞歌》,徐霞客十分喜欢要抄下,由于位置太高够不着,还让道士拿来两把梯子,二人登上梯子抄完了才出洞。五月初九日,游象山拓方信孺结轩处石刻。五月十五日再次去屏风山抄录《程公岩记》《壶天观铭并序》,由于石崖又高又斜,无法拂拭,花了很长时间还是有几个字不能辨认。下午又到中隐山,胡槻诗下面刘居显的跋剥落太多,只能放弃,而校出胡槻诗三四个字。徐霞客在桂林逗留了较长的时间,牵住他脚步的一个是等登独秀峰的消息,一个就是他要拓的碑。在去阳朔前,他带着工匠到水月洞,告知要拓的陆游诗札和范成大的碑文,并付了钱,约好从阳朔回来后取。可是从阳朔回来,两件事都未成,登独秀峰迟迟未得许可,拓碑工匠漏拓,牵绊住了徐霞客前行的脚步。最后徐霞客放弃了登独秀峰的愿望,而对拓碑的工匠则一等再等,最后等到了粗制滥造的拓帖。

徐霞客通过寻访摩崖碑刻也找到了旅行的乐趣。四月二十九日,徐霞客与静闻在等待寻找顾仆时,顺便沿江游览,通过碑刻他们发现了虞山,当看到张栻《韶音洞记》摩崖和朱紫阳撰、吕好问书的《舜祠记》时,觉得字尚可摹拓,只是《舜祠记》石壁太高,不方便拓。五月初二日,徐霞客游七星岩,通过刻在洞口右侧石崖上的曾公的碑记,发现了曾公岩。游省春岩发现了很多明代的摩崖石刻,出洞而西,又发现了一个古洞,看到了张栻遒劲完美的笔墨,拂拭崖壁,发现南宋陈谠所题,知道了它的名字是渚岩洞。五月十一日,通过石刻找到了屏风山,颇有趣味:

先，余一入洞，即采嫩松拭两崖，开藓剔翳，而古刻露焉。字尽得松膏之润，如摹拓者然，虽蚀亦渐可辨。右崖镌"程公岩"三大字。西有记文一通，则是岩为鄱阳程公（崇宁帅桂时）所开，而程子邻嗣为桂帅，大观四年，属侯彭老为记，梵仙赵岍书之者也。志言屏风岩一名程公，至此乃憬然无疑，而转讶负担指点之人所遇之奇也。乃更拭其西，又镌壶天观铭序，有"石湖居士名之曰空明之洞"之文……左崖镌张安国诗题，其字甚放逸。其西又镌大宋摩崖碑，为李彦弼大书深刻者。其书甚大而高，不及尽拭而读之。遂西向登级，上登穴口，其内岩顶之石，层层下垂，若云翼势空，极其雄峻。将至穴口，其处少平。北奥有大石幢，盘叠至顶，圆若转轮，累若覆莲，色碧形幻，何造物之设奇若此也！是处当壶天观故址，劫尘荡尽，灵穴当悬，更觉空明不夹。①

可见屏风山是连当地人都知之甚少的地方，却因摩崖石刻让它彰显出来，这使徐霞客的旅行充满了乐趣，而侯彭老《程公岩记》、范成大《壶天观铭并序》、张安国诗题、李彦弼《大宋摩崖碑》等石刻则从文学和书法上给徐霞客带来了美的享受。之后徐霞客看到宋绍兴甲戌年七月十五日吕愿中的《吕公洞诗》摩崖石刻后才弄清楚了吕公洞、佛子岩就是中隐山了。之后中隐山的各个胜迹奇观都显现出来了，让徐霞客感到既意外又惊喜。而桂林辰山的发现也是如此，通过洞右边刻的李彦弼和左边刻的胡槻赠刘升之的诗，徐霞客判断出了此处即为辰山，感叹："前得屏风岩于近山之指示，又得中隐山于时登之摹拟，若此山近人皆以为非，既登莫知其是，而数百年之遗迹，独耿然示我也。其孰提醒而孰嘿导之耶？"②

---

① ［明］徐弘祖著，褚绍唐、吴应寿整理.徐霞客游记（上）[M].上海：上海古籍出版社，2011：313.
② ［明］徐弘祖著，褚绍唐、吴应寿整理.徐霞客游记（上）[M].上海：上海古籍出版社，2011：318-319.

默默指引着他寻找山水名胜的就是这些前人留下的摩崖石刻。

明代夏希元《游虞山记》:"公余清暇,偕二三僚友谒虞祠,聆韶音,载陟南熏亭,偶见石壁之上,隐然墨迹存焉。仰而读之,乃先祖人干公南巡日笔也。"[①]在虞山观赏石壁上的文字也是十分惬意的事。清代范承勋《七星岩题记》云:"为摩挲旧题,复新亭额。"[②]清代郑献甫曾在宜州作《游铁城记》,其文即是寻找府志上记载的《铁城记》石刻的经历,最后在荒处找到了《铁城诵》和《铁城记》石刻,感叹长久以来《铁城记》被埋没,人们与其失之交臂,十分可惜。可见观赏摩崖石刻和刊刻摩崖石刻是人们游览活动项目之一,寻碑访古是古人颇有趣味的游览方式,这种旅游行为不断地重复和积累又不断得到旅游者的模仿,形成了一种文化。

---

① 杜海军.桂林石刻总集辑校(中册)[M].北京:中华书局,2013:649.
② 杜海军.桂林石刻总集辑校(中册)[M].北京:中华书局,2013:815.

第五章　古代广西山水散文与流寓文化、边境文化

　　流寓文化和边境文化涉及了文化的中心与边缘问题,对古代广西而言,流寓文化是中心与边缘的碰撞,而边境文化又体现了中心对边缘的征服。流寓文化对广西山水散文的影响是最大的,流寓文人是古代广西山水散文的主体作家群,流寓文学形成了地方的形象学,塑造了广西的地域形象。古代广西山水散文是流寓文学的重要组成部分,流寓文学又是流寓文化的重要组成部分。广西为中国南疆,与古代交趾、安南国征战不断,加上中原王朝需要开化和征服广西,通过中心对边缘的渗透,渐渐形成了边境文化。古代广西山水散文中的边境文化也较多地体现了中心对边缘的征服过程中形成的意象。

第一节　古代广西流寓文化

一、流寓文化及其与地域文化的关系

　　"流寓"一词首见范晔《后汉书·廉范》:"范父遭丧乱,客死于蜀汉,

范遂流寓西州。"①《周书·庾信》:"时陈氏与朝廷通好,南北流寓之士,各许还其旧国。"②流寓包含了流动和寄居两层含义,是一种由迁移离开出生地或籍贯地而寓居其他地方的现象,流寓是相对于籍贯而言的。古代中国是农业社会,安土重迁是农业社会最常见的心态,人们不是万不得已不愿意离开故土,远走他乡亦是情非得已,但也总存在各种各样的原因导致了十分普遍的古代流寓现象。每一个地方居住的人都是由本籍人士和流寓者组成的。"文献中的流寓,可以是因遭政府贬谪甚至流放而产生的一种社会历史现象,也可以是通过自我选择而产生的一种社会历史现象。"③可见,流寓并非仅仅是文献中常说的贬谪,贬谪只是流寓的其中一种原因。

自古以来因各种原因迁移他地、客居他乡的人群组成了流寓者群体。可以根据迁移的不同原因将流离者分类。第一类是因为躲避天灾、人祸、战乱及因其他一些社会因素而一度或长期流亡或出居于乡里以外的流民。第二类是由于被统治者认为有罪被驱逐和迁徙到边缘的流人,比如历代的贬谪官员。第三类是经统治者或社会团体有计划、有组织地迁徙他处的移民。④ 第四类是统治者分派到各地任职的官员、军人。第五类是因生计、从商而到某地生活的人。第六类是游学之学子。第七类是以游览为主要目的的游者。第八类是以宗教为目的的僧道。前五类是被动接受的迁移和寓居,后三类是相对主动选择的迁移和寓居。从这些分类来看,中国各地历史上的流寓者的身份复杂,数量应该是很难统计全面的,未被载入史册的很多中下层的流寓者可能被归入了"游民"一类。而被载入史册的往往是地方流寓者中的佼佼者,他们或有著述流传、或有善政为地方人传颂,所以古代文献中特别是方志中的流寓者更

---

① [南朝宋]范晔.后汉书[M].卷三十一.廉范.北京:中华书局,2007:324.
② [唐]令狐德棻,等.周书[M].卷四十一.庾信.北京:中华书局,1974:734.
③ 陈青松.游子、寓贤:元末明初流寓江南的江西文人研究[D].天津:南开大学,2014:5.
④ 此三类分法见李兴盛.中国流人史与流人文化论集[M].哈尔滨:黑龙江人民出版社,2000:8.

多的是对地方政治、文化影响较大的一些文人。

中国古代方志、地记类作品通常是将地理、历史和人物综合汇编起来,其中人物的类别也颇多,方志发展到了明清时期,体例已经完备,更重视人物传记[①],分类也越来越细。其中"流寓"在诸多的方志中列为人物传记的一项,常以"流寓""寓贤""侨寓""游寓""迁客""寓公"等名出现。古代地方志在编撰时将对本地影响较大的这部分流寓者称为"寓贤","寓贤一般指有一定影响的,从其他地方迁移到本地长期或短期居住的社会、文化界知名人士。其迁移的原因和寓居形式多种多样,有自请外任,刺守某郡者;有贬谪流徙,带薪安置者;有随军远征,落籍不归者;有避乱访友,侨居为客者;有游学道佛,终其一生者"[②]。"寓贤"是流寓群体中最值得重视的一些人,是他们创造了流寓文化中最具华彩的一个篇章。"寓贤"中以文人最为突出,文士的流动之所以普遍,是因为他们的人生几乎都不可避免地经历求学、应举、仕进、流贬、授业、隐逸、游历、迁居等不同的阶段。

流寓文化是流寓者群体在与地方的自然、社会相互作用的各种关系中创造和传播的文化,是一种社会群体文化。流寓文化与当地土著文化发生碰撞、交流与融合后形成了新质文化,包括物质文化与精神文化,土著民族与流寓人群共同创造了一个地方的地域文化[③]。流寓文化具有不稳定性和创造性的特点。因为流寓者群体客居一地是有时间性的,短则几天,长则十几年,亦有终生定居者,因此造成了流寓者群体的不稳定性,但正是这种不稳定促成了流寓者群体血液不断更新,更加充满活力。这个不稳定群体确实形成了与某地真实的人地关系,并以流寓精神为核

---

① 常建华.社会生活的历史学:中国社会史研究新探[M].北京:北京师范大学出版社,2004:329.
② 乔好勤.流寓名人著述的地方文献价值——以苏东坡岭南著述为例[J].图书馆论坛,2008(6):209.
③ 李兴盛.中国流人史与流人文化论集[M].哈尔滨:黑龙江人民出版社,2000:7,11,27.

心创造出了某一个地域的流寓文化,又对地域文化有很深的影响。中国古代未被文献记录下来的大量的流寓者,或称之为"游民",由他们所创造的文化对于文学创作,特别是对于通俗文学创作产生了深刻的影响。①即这些流寓者对地方"小传统"文化的形成和重组有不可忽视的作用;而文献中的流寓者多为知名的文人,对边疆地区而言,流寓者多是中原来的汉族知识分子,他们在地方传播精英文化,也就是以儒家哲学体系为主的中原文化,"寓贤"人士所创造的文化,也更接近于中原精英文化。就文化品位而言,这一部分的流寓文化是地域文化中居于上层的文化,对地方本土文化具有一定的启蒙作用,进而促成了地方土著民族对汉文化的认同,也促成地方形象的形成和传播。因此流寓文化应该包括大小文化传统两个层次,既包括精英的流寓文化,也包括民间的流寓文化。流寓文化是流寓群体在原有文化的基础上,吸收了本土文化的成分,在与本土文化碰撞、交流中形成的新质文化,它与地域文化互相交织,最后归入地域文化之中。

流寓文化与地域文化的关系是部分与整体的关系,流寓文化是地域文化的一个组成部分,二者互相影响与促进。因为存在文化的流动、比较、交融和重组,所以流寓文化是地域文化中最活跃和最具生命力的部分,它无形中扩展了地域的边界,丰富了地域文化的内涵。

流寓文化是不同空间文化的结合,之所以能归入地方文化是因为流寓现象是发生于各地方及各人群的普遍现象,它又是真实存在的在地文化。"流寓是更真实的人地关系,流寓文学绝对是在地的文学,真实地联系着特定的自然风土及其所孕育的人文传统。"②相比籍贯,流寓是人与地域一种更真实的关系,在文学中留下的地域痕迹甚至比籍贯更深③,流

---

① 王学泰.游民文化与中国社会[M].太原:山西人民出版社,2014:2.
② 张学松.流寓文化与雷州半岛流寓文人研究[M].北京:中国社会科学出版社,2013:蒋寅序.
③ 蒋寅.一种更真实的人地关系与文学生态——中国古代流寓文学刍议[M]//张学松.流寓文化与雷州半岛流寓文人研究.北京:中国社会科学出版社,2013:2.

寓文化与地域文化具有相互的作用。流寓文化对地域文化有巨大的影响和贡献，因为古代有官避原籍的规定，而古代官员中文人知识分子占大多数，这些精英知识分子群体是当时最优秀的一批人，作为流寓者，他们所创造的文化在当时也是一流的，所以中国古代各地的流寓文化往往成为地域文化的显性符号。特别是在文化落后地区，流寓者常常以精英文化意识向地方传播文化，扮演文化拓荒者的角色，流寓文化对地方文化的渗透，又反作用于流寓文化。流寓文化为地域文化注入了新鲜的血液，又引起了地方的文化反思和文化自觉，促进了地域新质文化的形成。

二、古代广西的流寓文化

古代广西的土地上曾有过大量的异乡人为广西文化做出了贡献，创造了广西的流寓文化。古代广西大量民间流寓者缺少可考的文献记录，未有作品或事迹流传，但不能抹去他们曾经对广西文化做出的贡献，而有文献记载的多半是有著述流传的文人和官员。官员包括政府派官和贬谪官员，他们在创造广西流寓文化方面功不可没。古代广西一些文献中记载了历代的流寓人士，明代张鸣凤《桂故》之"先政"记载唐宋以来131位在桂任职的官员，以达到"近可述其善政，远可咏其流风"的目的，"游寓"则记载了7位与山川相涉的"浪寓"者。清康熙年间汪森编写"粤西三载"，其《粤西文载》卷六十二至卷六十六为"名宦小传"，记载了秦至明代的名宦844人，卷六十七为"迁客小传"，记载了东汉至明代迁客共计172人。清代广西方志也记录了流寓群体，其中现存记载最全面的是嘉庆版《广西通志》，其"宦绩录"记载的入桂官员秦到隋39人、唐五代47人、两宋161人、元代34人、明代461人、清代86人。其"谪宦录"记载了贬谪官员三国至唐宋64人、明代54人。虽然这些文献中的流寓者的记录并不全面或准确，只记录了朝廷的官员，对民间流寓的著名人士未记录在案，如徐霞客、邝露这样的流寓者并未提及，对"迁客"和"谪宦"的理解可能也存在一些偏差,但基本上也能从中看到古代广西流寓者群体的数量及品级。就嘉庆版的《广西通志》看,广西的流寓人士从秦朝开始出现,唐代人数增加,宋代数量上升较快,到明代人数突飞猛进,清代未统计完全,但人数也不会少。在古代广西流寓人群中不乏中国古代文化中的出类拔萃者,如秦始皇时期修筑灵渠的史禄,东汉征战交趾的马援,南朝与谢灵运齐名的颜延之,唐代李靖、张九龄、宋之问、元结、柳宗元、李商隐,宋代柳开、周敦颐、苏轼、秦观、黄庭坚、邹浩、张孝祥、范成大、张栻、方信孺,明代田汝成、茅坤、董传策、吴时来、汤显祖、王士性、徐霞客,清代陈元龙、袁枚、赵翼、梁章钜等。这些著名的人物在桂启蒙文化、发展教育、写诗文著述,提升了广西文化的品质,他们所创作的流寓文化成为广西文化中最耀眼夺目的部分,同时也是中国古代文化中不可或缺的重要组成部分。

古代广西流寓文化的主要特点是离心型的,以贬谪文化为代表。梅新林将中国古代的文人群体流向分为向心型、离心型、交互型,认为求学、应举、仕进、授业主要表现为向心型地域流向,是以向心为动力的正向运动;隐逸、流贬主要表现为离心型地域流向,是以离心力为动力的逆向运动;游历、迁居则主要表现为交互型的地域流向,是以向心——离心力为合成动力的交互运动①。广西属于岭南的边疆地区,相当长一段时间内是蛮荒之地,且山高林密、瘴疠袭人、禽兽出没,自然环境恶劣,同时风俗奇特,无论是在自然环境上还是在文化上都是远离中心的边缘地带,是中央朝廷贬谪官员的最佳场所,恶劣的环境可使罪臣"历艰难而思咎"。自南北朝至唐宋,广西都是朝廷流放贬官最集中的地方,随着广西的逐渐开发和发展,到明清时期广西已不是朝廷主要的贬谪地,贬谪的主要地点已转移到了西北和东北的塞外边疆。但即便不是被贬谪的官

---

① 梅新林.中国古代文学地理形态与演变(下)[M].上海:复旦大学出版社,2006:429.

员,而是朝廷派到广西任职的官员,也都不同程度上有耻辱和落寞之感,如唐代"朝廷物议,莫不重内官,轻外职。每除牧伯,皆再三披诉。比来所遣外任,多是贬累之人"①,"朝士出牧,例非情愿,缘沙汰之色,或受此官纵使超授,尚多怀耻"②,这种耻辱感或多或少一直延续到后世入桂任职的官员。所以广西的流寓人群多半是属于离心型的地域流向,而正是这种离心型的流寓群体使广西地域文化有了不同于中心地区的鲜明特色。

广西的流寓人群对广西有着复杂的感受:一是表现出强烈的隔阂感,"人离开乡土流寓异地,难免会有能融入当地生活的隔阂感,尤其是当这流寓出于迫不得已的原因时,这种感觉会愈加强烈"③,表现出对广西山水风物的厌恶和思乡情结,抒发怀才不遇的感受,身体在这个自然空间环境中,心理却无法认同和相融。二是对广西有强烈的好奇心,表现出对广西山水风物的描述和赞美。这种离心与向心、中心与边缘的矛盾常贯穿于广西流寓者的心中,表现在他们创作的作品之中,其中以贬谪文化为代表,贬谪广西的官员为广西留下了丰富的贬谪文化遗迹,亦是广西流寓文化中最有价值的部分,可以说古代广西的文化抹上了浓厚的贬谪文化色彩。

总体而言,古代广西文化中流寓文化占据了很大的比重,没有这些流寓人士对广西文化的开发和拓荒、传播和投入,广西本土文人也难以得到培育,没有他们在文学、文化上的创造性贡献,广西文化便不足称奇。从文献角度看,没有流寓文化,广西文化将大为失色,流寓文化提升了广西文化的品位。

---

① [宋]王溥.唐会要(下)[M].卷六十八.上海:上海古籍出版社,2006:1418.
② [宋]宋敏求.唐大诏令集[M].卷第一百.政事.官制上.京官都督刺史中外迭用敕.北京:中华书局,2008:508.
③ 蒋寅.一种更真实的人地关系与文学生态——中国古代流寓文学刍议[M]//张学松.流寓文化与雷州半岛流寓文人研究.北京:中国社会科学出版社,2013:4.

第二节 古代广西山水散文与流寓文化

一、古代广西山水散文与流寓文化的关系

流寓文人在广西创造的流寓文化主要以流寓文学为主。吟咏山水是流寓文人与广西山水相处的最直接的方式,山水诗文是广西流寓文学的主流,因此,广西山水诗文是流寓文学中的重要组成部分,古代广西山水散文作品大部分都是流寓文学。广西的自然环境与中原、江南的差异,使外来人士容易水土不适应,且广西开化较晚,文化落后,难以得到他们的认同,但有一点是多数人认同的,即是广西自然环境迥异于中原和江南,山水奇秀。不论外来人士流寓广西时在身体和心理上有多不适应,他们都会对广西山水有十分深刻的印象,他们对广西的感受首先来自自然山水,所以述之于笔端,创作了丰富的广西山水诗文。

(一)流寓文人是古代广西山水散文创作的主体

古代广西山水散文作家主要有本土作家、入桂作家及未入桂的作家三个群体,入桂作家是这三个作家群体中的主流,即历朝历代流寓广西的文人。古代广西山水散文作品中流寓作家的作品占了大多数,本土作家的山水散文只占小部分,流寓文人是古代广西山水散文创作的主体。

唐代与沈佺期齐名的诗人宋之问,一生曾历三次被贬,其中两次流落岭南,最后一次贬入广西,赐死钦州。他在桂州停留时作文《在桂州与修史学士吴兢书》,在其笔下广西山水阴森恐怖。唐代山水散文的开拓者元结大历三年(768)调赴容州,任容州刺史加授容州都督充本管经略使,寄寓梧州,作《冰泉铭》。唐代任华与杜甫、高适有交往,入桂为李昌巙府中参佐,诗文尚奇,在桂作了多篇送序散文,以《送祖评事赴黔府李

中丞使幕序》《送宗判官归滑台序》为代表，文章清新自然、情景相融，是唐代广西山水散文中的佳作。唐建中年间郑叔齐任桂林监察御史里行，作《独秀山新开室记》，为现存广西最早专写一山的散文。中唐元和年间广西迎来了一位大文豪，即与韩愈并称的唐代古文运动领袖人物——柳宗元。元和十年（815），柳宗元在永州的第十年被皇帝召回后例移为柳州刺史，在柳州作山水散文《柳州山水近治可游者记》《柳州东亭记》，其中《柳州山水近治可游者记》被称为"天下奇文"。他为裴行立所作《桂州裴中丞作訾家洲亭记》成为桂林山水散文的经典之作。宝历元年（825）任桂州刺史兼御史中丞的李渤开发桂林南溪山和隐山，作《南溪诗并序》，序文风格清新，描摹山水之美。慷慨尚奇的吴武陵为李渤幕府一员，为李渤记隐山，作《新开隐山记》，李渤客韦宗卿亦作《隐山六洞记》，桂林隐山因此扬名。晚唐河南人元晦任桂管观察使，作叠彩山诸记，为叠彩山命名。广东人莫休符任融州刺史，退居桂林，所以作《桂林风土记》是桂林最早的历史地理和风土人情的风物志，对后世广西山水散文影响较大。

宋代广西山水散文数量增多，几乎都是流寓文人作品。宋初柳开知全州后移知桂州，作《湘漓二水说》《玄风洞铭》。成都人梅挚景祐元年（1034）知昭州，作《五瘴说》。山东人李师中任广西提点刑狱，作《重修灵渠记》《蒙亭记》等文。浙江人刘谊作《曾公岩记》记广西经略安抚使曾布开发桂林普陀山冷水岩之事。孙览作《五咏堂记》、黄邦彦作《重修蒙亭记》，周刊作《释迦寺碑》，李彦弼作《湘南楼记》《八桂堂记》。江苏人邹浩被列入元祐党籍，贬至昭州，作《翱风亭记》《清华阁记》《梅园记》《得志轩记》《拱北轩记》《留题昭平王氏来仙阁》《感应泉铭并序》等山水散文。北宋时期著名文学家、书法家黄庭坚因元祐党贬入宜州，在宜州所作《宜州乙酉家乘》日记记录在宜州游玩山水，《游龙水城南帖》记游宜州龙隐洞。南宋误国之臣李邦彦责授建武军节度副使，浔州安置，游兴安乳岩作《三洞记》。吴元美被贬容州,作《勾漏山宝圭洞天十洞记并序》。南宋著名词人张孝祥乾道元年(1165)知静江府,领广南西路经略安抚使,在桂林作《朝阳亭记》《千山观记》。南宋著名田园诗人范成大乾道八年(1172)出任广西经略安抚使,上任途中所作《骖鸾录》为日记体游记的代表,离开桂林时又作《桂海虞衡志》,为广西最负盛名的博物志,又有《桂林中秋赋并序》《屏风岩铭并序》《复水月洞铭并序》《碧虚铭并序》等山水散文流传。南宋著名理学家张栻淳熙年间知靖江府经略安抚,作《韶音洞记》《南楼记》《尧山漓江二坛记》《水月洞题记》《冷水岩题记》《留别城东诸岩记》等山水散文。南宋时浙江永嘉周去非于乾道年间、淳熙年间在桂,任钦州教授、桂林通判,所作《岭外代答》是广西山川、古迹、风物、习俗的重要文献。南宋时期还有梁安世作《乳床赋》,罗大经作《游南中岩洞记》,方信孺作《修朝宗渠记》《碧桂山林铭并序》《碧瑶潭铭并序》,李曾伯作《重建湘南楼记》。元代郭思诚任广西廉访司经历时作《新开西湖之记》,潘仁仕广西道肃政廉访司时游览南溪山作《刘仙岩记》。

明代写广西山水散文的流寓作家除了官员,还有主动的流寓者,如徐霞客、邝露。明嘉靖年间田汝成任广西布政使司左参议,写了不少有关广西的山水散文,流传于世的有《炎徼纪闻》《行边纪闻》《桂林行》《觐贺行》中的部分篇章。明嘉靖年间因弹劾严嵩被贬入广西的董传策以耻辱之心、落寞的情感畅游广西山水,作《奇游漫记》述行记游。与此同时被贬入横州的吴时来作《横槎集》,其中有《游三岩册序》《南游册序》《游北山记》《游钵山记》《登高岭记》《祷钵山记》《寻乌石山记》《空洞岩记》《凤凰岩记》《游天窟岩记》《游宝华山记》《快活园记》《混混亭记》《自得斋记》《得山亭记》《寄水亭记》《伏波庙碑》等多篇广西山水游记。董传策与吴时来二人经常聚会游赏山水,为明代广西的贬谪文学增添了不少内容。万历年间广西提学佥事魏濬作《西事珥》《峤南琐记》记广西山川风物,有独特之处。明末被迫背井离乡,逃亡广西的才子邝露流连广西山水,作《赤雅》3卷,堪称广西山水散文中的奇作。明代还有著名的旅行家行至广西,万历间王士性遍游天下,广西是他行旅中的一站,其作《五岳游草》中《桂海志续》、《广志绎》中《西南诸省》、《广游志》中《龙江客问》即为广西山水散文。明代最伟大的旅行家徐霞客,一生漫游天下进行游览和地理考察,作《徐霞客游记》60万余字,其中《粤西游日记一》《粤西游日记二》《粤西游日记三》《粤西游日记四》专写游览和考察广西,共计20余万字,是十分宝贵的广西山水散文之作。又有谢肇淛的《百粤风土记》、曹学佺《广西名胜志》、丘和声《后骖鸾录》、黄福《奉使安南水程日记》等作品。此外明代流寓人士富礼、方昇、袁裦、俞安期、顾璘、陈琏、桑悦、茅坤、胡直等亦有广西山水散文传世。

清代广西文化发展,出现了不少优秀的本土文学家,而在山水散文领域仍然也少不了流寓作家的身影。定南王孔有德部将线国安访桂林南溪山作《鼎建白龙岩纪事碑记》,清初舒书在桂林引象山为知己,作《象山记》。康熙年间主试广西之乔莱是清代山水游记的代表作家,他遍游桂林山水,作《使粤日记》,其中有《游七星岩记》《游伏波岩记》《湘漓二水记》等广西山水散文。康熙年间广西巡抚陈元龙作《重建灵渠石堤陡门记》和《灵渠凿石开滩记》,其幕客黄之隽在桂林搜奇抉隐,作《游隐山记》。乾隆年间,在广西庆远、平乐、太平府任官的查礼著《铜鼓书堂遗稿》,收入《漓水异源辩》《修复灵渠记》《海阳山湘漓水源记》《受江亭记》《榕巢记》《游逍遥楼记》《游龙隐洞龙隐岩记》《游华景洞记》《游隐山六洞记》《游宝华山拱宸洞记》等广西山水散文。"乾隆三大家"之一的袁枚两次入桂林,第二次游桂林时留下广西山水散文的代表作《游桂林诸山记》,这也是清代游记的代表作。嘉庆年间著名文学家、学者阮元调任两广总督,6次巡视桂林,作《隐山铭》。

清代广西笔记丰富,瞿式耜长孙瞿昌文作《粤行纪事》,描述跋涉广西山水九死一生的经历。康熙二年(1663)广西提督学政闵叙作《粤述》,

记载了清初广西历史沿革、地理形势、山川名胜、风物特产、民族风俗。康熙十六年(1677)广西按察使司副使陆祚蕃作《粤西偶记》记广西山川风物。"乾隆三大家"之一的赵翼任广西镇安知府,作笔记《檐曝杂记》6卷,其卷三、卷四多写广西边境之山水与风俗。道光年间番禺人张维屏受友人之邀游桂林,作《桂游日记》。同治至光绪年间,广西巡抚张联桂之子张心泰两次随父入桂,有游记笔记《粤游小志》。光绪年间金武祥查勘广西边防,游广西山水,其笔记《漓江杂记》专写漓江沿岸地理、物产、名胜、风俗,笔记《粟香二笔》《粟香三笔》《粟香四笔》《粟香五笔》都收入了广西山水散文。

(二) 古代广西山水散文的创作与流寓经历密切相关

山水文学贵在能形象地描绘自然景物,能在自然景物中发现美,也能将情感投入到山水中,达到情景交融。能达到这样的文学境界,创作者的文学素养很重要,创作者的经历也同样重要。对于广西山水散文而言,之所以多数的山水散文都是外乡流寓作家所写,是因为将广西山水作为审美对象、开发山水、游览观赏的几乎都是外乡人,他们对于广西山水既有审美距离,又可以对其培养出深厚的情感。

首先,流寓作家与广西山水的心理距离有益于山水散文的创作。

山水审美的心理距离是指山水观赏者需与现实生活保持一定的距离,将日常生活的功利需求与审美分开,在观赏对象和观赏者之间产生某种距离,也就是将山水作为审美对象加以关照。没有审美距离的间隔,审美价值就不能成立,距离太近反倒无法生成美。唐代韦宗卿《隐山六洞记》云:"桂林郡郭,千岩竞秀,世情贱目,俗态无心,故兹山接城郭之间,亿万斯年,石不能言,人未称焉。"说的是广西当地的老百姓都目光短浅,心态卑俗,无心观赏近在咫尺的山水,所以千百年来,几乎都没人发现美景。这样的表述在广西山水散文中还有不少,柳宗元写訾家洲亭记,提到原来訾家洲上的居民并不看重它的山水审美价值,所以訾家洲即便是处于车水马龙的城市中心,也无人赏识,于是裴行立重金买下进行了园林营建,即是发现它的山水美的价值。郑叔齐写独秀山读书岩也说它长期未被人发现。宋代周刊写释迦寺,说到天地间最精妙的胜迹,人们却视如粪土不懂珍惜。其实并非是广西人心态卑俗,目光短浅,这其中的原因大概有二。一个原因是广西本地人还暂时缺乏与中原人共同的审美文化基础,对自然审美的标准不一,缺少相同的审美趣味。另一个更重要的原因是本地人对本地山水缺少审美距离。山水是本地人栖息的场所,是他们的生活资料源泉,广西的自然环境是本地人的生活空间而非审美空间,而对于外乡人而言,更容易将广西自然空间转换为审美空间。广西人与本地山水缺少审美的距离是很正常的事,本地人更加容易对本地山水熟视无睹,甚至忽略其存在。外乡人更容易产生山水的审美距离,更容易进入山水审美状态,获得审美感受,写成山水文学。因此流寓作家面对广西山水,审美的心态、审美的情感有益于他们进行山水散文的创作,是在想象、理解、动情的过程中完成山水散文的创作。

其次,流寓的经历让作家更容易捕捉到广西山水的风神。

对于流寓广西的作家来说,广西山水与他们熟悉的山水有差异,这更能激发起他们描绘山水的兴趣,往往能从不同的角度观赏广西山水,因而更能在细微之处描摹出山水的形貌、风神。如蒋寅先生所言:"这些颇能传达一个城市风貌特征的名句,作者都不是当地人,或游览途径、或侨寓久客,惟其不是当地人,独能以强烈的新鲜感,捕捉到一个地方的风神,本地人反而写不出这种带有瞬间印象之美的妙句。新鲜感实质上就是好奇心,而好奇心又意味着人与环境的融合。外界环境对人有吸引力,人就会对它抱有好奇心。人愈喜爱一个地方,就愈会投入情感,产生探求、玩味的兴趣。流寓者的这种好奇心与赞美,很大程度上就是歌咏地方风物之诗文繁盛的内在动力。它同时还基于一种比较的眼光,即便是土著作家歌咏地方风物,也必以流寓的经历为基础,否则他们很难捕捉到本地的特点。"①这里提到除了外来作家外,本土作家写家乡山水都不能少了流寓经历,因为没有比较,事物的特点就无法显现。正是流寓的经历,让流寓作家或本土作家有了比较的视野,拥有抓住景物特点的眼光。

  生于东吴的范成大一生历经东西南北,行走万里,太行、常山、衡岳、庐阜、九华、黄山、仙都山、雁荡山、巫峡都游览过。流寓的经历让他眼见天下山水,熟知各地的差异,才总结出了广西山水"千峰环野,旁无边缘"的独特之处。明代王士性在宦游天下的过程中,考察游览了多地的山水,有了天下的视野,从天下山水整体风貌出发,说出它们给人的不同感受:太华山险绝、峨眉山神奇、武当山伟丽、天台山幽邃、雁荡山和武夷山工巧、衡山挺拔、终南山旷荡、太行山逶迤、三峡峭削、金山孤绝,而桂林的山空洞。又比较出天下之水的不同:长江汹涌、黄河迅急、严陵清俊、漓江巧幻。徐霞客在游览广西、贵州、云南后比较了这3个地方岩溶地貌的不同,在广西游览期间,也比较出了广西南北山水的不同,游览左江时,则比较漓江的山水,写出左江山水壮丽之美。清代广西本土作家崛起,出现了一批优秀的散文创作群体,这些本土文人因任职、游学等原因,几乎都有流寓的经历,这些经历也给了他们与外乡文人共同的文化基础和审美趣味,使他们拥有了比较的视野,让他们重新审视家乡山水,把原来的生活空间转换为审美空间。比如清初全州人谢良琦在福建做官时写江树阁之景,忆起奇崛天下的家乡山水,又有《湘春楼记》《百尺台记》隔着时空回望家乡山水,说到年少时登览家乡的山峰,看到美景却没有太多感觉,总是认为他乡才是自己仰慕的地方,他乡的山水才值得自己提笔书写,而经过了人生的漂泊,才看懂家乡山水的美,才迫不及待地写家乡山水。

---

① 蒋寅.一种更真实的人地关系与文学生态——中国古代流寓文学刍议[M]//张学松.流寓文化与雷州半岛流寓文人研究.北京:中国社会科学出版社,2013:9.

最后,流寓作家对广西山水的复杂情感,丰富了广西山水散文的内涵。

流寓人士有复杂的情感,这与中国传统观念关系密切。远行最早对中国古人而言并不是件愉快的事情,常常伴随着离开家乡、客居他处,还要面临生死未卜的前途,与背井离乡的孤独、不安、危险、不确定等感受联系在一起。江绍原先生《中国古代旅行之研究》中言:"古人极重视出行,夫出行必有所为,然无论何所为,出田,出渔,出征,出吊聘,出亡,出游,出贸易……总是离开自己较熟悉的地方而去之较不熟悉或完全陌生的地方之谓。……陌生的地方不同乡里,不但是必有危险,这些危险而且是更不知,更不可知,更难预料,更难解除的。"①《汉书·元帝纪》云:"安土重迁,黎民之性。骨肉相附,人情所愿也。"②安土重迁的观念在整个中国封建时代都是十分普遍的,人们不是迫不得已不轻易迁移异地,安于故土,把离开家乡称为背井离乡,带着无奈和愁绪。而广西的流寓者更难以释怀的还有两种感情:一种是险恶的自然环境威胁个体生命带来的不安全感,进入文化边陲而带来的失落和绝望,包括因贬谪、政治上被排挤带来的耻辱感。另一种是在与陌生山水相处过程中从隔阂到开始理解和接受、适应,发现其美的价值,以赞美的态度来写山水。"在中国古代文中,流寓的意识起码结出两种不同的文学果实:一种表现人与地域的隔阂感,一种好奇地咏歌异地的风物民情。"③

古代广西山水散文中流寓作家的作品是流寓者将这种复杂的情感体验融入山水文字中的体现。出于第一种情感体验,古代广西山水散文中表现流寓者心理上的隔阂感的篇章很多,直到明清还是如此,如表现出对广西气候的不甚喜欢、对广西少数民族的鄙夷和恐惧、对广西风俗

---

① 江绍原. 中国古代旅行之研究[M]. 上海:上海文艺出版社,1989:5.
② [汉]班固撰.[唐]颜师古注. 汉书[M]. 卷九. 元帝纪第九. 北京:中华书局,1962:292.
③ 蒋寅. 一种更真实的人地关系与文学生态——中国古代流寓文学刍议[M]//张学松. 流寓文化与雷州半岛流寓文人研究. 北京:中国社会科学出版社,2013:4.

的不理解等等。比如清代陆祚蕃著《粤西偶记》,极少有对广西山水的审美愉悦,他认为广西土地贫瘠、文化落后、少数民族野蛮,因此所见山水也是不合心意的,在他笔下的广西山水是"琐碎险恶之状""江水腥浊",缺少美感。一些因贬谪、流放被迫入桂的人士在写山水时也常常流露出愁怨和伤感的情绪,怀才不遇的情绪十分普遍,借广西山水奇美却生于荒蛮之地来自比境遇。同时,在奇美的自然山水中,这些文人又得到了山水的抚慰,获得情感的寄托。明代董传策《奇游漫记》中多篇散文描写荒芜、凄清的景物,也给其文章烙上了凄清的风格,表现的是贬谪给他带来的凄寒冷清的心境,是将人的本质力量对象化到山水景物中,把心灵深处的情感投射到了山水之中,使山水成为客观的自我。与董传策同时贬入广西的吴时来,也创作了不少山水散文,其《寻乌石山记》感叹道:

> 士君子俯仰宇宙,登山观水,夫固寄意焉耳。意苟在,卷石勺水,自足怡悦。苟不在,虽牛山琅琊,增慨生悲。噫!安知天下之佳山水,不有沉埋草莽中,不易自见如此山者欤?[1]

可见他发现和赞叹此山,是将情感寄托于此了。流寓者往往是经过了一开始强烈的对比差异、心理难以接受到后来慢慢地理解和相融,才有了对广西山水的赞叹。

二、流寓者与古代广西山水散文中的形象学

广西文化形象的形成与传播,流寓文化起到了重要作用。流寓文化通过流寓文学、流寓者对广西形象的塑造和传播,使广西形象定型,影响至今。古代广西山水散文中蕴含了流寓者与广西文化的形象学。形象

---

[1] 杨东甫.八桂千年游——古代广西旅游文学作品荟萃[M].南宁:广西人民出版社,2005:372.

学是比较文学中的一个概念,法国学者巴柔认为形象学是:"在文学化,同时也是社会化的过程中得到对异国认识的总和。"①形象学研究一个国家或民族文学作品中异国或异族的形象的总和,关注文学作品中作家如何理解、描述、阐释作为他者的异国异族,往往只是一个幻想和虚影②。所以它涉及了不同文化的互相认识和理解,甚至是变形。法国学者卡雷解释形象学是"各民族间,各种游记、想象间的互相诠释"③。从中可见,游记文学在形象学中占有重要地位,游记文学是研究民族之间形象学的重要资料。因此古代广西山水散文中大量的游记、日记、笔记作品是研究古代流寓者与广西之间形象学的宝贵资料。"游记作者往往扮演了双重角色:他们既是社会集体想象物的建构者和鼓吹者、始作俑者,又在一定程度上受到了集体想象的制约,因而他们笔下的异国形象也就成为了集体想象的投射物。"④个人的想象也是受到社会总体想象的影响和制约的。但不能否认流寓者是对广西形象认定的关键群体,他们通过直观感受、归类概括、比较考证的方法,通过对感觉和自觉经验的重现与回忆共同塑造了个人心目中的广西形象,经过大众的认可变成了集体的想象。不论是个人的想象还是集体的想象都并不一定是客观的反映,而是想象主体的表意实践,即想象的主体赋予对象的某种意义。⑤外地人对广西的想象构成了广西形象,这种形象多少带着主观的意识,可能存在着与真实的错位,也可能体现中原人士居高临下凝视广西的优越感。文学作品中的"意象"即是这种形象的集中体现。"意象"是当人以审美理想关照事物时意识中所呈现的形象。⑥历朝历代流寓文人创作的广西文学作品形成了广西的意象体系,因而树立了鲜明的形象。

---

① 孟华.比较文学形象学[M].北京:北京大学出版社:2001:4.
② 刘洪涛.从国别文学走向世界文学[M].上海:复旦大学出版社,2014:213.
③ 陈惇,孙景尧,榭天振.比较文学概论[M].北京:高等教育出版社,1997:165.
④ 孟华主.比较文学形象学[M].北京:北京大学出版社:2001:16.
⑤ 李勇.形象:想象的表意实践[J].天津社会科学,2012(4):91.
⑥ 杨乃乔.比较文学概论(第4版)[M].北京:北京大学出版社,2014:260.

古代广西流寓文人创作广西山水诗文的时候表现出了广西的意象。张超提炼出唐宋时期中原流寓广西文人在文学作品中创造的广西意象有6个意象群,分别是炎荒意象、瘴疠意象、山水意象、蛮夷意象、贬地意象、边防意象①,基本概括了古代广西文化意象。其中有些意象形成由来已久,可以追溯到《山海经》的时代,有些是在山水诗文里通过个体意象呈现出来,再经过传播形成了集体意象。广西山水诗文在创造和传播广西的意象上起到了很重要的作用,山水散文就是其中之一。历代大量的广西山水游记、笔记、日记不断地重复这些意象,并试图改变传说中的印象,塑造新的形象,使之从个体意象转变成了集体意象,渐渐为人认可和确认。唐以前,人们对广西的印象已经从《山海经》及一些史地著作中找到,唐以后,中原人更真实地踏上了广西土地,出现了更真切地现身说法的作品,既传承也改变了传说中的广西印象。"当很多中原人对广西的认识还停留在《山海经》的幻想和秦汉的荒蛮险恶印象里,唐宋时期的地域专著为中原人塑造和传达了一个相对客观的印象。"②其中影响较大的几部作品是莫休符《桂林风土记》、范成大《桂海虞衡志》、周去非《岭外代答》。《桂林风土记》使"阙然无闻"的桂林事迹为人熟悉;《桂海虞衡志》最为人熟记、成为经典的部分是对广西山水的特色的高度概括,是桂林山水形象传播的经典之作;《岭外代答》以书代答,从山水、风俗等方面全方位地塑造广西形象。

以下以山水形象为例来看广西山水散文对广西山水形象的塑造和传播。最具代表的是"桂林山水甲天下"的形象生成与传播。关于"桂林山水甲天下"最早的出处,20世纪80年代末才被发现刻于桂林独秀峰读书岩口处,出自南宋嘉泰年间广西提点刑狱王正功的《劝驾诗》。这首诗的石刻被钟乳石掩盖,被发现亦是晚近的事,其传播范围和影响大小可

---

① 张超. 此心安处是吾乡——唐宋时期中原流寓文人作品的广西意象[D]. 南宁:广西大学,2012:1.
② 张超. 此心安处是吾乡——唐宋时期中原流寓文人作品的广西意象[D]. 南宁:广西大学,2012:24.

想而知,但至少说明"桂林山水甲天下"至少在宋代已经为人所知。明清以来人们眼中"桂林山水甲天下"的形象的塑造者是《桂海虞衡志》,这一点在明清时期广西山水散文中也可见到,如王士性《五岳游草》之《桂海志续》云:

> 昔宋范成大帅粤,爱其土之山川,及移蜀犹不忘,忆而作《桂海虞衡志》,称其胜甲于天下。①

又如清代光绪年间桂林画家朱树德刻于桂林叠彩山的《桂林八景题记》中言:

> 石湖常评桂林山水甲天下,又非诸胜所能尽述也。②

日本学者户崎哲彦考证"桂林山水甲天下"出处时也说到此观点,他还认为,"桂林山水甲天下"并不一定是直接根据范成大的说法而来,而是源于柳宗元的《桂州裴中丞訾家洲亭记》③。

无论是柳宗元还是范成大,都是通过山水散文塑造和传播了广西山水美的形象,后世的山水散文也不断重复和传播这种形象。除此之外还有不少对于山水形象特点的概括:

> 桂州多灵山,发地峭竖,林立四野。④
> ——唐·柳宗元《桂州裴中丞訾家洲亭记》

---

① [明]王士性著,周振鹤编校.王士性地理书三种[M].五岳游草.桂海志续.上海:上海古籍出版社,1993:133.
② 杜海军.桂林石刻总集辑校(下)[M].北京:中华书局,2013:1193.
③ [日]户崎哲彦.唐代岭南文学与石刻考[M].北京:中华书局,2014:73.
④ [唐]柳宗元撰,尹占华、韩文奇校注.柳宗元集校注[M].北京:中华书局,2013:1785-1786.

> 桂之有山,潜灵亿年。拔地腾霄,戟列刀攒。①
>
> ——唐·李涉《南溪元岩铭并序》
>
> 桂林西郊多灵山,山多岩穴,韬奇竞秀,随处可喜。②
>
> ——宋·周刊《释迦寺碑》
>
> 桂之千峰,皆旁无延缘,悉自平地,崛然特立,玉笋瑶篸,森列无际,其怪且多如此,诚当为天下第一。③
>
> ——宋·范成大《桂海虞衡志·志岩洞》
>
> 淲桂皆山,淲桂皆水也。④
>
> ——明·邝露《赤雅·阳塘记》
>
> 大抵桂林之山,多穴,多窍,多耸拔,多剑穿虫啮。前无来龙,后无去踪,突然而起,戛然而止,西南无朋,东北丧偶,较他处山尤奇。⑤
>
> ——清·袁枚《游桂林诸山记》

因为近距离的接触,流寓文人笔下的广西山水形象基本是比较客观真实的。另外还有一些广西形象是虚构出来的,"是按照文化误读的类似形式在幻想中建构出来的"⑥。流寓文人在描绘广西山水时,也时常交织着奇闻逸事、神话传说,即是这种形象的代表,这种形象虽然并非真实,但这种充满神奇色彩的奇闻传说,亦真亦幻地塑造了广西形象,在自唐以来的广西笔记中表现最为突出,广西笔记中众多的神话传说传播了广西的神秘原始的形象。如莫休符《桂林风土记》中的《欧阳都护冢》对唐初安南都护普赞墓地的神化:风水先生说这块墓地有天子气,所以官

---

① [清]董浩,等.全唐文5[M].卷六九三.太原:山西教育出版社,2002:4196.
② [清]汪森编辑,黄盛陆等校点.粤西文载校点(第三册)[M].卷四十一.周刊.释迦寺碑.南宁:广西人民出版社,1990:208-209.
③ [宋]范成大著,胡起望、覃光广校注.桂海虞衡志辑佚校注[M].成都:四川民族出版社,1986:4.
④ [明]邝露著,蓝鸿恩考释.赤雅考释[M].南宁:广西民族出版社,1995:107.
⑤ [清]袁枚著,周本淳标校.小仓山房诗文集[M].上海:上海古籍出版社,1988:1794.
⑥ 叶舒宪.《山海经》与"文化他者"神话——形象学与人类学的分析[J].海南大学学报(社会科学版),1998(2):60.

府要将其绝断,但每次挖掘后又被填平,说是鬼兵所为。一日夜间鬼兵谈道只要有人"能以青布运土投江"就可以破解,正好被人听去,于是照做后果然成功,而这些土运到漓江就成了訾家洲。又如极具神秘性的左江沿岸广西先民古老而神奇的遗迹之作——花山岩画,神秘到国内文人连提及它都会有所忌讳。宋代李石在《续博物志》中言之为"鬼影",凡是行船而过的人都祭之不敢怠慢。明代张穆《异闻录》也说行船而过的人如果无所顾忌,指点岩画,或多嘴说它,就会患上疾病。明代最善张扬广西神秘形象的是《赤雅》,它绘声绘色地渲染了广西山水、风俗的神秘和原始,如头可以飞来飞去的"飞头獠",邝露还称自己是在石袍山涧中亲眼所见:

偶见二头,一食蟹,一食蚓。见人惊起,食蚓者尚衔蚓而飞,蚓长尺许,双耳习习,如飞鸟之使翼也。獠俗贱之,不与婚娶,欲绝其类。予按:占城有尸头蛮,本妇人,目无瞳子,飞头食童子粪,粪尽,童子辄死,妇目益明。堪与此獠为婚,一笑。①

文中所述确实荒诞和难以令人信服,所以有人说《赤雅》是"一伪丧百真",但这正是以作者心目中广西的形象来塑造的,以不真实或假意真实来表现出世人眼中的广西是神秘、荒僻和原始的。如叶舒宪先生所言:"传统的解读方略之所以对此类怪异形象一筹莫展,就因为总是把它们当成现实的东西,并试图从各种边远荒凉的地方找到它们的真实存在。此中虚与实之间的错位,幻想与理性之间的张力,使文化误读的结果更富有神秘性,在某种程度上适应了人们的好异猎奇心理。因此尽管时常受到正人君子们的否认和排斥,但仍然能够在文化传统中长盛不衰,为

---

① [明]邝露著,蓝鸿恩考释.赤雅考释[M].南宁:广西民族出版社,1995:42.

文学和幻觉提供基型。"①大概正是广西地域的荒僻和少数民族风俗的奇异迎合了世人的这些奇思妙想,古代广西山水散文中留下的这些印象又给了这些荒诞形象以生长的土壤。

三、古代广西山水散文与贬谪文化

贬谪是中国古代朝廷惩治官员的一种方式,是封建专制的产物,历史可追溯到尧舜时代。"在古代社会,大凡政有乖柱、怀奸挟情、贪黩乱法、心怀不轨而又不够五刑之量刑标准者,皆在贬谪之列。"②而这些量刑标准全在封建统治者的手中,因党派纷争、政见不同、直言进谏、品节持守等,封建时代的朝廷官员如同统治者的棋子,身不由己,极易成为被打击的对象,宦海沉浮并不鲜见。而中国古代的贬谪文化主要是负向贬谪的文化,即贬谪文化的创造者主体是负向贬谪之人,据尚永亮先生所言,负向贬谪是指好人被贬的情况,是一群不该贬,反而应该提升的官员遭到政治打击的情况,如大量正道直行、疾恶如仇、直言敢谏、勇于革新的士人成为牺牲品③。但也正是因为有这样一群人格品行高尚、有气节有才华的贬官才树立了古代贬谪文化的正能量。既是要惩罚,必然是将其驱逐到地域偏远、环境恶劣、文化落后的地方,使其自由被剥夺、精神被摧残,所以贬谪是一种被动的流寓形式。贬谪文化是发生在荒远、边境的贬谪地的文化,是中心与边缘在地域和思想上碰撞后形成的文化。

贬谪文化是中国流寓文化中最特殊、最耀眼的一部分,同时也是对山水文学影响最大的一部分。贬谪文化较集中地表现在贬谪文学上,古代的山水文学的发展与文人的贬谪脱不离干系。刘勰《文心雕龙·物

---

① 叶舒宪.《山海经》与"文化他者"神话——形象学与人类学的分析[J].海南大学学报(社会科学版),1998(2):60.
② 尚永亮.贬谪文化与贬谪文学——以中唐元和五大诗人之贬及其创作为中心[J].兰州:兰州大学出版社,2003:1.
③ 尚永亮.贬谪文化与贬谪文学——以中唐元和五大诗人之贬及其创作为中心[J].兰州:兰州大学出版社,2003:2-3.

色》是针对晋宋以后流行的山水诗的一些问题而提出的山水文学创作的要旨,其中有"然屈平所以能洞监风骚之情者,抑亦江山之助乎",提出了"江山之助"的命题,为后世不断阐发,"江山之助"中的"江山"一般理解为自然山水,即楚国的山水对屈原的帮助。也有人认为"江山"的本义是指荒凉少人烟之处,是被放逐的意思①,理解为被放逐的悲怨情感酝酿出了不朽之作。若刘勰"江山"本义能被这样理解,贬谪对士人的精神的折磨和重塑、贬谪与山水文学的关系是确有其事的。被称为山水诗之祖的谢灵运,他的山水诗也是在左迁永嘉后得以成就的,在纵情山水中获取精神慰藉。中国古代山水游记的成熟之作是柳宗元被贬谪之后的山水散文,即是贬谪文学。"积极地以山水景观为体裁的文学始于'行客、逐臣',其中起了重要作用的不是隐士之回归自然,而是官僚被放逐地方的贬谪事件。"②贬谪文学中深重的生命忧患和对不能理解之命运的顺应与超越,体现了中国传统美学中的悲态之美,带给人们强烈的美感。贬谪群体的集体心理意识、贬谪的精神滋养了文学情感,并借山水得以释放,其结果是以柳宗元游记为代表的山水散文形式得以大放光彩,源源不断地影响后世。

唐晓涛发表了有关广西唐代贬谪官员的系列论文,认为除了《新唐书》《旧唐书》《资治通鉴》中提到的责授、左授官外,还应该根据当时的社会判断标准和官员的实际处境放宽贬官的标准,并说到了人们常忽视的一种贬官,即五品或更低品级的京官调任高品的地方官,这在当时应被视为贬谪的一种③。在唐人看来,在边远地区任地方官也是种耻辱,即便是品级升高,都会怀有穷途失意的感觉。最典型的是柳宗元,柳宗元因为是王叔文集团成员,在宪宗即位后受牵连,先为邵州刺史,再贬永州司

---

① 汪春泓. 关于《文心雕龙》"江山之助"的本义[J]. 文学评论,2003(3):137.
② 〔日〕户崎哲彦. 唐代岭南文学与石刻考[M]. 北京:中华书局,2014:2.
③ 唐晓涛. 唐代桂管地区贬官人数考析[J]. 学术论坛,2003(2):108-109.

马,在永州期间以为自己不久即能回京,但10年的贬谪渐渐消磨了希望。元和十年(815)被召回京,柳宗元以为又可展宏图,不想一盆冷水再浇下来,皇帝将其例移为柳州刺史,官职虽然高于永州司马,但地方更偏远,几近绝望。又如唐代李渤,"孤贞力行,操尚不苟合",不愿趋炎附势的他在宝历元年(825)因直谏得罪宦官,被调任桂州刺史。因此他们在广西虽然是地方长官,但耻辱之心伴随左右,贬官心态显现,应视为贬官。根据这样宽泛的贬官标准,仅唐代广西的贬官人数已达103人,桂管的贬官占了大部分。① 可推论,历代广西的贬官应该超过这些文献统计的数量。历代贬谪广西的官员与广西地域文化融合创造了广西贬谪文化,以贬谪文学的形式表现出来,他们在与山水的交往中释放精神,创作出了贬谪文学,贬谪文学的精神体现了中国文人对儒、释、道的融汇,儒家的坚守、道家的超脱、禅宗的圆融在贬谪文学中表露无遗。

  从现有文献看,广西的贬谪文学自唐代开始,大批贬谪广西的罪臣犯官以山水诗文抒写情感。就山水散文而言,数量不算多,宋之问、于邵、李渤、柳宗元等人留下了山水散文。唐初宋之问的山水散文表现出落荒而逃的焦躁、对贬所的厌恶,对广西山水自然是无丝毫感情可言。于邵贬为桂州长史,散文创作多是宴游饯别场合的序文,写山水亦不见广西特色。李渤任桂州刺史期间的苦闷心情在山水中得到抚慰,其开发桂林南溪山、隐山的行为表现出中国文人的"达则兼济天下,穷则独善其身",以及出世、入世的矛盾与释怀。纵情山水也从侧面体现贬谪文化精神中的超越意识,即"主体在历经磨难后承受忧患、理解忧患并最终超于忧患以获得自由人格的一种努力。贬谪士人虽身处逆境,却能不为所累,超然物外,与世无争,在精神上达到一种无所挂碍的境界"②。比较遗

---

① 唐晓涛.唐代桂管地区贬官人数考析[J].学术论坛,2003(2):112.
② 尚永亮.贬谪文化与贬谪文学——以中唐元和五大诗人之贬及其创作为中心[M].兰州:兰州大学出版社,2003:8.

憾的是,为山水游记确立了体例,并将这种贬谪文化的超越意识与山水文学结合得最完美的柳宗元在广西的山水散文创作也不多,且这些创作名气远在永州诸记之下。在《柳宗元集》"记山水"篇目中收入的11篇山水游记,有9篇是其在永州任司马时所作,也是最为人称道的柳宗元游记作品,是游记崭新风格的开篇之作,被看成游记的千古名篇,从贬谪的耻辱感到对环境的顺应,再到对自我精神的超越,永州游记是柳宗元借山水休憩贬谪心灵的场所。而到柳州刺史阶段,柳宗元应该是绝望了,把身体余热献给了荒僻落后的柳州,情感越来越内敛而深刻,创作的山水散文很少,仅《柳州东亭记》《柳州山水近治可游者记》《桂州裴中丞作訾家洲亭记》,可看作柳宗元贬谪山水文学的后期作品,特别是《柳州山水近治可游者记》为柳宗元此期贬谪山水文学的代表,全篇没有一个字的议论和抒情,全然没有永州游记中的情感的渲染,心里的感受全部隐藏起来了,此时再看山水,不带半点个人色彩,又是更高一个层次了。

  宋代的贬谪文人主要是因北宋新旧党争大批流入岭南的元祐党人,元祐党人被贬谪所受的痛苦在唐代贬谪官员之上,他们在贬所被地方官员严格监管,身心极不自由,又因文字狱迫害,文亦不敢作。北宋因列入元祐党籍贬入广西的有邹浩、黄庭坚、秦观等,其中邹浩、黄庭坚有关于广西山水的散文传世。邹浩羁管昭州,除了心灵上的折磨外,他在昭州应该过得还可以,虽然是犯官,但受到当地地方官的礼待。其多篇昭州山水散文创作体现了在昭州苦中作乐,既有表现顺应和超越的理趣,也有表现随时等待明君出现召唤他回去的心情。相比而言黄庭坚羁管宜州没有邹浩幸运,崇宁四年(1105)年初以前他是被严格看管的,居无定所、行动不自由、生活窘迫,在其兄黄元明来看望他之后才慢慢好转。远在宜州,举目无亲、处境险恶的情形之下,兄弟朋友情谊成了黄庭坚广西山水散文中常表达的情感。无论是《游龙水城南帖》,还是《宜州乙酉家乘》,多是表达黄庭坚贬谪宜州之后与兄弟、友人游山玩水的乐趣,以及表达兄弟之情和朋友之情。

至明代广西依然是中央朝廷贬谪官员的地方,明代贬谪广西的大多是言官,因谏言被贬①。这些直言进谏的言官有不畏权贵、敢于与恶势力作斗争的精神和高尚的品质,得以名垂青史。其中在广西与山水相对,创作多篇山水贬谪文学的有董传策、吴时来,董传策有散文集《奇游漫记》,吴时来有诗文集《横槎集》,都有不少写广西山水的散文。董传策和吴时来都是因弹劾严嵩而导致贬谪,一个贬入南宁、一个贬入横州,在广西居留时间长达10年。面对贬谪的困顿,他们时常结伴徜徉广西山水之间,董传策与南宁青秀山,吴时来与横州山水结下了深厚的感情。如吴时来《得山亭记》中,他在横州乌石山建好了得山亭,与众人对话:

> 二三子曰:"兹山得先生以著,先生何山之得也?"曰:"山得于我乎?我与山两亡之矣。第余羁旅人也,方其思南陔望北斗也,不缪然以悲乎?孰与我洒然以陶乎?日其融乎?风其恬乎?层霞与山光荡吾胸乎?浩月与江练澄泆乎?朝乎夕乎?不知岁之暮乎?将终身乎?时而烹茶,时而携樽罍而笑傲醉卧,二三子周旋于斯乎?群居乎?独处乎?先乎后乎?日至不为数,或月至不为疏,随起所之于山取足。方吴之未得兹山也,风景不殊,判然于我不相属也。自吾之得兹山也,将盘桓而日饮食焉。昔人振衣千仞冈,今以一卷石配之矣。何莫非山之得也。"②

可见作者与这座山朝夕相处,山之景色涤荡作者的心胸,让其超然物外,山与人已经合二为一,不在乎谁得谁,谁因谁而著了。作者是在山

---

① 张永刚.明中后期贬谪官宦与广西文化[J].河池学院学报,2008(6):82.
② 杨东甫.八桂千年游——古代广西旅游文学作品荟萃[M].南宁:广西人民出版社,2005:370-377.

水之中寻找到了心灵慰藉,超越人生悲苦喜乐,展现了平静旷达的平和心态,体现了贬谪文学的超越意识。在其山水文学作品中除了体现了贬谪文学的超越意识外,还体现了执著意识。所谓执著意识是指"主体对道德人格理想的执著追求,对外来压抑和人世忧患的顽强抗争,换言之,贬谪士人虽身处逆境,饱经磨难,却仍然持守着昔日的信念"①。而明代的贬谪文学中体现的这种执著意识又与屈原不同,抒发忧愤不多,从诗文中能感受到的是平和的气息。受儒家文化的影响,吴时来的执著意识体现在对"修身齐家治国平天下"的道德理想的执著追随,把贬谪生活当成涵养浩然之气的经历,修身养性以待,坚守节操,保持着对君主的忠诚,如他在文章中提到的"思南陔望北斗"就体现了对帝王的忠心、"身处瘴乡,心悬魏阙"的情怀。

总之,贬谪文学之所以感人,是因为其中体现了贬谪精神,这种精神是贬谪者执著意识与超越意识的结合,贬谪者因彰显悲态之美而获得了心灵的平衡,广西山水散文中的有关贬谪的篇章亦是体现了这种精神,加深了文章的深度和文学性。

第三节 古代广西山水散文与边境文化

一、中越边界的历史与广西边境文化

广西是中越边境的辐射区,从越南国家的历史看,与中国的边界处于变化之中,秦始皇统一岭南后所设三郡中的"象郡"的南端即在越南中部以南②,东汉曾属南越国,汉武帝平定南越国后,设九郡,其中交趾、九

---

① 尚永亮.贬谪文化与贬谪文学——以中唐元和五大诗人之贬及其创作为中心[M].兰州:兰州大学出版社,2003:7.
② 钱宗范.秦汉象郡位置新释[J].广西社会科学,1999(2):85.

真、日南三郡郡治在越南北部及中北部,又设交趾刺史部,三国两晋时期在这三郡基础上又曾设交趾、新昌、武平、九真、九德、日南六郡,南北朝时期略有变动,刘宋时期,交州八郡中交趾、武平、九真、九德、日南、义昌、宋平为越南境内。唐初设交州总管府,后改交州都督府,唐高宗调露元年(679)改交州都督府为安南都护府,安南由此而来。这一段历史是越南的北属时期,汉代光武帝镇压交趾叛乱,派马援征战交趾,就显示出了交趾的动荡和不安定的因素。唐亡后安南远离中心,统治者也无暇顾及,五代十国的动荡年代,越南建立自主封建国家,968年,建立"大瞿越国",宋王朝对其封王,自此越南与中国历代王朝保持了"藩属"关系。所以越南最早是归于中国的版图之内,至宋代才独立出去。越南独立后,才有了两国的边界,"中越传统习惯边界是在秦朝至唐代中国对今越南北部和中部地区行政建置的基础之上,历经五代十国时期的割据争夺,终在十世纪中叶初步确立形成的"①。自此,中越疆界纷争不断,宋元丰七年(1084)宋神宗下诏书确定与安南的边界,基本确定了日后中越疆界的走向。

越南独立后广西成为中国中央朝廷与越南关系的缓冲区。广西与越南相邻,从地理位置上看,广西"东达湘水,南控交趾,西接滇乾,北越五岭","自南宁府南及太平府、镇安府、思明府以及思陵州、龙州、凭祥州之西境、南境皆与交趾接界"②。虽然只有西南与越南接壤,但历代中央朝廷对越南的控制布局几乎都将整个广西考虑在内。在属于传统国家阶段的中国古代,国家的控制力集中在城市,通过对广西的几个重要城市的防守来控制越南。《读史方舆纪要》言及广西主要城市地位的重要性:"广西在五岭西偏,襟带三江,堤封甚广,然而外迫交趾,内患猺獞诸土司之顽梗,又数数见也。桂林以密迩湖南,声援易达,故藩司设焉。而

---

① 彭巧红.中越历代疆界变迁与中法越南勘界问题研究[D].厦门:厦门大学,2006:15.
② [清]顾祖禹.读史方舆纪要[M].卷一百六.北京:商务印书馆,1937:4353.

平乐以东,实为东粤之肘腋,疆壤向错,祸患是均,非可东西限也。梧州据三江之口,联络东西,控扼夷夏,故特设重臣,为安攘之要策。而柳庆接壤黔中,有右江为通道,田泗比邻滇服,有左江以为启途,一旦有事,皆未可泄泄视也。南宁控扼两江,坐临交趾,粤西保障,端在是焉。"①

另外廉州、钦州②与越南海道相连,是中越古代海上交通要道,是从海上控制越南的要地。特别是廉州在宋以前为交广海路中最重要的出海口。合浦在汉代就是海上丝绸之路的起点,三国两晋时期以广州、合浦为出海口的交广海路被频繁利用,是两广入交的枢纽,内地各政权对交州的争夺常以合浦为据点。唐代廉州是中原至安南的所经地。③ 宋元时期交广海路亦繁荣,廉州、钦州出海口被频繁使用,特别是钦州海路更为兴盛,它是与安南海陆皆相连的州,道路便捷,是使节往来的交通要道,元代为军事用道,明清后经钦州、廉州的广越海路也十分繁荣④。明清时期为保障边疆安全与稳定,中央朝廷在与安南接壤的南宁府、太平府、思明府、镇安府、思恩府、廉州府(时属广东)更是加强防范,对与安南更接近的宁明、凭祥、龙州等边境城镇加强戍守力度。

广西边境是中越边界线辐射的一片区域,覆盖了广西主要城市,而在古代中国广西也一直被看作是边陲、边疆之地。广西边境文化主要体现在边境军事、边境交通、边境民族关系等方面。边境地区是兵家争夺激烈之地,军事部署和驻防遍及广西主要的城市,形成了独特的边境军事文化。由于军事和两国使者进出、商旅来往的需要,中越边境交通逐渐形成网络,形成了边境交通文化。交通的顺畅加强了边民的往来和贸易,也增进了中越边境民族融合和文化交流。

---

① [清] 顾祖禹. 读史方舆纪要[M]. 卷一百六. 北京:商务印书馆,1937:4366.
② 廉州、钦州的行政归属历代不同,按照现今广西壮族自治区行政区划将之归于广西。
③ 张金莲. 发展与变迁:古代中越水路交通研究[D]. 广州:暨南大学,2006:18、23.
④ 张金莲. 发展与变迁:古代中越水路交通研究[D]. 广州:暨南大学,2006:50-61、104.

二、古代广西山水散文中的边境军事文化

广西边境军事文化中最显著的关键词是伏波将军马援、铜柱。东汉建武十七年(41),时属东汉的交趾郡征侧、征贰姐妹因与太守孙定不和,起兵造反,九真、日南、合浦郡蛮夷部落响应,岭南多地被占领,征侧自立为王,一时掀起轩然大波,南疆受到了威胁。次年,汉光武帝命马援、段志等人率军队征战交趾。马援神武英勇,彻底击溃敌军,降服万人,乘胜追击,平定了岭南地区。建武二十年(44),稳定了岭南秩序后马援凯旋回朝。马援进入交趾的路线文献中无明确记载,但从广西广泛流传的伏波将军马援的传说、遗迹,可以推断马援大军自桂林漓江下梧州,马援与段志楼船军分两道而进,马援军队取道邕州、龙州,段志楼船军取道容州。[①] 马援传说、伏波庙至今还存在于广西各地的民间,可见当时的影响之大。其中马援征战交趾得胜后在边界树立两根铜柱作为汉代中国的疆界标志的传说也广泛流传。李贤注《后汉书·马援传》引晋顾微《广州记》云:"援到交趾,立铜柱,为汉之极界。"《后汉书·马援传》没有记载立铜柱一事,只有"于交趾得骆越铜鼓,乃铸为马式,还上之。"[②]所以方国瑜认为马援立铜柱为汉界是铸铜鼓的误传[③]。因为是传说,铜柱立在哪也是众说纷纭,如《岭外代答》"古迹门"记载了铜柱在中越之间多处地方都有传说,却是"未知孰是"。可见铜柱及其传说在中越边境地区广泛存在,铜柱在中越边境地区的复制现象也颇为普遍,因此它在何处已不重要,重要的是在中越边境地区铜柱作为一种边防意象的存在,如同遍布广西的伏波庙,或是纪念之用,或是祭祀之用,或是通过马援的威严而树立信心达到边防的效果。这个具有边防意味的传说随即被写成文字,就

[①] 徐松石. 粤江流域人民史[M]. 上海:上海书店,1990:182.
[②] [南朝宋] 范晔. 后汉书[M]. 卷二十四. 马援列传. 北京:中华书局,2007:253.
[③] 方国瑜. 中国西南历史地理考释(上)[M]. 北京:中华书局,1987:522.

是广西边境军事文化的体现。铜柱成为广西山水诗中普遍使用的边防意象,在山水散文中也有体现,如宋代祝穆《方舆胜览》记邕州古迹:

> 铜柱,汉伏波将军马援征蛮,立柱界上。又唐马总为安南都护,獠夷安之,建二铜柱于汉故处,镌著唐德,以明伏波之裔,故今左、右江各有其一。又其一在钦州蛮界,其刻云:"铜柱折,交人灭"。至今交人来往,累碎石于下不绝。①

与《岭外代答》所说相似,但其铜柱有三根。魏濬《西事珥》标明两铜柱的位置:

> 伏波铜柱有二:一在凭祥州,属思明府南界;一在钦州,分茅岭则交阯东界也。②

《赤雅》也有"马林铜柱":

> 伏波铜柱,一在凭祥州,思明府南界,一在钦州分茆岭交趾东界,马文渊又于林邑北岸,立三铜柱为海界。林邑南,立五铜柱为山界。唐马总安南都护,建二铜柱于汉故地。五代马希范平蛮,立二铜柱于溪州。何铜柱之多,皆出于马氏也。③

魏濬《峤南琐记》记载的铜柱来源、传说、位置从考证出发更为详尽。《粤述》《粤西偶记》对铜柱亦有记载。无论马援立铜柱是否真有其事,它

---

① [宋]祝穆撰,祝洙增订,施和金点校.方舆胜览[M].北京:中华书局,2003:710.
② 四库全书存目丛书编纂委员会.四库全书存目丛书 史部 第247册[M].济南:齐鲁书社,1996:754.
③ [明]邝露著,蓝鸿恩考释.赤雅考释[M].南宁:广西民族出版社,1995:174.

作为一种彰显军功、确定疆界的意象,带有明显的边境军事文化意味。这个象征意象一直为后世统治者用于控制西南地区,强化西南边疆地区的国家认同,在边境告急时对军民也起到了激励作用。除此之外,"伏波铜鼓""铜鼓沉江"之事在广西山水散文中也有表现,伏波传说、伏波信仰更是在中越边境遍地开花。

清代加强了边境的驻防,特别是与越南接壤的南宁府、太平府、镇安府设防更为严密。清代广西境内的军事防守设施有塘铺、塘汛。"塘"本是政府递送公文文书、传递情报的机构,类似驿站,也有防守功能,常以"塘铺"并称。"铺"小于"塘","塘"小于"汛","塘汛是清兵制中最基层单位,塘是汛管辖下的半军事组织,每汛管辖几个乃至十几个塘"①。清代"布置军事网,设汛塘关哨","设置汛塘关哨,分兵守戍,以汛为大,委千总、把总领之,分管塘哨关卡"②。总之"塘汛"既是驿站关卡,又是军队驻防的地方。清代各省塘汛林立,也有观察敌情、传递军情的军事作用。清代越南燕行文中就有不少描述塘汛的,当时越南燕行使者对广西边境有军事价值的塘汛记得十分详细。比如道光二十一年(1841)越南使臣李文馥出使中国,作《使程志略草》记载行程,其中对塘汛格外关注:

> 按内地塘法,每十里或十五里、二十里,设一塘,许塘兵六七驻守。塘各设两柱为门,横书其塘等字。旁设火烟墩,以备警报。广西一辖塘设火墩三,湖广河南以内,塘设火墩五。道光初,又增设上下汛,或五里或十里,加置卡兵驻守。每见使部与长送兵到,则塘兵或卡兵鸣锣发炮,跪于道旁候接。水陆程途皆然。每所设塘或汛,旗书"盘缉奸盗"。③

---

① 冯智.清代治藏军事研究[M].昆明:云南民族出版社,2007:276.
② 方国瑜.中国西南历史地理考释[M].北京:中华书局,1987:1233-1234.
③ 中国复旦大学文史研究院,越南汉喃研究院.越南汉文燕行文献集(越南所藏编)第15册[M].上海:复旦大学出版社,2010:14-15.

道光二十九年(1849)出使中国的阮文超,途中写《如燕译程奏草》,其中特别关注广西的险要之地,更有《汛塘烽燧》一篇描绘了清代的塘汛,说自广西到直隶的塘汛的军事防御"颇为严慎"。

清代广西境内边防工程主要有"三关"和"二连城"。清光绪十一年(1885),中法战争中法军将镇南关上的防御设施炸毁,广西提督兼边防督办苏元春主持修复,筑了一条长1 000多米的关城,又在龙州水口关附近修筑炮台和营垒,在平而关建秀龙岭炮台、平公岭镇左炮台、镇右炮台,筑地下长城连接二炮台。在镇南关的石刻中,有关于此的散文有光绪二十一年(1895)唐蔚清《镇北台记》和郑标《镇中台记》《题镇南台记》。唐蔚清《镇北台记》写了镇南关地势险要,并突出了镇北台的重要地位:

> 镇南关右山高可插天,旧曰梅梨岭,今名石山顶,俯瞰越疆,形势了然。苏帅凭临喜甚,慨然有长城之寄,因以兹山创立炮台者三:曰镇中、镇南、镇北,命文游戎上贵董之,而以镇北一台委饶游戎占彪督其役,阅四寒暑讫事。①

郑标在《题镇南台记》中记录了修建镇南关炮台的经过。

苏元春还依据中越边境凭祥、龙州等的地势、山势建了大、小连城。大连城位于凭祥,是当时规模宏大、布局严谨的军事防御工程,也是广西边防指挥中心屯兵、练兵要塞。大连城周围高山环绕,苏元春在周围山头上筑造8座炮台,十分壮观。炮台间以石垒砌成,墙体中间为巷道,如长城。主峰半山腰上的白玉洞亦成为苏元春的养心处和军事指挥部。小连城位于龙州,规模较大连城稍小,故名。在主峰、左右山峰设炮台5座,左当镇南关孔道,右控水口关隘口,炮台之间连接城墙,建兵房、弹药

---

① 重庆市博物馆.中国西南地区历代石刻汇编(第八册)[M].天津:天津古籍出版社,1998:28.

库等设施。主峰的龙元洞为苏元春谈兵场所。大小连城绵亘180多里，连成一体成为中越边防的铜墙铁壁。在大连城白玉洞的摩崖石刻中记载了苏元春开辟大连城之事，如光绪十三年(1887)李星科《白玉洞记》、光绪十四年(1888)任玉森《连城玉洞丹砂记》，光绪十五年(1889)马盛治《游连城白玉洞记》、关骏杰《大连城记》，光绪末年萧贻龙《白玉洞记》、佚名《大连城白玉洞奇观》，光绪二十五年(1899)何樱辰《题小连城并序》。大连城的白玉洞既是可赏的景观又是军机要地，李星科《白玉洞记》写苏元春将这个"荒檄之奥区"进行景观改造和边防建设：

> 光绪乙酉，督师苏公奉朝廷命筹防边檄，辟连城，建行署。署后杳冈复岭，扪萝而上，方千数百武步，别有洞天，名曰玉洞，曩为士人赛神处也。地本邃荒，轮蹄罕至。兵燹以后，蛮烟深锁，丛莽塞门，人迹尤少。公独性耽泉石，披荆剪棘，蹩躄攀跻，留恋不已。……而西抠衣委蛇而入，豁然轩爽，窈奥穹窿，可建十仞之旗，可屯千军之灶。①

白玉洞不仅景色绝佳，还可以用以屯兵。任玉森《连城玉洞丹砂记》、马盛治《游连城白玉洞记》也在赞美山川形胜的同时歌颂了苏元春驻节连城、增修壁垒的功绩。

三、古代广西山水散文与边境交通

军事与交通联系密切，如塘汛、关隘既是军事设施也是交通设施，因为军事的需要，交通得到发展，也方便了中越人民的往来。中越边境的交通始于秦始皇时期秦国与越人的首次大战。② 在交通设施中运河起到

---

① 广西壮族自治区凭祥市大连城白玉洞摩崖石刻.
② 黎正甫.古代中国与交趾之交通[J].东方杂志,40(2),1944.

过很大的作用,灵渠就是其一。灵渠对于运送秦军粮草起到了重要作用,是秦始皇征服岭南的重要的交通设施。灵渠沟通珠江水系与长江水系,也成了中原入岭南水路的重要通道。灵渠在秦朝至清朝的漫长历史中经历了河道淤塞、荒废,清代《行水金鉴》称兴安灵渠"向系五年大修,三年小修"①,不修则舟楫难行。历代不断对灵渠进行维修,马援征交趾经灵渠时可能曾修复过灵渠,《桂林风土记》中记载了马援于灵渠开川浚济的传说,《新唐书·李渤传》有"马援讨征侧,复治以通馈"②的说法。唐代灵渠的两次重要维修是宝历年间李渤的修复和咸通年间鱼孟威的修复。北宋李师中、南宋李浩、元代乜儿吉尼、明代严震直也主持过重修灵渠。清代灵渠也是中原通往岭南、越南的水路交通要道。清代康、雍、乾三朝对灵渠的维修是历代中最频繁的,清代为了维护广西军事驻防秩序,同时也为了促进经济发展,广西任职的官员多次修复灵渠③,康熙二十四年(1685)广西巡抚范承勋,康熙三十七年(1698)两广总督石琳,康熙五十三年(1714)广西巡抚陈元龙,雍正八年(1730)广西总督鄂尔泰、广西巡抚金铁,乾隆十九年(1754)两广总督杨应琚都主持过灵渠的维修,另外嘉庆五年(1800)广西巡抚谢昆启、道光十三年(1833)兴安知县张运昭、光绪十一年(1885)广西巡抚李秉衡对灵渠的补修和防护也做出了贡献。

广西山水散文中有不少维修灵渠的篇章,如唐代鱼孟威《桂州重修灵渠记》,清代范承勋《重修灵渠碑记》、俞品《重修龙王庙伏波祠碑记》、陈元龙《重建灵渠石堤陡门记》《灵渠凿石开滩记》、蒋瓒《重修陡河记》、鄂昌《重修龙王庙碑记》、杨仲兴《重修分水龙王庙碑记》、梁奇通《重修兴安陡河碑记》、杨应琚《修复陡河碑记》、赵慎畛《重修陡河记》、陈凤楼《重

---

① [清]傅泽洪辑录.行水金鉴(第6册)[M].卷一百二十四.北京:商务印书馆,1937:1801.
② [宋]欧阳修,[宋]宋祁.新唐书(第14册)[M].卷一百一十八.北京:中华书局,1975:4286.
③ 赵越.八旗驻防与清代广西边疆社会发展研究[D].桂林:广西师范大学,2013:36.

修兴安陡河碑记》等。明清时期,灵渠是中越使节互通往来的必经之路,是越南使臣进京贡道的重要节点之一。明代永乐四年(1406)黄福出使安南,途经灵渠,其《奉使安南水程日记》中有对灵渠的描绘:

> 二十三日早,至城南驿,驿隶全州。是日申末,至白云驿,驿隶属桂林府兴安县。县去驿半里许。驿之南北,设陡三十六所。驿以北陡十,水流而北;驿以南陡二十六,水流而南。每处设军二人守之,船过则放闸。①

当时中越关系紧张,正值明成祖讨伐安南的时期,灵渠陡门亦严密设防。到了清代,越南使臣进京必途经灵渠,几乎都在其行记中记载了灵渠。清代越南使臣阮辉㷍的《奉使燕京总歌并日记》描写了灵渠三十六陡七十二湾曲折迂回、盘旋屈曲。道光年间出使中国的越南使臣潘辉注在其《䌽轩丛笔》中较详细地描写了灵渠,除了写灵渠水路迂折外,还写出灵渠地位的重要性,对灵渠的开凿和修复大加赞赏:

> 灵渠为楚粤咽喉要路,长沙、衡、永诸州粟米,由此以达漓江,而粤西一境,始资其利,兼之安富。船只络绎不绝,行盐办饷,国课攸关,总赖此一浅河身,以为通运之地。觉昔人通渠功利,固不自小。经汉迄明,历代叠加修治。岸上有灵济祠,记诸有功于渠者。清雍正间,修复,功未完固。乾隆二十年,两广总督兵部尚书杨应琚再加修理,有碑刻在祠内,文亦奥劲。②

---

① [清]汪森编辑,黄振中、吴中任、梁超然校注.粤西丛载校注(上)[M].卷三.入粤纪程.黄福.奉使安南水程日记.南宁:广西民族出版社,2007:105-106.
② 中国复旦大学文史研究院、越南汉喃研究院.越南汉文燕行文献集(越南所藏编)第11册[M].上海:复旦大学出版社,2010:40-41.

道光年间出使中国的阮文超作行记《如燕译程奏草》,其中"临源分水"介绍了灵渠的概况和历史。同治年间越南使臣阮思僩的《燕轺笔录》记录了冬天灵渠水干涸不便通行的状态。

在通往古代越南的海路交通中,以廉州(今合浦)为出海口的海路交通曾经十分繁荣,廉州南下泛海至安南,北上溯南流江、渡北流江、入藤江,至梧州,沿漓江入中原。廉州海路中有十分险要的地方,如周去非《岭外代答》"地理门"之"象鼻砂":

> 钦廉海中有砂碛,长数百里,在钦境乌雷庙前,直入大海,形若象鼻,故以得名。是砂也,隐在波中,深不数尺,海舶遇之辄碎。……至于钦廉之西南,海多巨石,尤为难行,观钦之象鼻,其端倪已见矣。①

对海域险要之处的治理是唐代元和初年安南都护张舟的"刳连乌"②,但成效甚小。唐代咸通年间南诏国入侵交趾,节度使高骈驻廉州收复交趾,在南流江北戍滩这一段发现"险不可行",且有巨石伏在其中,为了航行安全和缩短进入交趾的航程,于是开凿了"天威径",使舟楫可以顺利通行,解决了海运粮饷的问题,也方便了交广海路交通,成为一条黄金水道。天威径大概是今广西防城港的潭蓬运河,在当地也叫"天威遥",周去非《岭外代答》"地理门"有"天威遥"记录了一段唐人所写的《天威遥碑》。

驿站是古代主要的交通设施,从唐代开始广西至安南的驿站形成了交通网络,宋代曾公亮编的《武经总要前集》卷二十一"广南西路"中记载了唐代自邕州到交趾陆行有二十驿。明代广西驿站是对外陆路交通的

---

① [宋]周去非著,杨武泉校注.岭外代答校注[M].卷六.地理门.北京:中华书局,2012:37-38.
② 张金莲.发展与变迁:古代中越水路交通研究[D].广州:暨南大学,2006:26.

主干,这些驿站又多与军事防御相结合。有马驿和水驿,"水驿五十三,为里四千四百六十。水马驿六十四,为里四千二百六十五"①。据明代黄汴《一统路程图记》,明代自广西入安南,走桂林府、梧州府、南宁府、太平府的水路路线,水驿有南亭驿、古柞驿、昭潭驿、广运驿、昭平驿、龙门驿、龙江驿、藤江驿、黄丹驿、乌江驿、府门驿、东津驿、怀泽驿、香江驿、乌蛮驿、州门驿、火烟驿、永淳驿、黄范驿、建武驿、大滩驿、陇茗驿、驮朴驿、左江驿、镫勒驿、明江驿②。明代黄福出使安南,从南京出发,溯长江进入洞庭湖,再沿着湘江,过灵渠入漓江,在广西段大多为水路,至崇左驮卢镇后有一段陆路到凭祥。他的《奉使安南水程日记》详细记录了从桂林至安南所经过的水驿,与此基本吻合。清代广西驿站较明代有所减少,但增设了塘铺,保障道路畅通和公文传递。清代越南使臣出使中国的行记中都以塘为主要节点。

边境交通的重要节点是关隘,其中凭祥镇南关为明清时期官方指定进出境的关口。在清代越南使臣的燕行日记中几乎都有关于镇南关的描写及出入境中国的情形。阮辉㷽《奉使燕京总歌并日记》写镇南关:

> 南关两边,倚长山为城,因山脚石中通一路,砌关门,屋其上,外扁题"镇南关",内扁题"柔怀南服"。此处有塘汛兵,名"关南隘",前立三火墩。③

阮文超《如燕译程奏草》首篇《南关山路》写镇南关及附近的景物:

---

① 明太祖实录(第5册)[M].卷二百三十四.洪武二十七年八月庚申.台北:台湾"中研院"历史语言研究所影印,1962:3425-3426.
② [明]黄汴撰,杨正泰校注.一统路程图记[M].杨正泰.明代驿站考(增订本).附录.上海:上海古籍出版社,2006:227-228.
③ 中国复旦大学文史研究院,越南汉喃研究院.越南汉文燕行文献集(越南所藏编)第5册[M].上海:复旦大学出版社,2010:28.

北以凭祥,南以文渊为界。东沿土山,西沿石山,横砌城长百丈有零,及山半中为门,两片封锁门。土上起楼,两边有台,以迎接国书,曰昭德,曰仰德。平日关报文书,由油村隘(北曰由隘,两边有兵守)。南北有遣使,乃由关。当关一路,外四面岩崖盘亘,一望弥天。自我者,台榭修,道途治;自北者,台址荒凉,纡途灌莽,乱石偃仰。过关十里抵幕府。瘴雾岚云,埋山接地。又百十里抵明江。东西山势回环而去,中间凭祥土州、上石西州,山阪上下,隔水成湖,溪壑洞深,松林引路,直接宁明城。①

李文馥《使程志略草》详细记录了出镇南关的场景：

昼时,内地官设祭关门之神,放炮开关。使部并候命官、谅按官,各具大朝品服,逢迎国书,扈随龙亭。……内地官员分班侍立,仪卫整肃。使部与候命官、谅省官趋庭行三跪九叩礼。……遂与候命官、谅省官作揖为别,率行随人员,饬扒箱台过关。内地换扒辆夫、抬夫进行,放炮过关。初抵关时,两国官兵各于关傍山上,张旗执钺,两相对,凡三四百夫。关既闭,各虚放鸟枪为别,例也。时南北民人观者如堵,其从来未见像象形者,尤聚观焉。②

古代广西山水散文还显现出了古代中国从广西通往外国的交通路径。如《岭外代答·外国门上·安南国》写了当时越南与中国的边境情况及从广西进入安南国的交通路径,其中说到安南国永安州与钦州为境,苏州、茂州与邕管为境,从安南走海路可以到达钦廉,舟行一日便可

---

① 中国复旦大学文史研究院,越南汉喃研究院.越南汉文燕行文献集(越南所藏编)第17册[M].上海:复旦大学出版社,2010:7-8.
② 中国复旦大学文史研究院,越南汉喃研究院.越南汉文燕行文献集(越南所藏编)第15册[M].上海:复旦大学出版社,2010:11-13.

互相通达。可见当时宋与安南互通的交通路径有3条:一是走海路,从钦州西南出入境;二是从邕州左江永平寨出入境;三是从永州右江温润寨出入境。从广西边境进入安南只需要数日即可到达,而最便捷、用时最短的是钦州海路,所以在宋代应该使用频繁。宋代安南使节入宋最常规和主要的路径是钦州道。① 明清时期越南使节的入境路径有了改变,明清统治者担心海疆不靖,实行海禁政策,使得中越交通的海路衰落,而由邕州出入的水路交通成了中越来往的主要路线。但明洪武年间安南攻占永平寨,后来永平寨收复又失去,最后被安南并入禄州,从此永平寨在中越道路史上消失,取而代之的是凭祥成为中越交通的重要地区。② 明人魏濬《峤南琐记》中广西入交趾有3条道路:

> 一路由凭祥州出镇南关,一日至文渊州。一路由思明入邱温者,过摩天岭,一日至思陵州。一路由龙州入,一日至平西隘。③

徐霞客《粤西游日记》也记载了镇安府附近通往交趾的道路:

> 州南城外即崇峰攒立,一路西南转山峡,即三十里接高平界者;东南转山峡,即随水下安平者,为十九峒故道。
> ……涉溪升阜,复溯大溪西北行。三里,抵胡润寨。其地西南有大峡与交趾通界,〔抵高平府可三日程。〕西北有长峡,入十五里,两峰凑合处为鹅槽隘,正西大山之阴,即归顺地,〔日半至其州,〕直北鹅槽岭之北为镇安地,〔至其府亦两日半程,〕而鹅槽隘则归顺之

---

① 廖寅.宋代安南使节广西段所经路线考[J].中国历史地理论丛,2012(2):97.
② 张金莲.发展与变迁:古代中越水路交通研究[D].广州:暨南大学,2006:90.
③ [明]魏濬.峤南琐记[M].卷下.北京:中华书局,1985:62.

东境也。东北重山之内,为上英峒,又东北为向武地。①

徐霞客在边境地区的行走过程中也感受到了中越边境的紧张气氛。明清时期官方规定的出入境路线,主要是从凭祥出入安南,中国入安南,在中越边境上,明代以龙州至凭祥道路为主,清代以宁明至凭祥道路为主②。明初黄福出使安南,其《奉使安南水程日记》记载的路线在广西段是经灵渠入漓江,顺漓江经兴安县、临桂县、阳朔县、平乐县、昭平县至梧州,转浔江至藤县、平南县、桂平县转郁江,经贵县、横州、南宁府、龙州,至凭祥入境。明清对于安南国使者入京有专门贡道,广西是贡道的首站,规定从凭祥镇南关入境。广西山水散文中有不少清代越南使臣的燕行日记,也可看到当时贡道在广西境内的主要路线是从凭祥镇南关入关后,至宁明沿左江、邕江、郁江,转漓江,经灵渠入湘江。从阮辉莹《奉使燕京总歌并日记》、潘辉注《輶轩丛笔》、李文馥《使程志略草》、阮思僩《燕轺笔录》等燕行文中看到他们朝贡的广西段行程是从南关入境,至宁明乘舟,至太平府,到南宁府、横州,至梧州,过平乐、阳朔、灵川、桂林、兴安、全州,以水路为主,在灵渠出湘江的地段,遇到水干涸,便在灵川走陆路至全州入湘江。同治七年(1868)阮思僩出使中国,其《燕轺笔录》记录10月初至桂林,灵渠水干涸不便通行,于是陆行至全州,再登船入湘江。

四、古代广西山水散文与边境民族交流

交通的发展又促进了两国间民族的交流。古代中越边境的民族交流主要表现在边贸和生活习俗的相互影响。自古以来中越边境的贸易从未中断过,越南独立前就与中国国内有频繁的贸易往来,宋代中越边

---

① [明]徐弘祖著,褚绍唐、吴应寿整理.徐霞客游记(上)[M].上海:上海古籍出版社,2011:486-487.
② 张金莲.发展与变迁:古代中越水路交通研究[D].广州:暨南大学,2006:143.

境贸易点增多并由边境向内发展,形成了边境贸易中心[①],如钦州、廉州、邕州都有博易场,《岭外代答》就记录了邕州左江永平寨博易场、钦州博易场交易的情景。元、明、清中越边境的贸易进一步发展,清代内陆边境沿线几乎全线开放,贸易市场遍布双边圩镇,沿海边境贸易由防城、钦州、北海、广州、福建同与越南沿海地区进行交易[②]。广西边境的主要关口中除了镇南关为指定官方出入境关口外,平而关和水口二关被定为边境商民出入的关口,方便边境贸易。除了民间贸易,清代越南朝贡物品种类多、数量大,朝廷亦有丰厚的赐品,而进贡顺带的货物,也可以在京城和边境地区在当地官员的监督下进行互市交易[③],形成了朝贡贸易。在清代越南使臣燕行文中亦有相关贡品的记载。

古代中越边境民族交流表现在民间风俗习惯的互相影响与文化认同方面。边境民族风俗习惯相似,其原因一是民族的同源性,如先秦的百越支系的骆越大概是广西西部和越南一带的土著民族,经过了历史的发展,中国境内的骆越族演变成了现在的壮族,而在越南演变成了越南主体民族越族(或称京族),学术界普遍认为,中越两国的京族是源于我国古代南方的雒越人[④],后来逐渐分化。广西的壮族和越南的岱族、侬族都是古代百越分化发展而成的,只是自越南独立成国后,岱族、侬族更多受越族影响,而壮族受汉族影响更多[⑤]。广西境内的壮族、京族都划归为壮侗语族,所以广西民族与越南的民族具有源头的相似性。二是边境地区民族间的交流频繁,有互相迁徙、移民的现象。如越南迁徙来广西的京族,主要分布在防城港地区,在东兴市江平镇被称为"京族三岛"的万尾、巫头、山心最为集中,还有一些京族与汉族杂居在海边上的一些村落

---

① 赵明龙.古代中越边境贸易历史及其启示[J].中国边疆史地研究,1993(1):61.
② 赵明龙.古代中越边境贸易历史及其启示[J].中国边疆史地研究,1993(1):62.
③ 侯宣杰.清前期广西边疆与泛北部湾国家的贸易交往[J].广西师范学院学报(哲学社会科学版),2009(3):109.
④ 周建新.中越中老跨国民族及其族群关系研究[M].北京:民族出版社,2002:29.
⑤ 范宏贵.中越两国的跨境民族概述[J].民族研究,1999(6):15.

如恒望、竹山、潭吉、红坎、寨头、米漏、三德、瓦村等地区。京族古代称为"交趾人""交人""安南人""唐人",据《京族史歌》中称"越南涂山是祖籍"①,所以基本上认为广西境内的京族是越南洪顺年间,大概是1511年,从越南涂山、春花、宜安、瑞溪等地迁入的。因战乱或生计等原因由广西迁入越南北方地区的有瑶族和壮族等民族,瑶族在明清两朝大量迁入中国西南边疆地区和越南、老挝地区②。古代中越边境的壮族人因各种原因迁入越南后融入了越南的岱族和侬族,大概居住在越南谅山、高平和老街等地③。明清时期由于改朝换代和战争原因,有大量汉人也迁入了越南的南部地区,与当地人通婚而安定下来。中越民族在交流中互相融合。因为民族的同源性、族际交流的文化认同,所以中越边境上的两国民俗文化亦是有相通的地方。

边境民族的相互交流、文化认同表现出了和谐的状态,概括起来主要有语言、服饰、居住、饮食、信仰等民俗事项的相似。语言是民族间交流的基础,古代广西边境民族的交流虽然没有共同的语言,但语音相通。清代乾隆年间赵翼任广西镇安知府,镇安属于中越边境,赵翼在镇安待了两三年,感受到了边地风俗,在他的笔记《檐曝杂记》"西南土音相通"中写到了边境民族语言的通用性:

> 至粤西边地,与安南相接之镇安、太平等府,如"吃饭"曰"紧考"、"吃酒"曰"紧老"、"吃茶"曰"紧伽",不特音异,其言语本异也。然自粤西至滇之西南徼外,大略相通。余在滇南各土司地,令随行之镇安人以乡语与僰人问答,相通者竟十之六七。④

---

① 周建新,吕俊彪.从边缘到前沿:广西京族地区社会经济文化变迁[M].北京:民族出版社,2007:14.
② 玉时阶.明清时期瑶族向西南边疆及越南、老挝的迁徙[J].中国边疆史地研究,2007(3):61.
③ 范宏贵.中越两国的跨境民族概述[J].民族研究,1999(6):1.
④ [清]赵翼.檐曝杂记(清代史料笔记丛刊)[M].北京:中华书局,1997:52.

赵翼所见的语言是边境少数民族语言,语音接近现在的壮侗语族发音,既说明了西南边境民族的同源性,也说明了边境民族在交往中语言的认同。边境民族语言的互通是民族融合的最好见证。《岭外代答·外国门上》"安南国"记其民俗,其中安南的服饰民俗与壮族有相似之处,如"乌衣""黑齿""文身",至今广西、云南、越南交界处的壮族还有身穿黑衣的习俗;"黑齿"应是染齿,或以染料染成,或是吃槟榔形成,以牙齿黑为美,具有装饰作用;壮族文身的习俗也存在过,文身的图案如铜鼓纹等。"凉轿"则是我国西南民族地区交通民俗中的滑竿。饮食习俗上中越边境都有吃槟榔的习俗,《岭外代答·食用门》说到了两粤及越南食槟榔的习俗,以槟榔待客,以槟榔辟瘴,宁可不吃饭也要食槟榔。槟榔已经成为一种文化,如龙州、凭祥等边境地区至今还有嚼食槟榔的习俗,而且作为婚姻习俗中的聘礼。而越南对槟榔的重视程度更甚,槟榔成为礼尚往来的重要物品,也是夫妻之间的信物,体现"夫妻之义、兄弟之情"的家庭伦理观念。[①] 乾隆三十年(1765)出使中国的越南使臣阮辉㑨从燕京返程,有家人送槟榔的一段,其《奉使燕京总歌并日记》记载在中越边境的太平府收到了妻子托人送来的槟榔,体现了越南与槟榔有关的礼仪习俗,即妻子对出远门的丈夫赠送槟榔表达夫妻情义。

清代越南使臣燕行文中多次提到在中国边境看到的语言、服饰、居住民俗的相似之处,阮辉㑨《奉使燕京总歌并日记》在凭祥所见老百姓的风俗:

言语衣服,一如谅山驲驴。[②]

[①] 邹燕燕.越南槟榔文化初探[J].东南亚研究,2008(1):92.
[②] 中国复旦大学文史研究院,越南汉喃研究院.越南汉文燕行文献集(越南所藏编)第5册[M].上海:复旦大学出版社,2010:28.

潘辉注《辀轩丛笔》在镇南关所见：

居民与谅山无异，竹篱茅舍，杂见于苍崖绿树中。土人草鞋蓝服，拥簇观看，林野之状可掬。延边山峝习俗，大抵南北皆然。①

李文馥的《使程志略草》在宁明提到了中越边陲的居民之间互通的密切关系：

自过关至此，土人言语、衣服略与谅山省同，本国铅钱尚可通用。自此以往，不复用。②

阮思僩《燕轺笔录》提道：

自关抵州，一路荒山乱坡，土石相杂，土民多栽松。上山下涧，泥淖遍路，无异行谅山道中。③

可见中越边境民族有较深的渊源关系，且文化互相影响，具有文化认同。越南自古以来受中国影响，推行汉字，实行汉文化教育，独立后无论是政治制度、经济制度还是与教育相关的科举制度，都借鉴中国模式，在文化上对中国以儒家为代表的文化有较深的认同，如用汉字进行文学创作就是最好的体现。在越南使臣的燕行文中就体现出了越南对汉文化在一定程度上的认同。

---

① 中国复旦大学文史研究院，越南汉喃研究院. 越南汉文燕行文献集（越南所藏编）第11册[M]. 上海：复旦大学出版社，2010：7.
② 中国复旦大学文史研究院，越南汉喃研究院. 越南汉文燕行文献集（越南所藏编）第15册[M]. 上海：复旦大学出版社，2010：16.
③ 中国复旦大学文史研究院，越南汉喃研究院. 越南汉文燕行文献集（越南所藏编）第19册[M]. 上海：复旦大学出版社，2010：68.

第六章　古代广西山水散文与多民族民俗文化

第一节　广西多民族民俗文化概述

在广西的自然地理环境中世代居住着众多的少数民族,这些土著民族和后来迁入广西的汉族及其他少数民族共同创造了独特的广西民族文化。各个民族既有自身的文化坚守,也有文化的互相融合。广西的少数民族多有本民族语言,但未有本民族文字,文化流传以口传身授为主,因此广西少数民族少有典籍文化的传承,而主要是民间民俗文化。而汉族除了有典籍文化的传承外亦有民间民俗文化。古代广西的少数民族与汉族多元共生的民俗文化构成了广西的多民族文化,因此古代广西的多民族文化专指民俗文化,亦即"小传统"文化。古代广西山水散本是属于精英文化、"大传统"文化,以描绘广西自然山水为重点,而广西的各族群又生活于此山此水中,所以中原人在游览山水时不可避免地要接触到民俗文化,有时民俗文化亦是一种景观欣赏的资源表现于山水散文中,而跨文化给人带来的新奇和焦虑在山水散文中也呈现出来。广西山水散文自宋代以后逐渐开始关注到地方的民俗文化,使得古代广西山水散文的内容日益丰富。

一、广西的民族构成

自古以来广西民族众多,按照今天的民族划分,广西世居民族主要有汉族、壮族、侗族、苗族、瑶族、仫佬族、仡佬族、毛南族、京族、水族、彝族、回族等12个民族。这些民族有些是本地土著,如壮族、侗族、仫佬族、毛南族、水族等都是古代百越之西瓯、骆越的后裔;有些是外来民族如苗族、瑶族、京族、彝族、仡佬族、汉族、回族。这些民族自古以来生活在广西土地上,彼此交融、磨合与分化,形成了多民族共生的局面。

广西壮族,源于中国古代百越民族的西瓯、骆越两个支系,以瓯骆合称,在汉代又被称为"乌浒"和"俚",三国时期被称为"僚",宋代出现了"僮"的称谓,明代以后多以"俍"称之。历史上岭南地区的乌浒、俚、僚、俍等称谓,是壮族的先称,但并不排除他们可能也包含了其他兄弟民族的先民在内。①

广西侗族,一直以来都生活在古代百越民族的分布地区,即长江流域和珠江流域的结合地区,因而被认为是古代百越民族的后裔,属于骆越支系。侗族有很多的称谓,在史书记载中,周时居住在侗族地区的人被称为"南蛮",春秋战国时期被称为"百越",楚称"荆蛮",秦称"黔中蛮",到汉代侗族居民被称为"武陵蛮"或"五溪蛮",魏晋南北朝时被称为"僚",到唐代,在称"僚"的同时又称为"僚浒"或"乌浒"。在宋代的典籍《西南溪洞诸蛮》和陆游《老学庵笔记》中用汉字记侗音的方式,称侗族为"仡伶"或"仡览",这是在历史文献中出现的第一个侗族的专称。明代时,侗族有"峒(硐、侗)人"或"洞蛮"的称谓,清代被称为"洞苗""洞民"

---

① 《壮族简史》编写组,《壮族简史》修订本编写组.壮族简史(修订本)[M].北京:民族出版社,2008:13.

"洞家",或泛称为"苗"。历史上的这些不同称呼,是否同一族源,一时难以鉴别。①

广西仫佬族,先民属于百越民族,秦汉时期为西瓯、骆越,后由汉、两晋到唐宋的很长时间内,对仫佬族的称谓为当时南方泛称的少数民族称谓——僚族。清代嘉庆年间的《广西通志》转引《粤西丛载》中记载:"天河獠(僚)在县东,又名姆佬",《大清一统志》的"庆远府"条下就有"姆佬即僚人"的说法。因而仫佬族应该是在很长的历史中被纳入僚族的泛称中的。元代的典籍中第一次出现与仫佬族音相近的称呼,《大元一统志》中有"木摇"的称谓,元代典籍中还有"木娄""木娄苗"的记载。明代李宗昉的《黔记》有"狑佬苗"的称谓。清代文献中有"木佬""木娄""穆佬""濮僚"等音相近的称谓。

广西毛南族,族源来自先秦百越族群,属于西瓯、骆越一支。唐宋时期,属于泛称的僚族。毛南族先民至晚在宋代就已经生息在当时的环州、抚水州、镇宁州、南丹州和河池州一带,属于"僚人"的一部分,并因其住地被辱称为"茅滩蛮""抚水蛮"等②。宋代毛南族生活的地区名在周去非的《岭外代答》中被称为"茅滩",在《宋史·南蛮传》中将此地写为"茆滩",当时生活在该地区的毛南族被称为"茆滩蛮"。元明时期,作为行政区划的名称,毛南地区的称呼有"茅滩处""茆滩团""茆滩堡""毛难里"等,明清时期,原来的僚族人中分化出来的伶人,可能是毛南族的直接祖先。

广西水族,先民也是岭南的百越民族的骆越一支。水族在历史上曾是"百越""僚""苗""蛮",后来与岭南的各民族长期生活在一起,水族应该也是在岭南被称为"僚"的民族泛称中,《赤雅》中也说"水亦僚类"。在

---

① 《壮族简史》编写组,《壮族简史》修订本编写组. 壮族简史(修订本)[M]. 北京:民族出版社,2008:9.
② 《毛南族简史》编写组,《毛南族简史》修订本编写组. 毛南族(修订本)[M]. 北京:民族出版社,2008:12.

水族的民歌和故事中,有关于民族迁徙的清晰的路线,但主要是从广西南宁一带迁徙到如今的黔桂边境。水族的民间歌谣里说:他们的祖先原是居住在邕江流域一带(今广西南宁邕江流域一带)的"峀虽山",后来由于战争的影响,水族古代先民离开邕江流域,经过今天的河池、南丹一带沿着龙江溯流而上,渐渐从骆越的母体中分离出来,向单一民族发展。[①] 明代王守仁《月潭寺公馆记》有汉族对水族的最早称呼,清代则称"水家苗""水家"。

苗族,在我国史书中的"九黎""三苗""南蛮""荆蛮""荆楚"之间有一脉相承的渊源关系,其中都包含着苗族的先民在内。这些称谓中可能也包括了南方其他一些少数民族(瑶、侗、仡佬、黎等)的祖先。[②] 过竹先生通过考证认为"隋唐以后,苗族开始从蛮族中离脱出来,作为一个独立民族群体在中国之南方、西南书写着自身的民族历史。这时期开始苗族以'苗'这一称谓见于汉文史籍"[③]。广西的苗族大概是在不同的时期从湖南、贵州和云南迁入现居地的。

瑶族是中国南方民族之一。有关瑶族的源流问题,学术界并无统一观点,主要形成几种意见:有的认为瑶族源于居住在今天的江、浙一带和会稽山和南京十宝殿一带的"山越"。有的认为瑶族是原始居住地在黄河下游与淮河流域之间,以犬为图腾,在夏、商时期曾建立过"鬺""攸"等诸侯国的尤人。有的认为瑶族源于原始居住地在湖南湘、资、沅江流域和洞庭湖沿岸地区的长沙、武陵蛮。也有的认为瑶族起源于居住在湖南、贵州之间的五溪蛮。还有的认为瑶族的来源是多元的。[④] 瑶族的称谓在历史发展过程不断演变,南北朝之前,瑶族先民被混在南方的蛮族

---

① 《水族简史》编写组,《水族简史》修订本编写组.水族简史[M].北京:民族出版社,2008:5.
② 朱慧珍,贺明辉.广西苗族[M].南宁:广西民族出版社,2004:4.
③ 过竹.苗族源流史[M].南宁:广西人民出版社,1994:8.
④ 《瑶族简史》编写组,《瑶族简史》修订本编写组.瑶族简史(修订本)[M].北京:民族出版社,2008:12-13.

中,在我国历史文献中最早记载瑶族族称的是《梁书·张缅传》中所说的"莫徭",后来的文献对瑶族的称呼还有"徭""傜""猺"等。

广西彝族的来源缺乏文字记载,难以考证,而关于迁入广西的时间也有三国时期、隋唐时期、宋代、明代、清代几种说法,根据民间传说和一些广西彝族民间习俗等零星材料推测,广西彝族并非从同一时间、同一地点迁入广西的,而是在一个较长的时间里因各种原因分批迁入的。今广西那坡一带的彝族的祖先祖籍是滇南,与云南富宁县毗邻的那坡彝族自称孟获之后,是被诸葛亮打败后从四川迁徙到云南广南、富宁和广西那坡的。今广西隆林一带的彝族大概原籍云南,是东川、会泽、曲靖一带的阿芋部,唐代进入黔西南,后进入广西。① 德峨地区的彝族民间传说中,当地彝族有唐宋时期从云南东川迁来广西的,有由江西、湖南、湖北、广东迁来广西的,先在田林县内的旧州,后来被迫迁到今天的地方,也有明末遭吴三桂部队"围剿",经云南富宁到广西百色、凌云,后到旧州,再到德峨。② 关于广西彝族的来源基本一致的观点是广西的彝族祖先曾在四川邛都、贵州乌蒙、云南滇南生活过,后来陆续迁到广西那坡、隆林等地。③

广西仡佬族自称为"牙克""图里",大概是明清时期从贵州迁入广西的,生活在今广西的隆林和西林一带,是中国西南地区一个古老的民族,从历史文献记载看,仡佬族经历了濮人、僚人和仡佬族3个历史发展时期。濮人是我国古代支系纷繁的庞大族群,殷商时期活跃在我国西南和中南广大地区,曾建立牂牁等早期奴隶制国家,战国时期建立了夜郎政权。东汉后"濮"和南方越人的接触与融合出现了"僚",东汉时期史书

---

① 高原.广西彝族源流初探[C].云南省社会科学院楚雄彝族文化研究所.彝族文化.1984:116-117.
② 广西壮族自治区编辑组、《中国少数民族社会历史调查资料丛刊》修订编辑委员会.广西彝族、仡佬族、水族社会历史调查[M].北京:民族出版社,2009:2-3.
③ 王光荣.彝族何时始迁广西[J].中南民族学院学报,1986(1):62.

将濮人称为濮、僚或濮僚并称,隋唐、宋时期,僚人在文献中被称为"仡僚""葛僚",据北宋陈彭年等修撰的《广韵》,"僚"作为部落读"佬",后来朱辅的《溪蛮丛笑》称为"仡佬"。经过长期的发展,逐渐形成了仡佬族。①

广西回族是以宋代来广西沿海经商的大食国人为最早代表,主要是在沿海地区进行香料贸易,但缺乏当时大食人在广西定居的资料。到元代,成吉思汗大军3次西征打通了中国与中亚、西亚的商路,大批信仰伊斯兰教的中亚、西亚民族进入中国,其中不少人在广西任官职,还有西域进入广西的畏吾儿、西夏、乃蛮、契丹、哈儿鲁、阿鲁浑、铁里层梯、阿鲁温、康里、怯烈、阿剌温、灭里乞歹、干剌纳尔等信仰伊斯兰教的少数民族融合,也成为广西回族的一个组成部分。② 在元明时期,形成了以桂林为中心的广西回族的聚居区,之后开始向柳州、南宁和百色等地迁移③。

广西汉族主要集中在经济比较发达、人口比较密集的桂东地区。古代汉族迁入广西先由广西东北而下,逐渐占据整个桂东南地区,接着向西推移,汉族在广西2 000多年的发展历程中不断与广西的各个少数民族交往、融合、互化,居住的区域也经历了从桂东到桂西的一个渐进的过程。广西汉族的来源,基本是先后迁入广西的中原汉族,有的是自古随军南征的中原汉人驻戍留下的,有的是为躲避战乱迁徙而来的,也有因历代的朝廷屯田、移民或贬谪进入广西的,还有因经商谋生来到广西的。

在秦以前,广西主要是百越之地,汉族人口较少,秦始皇征战岭南、修建灵渠、统一岭南地区,设置桂林、南海、象郡这一时期,秦派中原人进驻岭南地区,中原的汉族人大量迁入,与当地的越人杂居。汉武帝平定

---

① 《仡佬族简史》编写组,《仡佬族简史》修订本编写组.仡佬族简史(修订本)[M].北京:民族出版社,2008:8-9.
② 马明龙.广西回族历史与文化[M].南宁:广西民族出版社,1998:4-7.
③ 周建新.广西回族源流考[J].宁夏社会科学,1997(4):84.

南越国统一岭南后,中原汉人源源不断地进入今天的广西,与当地的少数民族杂处,但基本上在交通便利的桂东北和桂东地区。唐宋时期,中原来广西的汉族多为守边官兵、被贬谪的官员、朝廷的行政官员和一些商人。这些从中原来的汉人对广西经济文化的发展起到了很大的作用。明清以前汉族一般是沿着湘江、灵渠、漓江走水路进入广西,明清以后,从福建、广东沿西江进入广西的居多。清代大量汉族进入广西,一部分原属广东的汉族也溯西江而上,进入广西东部、中部、西南部的广大地区;另外一部分原屯驻于黔、川一带的军队因战事的结束被遣散而进入广西西北部山区,因其多居住在高山地区,故被称为"高山汉"。此时广西的汉族人口开始超过当地的原住民族,广西东南部及中部广大地区凡地势平旷、交通便利、土地肥沃之地及城镇一带,多为汉族所居住,地理上相连成片,形成了大聚居、小分散的分布特点。① 总体而言,历朝历代进入广西的汉族人口是不断增加的,但在秦至宋,迁入广西的汉族人口较少,宋以后广西的汉族人口发展较快,到了明清中原汉人大量进入广西。

二、广西民族民俗文化及其多元共生的特点

广西的每一个民族在历史上都创造了灿烂的文化,由于少数民族文化多属于"小传统",因此多为民俗文化。各民族在物质民俗、社会民俗、民间信仰、民间艺术等方面形成了本民族文化的体系。民族关键符号是各民族文化的精华,在此以民族关键符号来说明广西各民族文化特色。如壮族民族文化在物质民俗方面的关键符号有五色糯米饭、壮锦、干栏建筑等;在社会民俗方面有蚂拐节、三月三歌节、依歌择配、抛绣球、寨老等;在民间信仰有布洛陀、姆六甲、青蛙崇拜、师公信仰等;在民族艺术方

---

① 覃乃昌.广西世居民族[M].南宁:广西人民出版社,2004:53.

面有歌仙刘三姐、壮戏、铜鼓、花山等。侗族民族文化在物质民俗方面有鼓楼、风雨桥、酸食、合拢宴等；在社会民俗方面有"款"、行歌坐夜、花炮节等；在民间信仰上有"萨"崇拜等；在民间艺术上有大歌、侗戏等。仫佬族有"冬"组织、依饭节、"走坡"、土拐歌等。毛南族有分龙节、木面舞、毛南三酸、顶卡花、墓雕等。水族有水书、端节、单歌、双歌、苑歌等。京族有喃字、"哈"节、独弦琴、跳天灯、花棍舞等。苗族有羊憋汤、蜡染、银饰、枫树和蝶母崇拜、椎牛祭祖、拉鼓节、跳坡节、斗马节等。瑶族有打油茶、鸟酢、盘瓠崇拜、千家峒、密洛陀崇拜、盘王节、祝著节、度戒、盘王歌、长鼓舞、铜鼓舞等。仡佬族有拜树节、三月祭山、吃新节、磨猫等。彝族有迎祖菜、金竹崇拜、毕摩、火把节、跳弓节、打磨秋等。回族有开斋节、古尔邦节、圣纪节、清真寺等。汉族迁入广西历史悠久，形成了九大支系：一是桂柳方言人、二是广府人（粤语方言人）、三是客家人、四是平话人、五是疍民、六是湘人、七是闽人、八是土著化汉人、九是汉化土著人[①]，在与广西其他少数民族共同相处和生活后也形成了独特的广西汉族民间文化。

广西民族文化的特点主要是体现在丰富性和融合性两方面。丰富性是指广西民族众多，各民族文化异彩纷呈，而融合性主要是指广西多民族文化彼此交融、形成了文化认同。广西民族文化的丰富性在以上论述中已经表现出来，而广西民族文化的融合性主要表现在各民族文化中的交融现象。

民间文艺本是广大人民娱乐的方式，是人们追求自由、幸福、心灵愉悦的方式，生活在同一地域的不同民族可能会在这种娱乐中互相感染、互相学习，而有了相似的民间文艺符号。在广西民间文艺中最突出的就是民歌，自古以来广西的民族爱歌、善歌，广西素有"歌的海洋"之誉，特

---

① 覃乃昌.广西世居民族[M].南宁：广西人民出版社，2004：54-55.

别是"刘三姐"这个与歌相关的文化符号在广西得到了各民族的认同,刘三姐是壮族的歌仙形象,而汉族、侗族、苗族、瑶族、仫佬族、毛南族等民族同样喜爱和认同刘三姐这个文化符号。广西很多地区、很多民族都认为刘三姐是其本民族之人,如容县人说刘三姐是大容山的会讲各个少数民族语言的汉族人,因为其传唱的山歌都是七言四句的山歌,与汉族诗歌的形式相近,并且刘三姐的歌多是用桂柳方言来唱。也有人认为刘三姐是壮族女神,因为壮族早存在歌圩,刘三姐就是歌圩中传歌、教歌的民间歌手。① 刘三姐成了广西各民族民歌的代言人。从刘三姐传说产生的时代看,刘三姐符号是各民族对以汉文化为主的唐文化的认同。从刘三姐作为各民族"传歌者"的形象来看,各民族对歌的肯定和学习,体现了多民族文化交流和文化认同。从刘三姐对歌的这种文化交往的形式看,"对歌"这种以交流对话解决民族矛盾的方式体现了刘三姐文化符号的求同存异、非冲突性、开放融合、双向交流的多民族文化认同的内蕴。②

  婚姻习俗也能体现出广西各民族的融合。如不少民族的青年男女采用对歌传情的方式自由恋爱,在婚姻习俗中还有不落夫家的习俗。不落夫家的习俗,根据婚后居住的形式,一般分为从夫居、从妻居等形式,汉族的婚姻习俗传统一般是妻从夫居,而不落夫家是从夫居的形式,但又有所不同,它是男女婚后,女方暂时不居住在夫家,只是在农忙时回夫家帮忙和居住,多数时间长居娘家,等到女方怀孕后,才被接回夫家。在广西很多少数民族中都有不落夫家的习俗。清代汪森的《粤西丛载》中有记载:"怀远之夷,有瑶、侗、僮,又有伶、但、苗等三种。其情不甚相远……凡娶妻不由媒妁,男与女答歌通宵,已,即去,非有身不肯为其家

---

① 朱慧珍.民族文化审美论[M].南宁:广西人民出版社,2004:280.
② 邓伟龙、尹素娥.试论刘三姐文化符号的多民族文化认同[J].创新,2012(3):106-109.

妇,至五年、十年不归。"①壮族有"长住娘家"的习俗,《赤雅》中就有壮族妇女"作栏以待,生子始称为妇"②这种习俗的记载。侗族亦有"不坐家"的习俗,婚后女方住在娘家,不坐家期间,男女双方除了不能越轨一般都有社交活动的自由。仫佬族有"走媳妇路"的习俗,仫佬族人婚后第二天,新娘即回娘家居住,直到次年春社才到夫家一次,以后每年逢插秧、收禾时才回夫家一两次,少的住一夜,多的住一"街",即三天,之后就回娘家长住了。③ 毛南族也有"走媳妇路"习俗,新媳妇在农忙节庆住在夫家后回娘家住至怀孕才定居夫家。广西融水、龙胜、三江等地的苗族的婚礼不拜堂不行礼,婚后第二天新娘便长住娘家,农忙时和年节时回夫家住三至五天后又回娘家,一般一年后才长住夫家④。广西各地的瑶族也有"往来不定","越数年始回夫家"的习俗。水族新娘在新婚第二天就回娘家长达一两个月。

民居习俗也能体现广西民族相互间的文化认同。民居建筑与地理环境相关,因为西南的地理环境,广西地区不少少数民族都使用干栏式建筑,壮族的麻栏木楼和侗族、苗族、瑶族的吊脚楼都是适合南方潮热地区的干栏式建筑。

铜鼓也是广西各民族文化认同的体现,铜鼓是我国西南地区少数民族广泛使用的民间乐器、神器,广西是中国铜鼓最重要的分布区域。除了壮族外,广西的侗族、瑶族、苗族、彝族等民族都使用铜鼓,并将铜鼓看成是很重要的具有权力和财富性质的神器。

总之,自古以来广西各民族和睦相处于这一地域,其文化既各自独立,又互相影响,形成了文化多元共生的融合景象。

---

① [清] 汪森编辑,黄振中、吴中任、梁超然校注.粤西丛载校注[M].卷十八.南宁:广西民族出版社,2007:749.
② [明] 邝露著,蓝鸿恩考释.赤雅考释[M].南宁:广西民族出版社,1995:26.
③ 覃乃昌.广西世居民族[M].南宁:广西人民出版社,2004:154.
④ 朱慧珍、贺明辉.广西苗族[M].南宁:广西民族出版社,2004:71.

第二节 古代广西山水散文与物质民俗文化

物质民俗文化涵盖了丰富的内容,包括物质生产民俗和物质生活民俗,前者是在人民大众生产过程中形成的带有模式性的生产习俗,如农、林、牧、渔、猎等方面的习俗;后者是指在衣、食、住、行等方面形成的带有模式性的生活习俗,如服饰文化、饮食文化、居住文化、交通文化等。物质民俗文化是民俗文化中最易显现的部分,是外来行旅之人最容易感受到的地方风俗文化。古代有大量外来作者在欣赏广西山水的同时很容易捕捉到广西独特的物质民俗文化,并将其写入山水散文中,因此山水散文中有不少关于当时广西各地的饮食、服饰、居住民俗文化等内容。

一、古代广西山水散文中的饮食民俗文化

"民以食为天",饮食民俗是民众在饮食活动中在食物、饮料的加工制作、食用过程积累和传承的习俗,包括了饮食结构和饮食惯制。饮食结构涉及主食、菜肴、饮料的配制方式,饮食惯制则涉及日常、节日的饮食习惯及饮食的礼仪习惯、民间信仰的饮食禁忌等。饮食民俗受到自然、经济、民族和宗教信仰等因素的影响,因此各地食俗千差万别。广西地区民族众多,各民族有独特的饮食习俗,同时因为地理气候环境的相似,食物的资源大致相同,加上长期文化交融,饮食习俗也互相影响,因此作为一个整体的广西各民族既有独特的饮食习俗,也有共同的饮食习俗。

广西在自然地理上靠山、面海,河流密集,处处都是可取的食材,《史记》中记载:"楚越之地,地广人稀,饭稻羹鱼,或火耕而水耨,果隋蠃蛤,不待贾而足。地埶饶食,无饥馑之患,以故呰窳偷生,无积聚而多贫。"[①]

---

① [汉]司马迁撰,[南朝宋]裴骃集解,[唐]司马贞索隐,[唐]张守节正义.史记[M].卷一百二十九.货殖列传第六十九.北京:中华书局,1982:3270.

显示了当时广西主要的饮食结构,主食为水稻,肉类有水产之鱼、螺蛤等,副食有瓜果,且食材十分丰富,人民不会挨饿。肉类食材还有家养的猪、牛、羊、鸡、鸭、鹅、犬等,且向野生鸟兽蛇虫扩展,如《桂海虞衡志》写獠俗:"以射生食动而活、虫豸能蠕动者,皆取食。"①《岭外代答》"食用门"也提到广西食材的丰富:"深广及溪峒人,不问鸟兽蛇虫,无不食之。"②广西气候温润湿热,可种植的粮食和瓜果蔬菜品类繁多,主食主要为水稻、粟、黍、麦及甘薯等根块类,《桂海虞衡志》佚文记录了居住于高山的瑶族的饮食结构:

> 种禾、黍、粟、豆、山芋,杂以为粮。截竹筒而炊。暇则猎山兽以续食。③

以耕山为主,稻田无几,高山上种植产量不高,所以有不少以山芋、豆类掺杂为主食的,山上的禽兽也可成为食物的主要来源,其中还描绘了瑶族煮饭的用具是采自自然的竹筒。

古代广西山水散文中表现了主食的种植情况,如唐代《智城洞碑》中"前临沃壤,凤粟与蝉稻芬敷",描绘智城山的田园风光时点出了百姓种植的主食有"凤粟"和"蝉稻","凤粟"是小米,"蝉稻"即蝉鸣稻,是古老的水稻品种,大概因在三、四月岭南地区蝉鸣时节播种而得名,七月成熟。徐霞客《粤西游日记四》也记载了上林三里的"禾穑",即蝉稻:

> 所艺禾穑特大,恒种一郭,长倍之,性柔嘉,亦异庶土所植。④

---

① [宋]范成大著,胡起望、覃光广校注.桂海虞衡志辑佚校注[M].成都:四川民族出版社,1986:197.
② [宋]周去非著,杨武泉校注.岭外代答校注[M].卷六.食用门.北京:中华书局,2012:237.
③ [宋]范成大著,胡起望、覃光广校注.桂海虞衡志辑佚校注[M].成都:四川民族出版社,1986:183.
④ [明]徐弘祖著,褚绍唐、吴应寿整理.徐霞客游记(上)[M].上海:上海古籍出版社,2011:555.

种出的谷粒特别大,煮出的饭柔软而美味。

《新唐书》卷九十七记载了时任容州刺史的韦丹教种茶、麦的事,说明小麦的种植在唐代的广西已经形成了一定规模。至宋代小麦种植扩大,明代徐霞客在灵川镕村所见"市多鬻面,打胡麻为油者",于是"市面为餐,以代午饭焉"。他在桂林城吃的韭菜肉馅的包子也属于面食。

广西瓜果类食物也异常丰富,《桂海虞衡志》"志果":"世传南果以子名者,百二十。半是山野间草木实。猿狙之所甘,人强名以为果。"①其中记载可食用的果实类有 55 种。《岭外代答》"百子"条:"南方果实以'子'名者百二十,或云百子,或云七十二子。半是山野间草木实。"②其中也提到了十余种可食用的果实。

自古广西的食材就异常丰富,但总的来说因广西处于地域、文化的边缘地带,其饮食习俗也具有边缘性、异质性,古代广西的饮食在中原人看来多是"异食",在北人看来是不可思议的,具体表现在食材、食材制作和饮食习惯之"异"。食材之"异",有的食材取材特别,如"桄榔粉"作为食材,取自桄榔树树干中的粉末,桄榔本是广西一种常见的树木,刘恂《岭表录异》、范成大《桂海虞衡志》、周去非《岭外代答》、魏濬《西事珥》、赵翼《檐曝杂记》等笔记中都有记载桄榔树干中有粉状如面,可入食。有的食材充满了奇异色彩,如"石发",据《西事珥》记载:

> 南中水底有草,名石发,随月盛衰,每月三四日始生,如发,至八九日以后可采食,月晦溃尽,次月复生。③

---

① [宋] 范成大著,胡起望、覃光广校注.桂海虞衡志辑佚校注[M].成都:四川民族出版社,1986:123.
② [宋] 周去非著,杨武泉校注.岭外代答校注[M].卷六.食用门.北京:中华书局,2012:308.
③ 四库全书存目丛书编纂委员会.四库全书存目丛书 史部 第 247 册[M].济南:齐鲁书社,1996:797.

又如《岭外代答》所记的一种果实"余甘子"也与奇闻逸事联系起来：

> 世间百果,无不软熟,唯此与橄榄虽腐尤坚脆,可以比德君子。南人有言曰："余甘一时熟,獐一日肥。"其说:盖二物忽然有异,则余甘熟一时顷而复生,獐肥一日而复瘦也。钦州灵山县一士人姓宁,其大父一日往山间,忽见余甘遍山,如来禽纷熟。饱餐快甚。须臾便复青脆,袖中犹携数熟余甘,归以示闾里,至传为异事。①

广西食材之"异"还表现在入食之物是中原人闻所未闻,闻之不敢入口的东西,周去非称之为"异味",所提到的广西入食之物有天上飞的、地上跑的和爬的、水里游的,各种于中原人士看来奇怪的食材,除此之外令他难以忍受的是青羹:

> 甚者则煮羊胃,混不洁以为羹,名曰青羹,以试宾客之心。客能忍食则大喜,不食则以为多猜,抑不知宾主之间,果谁猜耶?②

食物是羊胃里未完全消化的青草,这确实让北来之客瞠目结舌,若要食之内心紧张、反感,而它却是当地苗族至今仍最喜爱的待客美食。还有以"虾蟆""蚁卵酱"入食的,广西人的宴会上以虾蟆为贵,《西事珥》中记载的"锦袄子"就是"虾蟆"中最佳者的山蛤,《岭表录异》中记载了交广溪洞间的酋长收蚁卵做蚁酱味如肉酱。《西事珥》和《赤雅》中记载的"醓蚔"即是"蚁卵酱"。《赤雅》里还有"蜜唧""蜗牛脍",都是怪异而吓人的食物,特别是"蜜唧",魏濬《西事珥》也有记载,是将鼠胎涂满蜂蜜,放在盘中,鼠胎微微蠕动时将其吃掉,发出唧唧的声音。

---

① [宋]周去非著,杨武泉校注.岭外代答校注[M].卷八.花木门.北京：中华书局,2012：303.
② [宋]周去非著,杨武泉校注.岭外代答校注[M].卷六.食用门.北京：中华书局,2012：238.

食材制作之"异",如上文提到的"青羹"的做法就十分奇特,是将羊胃内未消化完的东西进行加工,做成汤羹。唐代刘恂《岭表录异》中也记载了这种菜肴的做法,是为"圣齑",是将牛肠胃中刚消化的草做成汤饮之,认为可消食。这就是现在广西苗族地区盛行的"羊瘪汤""牛瘪汤"。又如"鲊莺哥腊孔雀",《桂海虞衡志》"鹦鹉"条说到广西近海郡尤多鹦鹉,"民或以鹦鹉为鲊,又以孔雀为腊"①。"鲊"食即腌制食物的一种方法,范成大说"每岁腊月,家家造鲊",如同今之广西各少数民族喜好的酸食,酸食的食材除了普通的蔬菜瓜果外,还有鱼、鸟、鸡、鸭等肉食,甚至在《桂海虞衡志》中还记载了用一种状如大飞蚁的"天虾"来做的鲊。《岭外代答》"老鲊"详细记录了"鲊"的制作方法。《赤雅》记录了形如蚕蛹、无头蠕动的"无头鲊"。《粤述》还记载了"贾鬼"和"牛酱","贾鬼"是将肉骨拌上糯米、姜、蒜、葱、花椒等佐料,放入坛中发酵后食用;"牛酱"是将牛内脏拌佐料发酵而成。《西事珥》的"蛙台抱芋羹"也是一道制作奇特的菜肴:"先于釜置水,次下小芋,候汤沸,即下虾蟆,一一捧芋而熟,呼为抱芋汤。"②这种奇异的做法魏濬自己都不太相信,认为吃蛙一定要先杀了,洗干净肠胃才合情合理。这些描述充分表现出了中原文化中"正食"对广西"异食"的审视。

饮食习惯之"异",如食槟榔,这在岭南地区是最常见的饮食习俗,而在中原人眼中是"异"的,甚至觉得有些厌恶,范成大《骖鸾录》中记下了在入桂林界时广西人食用槟榔给他带来的感受:

> 泊大通驿。道上时见鲜血之点凝渍,可恶。意谓刲羊豕者舁过

---

① [宋]范成大著,胡起望、覃光广校注.桂海虞衡志辑佚校注[M].成都:四川民族出版社,1986:80.
② 四库全书存目丛书编纂委员会.四库全书存目丛书 史部 第247册[M].济南:齐鲁书社,1996:803.

所滴,然亦怪何其多也。忽悟此必食槟榔者所唾。徐究之,果然。①

《岭外代答》也对食槟榔习俗有详细的描写,并表达对人们食槟榔后朱殷遍地的厌恶:

> 客至不设茶,惟以槟榔为礼。……有嘲广人曰:"路上行人口似羊。"言以蒌叶杂咀,终日噍饲也,曲尽啖槟榔之状矣。每逢人则黑齿朱唇;数人聚会,则朱殷遍地,实可厌恶。②

《西事珥》里说到广西人吃槟榔"对上官严客,亦时时啗之",从写作语气看多是认为在人面前嚼食槟榔不太礼貌。

鼻饮也是广西饮食习惯之一,鼻饮在古代典籍《汉书》《魏书》《太平御览》中都有记载,"骆越之人,父子同川而浴,相习以鼻饮,与禽兽无异","其口嚼食并鼻饮"③。后来的一些笔记如范成大《桂海虞衡志》、周去非《岭外代答》、陆游《老学庵笔记》、朱辅《溪蛮丛笑》、邝露《赤雅》对鼻饮的记载更为详细。"南人习鼻饮,有陶器如杯碗,旁植一小管若瓶嘴,以鼻就管吸酒浆。暑月以饮水,云水自鼻入咽,快不可言。"④"邕州溪峒及钦州村落,俗多鼻饮。鼻饮之法,以瓢盛少水,置盐及山姜汁数滴于水中,瓢则有窍,施小管如瓶嘴,插诸鼻中,导水升脑,循脑而下入喉。富者以银为之,次以锡,次陶器,次瓢。饮时必口噍鱼鲊一片,然后水安流入

---

① 顾宏义,李文整理、标校.宋代日记丛编[M].上海:上海书店出版社,2013:834-835.
② [宋] 周去非著,杨武泉校注.岭外代答校注[M].卷六.食用门.北京:中华书局,2012:235-236.
③ [北魏] 魏收撰,仲伟民标点.魏书[M].卷一〇一.列传第八九.獠.长春:吉林人民出版社,1995:1378.
④ [宋] 范成大著,胡起望、覃光广校注.桂海虞衡志辑佚校注[M].成都:四川民族出版社,1986:76.

鼻,不与气相激。既饮必噫气,以为凉脑快膈,莫若此也。"①

古代广西山水散文中表现出广西饮食习俗的还有黄庭坚《游龙水城南帖》写到当地"取豚脍合之,为鲑盘中,珍膳也"。徐霞客《粤西游日记》也有不少笔墨关注广西饮食习俗,如在桂林城里吃甜的肉馒头、鸡肉粥、狗肉、荔枝、黄皮等的饮食经历:

> 此处肉馒以韭为和,不用盐而用糖,晨粥俱与鸡肉和食,亦一奇也。
> 市犬肉,极肥白,从来所无者。以饮啖自遣而已。桂林荔枝极小而核大,仅与龙眼同形,而核大过之,五月间熟,六月即无之,余自阳朔回省已无矣。壳色纯绿而肉甚薄,然一种甘香之气,竟不减枫亭风味,龙眼则绝少矣。六月间又有所谓"黄皮"者,大亦与龙眼等,乃金柑之属,味甘酸,之其性热,不堪多食。不识然否?②

徐霞客在广西游历期间,得到了当地百姓的款待,但也有他不敢吃的。他在佁伦、都结经历了吃鼠肉、吃腊小鸟、吃鱼生等当地饮食习俗:

> 土人以鼠肉供,麾却之。易以小鸟如鹌鹑,乃熏干者,炒以供饭。各家所供酒,或烧酒或白浆,皆可食。又有黄酒,色浊味甜,墟中有沽者,各村罕有。③
> 已复匜而缯焉,复得数头,其余皆细如指者。乃取巨鱼细切为脍,置大碗中,以葱及姜丝与盐醋拌而食之,以为至味。余不能从,

---

① [宋] 周去非著,杨武泉校注.岭外代答校注[M].卷十.蛮俗门.鼻饮.北京:中华书局,2012:420.
② [明] 徐弘祖著,褚绍唐、吴应寿整理.徐霞客游记(上)[M].上海:上海古籍出版社,2011:289、352.
③ [明] 徐弘祖著,褚绍唐、吴应寿整理.徐霞客游记(上)[M].上海:上海古籍出版社,2011:513.

第啖肉饮酒而已。①

广西的饮食礼仪习俗醇厚,当地百姓不论认识与否,对外来客人都予以热情的款待,杀鸡、取鱼、敬茶、行酒、献蛋醴,用他们认为珍贵的食物招待客人,但因为文化的隔阂,也产生了一些误会。如周去非对土人以"青羹"试宾客之心颇为反感,其实这是对文化的误解,"青羹"实为苗族的羊瘪汤,是当地招待贵客的食物,并非猜测宾客之心。徐霞客此外还能见到广西少数民族祭祀时所用的食物,如徐霞客在那畚村看到人们杀猪杀鸡祭神后才吃。《粤述》里说到"土人用以染饭作黄色,以供祭祀"②,是用黄花饭祭祀祖先。

二、古代广西山水散文中的服饰民俗文化

服饰是人类重要的生活要素,是民族文化的表征。服饰民俗是指特定区域内民众在衣饰等方面的行为和文化惯制,其构成包括不同材质的衣着,各种附加在人身上的装饰物,人体自身的装饰,具有装饰作用的生产工具、护身武器、日常用品,服装制作工艺,服饰的礼仪、禁忌、信仰等。服饰文化源远流长,从最早的遮身蔽体,到适应生产、生活需要,到作为社会角色和身份的标志,再到反映社会的观念、体现民族自我意识,具有很强的文化特征。

广西的土著民族是"西瓯""骆越",后来发展成为广西的壮、侗、仫佬、水、毛南等民族,在《战国策》中有以服饰为主要标志识别不同风俗的人,其言:"祝发文身,错臂左衽,瓯越之民也。"③祝,原作被,瓯原作瓯,即瓯越。《史记》也有如出一辙的记载。《庄子·内篇·逍遥游》《墨子·公孟第四十八》《说苑·奉使篇》《淮南子·齐俗训》等古籍也都有相关的记

---

① [明]徐弘祖著,褚绍唐、吴应寿整理.徐霞客游记(上)[M].上海:上海古籍出版社,2011:518.
② [清]闵叙.粤述[M].北京:中华书局,1985:24.
③ 诸祖耿.战国策集注汇考(中)[M].卷十九.赵二.南京:江苏古籍出版社,1985:967.

载。从中可看出战国时期广西民族服饰的主要特点是断发、文身、穿左衽的衣服。还有一些古老的服饰习俗,如雕题(文面)、染齿、凿齿、项髻、跣足、以布贯头等也在古籍中有所提及。西汉刘安《淮南子·原道训》:"九嶷之南,陆事寡而水事众……短绻不袴,一边涉游,短袂攘卷,以便刺舟。"说明古代广西人民的服饰与其生产劳动密切相关。服饰文化随着时代的变迁和文化的交流也发生着变化,因此古代文献记录的只能是某一时段的服饰特点。

服饰作为民俗文化中较为显现的民俗事项,是旅行者较容易感受到的。唐代广西山水散文关注重点在自然,至宋以后广西山水散文关注对象渐渐扩大范围,其中对广西服饰的关注见于《桂海虞衡志》《岭外代答》。《桂海虞衡志》记载瑶族"生深山重溪中,椎髻跣足,衣斑斓布褐",宜州西南藩、大小张、大小王、龙石、滕谢诸藩"人椎髻跣足,或著木屐,衣青花斑布",峨州以西生蛮"椎髻,以白纸系之"①。《岭外代答》中的"瑶人"服饰:

  瑶人椎髻临额,跣足带械,或袒裸,或鹑结,或斑布袍袴,或白布巾。其酋则青巾紫袍。妇人上衫下裙,斑斓勃窣,惟其上衣斑文极细,俗所尚也。②

瑶族妇女的服饰花纹细致而斑斓。而"西南夷"的服饰特点为:

  大率椎髻跣足,或衣斑花布,或披毡而背刀带弩。其髻以白纸缚之,云犹为诸葛武侯制服也。③

---

① [宋]范成大著,胡起望、覃光广校注.桂海虞衡志辑佚校注[M].成都:四川民族出版社,1986:184-208.
② [宋]周去非著,杨武泉校注.岭外代答校注[M].卷三.外国门下.瑶人.北京:中华书局,2012:119.
③ [宋]周去非著,杨武泉校注.岭外代答校注[M].卷三.外国门下.西南夷.北京:中华书局,2012:121.

"蛮俗"中写道:"冬编鹅毛木棉,夏缉蕉竹、麻纻为衣。"① 还写了钦州村落土人新娘的服饰:

> 新妇之饰,以碎杂彩合成细球,文如大方帕,各衫左右两个,缝成袖口,披着以为上服。其长止及腰,婆娑然也,谓之婆衫。其裙四围缝制,其长丈余,穿之以足,而系于腰间。以藤束腰,抽其裙令短,聚所抽于腰,则腰特大矣,谓之婆裙。头顶藤笠,装以百花凤。为新妇服之一月,虽出入村落虚市,亦不释之。②

《广游志》附"龙江客问"中也写了当时瑶族、壮族的服饰:

> 男则长髻插梳,两耳穿孔。富者贯以金银大环,贫者以鸡鹅毛杂绵絮绳贯之。衣仅齐腰,袖极短,年十八以上谓之裸汉,用猪粪烧灰洗其发尾令红,垂于髻端,插雉尾以示勇。……女则用五彩缯帛,缀于两袖前襟至腰,后幅垂至膝下,名狗尾衫,示不忘祖也。……亦造金银首饰,如火筋横于髻,谓大笑钗。有裙无裤,裙最短露膝。……僮俗男女服色尚青蜡点花斑,式颇华,但领袖用物色绒线绣于上。③

对瑶族的服饰描写得十分详细,抓住了瑶族服饰的特点,写出其不仅有性别之分,还有贫富之分,另外还提及了瑶族少年成年礼的服饰习俗,瑶族视狗为祖先在女性服饰中的体现。

---

① [宋]周去非著,杨武泉校注.岭外代答校注[M].卷十.蛮俗门.蛮俗.北京:中华书局,2012:413.
② [宋]周去非著,杨武泉校注.岭外代答校注[M].卷六.服用门.婆衫婆裙.北京:中华书局,2012:232.
③ [明]王士性著,周振鹤编校.王士性地理书三种[M].广游志卷上.龙江客问.上海:上海古籍出版社,1993:216-217.

《粤西游日记四》也记载了广西部分地区的服饰文化,如他在游历到隆安时记下了当地壮族、越南人不同的服饰特征:

> 男子着木屐,(木片为底,端绊皮二条,交于巨趾间。岂交趾之称以此耶?)妇人则无不跣者。首用白布五六尺盘之,以巨结缀额端为美观;亦间有用青布、花布者。妇人亦间戴竹丝笠;胸前垂红丝带二条者,则酋目之妇也。裙用百骈细裥,间有紧束以便行走,则为大结以负于臀后。土酋、土官多戴毡帽,惟外州人寓彼者,束发以网,而酋与官俱无焉。(惟向武王振吾戴巾。)交人则披发垂后,并无布束。间有笼毡帽于发外者,发仍下垂,反多穿长裾而足则俱跣。①

这其中可见当时壮族的服饰既有男女之别,也有等级之别,还有本地与外地的区别,体现了边境地区各种人群的服饰穿戴。而壮族妇女包头、穿百褶裙与今天壮族妇女的装束十分相似。

《赤雅》也有较多关于当时广西各族人民服饰的描述,如写握兵符的瑶女䩺娘盛装的形象:

> 瑶女握兵符者,得冠偏鬟之玉,披紫凤之裘,曳蝶绡,佩文犀之印,望之若神人矣。何谓偏鬟? 中以暖玉琢双凤头,握发盘之。《北齐礼服志》:"八品女冠偏鬟结。"与此略同。凤裘,白州绿含凤毛所织,色久愈鲜,服之辟寒。蝶绡,冰蚕所珥,织作蝶纹,轻逾火浣,服之辟暑。②

将瑶女表现得十分光彩照人,其所穿的"凤裘""蝶绡"既神奇又具有广西

---

① [明]徐弘祖著,褚绍唐、吴应寿整理.徐霞客游记(上)[M].上海:上海古籍出版社,2011:523.
② [明]邝露著,蓝鸿恩考释.赤雅考释[M].南宁:广西民族出版社,1995:11-12.

地方色彩,这些服饰材料是产于广西本土的羽毛、冰蚕丝用了独特的方法制成的。他还写了瑶族四大姓的女性之发髻:

  髻有芙蓉,有望仙,有怀人,有双蛇,有孤凤,有浓春,有散夏,有懊侬,有万叠愁,有急手妆。其下者,有椎髻,有垂鞭,有盘蛇,有鹿角。豪家髻鬟稍不称者,群笑之,目为丁妆。①

瑶族女性发髻品类多,富人和穷人都有特定的发髻,表明了瑶族对服饰形象的重视,特别是豪家对发式极为重视,稍欠妥就会被嘲笑。《粤述》写瑶族女性发式是"以高髻置于顶之前畔,上覆大笠"②。

  《赤雅》里写了"丁妇"绣额为花草、蜻蜓、蛾蝶状图案及出嫁时撑伞将鞋子悬挂的习俗。又记有"生丁、白丁、黑丁""椎结斑衣"的服饰特征;伶人(大概为今之仫佬族)"雕题高髻"的服饰特征;"壮丁"(大概为今之壮族)"冬编鹅毛,夏衣木叶"的服饰特征;山子瑶女性"斑衣""短裙及膝"的服饰特征等。

  广西服饰民俗文化中制衣的布料及织锦也在山水散文中得以体现。周去非《岭外代答》"服用门"写了广西服饰中的制衣的各种不同质料,如邕州左右江一带人民织布的"佳丽厚重""南方之上服"的綀,广西瑶族蜡染的"瑶斑布",邕州左右江一带产的"轻凉离汗"的练子,吉贝木花心细茸纺成的"吉贝"等。《西事珥》写到传说中给船夫做淡黄袴的郁林布并未在现实中见到,也写了"吉贝"、斑布、龙凤葛等。《赤雅》里"卉服"写了广西制衣布料的特色,有以南方草木制作的布料,如勾芒布、红蕉布,有毕方麻、祝融木、火鼠毛所织成的火浣布,还有桐花布、琼枝布、娑罗龙布、斑布、桃花布等等。《粤西游日记四》中还记载了隆安"交绢":

---

① [明]邝露著,蓝鸿恩考释.赤雅考释[M].南宁:广西民族出版社,1995:13.
② [清]闵叙.粤述[M].北京:中华书局,1985:22.

交绢轻细如吾地兼丝,而色黄如睦州之黄生绢,但比之密而且匀,每二丈五尺一端,价银四钱,可制为帐。①

上林县泗城用木棉花纺织成的布:

泗城人亦有练之为布者,细密难成,而其色微黄,想杂丝以成之也。②

《赤雅》写瑶族之锦:

锦有鹅头锦,花蕊锦,蛇濡锦,以蛇膏泽之。辟毒雾,入水不濡,亦名龙油锦。簇蝶锦,以熬金为之。③

这里说的几种锦中有一种蛇濡锦,说是用蛇膏润泽后闪闪发亮,可以阻挡有毒之气,十分神奇而富有特色。

壮锦是壮族服饰文化中的关键符号,广布于红水河流域和左右江流域,曾盛极一时。壮锦萌芽于汉代,形成于唐宋,发展于明清,在古代它与云锦、蜀锦、宋锦并列,为"中国四大名锦"之一。④ 壮锦是用棉纱为经和丝绒为纬织成的,经线是原色,纬线是五彩的,因而织出来的壮锦具有色彩绚丽、图案别致、结实耐用的特点,是壮族独特的织锦艺术。张祥河《粤西笔述》、沈日霖《粤西琐记》都有对壮锦的描绘,其中《粤西琐记》写壮锦,提到壮族妇女手艺好:

---

① [明]徐弘祖著,褚绍唐、吴应寿整理.徐霞客游记(上)[M].上海:上海古籍出版社,2011:523.
② [明]徐弘祖著,褚绍唐、吴应寿整理.徐霞客游记(上)[M].上海:上海古籍出版社,2011:556.
③ [明]邝露著,蓝鸿恩考释.赤雅考释[M].南宁:广西民族出版社,1995:13.
④ 梁庭望.壮族文化概论[M].南宁:广西教育出版社,2000:197.

手艺颇工,染丝织锦五彩烂然,与刻丝无异,可为裀褥。凡贵官富商,莫不争购之。……布亦以青白缕相间成文,极坚韧耐久,用焉手巾,每一幅可三四年不敝。①

壮锦工艺有独特的风格,在题材内容、图案组织、纹样造型和色彩运用上具有浓厚的民族特色。壮锦的色彩和图案经历了从单色到多彩,由简单到复杂的发展过程。壮锦采用红、绿、蓝、粉红等色,传统沿用的花纹图样有万字纹、水纹、云纹、菊花纹等纹样,还有蝴蝶朝花、凤穿牡丹、双龙抢珠、狮子滚球、鲤鱼跳龙门等图案。壮锦厚实耐用,可用作床毯、被面、围裙、背带、腰带、手提袋、头巾、衣边装饰等。②

古代广西山水散文还表现了不少具有特色的装饰性的生产工具、护身武器和日常用品,如生活在山区中的广西土人多以背负方式运送东西,范成大对此写道:

岭蹬险厄,负戴者悉著背上,绳系于额,偻而趋。③

周去非《岭外代答》亦有:

地皆高山,而所产乃辎重,欲运致之,不可肩荷,则为大囊贮物,以皮为大带挽之于额,而负之于背,虽大木石亦负于背。④

范成大写至邕管卖马人的服饰:

---

① 丛书集成续编(第二三六册)[M].沈日霖.粤西琐记.台北:新文丰出版公司,1988:354.
② 《壮族简史》编写组.壮族简史(修订本)[M].北京:民族出版社,2008:265-266.
③ [宋]范成大著,胡起望,覃光广校注.桂海虞衡志辑佚校注[M].成都:四川民族出版社,1986:184.
④ [宋]周去非著,杨武泉校注.岭外代答校注[M].卷三.外国门下.瑶人.北京:中华书局,2012:119.

> 以缠绵椎髻,短褐、徒跣、戴笠、荷毡,珥刷牙,金环约臂,背长刀,腰弩箭箙,腋下佩皮箧,胸至腰骈束麻索,以便乘马。①

《岭外代答》之"西南蛮"记载西南蛮的服饰中还有"披毡而背刀带弩"。明代万历年间丘和声《后骖鸾录》写在柳州郭外所见:

> 见徭人富者戴红藤帽,乘马挟刀剑。贫者片麻裹头,腰间都佩一蒯缑,亦其天性好斗者然也。②

作者认为瑶族天性好斗影响到了其服饰特点。

《粤西游日记》中记载了广西人常用的背篓——山篮,徐霞客在大鼻山刘家烤了美味的竹笋后,寻得山篮将路上拾得的蕨芽、萱菌放入其中,背回去煮来吃。

三、古代广西山水散文中的居住民俗文化

居住也是人类最基本的生活需求之一,居住民俗是在长期的历史中由一地民众创造、传承的在居住方面的习俗和规范。民居建筑的选址、材料、结构方式、建造技艺、装饰艺术、民居建筑造型、村落布局等方面的特点是最引人注目的,民居建筑是历史与文化的记忆,闪烁着民族智慧的光芒。此外还包括了与民居相关的信仰、仪式、成员住房的安排及屋内的物品摆设等方面的习俗惯制。广西古代民居主要是利用自然环境,依山水而居,改造自然空间形成居住空间。比如民居选址利用自然的山水和岩洞,经过适当的改造而符合人的居住需要。其中对自然之山的利

---

① [宋]范成大著,胡起望、覃光广校注.桂海虞衡志辑佚校注[M].成都:四川民族出版社,1986:208.
② [清]汪森编辑,黄振中、吴中任、梁超然校注.粤西丛载校注(上)[M].卷四.入粤纪程.邱和声.后骖鸾录.南宁:广西民族出版社,2007:163.

用是最明显的,唐代的广西山水散文就有了广西居民依山而建的描绘,《阳朔县厅壁题名》写阳朔建筑的特点:

　　士宦胥吏,黎民商贾,夹川而宅,基置山足。山多大木,可以堂,可以室。①

虽然并未言明这些民居建筑的具体特点,但当时阳朔人民依山而居,与自然山水的和谐相处是肯定的。

　　古代广西山水散文中对民居和村落环境描写最多的是《徐霞客游记》,在《粤西游日记》里徐霞客记下的他在广西各地看到的不少民间村落、民间住房都是在山谷、山坞、山腰、山间的。如在桂林尧山附近的冷水塘见"一村依山逐涧",在柳州"民居环山麓而崖峻",在北流境内的果子山"有数家倚冈而居",过十里的横林,"有聚落在路右坞"。在鸡黍山上的秦窑见到左右两侧都是峡谷,一条狭窄的小道通向的地方有"两三家当阜而居",穿过峡谷二里又有个村落卢绿塘在山坞之中,至罗秀卢塘见到"四山开绕,千室鳞次,倚山为塘,堤分陂叠,亦山居之再胜者"。至罗捷见"有村落在山半",至上合村见到"居民二三家在岭内",在陈坊因聚落成市,所以山野也不显得空旷。至飘村,"西望大山之下,则村落累累焉"。当他走到广西西南部时也同样描写了很多这样的村落,东村"数十家倚南山",骚村"四山回合,中有茅巢三架",龙英州附近"村落散倚崖坞间",登上附近山岗见"三四家西倚土山";在罗峒村"村倚坞北石山之下",在南麓村附近"路右石峰之夹,路左土垅之上,俱有村落";在结伦州附近的陆廖村见"数家之聚在山半";在上林韦龟山见"数十家倚山北麓……栖舍累累,或高或低"的村落。这其中应该多数是少数民族。广

---

① [清]董浩,等. 全唐文 5[M]. 卷七一八. 太原:山西教育出版社,2002:4357.

第六章 古代广西山水散文与多民族民俗文化

西少数民族多是依山而居,《炎徼纪闻》写断藤峡段,就描绘了瑶族盘踞于万山之中,"山多缦土,沃而敏树,诸瑶皆侧耕危获",以大山为他们的生活资源,形成了广西瑶族高山居住的特色。王士性《龙江客问》说瑶族"居室不喜平地,惟利高山",其《广志绎》说到了右江三府少数民族居住的特点:

> 环城以外悉皆傜僮所居,皆依山傍谷,山衡有田可种处则田之,坦途大陆纵沃,咸荒弃而不顾。①

并分析了这些少数民族喜欢居住高山的原因是其性"好恋险阻,傍山而居,倚冲而种,长江大路,弃而与人",可见广西少数民族和汉族是分而居住的。

利用自然之山修建民居最典型的建筑形式就是广西各少数民族曾广泛流行的干栏民居。干栏建筑是古老的百越民族的民居形式,主要以竹、木为主要材料,依靠自然山势,把山坡削成土台,土台以下用木头柱子支撑,铺上木板做成房屋,分几层,上层住人,底层饲养家禽牲畜或堆放杂物。干栏建筑是适应了广西山高林密、炎热多雨、野兽和毒蛇多的地理环境的需要而形成的民居形式。干栏建筑的起源可能与原始巢居有关,《韩非子·五蠹》:"上古之世,人民少而禽兽众,人民不胜禽兽虫蛇,有圣人作,构木为巢以避群害,而民悦之,使王天下,号曰有巢氏。"②晋代张华《博物志》:"南越巢居,北溯穴居,避寒暑也。"③韩非子所说的"构木为巢"应是指南方原始的干栏居住形式④。而当巢居从树上移到了

---

① [明] 王士性著,周振鹤编校. 王士性地理书三种[M]. 广志绎. 卷五. 上海:上海古籍出版社,1993:381.
② [战国] 韩非. 韩非子[M]. 卷十九. 五蠹. 上海:上海人民出版社,1974:213.
③ [晋] 张华. 博物志[M]. 卷一. 四方人民. 上海:上海古籍出版社,1990:6.
④ 覃彩銮. 壮族干栏文化[M]. 南宁:广西民族出版社,1998:18.

山边,靠山而建,就形成了干栏建筑。干栏建筑见于中国古代典籍的有《魏书》《北史》《旧唐书》《新唐书》《太平寰宇记》等。最早见于《魏书》:"獠者,盖南蛮之别种……种类甚多,散居山谷……依树积木,以居其上,名曰'干兰'。干兰大小,随其家口之数。"①《北史·獠传》作"干阑"②。《旧唐书》载南平獠之建筑:"人并楼居,登梯而上,号为'干栏'。"③《新唐书》中写南平獠的干栏建筑:"山有毒草、沙虱、蝮蛇,人楼居,梯而上,名为干栏。"④时至今日在广西少数民族山区干栏建筑还是主要的民居形式。总之,古代广西的民居以干栏建筑为主要特色,依山而居,架木筑屋,这种建筑形式也很容易被游人所感知,在古代广西山水散文中都有所体现。《岭外代答》"蛮俗"中写的"麻栏"即是干栏建筑:

> 民编竹苫茅为两重,上以自处,下居鸡豚,谓之麻栏,生理苟简。⑤

又有"巢居"专写干栏建筑:

> 深广之民,结栅以居,上施茅屋,下豢牛豕。栅上编竹为栈,不施椅桌床榻,唯有一牛皮为裀席,寝食于斯。牛豕之秽,升闻于栈罅之间,不可向迩。彼皆习惯,莫之闻也。考其所以然,盖地多虎狼,

---

① [北魏] 魏收撰,仲伟民标点.魏书[M].卷一〇一.列传第八九.獠.长春:吉林人民出版社,1995:1378.
② [唐] 李延寿.北史(第二册)[M].卷九十五.北京:中华书局,1974:3154.
③ [后晋] 刘昫等.旧唐书(第十六册)[M].卷一百九十七.列传第一百四十七.南蛮 西南蛮.南平獠.北京:中华书局,1975:5277.
④ [宋] 欧阳修,宋祁撰.新唐书[M].卷二百二十三下.列传第一百四十七下.南蛮下.南平獠,北京:中华书局,1975:6325.
⑤ [宋] 周去非著,杨武泉校注.岭外代答校注[M].卷十.蛮俗门.瑶人.北京:中华书局,2012:413.

不如是则人畜皆不得安,无乃上古巢居之意欤?①

这些文字说明了广西少数民族干栏建筑的内部布局、住宅的功能分区等居住惯制,并从自然环境的角度分析了这种居住习俗形成的原因。广西各少数民族在古代基本都是延续着这种居住民俗,因此后来很多入桂者在他们的山水散文中都提到了广西各少数民族干栏民居:

> 居室无问贫富,俱喜架楼,名之曰栏,上人下畜,不嫌臭秽。②
> ——明·王士性《广游志》
> 依深山穷谷,积木以居,名曰干栏。③
> ——明·魏濬《西事珥》
> 猺人住屋,似楼而非楼。盖茅作两层,内架以竹或板,人居其上,则猪圈牛栏,皆在卧榻之下矣。④
> ——清·闵叙《粤述》

壮族居住的干栏木楼称为麻栏:

> 居室茅缉而不涂,衡板为阁,上以栖止,下畜牛羊猪犬,谓之麻栏。⑤
> ——明·田汝成《炎徼纪闻》

---

① [宋]周去非著,杨武泉校注.岭外代答校注[M].卷四.风土门.巢居.北京:中华书局,2012:155.
② [明]王士性著,周振鹤编校.王士性地理书三种[M].广游志卷上,龙江客问,上海:上海古籍出版社,1993:217-218.
③ 四库全书存目丛书编纂委员会.四库全书存目丛书 史部 第247册[M].济南:齐鲁书社,1996:820.
④ [清]闵叙.粤述[M].北京:中华书局,1985:22.
⑤ [明]田汝成撰,欧薇薇校注.炎徼纪闻校注[M].卷四.云南土司,南宁:广西人民出版社,2007:123.

> 居室缉以茅而不涂墍,衡板为阁,栖止其上,下畜牛、羊、犬、豕,谓之麻栏子。子长娶妇,即别栏而居。①
>
> ——明·魏濬《西事珥》

此处还体现了壮族因婚姻而分家的居住习俗。

《粤西游日记》里也记载了徐霞客沿途所见高架而起的茅屋,在隆安写当地人等他"上架餐饭",邀他"登架""以难黍饷"。在一个叫"那吝"的村子,徐霞客写道:

> 共逾岭二里,山峒颇开,有村名那吝,数十家在其中央,皆分茅各架,不相连属。……登一茅架,其家宰猪割鸡献神而后食,切鱼脍复如前。②

这里的"架"即是干栏民居。徐霞客较为具体地写干栏民居是在写到隆安的土人村落时:

> 土人俱架竹为栏,下畜牛豕,上婴与卧处之所托焉。架高五六尺,以巨竹槌开,径尺余,架与壁落俱用之。婴以方板三四尺铺竹架之中,置灰爇火,以块石支锅,而炊锅之上三四尺悬一竹筐,日炙稻而舂。③

不仅写了干栏民居的建筑材料、建筑布局和功能分配,还写到了屋内生

---

① 四库全书存目丛书编纂委员会编. 四库全书存目丛书 史部 第 247 册[M]. 济南:齐鲁书社,1996:819.
② [明]徐弘祖著,褚绍唐、吴应寿整理. 徐霞客游记(上)[M]. 上海:上海古籍出版社,2011:518-519.
③ [明]徐弘祖著,褚绍唐、吴应寿整理. 徐霞客游记(上)[M]. 上海:上海古籍出版社,2011:523.

火做饭的火塘,火塘是家庭生活的中心,在房屋的中央,用三四尺的方木板铺在上面,放上木炭,用石块架起锅煮饭,在这个火塘的上方还悬挂着一个竹筐,可以火塘的火熏烤谷物等东西。在马草塘的北村时他也写了干栏民居:

> 村氓茅栏甚巨,而下俱板铺,前架竹为台。①

徐霞客在秦窑时还目睹了干栏建筑建房的准备,看到有两三家居住在土山上,有人正在准备建房子的材料:

> 主人方裂竹为构屋具,取大竹椎扁裂之,片大尺许,而长竟其节,以覆屋兼橡瓦之用。②

除了居住的房屋外,干栏建筑还有一些公用建筑,比如侗族的风雨桥、鼓楼都是广西民间建筑的精华。《粤西游日记》在南丹百步村见到了一种亭桥:

> 水至是转而西南去,有木梁架其上,覆以亭,亦此中所仅见者。……塘中有堤,东西长亘数丈,两端各架木为桥,而亭其上。③

这里描述的类似现今侗族风雨桥,风雨桥也叫"花桥",是侗族最重要的交通设施,源于古越人的干栏建筑,是干栏建筑的发展和延伸。风

---

① [明] 徐弘祖著,褚绍唐、吴应寿整理. 徐霞客游记(上)[M]. 上海:上海古籍出版社,2011:601.
② [明] 徐弘祖著,褚绍唐、吴应寿整理. 徐霞客游记(上)[M]. 上海:上海古籍出版社,2011:434.
③ [明] 徐弘祖著,褚绍唐、吴应寿整理. 徐霞客游记(上)[M]. 上海:上海古籍出版社,2011:606、608.

雨桥由桥墩、桥身组成,全木结构,榫卯组合,桥集廊、楼、亭于一身,汇聚了侗族民居建筑、鼓楼建筑的技艺,可以供人乘凉避雨,故名风雨桥。徐霞客所见反映了当时广西地区的亭桥的存在,也许是本地特色,也许与当时广西民族文化交流也有关系。

《西事珥》和《赤雅》里记录的"罗汉楼"也属于干栏建筑的一种:

> 以大木一枝埋地,作独木大楼丈,覆瓦阁板。男子歌唱夜归,则缘宿于上,名之曰罗汉楼。①
>
> ——明·魏濬《西事珥》
>
> 以大木一株埋地,作独脚楼,高百尺,烧五色瓦覆之,望之若锦鳞矣。攀男子歌唱饮啖,夜缘宿其上,以此为豪。②
>
> ——明·邝露《赤雅》

这里写的是僚人的建筑,侗族在历史上也曾被称过"僚",再从罗汉楼的外形和功能的描述上看其与今之侗族的鼓楼十分相似,侗族的鼓楼历史悠久,是侗族建筑的标志,被称为侗族的灵魂。鼓楼不作为居住建筑,主要是侗族独具特色的公共建筑空间,与侗族村落的居住建筑形成了整体布局与单体布局的相互映照。鼓楼最先起源于古越人的巢居和栅居(侗语称为"共"或"百"),其后随着干栏式建筑的发展以及村落的不断扩大,从而建造成为比一般干栏建筑较为高大的公房(侗族称为"堂瓦"),其形式为干栏式的鼓楼或独脚楼(仿杉木之形而营造之)。鼓楼的结构采用木构架的穿斗式或抬梁穿斗结合,有三至九层高,外形上形成四边、六边、八边的宝塔形状,重檐飞角,多用钻天宝顶,或用歇山顶,整

---

① 四库全书存目丛书编纂委员会.四库全书存目丛书 史部 第247册[M].济南:齐鲁书社,1996:821.
② [明]邝露著,蓝鸿恩考释.赤雅考释[M].南宁:广西民族出版社,1995:36.

座鼓楼像是一座宝塔,异常美观。鼓楼除了体现侗族人民的审美情趣外,还是侗族文化的标志,鼓楼是侗族人民家族或村寨的象征。侗族有"有寨必有鼓楼,建寨必先建鼓楼"的说法,一般是一个村寨建一个鼓楼,有些村寨每个姓氏建一个鼓楼,因而形成了鼓楼群。侗族人民的集体会议、日常娱乐与人际交往都在鼓楼中进行。鼓楼悬着长鼓,击鼓以召集众人进行重要的议事。早期鼓楼的社会功能主要是聚众议事和青年的娱乐,后来慢慢辐射到生活的各个方面,鼓楼成为经济活动、军事活动、对歌、老人闲谈等活动的场所。魏濬和邝露所描写的罗汉楼里有男子在唱歌娱乐,这也是鼓楼的功用之一。

除了干栏建筑,岩洞也曾是广西人的居所,徐霞客就曾在广西的洞穴中居住过,但岩洞滴水潮湿不太适合人居住,而古代广西山水散文还记述了广西人利用天然溶洞建房子的情形,如徐霞客在游桂林七星岩时见到了当地人在岩洞因地制宜建的房子:

> 余啜茗其间,仰视阁为瓦掩,不见岩顶,既而转入玄武座后,以为石窟止此,而不意亦豁然透空,顶上仅高跨如梁,若去其中轩阁,则前后通映,亦穿山月岩之类,而铺瓦叠户,令人坐其内不及知,可谓削方竹而淹断纹者矣。阁后透明之下,复垒石为垣,高与阁齐,以断出入。①

此段描述可见这个房子建得巧妙,让人丝毫感觉不出是住在洞中。在融县徐霞客看到当地人在岩洞"架木窍间,若欲为悬阁以居者",可能是打算建悬空的楼阁来居住。另外在柳州东林洞里有可以隐居的茅阁:

> 逾东阈而出,巨石迸裂成两罅:一罅北透则石丛,而平台中悬,

---

① [明]徐弘祖著,褚绍唐、吴应寿整理.徐霞客游记(上)[M].上海:上海古籍出版社,2011:342.

可以远眺；一镈东下则崖削，而茅阁虚嵌，可以潜栖。①

古代广西山水散文表现了部分广西居住民俗，如村落布局显示了自然空间和社会空间的互相影响，体现了人与自然、人与社会的关系；村落选址依山傍水，有的聚族而居，有的散居在山间；少数民族多为干栏式，户与户之间栉比鳞次，村落四周田园阡陌、鱼塘满布。也涉及了一些居住习惯，如婚后分家等，但由于古代文人与少数民族文化保持着一定的距离，因此其观察点更多是止于村落、民居的外观。

第三节 古代广西山水散文与社会民俗文化

社会民俗也叫社会组织及制度民俗，是指人们在特定条件下形成的社会关系，是民众在从个人到家庭、家族、乡里、民族等交往过程中，形成、使用、传承的集体行为方式，包括岁时节日民俗、人生礼仪民俗、人际礼仪民俗、社会组织民俗等。

一、古代广西山水散文中的岁时节日民俗

岁时节日是人们在漫长的历史中对天象、物候、季节变换的独特认知，是随着季节和时序的变化，人们在一年之中的某个特定的日子或特定的阶段形成了具有某种民俗意义或纪念意义的社会性活动，并通过世代传承而形成的民俗事项。岁时节日在中国具有明显的农业文化色彩，是人们在一年四季围绕着农业生产、应和着农作的节奏、顺应季节的变化而形成的一张一弛的民众生活惯制。岁时节日一般具有人民大众认

---

① [明]徐弘祖著,褚绍唐、吴应寿整理.徐霞客游记(上)[M].上海：上海古籍出版社,2011：400.

可的某种特定的主题,随着一定的周期如约而至,形成重复性的节日活动和节日饮食习俗。岁时节日有农事节日、祭祀节日、纪念节日、庆贺节日、社交游乐节日等。农事节日是围绕耕作、丰收等农业生产的过程和阶段而形成的,如二十四节气。祭祀节日是以祭祀祖先、神灵为主要活动的节日,如清明,广西各民族的四月八、七月半,壮族的莫一大王节、蚂拐节,苗族的拉鼓节,瑶族的盘王节等。纪念节日是纪念民族崇拜人物和英雄的节日,如端午节纪念屈原。庆贺节日以庆祝丰收为主体,如春节、广西部分少数民族的尝新节、苗族的苗年等。社交游乐节日主要是人们交流沟通感情、通过歌舞或游艺活动来进行社交的节日,如广西壮族的三月三,侗族的花炮节,苗族的跳坡节、芦笙节,京族的哈节等。在各种节日中活动的内容也呈现出多样化的特点,敬神祭祀、祈年驱灾、交际娱乐成了节日的主要内容。

年节是广西各民族都认同的节日,《桂海虞衡志》中可见僚人有在岁首祭祀的习俗,岁首就是传统的年节:

> 岁首以土杯十二贮水,随辰位布列,郎火祷焉。乃集众往观,若寅有水而卯涸,则知正月雨二月旱。①

《西事珥》也有此记载:

> 岁首,郎火以土杯十二贮水,按辰布列,祷之。经夕启视,有水则其月不旱。②

---

① [宋]范成大著,胡起望,覃光广校注.桂海虞衡志辑佚校注[M].成都:四川民族出版社,1986:198.
② 四库全书存目丛书编纂委员会.四库全书存目丛书 史部 第247册[M].济南:齐鲁书社,1996:821.

广西少数民族大多为稻作民族,雨水是农业生产的重要因素,因此在年头祈祷当年风调雨顺、五谷丰登是其节日习俗的重要内容之一。比如今之广西壮族地区流行的蚂拐节也是在正月初一举行,其通过辨别上一年埋葬的青蛙骨头的颜色来预测这一年是否风调雨顺,这与以水杯之水的情况预测是雨是旱有异曲同工之妙。

三月三是广西壮族传统节日,流行至今。其源流可以追溯到中国古代的上巳节,上巳为农历三月初三日,周代即有于水边洗脚的祓禊习俗。《诗经·郑风·溱洧》是采自郑国的民歌,写的是上巳节里郑国的少男少女们在溱洧二水相会,表达爱情。在农历的三月三,人们祭祀管理婚姻和生育的神灵——高禖,同时焚香草,辟除灾邪,乞求天降吉祥。这个节日里,因为人们对婚姻生育之神的膜拜,也为青年男女们心性沟通、互诉衷肠提供了自由的场所。汉代以后,上巳节是民间流行的春天修禊、娱乐的节日。古代广西的上巳节也受到中原文化的影响,但与本地的歌圩节融合,并将男女交流感情、获取爱情、民间娱乐等活动融为一体。《岭外代答》写广西三月三:

> 交址俗,上巳日,男女聚会,各为行列,以五色结为球,歌而抛之,谓之飞驰。男女目成,则女受驰而男婚已定。①

男女青年对歌寻求伴侣,一般经过游歌、见面歌、求歌、和歌、盘歌、相交歌、信歌、思歌、离别歌、约歌等几个环节。通过游歌,引起对方注意;通过见面歌互相探明来意,互通姓名,是初相识的媒介;通过求歌请求对歌;接着通过盘歌考察对方的知识和智慧,进一步了解对方,然后抛绣球定情。广西三月三与中原上巳的习俗有相似的地方,同时又具有民

---

① [宋]周去非著,杨武泉校注.岭外代答校注[M].卷十.蛮俗门.飞驰.北京:中华书局,2012:422.

族文化特色。由于广西少数民族爱唱歌,有自由恋爱、歌唱成婚的风俗,三月三又与歌节合在一起,如魏濬、邝露笔下的"浪花歌"习俗即有三月三为固定的春歌日期。

《桂海虞衡志》"志蛮"之佚文写瑶族的节日活动:

> 岁首祭槃瓠,杂揉鱼肉酒饭于木槽,扣槽群号为礼。十月朔日,各以聚落都贝大王。男女各成列,连袂相携而舞,谓之踏瑶。意相得,则男咿呜跃之女群,负所爱去,遂为夫妇,不由父母。其无配者,俟来岁再会。女二三年无所向,父母或欲杀之,以其为人所弃云。①

范成大是最早写瑶族除夕祭祖和十月中祭祀盘王活动的,《岭外代答》紧随其后:

> 瑶人每岁十月旦,举峒祭都贝大王。于其庙前,会男女之无夫家者。男女各群,连袂而舞,谓之踏摇。男女意相得,则男咿嘤奋跃,入女群中负所爱而归,于是夫妇定矣。各自配合,不由父母,其无配者,姑俟来年。女三年无夫负去,则父母或杀之,以为世所弃也。②

《西事珥》之"夷风记略"写"时节祠盘瓠"也抄录此段:

> 凡祭先,则杂鱼肉酒食于木槽,扣槽群号为礼。十月朔,祭都

---

① [宋]范成大著,胡起望、覃光广校注.桂海虞衡志辑佚校注[M].成都:四川民族出版社,1986:185.
② [宋]周去非著,杨武泉校注.岭外代答校注[M].卷十.蛮俗门.踏摇.北京:中华书局,2012:423.

贝大王,男女连袂而舞,谓之蹋猺。相乐则男腾跃跳踊,负其女以去。①

"槃瓠"是古代神话中的犬名,最早名称由来见《后汉书》李贤注引三国鱼豢《魏略》。瑶族将槃瓠视为祖先,是对狗图腾的一种崇拜,瑶族的民间有"先有狗仙,后有祖先"的说法②。远古时代瑶族的主要生活方式之一就是狩猎,在狩猎中,狗能帮助发现猎物和捕获猎物,在与野兽进行殊死搏斗中不惜牺牲性命,因而使得瑶族对狗产生了崇拜。瑶族认为狗与人有血缘关系,由此产生了与之相关的民俗。岁首祭祀槃瓠、十月朔日祭都贝大王都是与盘瓠崇拜有关的瑶族重要节日习俗。岁首祭祀槃瓠一般是在除夕,这种习俗流传到如今,现在部分瑶族除夕祭祖前还用小木槽或大碗盛些节日饭菜,放在饭桌下,由家长或老人匍匐下去,并模仿狗叫两声,全家老少从桌下窜过或绕桌一圈,才能进餐③。

十月朔日祭都贝大王是瑶族最为隆重盛大的节日,都贝大王即为"盘王",瑶族以"盘王"为民族的始祖,盘王节是瑶族祭祀祖先的隆重节日,又叫"还盘王愿"或"做盘王""跳盘王""祭盘王""祭盘古"等,是瑶族的槃瓠崇拜在节日上的体现。节日时间一般是在秋收后至春节前的农闲时节,如一年一次的农历十月十六日。盘王节仪式由4名正师公主持,其仪式主要分两大部分进行。第一部分是"请圣、排位、上光、招禾、还愿、谢圣",整个仪式中唢呐乐队全程伴奏,师公跳盘王舞。第二部分是请瑶族的祖先神和全族人前来"流乐",流乐的瑶语意思是玩乐,恭请瑶族各路祖先神参加盘王节的各种文艺娱乐活动,这是盘王节的主要部

---

① 四库全书存目丛书编纂委员会.四库全书存目丛书 史部 第247册[M].济南:齐鲁书社,1996:819.
② 吕大吉,何耀华.中国各民族原始宗教资料集成(瑶族卷)[M].北京:中国社会科学出版社,1998:191.
③ 吕大吉,何耀华.中国各民族原始宗教资料集成(瑶族卷)[M].北京:中国社会科学出版社,1998:185-186.

分。祭祀完毕众人唱盘王歌,跳盘王舞,以唱盘王歌和跳长鼓舞为主要的节日活动内容。从范成大等人的记载看,古代瑶族盘王节祭祀完毕后的娱乐活动更多是男女青年情感交流的途径,是他们婚姻结成的主要途径。

《赤雅》里还记载了瑶族社日以南天烛染成的青精饭互相赠送的习俗。《粤述》记有瑶族元宵节、中秋节踏歌习俗。

古代广西山水散文还表现了广西古人过端午节、七月半、中秋节的情形。端午节为五月初五,民间认为是龙的节日,也谓是毒月恶日,民间习俗有龙舟竞渡、挂菖蒲、以雄黄驱避虫疫。《赤雅》"獞妇畜蛊"一段记载了五月初五"聚诸虫豸之毒者,并置器内,自相吞食,最后独存者蛊",这是一种黑巫术活动。从中可见广西古人认定端午节是毒虫滋生的日子,因此驱邪避毒的活动也是必有的。赛龙舟是中国端午节传统的活动,各地盛行。明代王济《日询手镜》记载了横州端阳节的龙舟竞渡:

  初一日,即为竞渡之戏,至初五日方罢。舟为十五数只,甚狭长,可七八丈,头尾皆刻龙形。①

可见端午前后赛龙舟十分兴盛。徐霞客在广西经历的端午节正好是在桂林,这一天大雨如注,身在异乡的徐霞客独自饮菖蒲酒"自酬节意",当时正值官方禁止桂林民间赛龙舟活动,但徐霞客也看到了桂林人民禁止不了的赛龙舟热情:

  舟人各以小艇私棹于山下,鼍鼓雷殷,回波雪涌,殊方同俗,聊资凭吊,不觉再热。②

---

① [清]王济.君子堂日询手镜[M].北京:中华书局,1985:37-38.
② [明]徐弘祖著,褚绍唐、吴应寿整理.徐霞客游记(上)[M].上海:上海古籍出版社,2011:302.

鼓声喧天,江水波澜回旋,如雪花飞涌,即便是民间私自举办的龙舟竞渡也颇具气势,在这样的节日里,独在异乡为异客的徐霞客感受到与家乡一样的端午龙舟风俗,激发了他的思乡之情。《赤雅》里专门描绘了桂林龙舟竞渡的场景:

> 桂林竞渡,舟长十余丈,左右白衣数人,又麾白旗,左氂长袖,为郎当舞,中扮古今名将,各执利兵,傍置弓弩,遇仇敌,不返兵,胜则枭而悬之。铙歌合舞,十年一大会,五年一小会,遇甲戌为之,有司毫不敢诘。①

虽然这里说"十年一大会,五年一小会",但根据桂林民间习俗,每逢戌年有龙舟盛会,从正月初一"开鼓"到二月二敬龙王爷下殿,在端午前制作好龙舟、试水、准备物品、到庙里祭祀龙头,到端午节下水比赛,达到竞渡高潮②,可推断邝露所言的龙舟竞渡是在端午节。

《粤西游日记》中徐霞客在柳州所见的七夕节是"益不知乞巧,只知报先"。中原地区的七夕节是乞巧节,女孩们对月穿针乞巧,而柳州七夕节当地人在却在祭祀祖先,类似广西传统的中元节,徐霞客认为这是一方淳厚的风俗。中秋节徐霞客在横州宝华寺:

> 顷之而云痕忽破,皓魄当空。参一出所储酝醉客,佐以黄蕉丹柚。空山寂静,玉宇无尘,一客一僧,漫然相对,洵可称群玉山头,无负我一筇秋色矣。③

---

① [明]邝露著,蓝鸿恩考释.赤雅考释[M].南宁:广西民族出版社,1995:161.
② 胡小安,董文嘉.桂林龙舟竞渡的历史与文化意涵[J].广西民族师范学院学报,2016(2):33.
③ [明]徐弘祖著,褚绍唐、吴应寿整理.徐霞客游记(上)[M].上海:上海古籍出版社,2011:444-445.

徐霞客和宝华寺僧人饮酒赏月,见到了中秋美好的月色,也体验了黄蕉丹柚佐美酒的地方风俗。

汉族不少传统节日如春节、元宵、二月二、上巳、清明、端午、上元节、中秋节,都是广西汉族和少数民族共同的节日,说明了各民族之间存在的文化认同,但同时每个民族庆贺的方式和活动的内容也有所区别。如《粤述》中记载瑶族在元宵节、中秋节踏歌习俗最为兴盛,再如据《赤雅》"浪花歌"记载,正月初一、三月初三、中秋节都是当地男女青年"歌唱为乐""唱和竟日"的节日。

二、古代广西山水散文中的人生礼仪民俗

人生礼仪民俗是人在出生、成年、婚嫁、死亡等重要阶段的仪式、礼节和习惯,包括诞生礼、成年礼、婚礼、葬礼等。诞生礼是有关生命繁衍、维系的仪式和习俗,包括求子、孕期、庆贺生子、月子习俗等。古代广西笔记中记载了诞生礼习俗中的"产翁"习俗,如《桂海虞衡志》《岭外代答》皆引唐代房千里《异物志》里所言:"僚妇生子即出,夫惫卧如乳妇,不谨则病,其妻乃无苦"①,"产翁"是女人生孩子,男人坐月子的习俗惯制。女人生育后伺候男人坐月子,壮族称这种男子为"产公",这种产翁制度一般认为是母系社会向父系社会过渡期的产物,是男人地位提升后对女性生育权的争夺。关于此俗在古籍中多有记载,如《太平广记》引唐代尉迟枢《南楚新闻》:"南方有僚妇,生子便起,其夫卧床褥,饮食皆如乳妇,稍不卫护,其孕妇疾皆生焉。其妻亦无所苦,炊爨樵苏自若。"又云:"越俗,其妻或诞子,经三日,便澡身于溪河,返具糜以饷婿,婿拥衾抱雏,坐于寝榻,称为产翁,其颠倒有如此。"宋代朱辅《溪蛮丛笑》、清代张祥河《粤西笔记》亦有此载。

孩子出生以后的习俗,如《桂海虞衡志》里记载:

---

① [宋]范成大著,胡起望、覃光广校注.桂海虞衡志辑佚校注[M].南宁:广西人民出版社,1986:198.

> 儿始能行,烧铁石烙其跟跖,使顽木不仁,故能履棘茨根柿而不伤。①

《桂海虞衡志》最早记载了瑶族孩童烧铁石烙足根的习俗,明清之后多引其说,《西事珥》也谈及此习俗:

> 儿时即烧铁石烙其跟跖,沁以油蜡,重趼若鞬。登山履槎柿险峭,步驰不伤。②

《赤雅》之"生丁白丁黑丁"也有一样的说法:

> 儿时即烧铁石烙其跟跖,沁以蛇油,重趼若鞬。穿箐走棘,履险若夷。③

这是一种磨炼孩子坚强意志和培养他们生活技能的习俗,因为瑶族自古居住在高山,登山是他们必备的生活技能,因此在孩子很小的时候就为他们创造出常年登山的条件,表达了瑶族对后一代的期望。

另外还有孩子一出生就为他们制刀的习俗,见《桂海虞衡志》:

> 儿始生,称之以铁,如其重,渍之毒水。儿长大,煅其钢以制刀,终身用之。④

---

① [宋] 范成大著,胡起望、覃光广校注.桂海虞衡志辑佚校注[M].成都:四川民族出版社,1986:184-185.
② 四库全书存目丛书编纂委员会.四库全书存目丛书 史部 第247册[M].济南:齐鲁书社,1996:819.
③ [明] 邝露著,蓝鸿恩考释.赤雅考释[M].南宁:广西民族出版社,1995:18.
④ [宋] 范成大著,胡起望、覃光广校注.桂海虞衡志辑佚校注[M].成都:四川民族出版社,1986:185.

《西事珥》《赤雅》均引此说。瑶族生存环境恶劣,耕山生活十分艰辛,在山间开田,稻田无几,如遇天灾,几乎无所收获,这就使得他们必须有其他的生存之道。除了依靠大山的食物,他们还形成了剽掠的习惯,这种生存之道必然要培养男孩子的剽悍和勇猛,因此有生儿炼制刀具的习俗也就不足为奇了。

成年礼是社会承认一个年轻人具备了进入成人世界,具有成人能力和资格的人生礼仪,代表具有了社会认可的某种权利和义务,或表示可以自由恋爱和结婚。成人礼的形式多样,有以服饰加以区别的,如汉族男子二十行冠礼、女子十五行笄礼;也有以某些行为为标志的,如通过一些磨炼人意志的行为,表示通过考验后可以进入成人世界。比如《广游志》记载了瑶族十八岁成年男女的服饰的区别,类似于成年的换装:

(男)年十八以上谓之裸汉,用猪粪烧灰洗其髮尾令红,垂于髻端,插雉尾以示勇。……女则用五彩缯帛缀于两袖前襟至腰,后幅垂至膝下,名狗尾衫,示不忘祖也。①

可见瑶族对社会成员的期望是男子勇猛,女子则要不忘祖、为族人的延续做好自己的本分。还有通过凿牙表示成年的习俗,如《溪蛮丛笑》:"仡佬妻女,年十五六,敲去右边上一齿。"

婚姻维系族群的繁衍,是人生中的大事,婚姻仪式是人生礼仪中最受重视、最欢快、最富丽和充满希望的部分,古代广西山水散文中对广西少数民族的婚姻习俗表现得最多。婚姻习俗从恋爱方式开始,广西少数民族的恋爱方式是自由恋爱,与中原"父母之命,媒妁之言"形成了强烈的反差,因此多被记录。广西少数民族婚姻仪式的准备是与自由恋爱联

---

① [明]王士性著,周振鹤编校.王士性地理书三种[M].广游志卷上.龙江客问.上海:上海古籍出版社,1993:216-217.

系在一起的,没有汉族婚礼六礼之纳采、问名、纳吉、纳征、请期、亲迎等程序,而是直接通过歌舞来寻找伴侣,如《岭外代答》所言的上巳节对歌抛"飞驼"就是订婚的仪式之一,与现今壮族地区三月三依歌择配、抛绣球、歌唱成婚的习俗是一致的。《赤雅》中"浪花歌"也说男女三五成群,以歌赴会,唱得欢心后"解衣结带相赠以去"。依歌择配是壮族人婚恋的主要形式,会唱歌善唱歌的青年在婚恋上具有绝对的优势,唱歌的水平直接影响到了壮族青年男女婚姻大事。青年男女在对歌试探后,还有抛绣球求爱的风俗。绣球由12个花瓣组成,代表不同季节的花朵,即周去非所言之飞驼,在对歌到达高潮时,壮族姑娘会把亲自做的绣球抛给心仪对象。

古代瑶族青年男女的婚姻结成也是从自由恋爱开始的,《桂海虞衡志》《岭外代答》等笔记中所记录的瑶族十月朔日祭都贝大王的活动中,最重要的一项就是男女自由恋爱的活动。

抢婚是一种古老的婚姻习俗,是以抢夺女性来缔结婚姻的方式,《周易·屯卦》"爻辞"中的"屯如邅如,乘马班如,匪寇婚媾"说的就是抢婚习俗,它是人类婚姻制度从对偶婚向个体婚过渡时期的产物,而后来"抢"只是形式,抢婚也就有了更多的仪式意义。抢婚的变异,如《岭外代答》中提到的"捲伴":

> 深广俗多女,嫁娶多不以礼。商人之至南州,窃诱北归,谓之捲伴。其土人亦自捲伴,不能如商人之径去,则其事乃有异。始也既有桑中之约,即暗置礼聘书于父母床中,乃相与宵遁。父母乍失女,必知有书也,索之衽席间,果得之,乃声言讼之,而迄不发也。岁月之后,女既生子,乃与婿备礼归宁。预知父母初必不纳,先以醹酒入门,父母佯怒,击碎之。婿因请托邻里祈恳,父母始需索聘财,而后讲翁婿之礼。凡此皆大姓之家然也。若乃小民有女,惟恐人不诱去

耳。往诱而不去,其父母必勒女归夫家。且其俗如此,不以为异也。①

这里抢婚已经成了一种约定俗成的仪式,女方父母开始还要假意要告官,却无实际行动,等女儿生了孩子才办婚礼仪式。与抢婚相伴的婚姻习俗是哭嫁,女子出嫁悲喜交加,哭嫁伴随着歌唱之风盛兴。《岭外代答》之"送老"写的即是哭嫁习俗:

> 岭南嫁女之夕,新人盛饰庙坐,女伴亦盛饰夹辅之,迭相歌和,含情凄惋,各致殷勤,名曰送老,言将别年少之伴,送之偕老也。其歌也,静江人倚《苏幕遮》为声,钦人倚《人月圆》,皆临机自撰,不肯蹈袭,其间乃有绝佳者。②

哭嫁时有亲友陪伴,互诉衷情,表达不舍情谊。

《岭外代答》记载了广西一夫多妻的婚姻形式:

> 妻各自负贩逐市,以赡一夫。徒得有夫之名,则人不谓之无所归耳。为之夫者,终日抱子而游,无子则袖手安居。群妇各结茅散处,任夫往来,曾不之较。③

夫妻的关系表现为妻子出去干活赚钱,丈夫在家带孩子,女人自住,任丈夫随意往来。

---

① [宋]周去非著,杨武泉校注.岭外代答校注[M].卷十.蛮俗门.捲伴.北京:中华书局,2012:430.
② [宋]周去非著,杨武泉校注.岭外代答校注[M].卷四.风土门.送老.北京:中华书局,2012:158.
③ [宋]周去非著,杨武泉校注.岭外代答校注[M].卷十.蛮俗门.十妻.北京:中华书局,2012:429.

婚姻的居住方式有从妻居、不落夫家等。从妻居又可看作是入赘婚,而入赘婚在广西的壮族地区也发生了一些变化,如"入寮婚",《岭外代答》之"入寮"、《赤雅》之"壮官婚嫁"都有所描述,此种婚俗只保留了入赘婚的形式,将新人送入寮房后出寮,男性并未失去婚姻里的地位,而是在寮房中树立自己丈夫的地位后震慑妻子,树立威严。

不落夫家也叫"长住娘家",是母系社会向父系社会过渡的遗风,即结婚后女子暂不从夫居,而是长住娘家,逢农忙季节和重要节日才到夫家住几日,直到怀孕后才长期居住在夫家。《西事珥》《赤雅》均记此俗:

> 娶日,其女即还父母家,与邻女作处,间与其夫野合三四。俟有娠,乃潜告其夫,作栏以待。生子后,乃称为妇也。①
> ——明·魏濬《西事珥》

> 娶女,其女即还母家,与邻女作处,闲与其夫野合,有身,乃潜告其夫,作栏以待,生子始称为妇也。②
> ——明·邝露《赤雅》

"女还舅家"即姑表婚,是广西少数民族的婚姻形式之一,广泛流传于侗族、苗族地区,姑之女一定要嫁给舅之子,称"还娘头",姑舅表婚比较流行,但姨表兄妹和辈分不同的不能通婚。《赤雅》之"苗"有"生女则还母家,曰一女来,一女往",所说即是这种婚俗。清代陆次云《峒溪纤志》载:"峒人以苗为姓……姑之女定为舅媳,若舅无子,必以银献之,谓之'外甥礼'。否则,终身不得嫁。"可见广西少数民族地区既有婚恋自由,也有婚恋的不自由,"女还舅家"的婚姻习俗在漫长的历史年代曾引

---

① 四库全书存目丛书编纂委员会. 四库全书存目丛书 史部 第247册[M]. 济南:齐鲁书社,1996:819-820.
② [明] 邝露著,蓝鸿恩考释. 赤雅考释[M]. 南宁:广西民族出版社,1995:26.

起过不少社会问题。

古代广西山水散文还体现了广西少数民族的社会组织民俗,如壮族郎火、寨老等。《桂海虞衡志》"僚":"一村中推有事力者曰郎火,余但称火。"郎火大概有首领的性质。《岭外代答》亦有相似记载。明清以后《西事珥》《赤雅》《粤述》等相关描述均出自这二书。《粤述》有"寨老":

> 寨老者,即本地年高有行之人,凡里中是非曲直,俱向此老论说,此老一一评之。如甲乙俱服,即如决断,不服,然后讼之于官。当其论寨之时(其法颇古,即刻契结绳遗意),甲指乙云某事如何,寨老则置一草于乙前。乙指甲云某事如何,寨老又置一草于甲前。论说既毕,寨老乃计草而分胜负。①

所云即壮族的寨老制。在壮族聚族而居的村落中普遍流行"寨老制",寨老即寨子里威望较高、作风正派、办事公道的老人,被大家称为"波板",意为村寨之父,他负责调解村寨里各种纠纷,是远古酋长制的遗风②。寨老主持村里重要事务或宗教祭祀活动,是村寨的核心人物,还负责拟定村规民约,维护村寨的正常秩序。现在壮族民间也还有寨老制度的遗存。

第四节　古代广西山水散文与民间信仰

民间信仰是人们自发地对某种超自然力的精神体的信奉与崇敬,如自然崇拜、图腾崇拜、神灵崇拜、祖先崇拜等,这些属于原始宗教,因而民

---

① [清]闵叙.粤述[M].北京:中华书局,1985:22.
② 覃国生,梁庭望,韦星朗.壮族[M].北京:民族出版社,1984:37.

间信仰对民间宗教的形成有重要作用,同时也受到宗教的影响。民间信仰虽然是无形的,但可以通过某些集体行为表现出来,比如巫术、占卜、朝拜、禁忌等形式是民间信仰的主要表达方式。古代广西各族民间信仰呈现多元化倾向,在世居民族中除回族信奉伊斯兰教外,其他民族在保持本民族原始宗教信仰的基础上,又与佛教、道教等宗教交流,同时各民族与地区之间也互相渗透、互相吸收,进行本民族化的改造。

秦汉以来,越人有对蛇图腾、鸟图腾的崇拜,并且崇敬鬼神,好淫祀。在古代典籍《吕氏春秋》《列子》《淮南子》中均有"越人信机"之说。《史记·孝武本纪》说到越人:"祠天神上帝百鬼,而以鸡卜。上信之,越祠鸡卜始用焉。"[1]《北史·僚传》:"俗畏鬼神,尤尚淫祀。"《汉书·郊祀志下》:"既灭两粤,粤人勇之乃言粤人俗鬼,而其祠皆见鬼,数有效。"[2]罗香林认为汉武帝平定南越后"因命越巫立越祝祠以示文化之汇合"[3],表现出粤地信仰文化与中原信仰文化的融合。道教、佛教传入广西后,广西民间信仰与佛、道融合,加上广西各少数民族的本族原始宗教的自然崇拜、图腾崇拜、祖先崇拜等,如壮族的青蛙崇拜和始祖神布洛陀、姆六甲崇拜,侗族的"萨"崇拜,苗族的枫树、蝶母崇拜,瑶族的盘瓠崇拜等,使得广西的民间信仰十分繁杂,呈现出多元化倾向。总的说来,古代广西各民族是以"万物有灵"和"多神崇拜"为信仰基础,同时杂糅了道教、佛教的某些内容,成为一种新的共生物和新的宗教文化形式。[4] 因此古代广西人所信仰的神灵众多,原始宗教、佛教、道教的神仙和祖先神、本地神、外来神都成了人们敬奉的神祇,由于庙宇的香火来自民间百姓,庙宇的设立能看出民间信仰的倾向,从广西的祠堂庙宇供奉的对象可看出民间信仰

---

[1] [汉]司马迁撰,[南朝宋]裴骃集解,[唐]司马贞索隐,[唐]张守节正义.史记[M].卷十二.孝武本纪,北京:中华书局,1982:472.
[2] 广西壮族自治区通志馆.二十四史广西资料辑录1[M].南宁:广西人民出版社,1989:47.
[3] 罗香林.百粤源流与文化[M].台北:"国立"编译馆中华丛书编审委员会,1978:157.
[4] 玉时阶.壮族民间宗教文化[M].北京:民族出版社,2003:11.

十分庞杂。古代广西山水散文会提及地方的各种庙宇,主要有几类:佛教寺庙和摩崖造像、道教宫观、汉地名人祠庙、地方俗神庙宇,与之相对应的是古代广西人的佛教信仰、道教信仰、汉地已故名人神灵信仰、地方俗神信仰。

一、古代广西山水散文与民间佛教信仰

古代广西山水散文对佛教寺庙与摩崖造像的记述,体现了古代广西民间的佛教信仰。佛教由海、陆两路传入中国,陆路为丝绸之路,于西汉寿元元年(公元前2)传入中原地区,海路则是沿着以合浦港为起点的海上丝绸之路,经南流江、北流江、西江、桂江等内河传入内地①。当时作为交州刺史驻地的苍梧是广西佛教传播的中心,东汉光和年间,苍梧人牟子将佛教糅以儒道写成中国历史上首部佛学专著《理惑论》。唐宋广西佛教进一步发展,空前繁荣,宗派林立,其中以禅宗和净土宗为多。唐代是广西佛教发展的鼎盛时期,佛寺众多,佛教从梧州经由水路逆桂江、郁江而上,加上自中原南下由湖南经湘桂走廊南下的佛教传入,在桂林汇合,形成了佛教中心②。唐代桂林成为中国南方佛教中心之一,是天下高僧慕名之地。桂林西庆林寺为南方五大禅林之一,在桂林的名山上留下大量的佛教造像。唐武宗会昌五年(845)毁佛后,桂林佛教中心地位逐渐衰落。唐代《桂林风土记》记载了一些佛教寺庙及故事传说,如"菩提寺道林和尚"写桂州人薛公元建菩提寺供奉道林和尚,"开元寺震井"表现对佛教神灵的敬畏,"延龄寺圣像"写西庆林寺卢舍那佛的神威,老百姓求雨皆有所应。之后广西影响较大的寺庙还有全州湘山寺,湘山寺创建于唐至德元年(756),为唐代高僧无量寿佛所建,宋代曾被朝廷敕封为

---

① 广西大百科全书委员会.广西大百科全书·历史(上)[M].北京:中国大百科全书出版社,2008:157.
② 广西大百科全书委员会.广西大百科全书·历史(上)[M].北京:中国大百科全书出版社,2008:157.

"楚南第一丛林"。其影响延续至明清,明代蒋冕《送僧正某归湘山序》表现出湘山寺古今游人往来频繁的兴盛气象;徐霞客曾过全州,游湘山寺,登上大殿拜无量寿佛塔;清代画僧之一的石涛曾在此出家。

桂林西山一带的蒋家岭、千山、龙头峰、观音峰、骝马山、伏波山还珠洞、叠彩山风洞尚存多龛摩崖造像,不少是民间人士出资修建的。历代的桂林石刻记录了当时人们造摩崖佛像、建舍利塔的事件,如唐高宗显庆四年(659)刊《善兴寺舍利函记》记载了在桂州城南善兴寺建七级舍利塔之事。唐高宗调露元年(679)刊李寔《西山造像记》、唐代曹楚玉母《西山造像记》、尹三归《西山造像记》、陈对内《西山造像记》、梁今义《西山造像记》、李兴阇家《西山造像记》、唐宣宗大中六年(825)刊宋伯康《还珠洞造像记》都表现了当时人们对佛的信仰。宋代桂林石刻中可见到区八娘《龙隐岩造像记》、僧义缘《龙隐岩造像记》、于吉等《叠彩山造像记》、邓峪《叠彩山造像记》、尼□□《叠彩山造像记》、志华《叠彩山造像记》、莫允熙《重装神龛记》、李志用《叠彩山造像记》、明代景泰年间灵山县《三海岩造像记》、清康熙年间《兴安乳洞造像记》等。把佛像建造在山洞和崖壁上充分体现了佛教信仰在广西民间的流行。

宋以后至元、明、清,佛教向广西中部、南部、西部等少数民族山区扩展,影响了壮族、瑶族、侗族、水族、仫佬族等民族的生死观念、宗教仪式[①],同时佛教在少数民族民间巫教的影响下,迅速民俗化,日益形成了儒、佛、道三教合一的佛教格局,佛教信仰与民间信仰混合,寺庙里供奉的神也出现了佛、儒、道及民间巫教神祇共存的现象,导致了佛教日渐衰落。《粤西游日记二》中徐霞客在柳州天妃庙给静闻养病,遇到了"此方病者不信药而信鬼,僧不斋食而肉食"的事,病人不信医药却信鬼神,僧人不吃斋却吃肉,大概就是当地佛教渐被民间巫教所融蚀的体现,且天

---

① 廖国一.浅谈佛教在广西的传播及其对少数民族文化的影响[J].广西民族学院学报(哲学社会科学版),1996(1):55.

妃庙应该供奉的是道教神仙妈祖,在妈祖庙里有和尚也是十分奇特的事。根据徐霞客的记载,这里颇有佛、道、巫三教合一的趋向。清代越南使臣李文馥《使程志略草》也记载了一地设一洞设道、儒、释三教像的情形。

二、古代广西山水散文与民间的道教信仰

道教传入广西大概在东汉末年,有道士刘根、华子期到都峤山修道。东晋著名道教人物葛洪曾求为勾漏令,传说葛洪曾在勾漏洞炼丹、传教,但无可考根据。至南北朝道教在广西民间传开,桂林宋泰始六年(470)刊欧阳景熙地券、齐永明五年(487)刊秦僧猛地券、齐永明五年(487)刊黄道安地券、梁天监十五年(516)刊熊薇地券等文末均有"如律令",梁通普四年(523)刊熊悦地券文末为"如太上老君律令",这些都是道教专用语,与这些地券相联系的都是普通老百姓,可见道教在南北朝时期的桂林地区已经深入民间了。唐宋时期由于朝廷的推崇,道教在广西兴盛发展起来,逐步确立了广西道教在中国道教史上的地位。此期在桂东北、桂东南、桂南、桂中等地兴建的道教宫观有50多座,都峤山、白石山、勾漏洞分别被列入道教三十六洞天之第二十洞天、第二十一洞天和第二十二洞天。南传道教与广西民间信仰产生互化反应,道教观念俗化、道教义理淡化,巫祝文化为道教斋醮提供了效法雏形,道教对广西少数民族的民间信仰也产生了较大的影响。元代道教进一步向桂西、桂西南传播,道教传入广西少数民族地区,被少数民族汲取后与本民族民间信仰结合,形成了富有民族特色的民间宗教信仰,如壮族的原始宗教与汉族地区传入的道教、佛教相融合,形成了壮族民间宗教信仰巫、师、道、佛混杂的多元性和复杂性。

壮族师公教就是在古西瓯、骆越人"越巫"信仰的基础上,广泛吸收与整合了中原古巫傩、道教、佛教等外来宗教文化因素以及儒家思想观

念而形成的①,主要是吸收了道教的宗教仪式中的某些做法来完成信仰实践过程,一部分巫师逐步演变成了师公,并有了最初的经书和师徒传承。②"师公"是壮族师公教的宗教职能人员,传说具有沟通人、鬼、神的能力,能进行赎魂保命、驱鬼祛灾、架桥求花、酬神还愿的仪式。而广西民间的道教信仰主要体现在人们对道教神仙的信奉。道教信奉的神仙如城隍、土地、灶神、关帝、真武大帝、龙王、妈祖、吕仙等都成了广西民众供奉、祭祀的对象,民间也兴建了不少城隍庙、土地庙、关帝庙、真武观、龙王庙、妈祖庙、天后宫、娘娘庙等,表现出古代广西民间道教诸神信仰。从这些神灵看,广西民间所信奉的道教神仙多数是道教神仙体系中神格不算高的神仙,但在官方的倡导和民间的功利性考虑下而成为人们信奉的对象。据嘉庆版《广西通志》"庙坛",广西各府县基本都设城隍庙、关帝庙、北帝庙、社稷坛、火神庙等。

  城隍起源于古代水庸祭祀活动的沟渠之神,道教将城隍纳入其神仙体系,其是城池的守护神、地方神,在民众心目中能保护城内百姓的安全,消除灾祸,抵御灾害,又经过统治者的倡导,城隍信仰逐渐成为地方祠祀儒家化和国家化的民间信仰代表神③。古代广西官方倡导的道教神仙信仰中有城隍信仰,各地有城隍庙。唐代李商隐曾作《赛永福县城隍文》《为中丞荥阳公桂州赛城隍神文》《赛灵川县城城隍神文》《赛荔浦县城隍神文》,可见唐代桂北地区各地均设城隍庙,文中可见歌颂城隍,表现祭祀城隍的过程。元至元十九年(1282)《南宁府城隍庙碑》记载了水灾肆虐,殃及邕州老百姓,城隍庙在邕州城高处也被水所逼,面对水灾之汹,神仙也无力,水灾过后重新修城隍庙期望得到神灵的保佑,表现了民间信仰的趋利避害心理。明代徐溍《庆远府城隍庙碑》云:"人人之心萃

---

① 杨树喆.师公·仪式·信仰[M].南宁:广西人民出版社,2007:1.
② 玉时阶.壮族民间宗教文化[M].北京:民族出版社,2003:95.
③ 廖建夏.明清时期的城隍崇拜与广西地方社会[J].广西民族师范学院学报,2016(2):22.

而为神,其神必灵。凡水旱之灾、兵师疾疠之患,有祈必应。"认为冥冥中城隍可以影响人的祸福,并且认为城隍的信仰可以与礼乐联系起来。明代黎淳《太平府城隍庙碑》云:"太平,古南粤地,溪峒深旷,俗殊中夏。汉唐宋元,威罔克制,惠莫能驯,至于皇明,始归一统。洪武己酉,改路为府,自驮庐还治,丽江肇建,城隍祠宇,凡民夷有事,悉来祈祷。神亦屡著灵验,大为有司所严。"[1]城隍在此是官方在精神层面的统治策略,有以夏变夷的意味。虽然城隍的祭祀有官方的行为,但城隍信仰中有与广西自有的鬼神信仰的契合点,又能满足人们驱灾免祸的心理,所以得到广西民众的认可。

宋以后中央朝廷倡导的妈祖信仰也流行于广西各州府。妈祖又称为天后、天妃、天上圣母,妈祖信仰起源于福建湄洲莆田。妈祖原名林默,传说她因在海上救人遇难而升仙,后来发展为海神娘娘,被道教纳入神仙体系。妈祖是海边渔民、商人、行旅者信奉的保护神,具有护航、护商、消灾、驱邪、免祸等慰藉心灵的作用,妈祖信仰广布于福建、台湾、广东、海南等沿海地区。广西的妈祖信仰兴盛于明清,广西妈祖庙多称为天后宫、天妃庙,香火旺盛。妈祖信仰在广西的传播与信仰妈祖的族群及其迁徙分布、居住环境密切相关,也与朝廷的倡导有关。[2] 据统计,至清代广西地区修建的天妃庙、天后宫、天后庙已达62个,主要分布在桂东、桂中、桂东南、桂南、桂东北等地区,沿河、沿海扩散形成东多西少的格局,多在水陆交通便利的城镇[3]。

妈祖信仰进入广西后,由原来的海上保护神变成了江河保护神和商业神,这从广西的妈祖庙多建在河滨可看出。柳江自宋以来是连接西

---

[1] [清]汪森编辑,黄盛陆等校点.粤西文载校点(第三册)[M].卷三十九.黎淳.太平府城隍庙碑.南宁:广西人民出版社,1990:158.
[2] 张有隽.妈祖崇拜流传广西若干史料的初步考释[M]//张有隽.张有隽人类学民族学文集(上).北京:民族出版社,2011:509-510.
[3] 滕兰花.清代广西天后宫的地理分布探析[J].中国边疆史地研究,2007(3):89-100.

南、华南黄金水道及广西内河航运的枢纽,八方商贾云集,柳州成为"桂州商埠",广东、福建船商为祈求行船安全,都捐资修建妈祖庙。《粤西游日记二》中写徐霞客到柳州与静闻分道,后在天妃庙里找到了静闻。在《粤西游日记三》中徐霞客还记载了游历太平府时在建武驿夜泊天妃宫。清代李世孝《重修梧州天后宫碑记》云:"粤西由梧而上,怪石巉岩,激湍澎湃。溯流上者如登天,顺流下者若临渊,往来者各具戒心,悉赖我后神灵默相,安流以济,是故履险等于坦途。"①表明了天后信仰在广西水路交通上的必要性。清乾隆年间龙皓乾《重建天后宫序碑》记载了贺州重建天后宫之事,写天后能靖风涛、拯沦溺、助国庇民,本地乡民和行商于此的人信奉天后由来已久。广西妈祖信仰多是伴随广东及福建商人而带入的,因此有的天后宫与粤东会馆合为一体,如乾隆年间陆苍霖《庆远粤东会馆碑记》中记载了粤东会馆里一边祀北帝,一边设天后宫。乾隆年间苍梧县《重修粤东会馆题名碑记》中可见在粤东会馆里设有天后宫雕花神楼一座。

盘古是古代南方民族崇拜的神灵,道教通过广泛吸收民间神祇扩大影响力,盘古也被道教纳入神仙体系。盘古信仰与古代广西少数民族的民间信俗有密切联系。南朝梁任昉《述异记》曾记载"盘古氏夫妻,阴阳之始终也。今南海有盘古氏墓,亘三百余里,俗云后人追葬盘古之魂也。桂林有盘古氏庙,今人祝祀"。至今桂西壮族还传唱着《盘古开天辟地歌》,有学者认为盘古神话传说是珠江流域的土著民族壮侗语族先民所创,形成了以盘古信仰和盘古信仰为核心、以盘古祠庙为载体的盘古文化体系,而再传入中原内地的②。魏晋南北朝时期,葛洪在《枕中书》中据盘古开天辟地的神话创造出元始天王的故事,葛洪综合秦汉以来流行的

---

① [清]谢昆启修,[清]胡虔纂,广西师范大学历史系中国历史文献研究室点校.广西通志[M].卷一百四十四.南宁:广西人民出版社,1988:4154-4155.
② 覃彩銮.盘古文化探源——壮族盘古文化的民族学考察[M].绪论.南宁:广西人民出版社,2008:3-4.

宇宙生成论、三皇五帝古史传说、浑天说及南方少数民族中流传的盘古传说，塑造了道教尊神——元始天王[①]，盘古神话也就随着道教在北方流传开来，盘古因此成为道教重要的神祇之一[②]。盘古崇拜广泛流传于广西少数民族地区，如瑶族信奉盘古王，阳朔福利乡龙尾瑶族新村有盘古庙，清乾隆年间《盘古庙古钟铸字序》记载桂林平乐府、阳朔、平乐恭城三县众子孙捐资重修盘古庙，造了一个三百斤的神钟敬奉开天盘古，永远供奉，为千秋之乐。

古代广西山水散文有一些表现了作者在游历过程中看到的民间祭祀活动，如《粤西游日记》中有徐霞客在柳州游历时见到居民在山洞旁的土地庙祭祀的情形：

> 兹从南至，望见南麓有洞骈列，路当出其东隅，而遥闻洞前人声沸然，乃迁而西北，至其下，则村氓之群，社于野庙者也。[③]

也有在游历过程中记录下各地庙宇的，如清代越南使臣们的北使行记中就记下了经过的每座庙宇。由此可见广西民间还存在不少的土地庙、关帝庙、玄武庙、龙王庙、吕仙庙等。

三、古代广西山水散文中的汉地名人神化与信仰

汉族历史上有一些著名的人物成为广西地区的民间信仰对象，一些是传说中的人物，如尧、舜；一些是与广西相关的著名人物，多是有功于地方的官员、英雄，如汉代伏波将军马援、三国时期的诸葛亮、唐代的柳宗元、宋代的狄青等。这其中有不少是中央朝廷对民间信仰的引导和修

---

① 王卡.元始天王与盘古氏开天辟地[J].世界宗教研究,1989(3)：61-77.
② 覃彩銮.盘古文化探源——壮族盘古文化的民族学考察[M].南宁：广西人民出版社,2008：7.
③ [明]徐弘祖著,褚绍唐、吴应寿整理.徐霞客游记(上)[M].上海：上海古籍出版社,2011：399.

正而致。历代中央朝廷为统治需要,对这些人物给予封号和神化,使其在与民间信仰融合的过程中,完成了从国家到地方、从英雄到亲近民众的过程。① 广西各地设祠庙将这些名人作为神灵祀奉,这其中对广西民间信仰影响最大的是伏波信仰。

(一) 尧舜信仰

三皇五帝庙,据《广西通志》记载有桂林虞山下古建舜庙,全州南有舜庙,并祀二妃。灌阳县西有祭祀伏羲神农黄帝的三皇庙,县西南七里华山上有虞帝祠,县西南有禹王庙。柳城县东乡北和里阳城大河边有古建虞帝庙,梧州大云山麓锦鸡岩西有虞帝庙。尧帝为父系氏族后期部落联盟领袖,陶唐氏,名放勋,传说曾设官掌管时令,制定历法,咨询四岳,推选舜为继承人。尧舜时期,广西开始与中原有了联系,中原传说传入桂林,桂林东北的尧山自古有尧帝庙,尧山之名由此得之。尧山尧帝庙建于何时无可考记载,早在唐代李商隐已写有《赛尧山庙文》。《桂林风土记》"尧山庙"中说明了尧帝庙香火旺,尧山也因此有了神异色彩。南宋张栻《尧山漓江二坛记》也表明尧山故有唐帝庙而为吾土之望,设坛以奉祀尧山之神。元代郭思诚有《归复唐帝庙田碑》。明正统十四年(1449)广西巡抚李棠作《尧山谒尧庙记》记当地老百姓在尧帝像左右设二神,被李棠命令撤掉,当地人担心祀奉已久的二神撤去会祸及百姓,经过李棠说服,尧帝的祀奉得以改正。徐霞客在《粤西游日记》中认为尧山附会尧帝是没影之事,但尧帝教化恩泽于此,当地居民有在尧帝庙设伏腊之祭,沿袭数代。

舜帝,姚姓,有虞氏,名重华,史称虞舜。相传他晚年将大权传给禹后,率族众渡过黄河、涉淮水、过长江、越洞庭,沿湘水至苍梧(苍梧大概为今之零陵,古代零陵初治在桂林全州,后移今湖南零陵)而至桂林,后

---

① 王元林.明清伏波神信仰地理新探[J].广西民族研究,2010(2):113.

死于苍梧之野。虞舜是古代传说中的圣君,他将中原文明传入岭南地区,促进了中原文化与岭南文化的交流。桂林虞山留下了舜帝庙,这是当地百姓纪念舜帝的见证。刘宋颜延之《为湘州祭虞帝文》、张九龄《祭舜庙文》、李商隐《赛舜庙文》、张栻《祭虞帝庙文》都是在广西所写,说明舜帝在桂北地区的影响绵长深远。《桂林风土记》写舜祠:

> 舜祠在虞山之下,有澄潭号皇潭。古老相承,言舜南巡曾游此潭。今每遇岁旱,张旗震鼓,请雨多应。中有大鱼,遇洪水泛下,至府东门河际,有亭容巨舫,往往载起,然终不为人之害。旧传舜葬苍梧邱,在道州江华县九疑山也。①

文中表现了舜帝信仰与民间祈祷风调雨顺的习俗结合,舜帝成为当地保护之神。魏温子昇《舜庙碑铭》、唐代韩云卿《虞帝庙碑铭》则表现了人神和悦之气,南宋朱熹《靖江府虞帝庙碑铭》则是从理学角度强调舜帝给当地人带来的人伦之理的功德。《粤述》写桂林虞山庙"岁旱祷雨,辄应不爽"亦说明虞帝一直是桂林民间信仰之一。总之,清以前桂北临桂、灵川、全州、灌阳数县皆建有尧帝庙、虞帝庙、舜帝庙,祭祀尧舜。

(二) 伏波信仰

伏波信仰的起源无明确史料记载,但可推断的是与历史上南征的两位有功于岭南的伏波将军有关,一位是西汉时期出战南方、平定岭南的路博德,另一位是东汉时期征战交趾的马援。伏波信仰是对这两位将军的神化和祀奉。伏波庙先是以路博德为主,后马援作为配享列入庙中,而后世马伏波的声威远远超过了路博德,成为伏波庙主神。② 因此伏波

---

① [唐] 莫休符.桂林风土记[M].北京:中华书局,1985:1.
② 范玉春.马援崇拜的地理分布:以伏波庙为视角[J].广西师范大学学报(哲学社会科学版),2007(3):102.

信仰主要表现了对神化后的马援的崇拜和信仰。伏波信仰在广西广为流行,从桂东北、桂东南、桂西南的伏波庙的分布可看到,伏波信仰在广西形成了一个祭祀圈①,主要分布在广西漓江、西江、左右江一带及广西沿海的钦州、合浦等地区,大概都在马援南征的线路之上。根据伏波庙始建的时间看,马援崇拜起源于桂北地区,而后逐渐向其他地方传播。②唐代桂东北的桂林有两座伏波庙,一座在桂林伏波山附近,一座在兴安灵渠附近,《桂林风土记》记伏波庙:

> 伏波庙,在郭中之东北二里,是东汉伏波将军马援之祠也。③

此伏波庙大概在桂林伏波山附近,有人推测伏波山伏波庙早期可能专是祭祀路博德而建的"博德庙",后来加入了马援,二神并祭④。唐乾符二年(875),敕封马援灵旺王,祭祀马伏波之风开始兴盛。唐代李翱准制《祭伏波神文》写马援事迹后,称"遗德不忘,爰留社里。筑庙以祭,人敬其鬼"⑤。

唐代兴安县有伏波庙,李商隐《祭全义县伏波神文》云:

> 越城旧疆,汉将遗庙。一派湘水,万重楚山。……漓湘之浒,祠宇依然。⑥

---

① 滕兰花.清代广西伏波庙地理分布与伏波祭祀圈探析[J].广西民族学院学报(哲学社会科学版),2006(4):110.
② 范玉春.马援崇拜的地理分布:以伏波庙为视角[J].广西师范大学学报(哲学社会科学版),2007(3):102.
③ [唐]莫休符.桂林风土记[M].北京:中华书局,1985:2.
④ 范玉春.马援崇拜的地理分布:以伏波庙为视角[J].广西师范大学学报(哲学社会科学版),2007(3):101-102.
⑤ [清]谢昆启修,[清]胡虔纂,广西师范大学历史系中国历史文献研究室点校.广西通志[M].卷一百四十一.南宁:广西人民出版社,1988:4052.
⑥ [清]汪森编辑,黄盛陆等校点.粤西文载校点(第五册)[M].卷七十五.祭全义县伏波神文.李商隐.南宁:广西人民出版社,1990:383.

《桂林风土记》曾言兴安县侧有伏波庙,并记马援对灵渠开川浚济的贡献,可推断此伏波庙在兴安县灵渠附近。李商隐和莫休符所言的伏波庙不见于地方志书,而灵渠上的灵济庙、分水庙、报功祠均有祭祀伏波神,赢得了民众基础,使得伏波信仰走向民间。灵济庙主要是祭祀对灵渠修筑有功的秦史禄、汉马援、唐李渤和鱼孟威,又称四贤祠。元人黄裳《灵济庙记》赞赏了4位贤人于灵渠的功绩,并将修治灵渠工程的顺利归功于这4位贤人神灵的护佑。明以后灵渠的伏波信仰又增加了新的内容,与龙王庙合为一体,如明代万历年间陈聂恒《分水庙》就记载了分水潭侧的分水庙祭祀龙神和马伏波。清代线国安《重建分水龙王庙记》也提到了分水庙祭祀龙神和马援,立像崇祀,"其楚粤舟楫往来,皆挽溯而上,抵此及顺流直趋。舟人至此便更柁眠桅,烹牲滴醑,祝神称庆",当时往来船只都要在此祭祀。康熙年间太平府通判俞品《重修龙王庙伏波祠碑记》说到龙王庙在湘漓分流之处,"庙当其冲,祠扼其吭,波涛激涌,常汩其址",修整后可得到神灵的护佑:"渠固水盈,永无溃决之患,商农益享其利也。"①说明龙王和马援共同护卫着灵渠的坚固,也保佑着百姓之利。乾隆年间鄂昌《重修龙王庙碑记》中说到龙王庙中有三殿,前为关帝,后为龙王、龙母,中为无名三像,而缺伏波像,于是将无名三像移到龙王像后,将中殿位置留给伏波将军。这说明了官方对民间信仰的修正,保护了马援信仰的延续。也由此可见,灵渠岸边的伏波神得到民间崇祀并具有灵迹,是在与修筑灵渠有功的其他三贤及龙神等神祇结盟过程中实现的②。与龙神的结盟也暗示着伏波神有安足波澜、利于水运交通安全的特性,之后被人不断强化。龙神属于道教神仙,这也体现了广西民间信仰受道教影响很大。

广西还有一处名气很大的伏波庙,即横州郁江上乌蛮滩的伏波庙。

---

① 唐兆民.灵渠文献粹编[M].北京:中华书局,1982:198-199.
② 杜树海.神的结盟——广西漓江上游流域马援崇拜的地方化考察[J].民俗研究,2007(4):108.

马援征交趾时曾在此驻兵,后人立庙祀之。宋庆历间,州守任粹重修。明代翰林编修王廉见庙宇颓毁,令州民修葺。明嘉靖间,王守仁命州府增新之。① 据《粤中见闻》:

> 粤西乌蛮大滩在横州东百余里……出入乱石丛中,势如箭激,常有破溺之患。两岸皆山,侯庙在其北麓。凡上下滩必问侯,侯许乃敢放舟。……此地仅一姓人知水道,亦马留遗裔也。每年侯必封滩十余日,绝舟往来。新舟必磔一白犬以祭。有大风雨,侯辄驾铜船出滩,橹声喧阗。晴霁时有铜篙、铜桨浮出,则横水渡船必坏,但祭祷亦已。侯威灵盖千年一日也。②

郁江滩峡易发生沉溺,而又是广西重要的水上交通线路,此中写来往船只经过乌蛮滩的过程和祭祀伏波神的细节,借伏波神灵护佑的传说生动地展现了古代广西伏波信仰的虔诚。"横州之乌蛮滩马伏波庙尤著灵异,水旱患难,祈祷辄应。……至马援庙祠,各府所在尤夥,土人拜彝崇奉不绝。"③正如有学者所言,唐以后的伏波信仰的内涵增添了降伏波涛的水神崇拜内容,在保护地方水上交通安全,甚至庇佑地方水旱方面灵异不断④,使得伏波神有了广泛的民众基础,也在国家的倡导下真正融入了民间信仰中。

值得一提的是,清代汉文燕行文献中也记录了越南使臣沿水路北上过程中吟咏伏波神、祭祀伏波神的情形,表现了伏波信仰的范围之广。据滕兰花统计,《越南汉文燕行文集》中有52部著作均有题咏马援的作

---

① [清]谢启昆修,[清]胡虔纂,广西师范大学历史系中国历史文献研究室点校.广西通志[M].卷一百四十五.南宁:广西人民出版社,1988:4186.
② [清]范端昂撰,汤志岳校注.粤中见闻[M].卷五.广州:广东高等教育出版社,1988:48.
③ 横县县志编纂委员会.横县县志[M].南宁:广西人民出版社,1989:687.
④ 王元林.国家祭祀与地方秩序构建中的互动——以唐宋元伏波神信仰地理为例[J].暨南学报,2011(2):165-167.

品,还有使臣出行的路线图中绘有广西沿江分布的伏波庙,其题咏的伏波庙有越南谅山附近的鬼门关伏波庙、广西太平府崇善县伏波庙、新宁州伏波庙、南宁府城伏波庙、横州乌蛮滩伏波庙、桂林伏波岩等。其中以横州乌蛮滩伏波庙最受关注。① 李文馥《使程志略草》描绘了途经乌蛮滩时所见伏波庙威严有度的情景:

> 庙在江之右岸,树木阴森。自津次历级而上,门外有二石狮,左右有钟鼓楼,二力士像。再进,有左右廊,庙正中极其壮丽,深庭处奉伏波神像,木像魁伟,戎装甲胄,一望凛然。庙中匾额所题,如"东汉一人""铜柱高勋"等字,庙后有马少爷祠,伏波之子也。凡祭祀礼,用羹献,询神所好也。②

并描绘了写祝文、备礼品祷祭伏波神后船才过五险滩,水流激石,令人毛骨悚然,安然无恙地过了险滩,之前祭祀伏波神似乎得到了安慰。阮思僩《燕轺笔录》写过五险滩时以他者眼光描绘了当地人对横州古木的祭祀,表现出对伏波传说和伏波神的信奉。

明清以后,广西伏波信仰还作为一种保家卫国的精神力量,在清代越南边境的中法战争中借马援"立铜柱、标汉界"之功鼓舞人心。光绪十四年(1888)凭祥《隘口伏波庙碑记》:

> 兹仗天子威灵,竟其愚□,经画措置,长□塞上烽烟,保障边围,使侯之神灵永奠斯土,而后之颂侯者,不至为盛治訾,是其幸也。若

---

① 滕兰花.清代越南使臣眼中的伏波将军马援形象——以《越南汉文燕行文献集成》为视角[J].广西民族大学学报(哲学社会科学版),2013(3):139.
② 中国复旦大学文史研究院,越南汉喃研究院.越南汉文燕行文献集(越南所藏编)第15册[M].上海:复旦大学出版社,2010:27-28.

夫以时省旅,肃拜瞻仰,发思古之情,扩恢张之志,固赖侯以启之。①

光绪二十年(1894)广西提督马盛治镇南关《新建伏波庙碑记》:

> 因思粤边半属交趾,即新息侯伏波将军百战而有其地,功在生民,至今庙祀勿替。盛治追维前烈,慨然有光复铜柱之思。而将军在天之灵,当必有默为阿护以竟其志者。爰于隘口右山之麓,买民基一区为神祠之,俾居民尸祝,用隆报享,且志盛治景仰之忱。②

借马援的精神激励士气,保卫边疆安全。在边疆危机时,伏波神与国家边疆安全结盟,通过新建伏波庙来实现中央政权对地方民间力量的重塑。③

(三)其他汉地名人信仰

此外古代广西各地普遍存在将有功于地方的一些名人神化,并将他们捧进祠庙作为祀奉对象,如桂林、灵川祭祀诸葛亮的武侯祠,全州祭祀柳开的柳侯祠、柳州祭祀柳宗元的柳侯祠、宜州祭祀黄庭坚的山谷祠、横州祭祀秦观的海棠祠、郁林祭祀狄青的武襄庙等。据嘉庆版《广西通志》记载,明成化年间在桂林宝积山巅建武侯祠。《西事珥》"武侯祠"记灵川大象山也有武侯祠,文中认为诸葛亮并未到过桂林和灵川,推测建武侯祠的原因只是因为丞相征战的中州与灵川接壤。徐霞客更是认为诸葛亮与此地毫无关系,建武侯祠连附影都谈不上。清代黄性震《修武侯亭记》言武侯曾"督零陵、桂阳、长沙诸郡赋以充军实。时桂林即零陵属地,

---

① 凭祥市志编纂委员会.凭祥市志[M].广州:中山大学出版社,1993:618.
② 凭祥市志编纂委员会.凭祥市志[M].广州:中山大学出版社,1993:619.
③ 滕兰花.边疆安全与伏波神崇拜的结盟——以清代广西左江流域伏波庙为视野[J].广西社会科学,2009(12):83.

深恩厚泽,有及于桂,故桂人思之,慕之,立亭宝积山之阳,至于今,崇祀不衰"①,也可算对于桂林地区建武侯祠原因的一种推测。

四、古代广西山水散文中的地方神信仰

广西古俗信鬼,专事巫觋,受万物有灵论的影响,各少数民族原始宗教里对神灵的崇拜极其广泛,如自然神崇拜、图腾崇拜、始祖神崇拜、祖先神崇拜、地方守护神崇拜、地方名人神崇拜等。而中央朝廷为了教化广西土俗,对其民间信仰进行了一定的引导和控制,如前所言的城隍、天后、伏波崇拜等都有朝廷参与引导民间信仰的成分,嘉庆版《广西通志》言:"祠庙关于祀典,宜斥淫祀,《金志》所载,殊少别择,今多删削。惟苍梧之三界庙、崇善之班夫人庙,永康之大王庙,土人奉之甚虔,而神果能福其民,则亦不得以不经废之,亦因俗从宜之义也。"②说明官方记录广西各地庙坛时曾对广西本土的庙坛进行了选择,而对民间香火旺盛的地方神也采取了认可其存在的态度。地方神是对地方人物的神化,在本地域范围内影响颇大,供奉地方神的民间祠庙构成了传统社会最基层的信仰体系③,因此更能体现地方的民间信仰。广西具有代表性的民间地方神信仰有三界神信仰、班夫人信仰、龙母信仰、甘王信仰、陈王信仰等。

(一)三界神信仰

三界神是明清以来两广最具有影响力的地方神,且以广西为甚,据文献记载,广西的壮族、汉族、瑶族、毛南族等都视三界神为最灵验的神灵。明代广西浔州府、梧州府、南宁府、庆远府、廉州府、田州、江州都设

---

① [清]谢昆启修,[清]胡虔纂,广西师范大学历史系中国历史文献研究室点校.广西通志[M].卷一百四十一.南宁:广西人民出版社,1988:4054.
② [清]谢昆启修,[清]胡虔纂,广西师范大学历史系中国历史文献研究室点校.广西通志[M].卷一百四十六.南宁:广西人民出版社,1988:4198.
③ 滕兰花,袁丽红.清代广西三界庙地理分布与三界神信仰探析[J].广西民族研究,2007(4):139.

有三界庙,至清代设三界庙的又增加了太平府、四恩府、柳州府、泗城府、镇安府、平乐府、桂林府、郁林直隶州。① 三界神姓冯,为广西本土贵县人士,经数代形成一个冯姓家族的神仙群体。首代仙人为冯克利,康熙年间汪森《粤西丛载》据《浔州府志》记载:"冯克利,贵县人。尝往北山采香,遇八仙对弈,分得仙衣一袭,无缝线痕。及回,则子孙易世矣。闻之官,赴省勘问。将克利与仆冯远覆洪钟内,绕以薪焚之。及启视,克利端坐,而冯远则灰化矣。遂信为仙。表闻,敕封游天得道三界。比回至苍梧江口,遂羽化。今土人祀特盛。"② 而据明正德年间柳州府通判桑悦《记獞俗六首》和王济《君子堂日询手镜》记载,三界神冯氏家族神仙群的形成可追溯到明代,此二人诗文构成了明中期广西三界神信仰的清晰图谱③。《君子堂日询手镜》中有:"邻壤贵县有冯姓之家,世以神异显,有称都长者,乃横州侯兴国举人姑之夫,故余得之颇详。其家神异者世有一人,立召风雨、鬼神、虎豹,言人祸福,无不验。自苍梧上至南宁,皆敬信,不可言。"

《西事珥》也记载了三界神的传说,只是将冯姓改成了许姓,将贵县人改成了平南人,《赤雅》沿袭此说,但三界神许姓和平南人的说法并未得到其认可。而为多数人认可的三界神即为冯真君。明清以来的三界神信仰又多了一个神的使者:青蛇。青蛇使者就与三界神结合起来增加了三界庙的神秘性。《西事珥》中描绘了三界蛇神:

> 三界庙,有小蛇十数,背青腹赤,目有火,尝缘神身及蟠绕藤香上。人以手接而玩之,甚驯习。往来莫知其向。有祈愿越期未赛者,蛇辄至其家,人惊曰:神索愿也。④

---

① 郑维宽.明清时期岭南三界神信仰考论[J].岭南文史,2008(2):57-59.
② [清] 汪森编辑,黄振中、吴中任、梁超然校注.粤西丛载校注[M].卷十一.仙道,冯克利.南宁:广西民族出版社,2007:497.
③ 郑维宽.明清时期岭南三界神信仰考论[J].岭南文史,2008(2):55.
④ 四库全书存目丛书编纂委员会.四库全书存目丛书 史部 第247册[M].济南:齐鲁书社,1996:807.

《赤雅》里有相同的表述：

> 三界庙，一名青蛇庙。庙有小蛇，背绿腹赤。穴神衣袖，飨神饮食。或以手接，玩之甚驯。倘有虚誓愆期，家数百里，蛇辄至为其人索愿。其家为蛇挂红，刻日赛之，呼曰"青蛇使者"云。①

其所描述的青蛇是温和不伤人的，却会因人不还愿而来索愿，青蛇代神来索愿使得人们更加坚信三界神。至清代，青蛇更为神通广大。《粤西偶记》记冯真君庙：

> 冯真君庙，灵爽颇著，小青蛇十余，金色烂然，长尺许，盘结栋宇及侍从腰领间，竟日不动，去来莫知其踪。士夫经此，必祷祠下，或云神能遣蛇相护，遇险滩疾风可无恙，此余所目睹者。《齐谐》所志，曷足云怪哉？②

可见青蛇从索愿到亲自酬愿，完全成了三界神之化身。道光五年（1825）出使中国的越南使臣潘辉注在《輶轩丛笔》中写其梧州三界庙时道：

> 梧江三界冯真君庙，在三合嘴塘，传道灵爽显著。《说铃》云："有小青蛇十余，金色灿然，长尺许，盘旋栋宇，及侍从腰领间，竟日不动，去来莫知其踪。土人经此，必祷祠下。"或云："神能遣蛇相护，遇险难疾风可无恙。"灵异之状，在人所目击者，当非荒唐。③

---

① [明]邝露著，蓝鸿恩考释.赤雅考释[M].南宁：广西民族出版社，1995：169.
② [清]陆祚蕃.粤西偶记[M].北京：中华书局，1985：3.
③ 中国复旦大学文史研究院，越南汉喃研究院.越南汉文燕行文献集（越南所藏编）第11册[M].上海：复旦大学出版社，2010：22-23.

道光二十一年(1841)出使中国的越南使臣李文馥《使程志略草》也记载了此三界庙青蛇的神奇：

  三界庙前有青蛇,有不洁者咬之。①

道光二十四年(1844)桂平金田新墟三界庙有《重修宣里新墟三界祖庙碑记》：

  神为浔之怀城人,显于有明年间,其功德被两粤,庙貌遍东西。即以新墟一隅而论,其保民之迹,无事远稽,近此十余年来,固有历历可验者。②

同治年间桂平罗钰熏记载了当地百姓所言：

  三界来自贵邑,阡□始于吾乡,功业并垂,恩德互济,吾人饮福于此,因主奉之。冶及其后,民物繁昌,祯祥远耀,迨于道光之年为尤最。③

记录了民间对三界神信仰之甚。三界神信仰普遍,且不论是本地土人还是外来客都对它的神奇和灵验深信不疑,如《檐曝杂记》卷四云：

  粤西之梧、浔、南宁三府,有三界庙最灵。……今庙之在梧州者,气焰尤著。商贾之演戏设祭以申祈报者,殆无虚日。祭之时,果

---

① 中国复旦大学文史研究院,越南汉喃研究院.越南汉文燕行文献集(越南所藏编)第15册[M].上海：复旦大学出版社,2010：32.
② 《桂平县志》编纂委员会.桂平县志[M].南宁：广西人民出版社,1991：938.
③ 重庆市博物馆.中国西南地区历代石刻汇编(第八册)[M].天津：天津古籍出版社,1998：8.

有青蛇自龛中、或梁上、或神之袖中出而饮酒食鸡卵,见人不避,食毕蜿蜒而去。①

作者以其亲身经历来验证三界庙之灵验。

（二）班夫人信仰

班夫人信仰在广西中越边境地区极为普遍,班夫人是当地民间最灵验的女神,因此自古以来班夫人庙香火旺盛。班氏是东汉时期与伏波将军同时代的凭祥俚人妇女,但是关于班氏的生平记载始见于清代方志,如金鉷《广西通志》记载:"班氏夫人传乃溪峒世家女,尝以兵助马伏波平征侧、征贰,故祀之。郡人祈祷,无不灵应。"②嘉庆版《广西通志》亦录此。清嘉庆年间黄誉《龙州纪略》记载了班夫人的姓名、籍贯、事迹:"班夫人名靓,凭祥班村女,幼有道术,父母屡迫不嫁,能知未来事,广储稻谷,人间之曰助饷,后十余载伏波将军征交趾女子征侧征贰,师至粮绝,夫人倾储以助,遂获济,凯旋,伏波以闻,诏封太尉夫人,至今血食一方,灵应如响。"③光绪年间《凭祥土州乡土志》之《班太尉夫人考》更是详细地记录了班氏品性和事迹,光绪年间《新宁州志》则记录班氏为交趾女子。东汉时期人至清代才见于典籍,可见关于班夫人的记录多是根据民间传说,因此其姓氏、籍贯、事迹都有细微差异,但从各种记载中可看出乡人对她的崇敬礼拜却是不变的。

根据传说故事和记载,大致看到班氏故事的主线:东汉时期伏波将军马援南征途经中越边境的凭祥、龙州等地,因缺粮草而陷入困境,班氏女主动为汉军筹粮,解除了汉军困境,立了大功得到嘉奖,皇帝诏封班氏为太尉一品夫人,此后被尊称为班夫人,在镇南关周围的凭祥、

---

① [清] 赵翼.檐曝杂记(清代史料笔记丛刊)[M].北京:中华书局,1997:67.
② [清] 金鉷修,钱元昌、陆纶纂.广西通志[M].卷四十二.南宁:广西人民出版社,2009:766.
③ [清] 黄誉.龙州纪略[O].下卷.嘉庆八年刻本.

龙州、崇善等地人们建立了班夫人祠庙和墓,纪念的同时,烧香祭拜,祈求班氏保佑五谷丰登、边境平安。民间认为班夫人极为灵验,有求必应,还有青蛇化身的传说增加了班夫人的灵异,因此千百年来成为血食一方的地方神,享用人间香火。明清时期广西的班夫人庙大致分布在凭祥、龙州、崇善(今崇左)、新宁州(今扶绥),其中以崇善班夫人庙最多。清代以后官方鼓励和肯定民间班夫人信仰,体现了中央朝廷通过认可民间信仰来达到对壮族社会秩序的控制,以获得壮族民众的国家认同。①

《粤西游日记三》中徐霞客游经太平府,考虑通往云南的道路,若从归顺州至富州路程要比从南丹到贵州再转入云南近,徐霞客本意走近路,但众人出于边境安全的考虑劝他走远路,在无法抉择的情况下,徐霞客也走进了班夫人庙求灵签:

> 趋班氏神庙求签决之。(庙在大西门外,临江。其神在郡极著灵异,家尸而房祝之,有司之莅其境者,靡不严事焉。)求签毕,有儒生数人赛庙中,余为询归顺道。②

徐霞客求签从侧面展现出了班氏神庙的灵异,儒生赛神也体现了班氏庙香火之旺盛。

(三) 龙母崇拜

龙母崇拜是广泛流传于西江、珠江流域的民间信仰,为岭南地区特有。龙母崇拜是典型的地方神崇拜,源于龙母传说,大概在秦代已有流传,南朝沈怀远《南越志》、唐代刘恂《岭表录异》等典籍中均详细记载了

---

① 滕兰花.国家认同的隐喻:广西左江流域伏波信仰与班夫人信仰共存现象探析——广西伏波信仰研究系列之一[J].广西民族研究,2010(3):144.
② [明] 徐弘祖著,褚绍唐、吴应寿整理.徐霞客游记(上)[M].上海:上海古籍出版社,2011:467.

龙母生平事迹和龙母崇拜的历史。龙母温氏原为岭南地区一土著妇人，因豢养五龙，人们尊其为龙母，发展成为众人敬仰的女神，其神性表现在解水旱之患、预测风云、平息波涛、导引航船、预知祸福，因此成为众人的信奉对象，建庙祭祀之。龙母信仰与古代岭南地区越人蛇图腾崇拜密切相关，龙母豢养龙子，体现古越人对水中神灵从畏惧到征服的过程。① 关于龙母信仰的发源地，学术界颇有争议，或认为广西大明山附近是龙母信仰的发源地，体现壮族蛇图腾观念；或认为广东德庆悦城才是龙母文化的发源地②。而不管源于何处，环大明山的龙母信仰有深厚的文化积淀和本地特色，龙母信仰已经影响了当地的风俗习惯。

古代广西各地曾建了大大小小的龙母庙，据《宋会要辑稿》《太平寰宇记》《元丰九域志》《舆地纪胜》和清代乾隆年间《梧州府志》等古籍，宋代所建有梧州北关外龙母庙、岑溪龙母温姥祠、藤州东杭容州江口龙母庙、昭州龙母庙、象州阳寿县龙母庙、宜州城南五里龙塘龙母庙、贺州苍梧门外南履将上龙母庙。明清以后广西的龙母信仰进一步扩展，龙母庙又增苍梧县温母庙、富川县龙母庙、灵川县龙母庙、容县龙母庙、北流龙母庙（两座）、永安州龙母庙、横州龙母庙、南宁府龙母庙、邕宁县龙母庙、思明土州龙母庙（两座）、宾州龙母庙。③ 其中始建于北宋时期的梧州城北桂江畔龙母庙至今留存，并成为中国龙母第一庙。据不完全统计广西环大明山有龙母庙 20 余座，均供奉龙母。④

（四）甘王、陈王信仰

甘王，《粤西丛载》引《通志》记："甘陆，象州人，有志略。时柳州为南汉所据，诏陆出征，每以阴得捷，拜护国将军。及归里，祸福先知如神，州

---

① 王元林、陈玉霜. 论岭南龙母信仰的地域扩展[J]. 中国历史地理论丛，2009(4)：50.
② 蒋明智. 论龙母文化的发源地——兼谈非物质文化遗产保护要重视历史文献[J]. 民间文化论坛，2010(5)：42-50.
③ 王元林、陈玉霜. 论岭南龙母信仰的地域扩展[J]. 中国历史地理论丛，2009(4)：53-55.
④ 王丽英. 道教与岭南俗信关系研究[M]. 北京：社会科学文献出版社，2015：137-138.

任立庙祀之。"①"五代甘佴,象州人。家素富,四方告匮者,随探囊中金;乞之,满所欲而去。性特灵异,人有决祸福者,无不奇中。一日聚邻里告曰:'吾已厌世矣。'因教众以修身事亲大节。言讫,瞑目而逝。乡人肖形祠之,号曰甘大将。"②据民国《象县志》载为甘陆、甘佴叔侄,南朝刘宋时人,生于象州县大樟乡古车村。相传他们有法术和神力,替南朝皇帝出过力,曾获宋、元、明三代封号,称为"南朝甘王",主要为象州、武宣、金秀一带壮族信奉,居住在此的汉族、瑶族也信奉。民间立甘王庙,供奉塑像。凡村中发生瘟疫或禾苗不好,经卜卦问出触犯了甘王,就要祭祀甘王,或抬神像出游。清嘉庆六年(1801)邱吉胜《修甘王庙碑记》表现出了当地甘王信仰的风习:

> 盖闻神之为灵昭昭也。我郡甘圣公乃本境之尊神。自南朝以来,历千百余年,其威灵显赫。至今如初,阖郡四民食德难忘,无不踊跃奉祀。故先辈于干十五年联成三人会,遇子、午、卯、酉年七月廿八日,恭逢圣公宝诞。先一日,轮流出游庆祝。③

贺州的陈王祠祭祀陈王信,乾隆三十八年(1773)欧阳烈《重修浮山陈王祠序》写了陈王之灵威、民间信仰之盛,描绘了陈王祠与浮山景色的交融;同治三年(1864)贺县知县黄炜章《重修陈王祠序碑》描绘了浮山的地理位置与浮山之景,衬托出陈王之灵。

五、古代广西山水散文与少数民族的神崇拜

古代广西少数民族的民间信仰一般是原始宗教信仰,是在"万物有

---

① [清]汪森编辑,黄振中、吴中任、梁超然校注.粤西丛载校注[M].卷十一.仙道.甘陆.南宁:广西民族出版社,2007:466-467.
② [清]汪森编辑,黄振中、吴中任、梁超然校注.粤西丛载校注[M].卷十一.仙道.甘佴.南宁:广西民族出版社,2007:467.
③ 重庆市博物馆.中国西南地区历代石刻汇编(第七册)[M].天津:天津古籍出版社,1998:72.

灵"思想的指导下产生的图腾崇拜、祖先崇拜等相关的精神信仰。

广西古有蛙神崇拜,青蛙崇拜是古越稻作民族的文化特征,自古广西为南方的稻作区,蛙神崇拜大致与生殖崇拜和稻作生产有关。壮族人将青蛙视若神灵,在铜鼓上立青蛙像,认为青蛙是雷公的儿子,或是雷婆的女儿。雷公专管风雨,派青蛙到凡间报讯定晴雨,水稻生产中水是至关重要的,所以壮族的信仰中一年是否风调雨顺与青蛙密切相关。至今广西的南丹、东兰、凤山、天峨、巴马、河池等红水河流域的壮族地区至今仍有祭祀青蛙的"蛙婆节"①。青蛙崇拜也与族群的繁衍有关,如《粤西游日记一》写徐霞客游历广西时也提到土人的青蛙崇拜:

> 下山西麓,过竹桥,由村北西北行。三里,抵岩之阳。其山骨立路北,上有竖石如观音,有伏石如虾蟆,土人呼为"蟆拐拜观音"。(拐即蛙之土名也。自九疑瑶峒,俱以取拐为务。)②

观音是佛教神,在中国民间观音菩萨逐渐与民间信仰结合,民众将其塑造成端庄、温柔的女性形象,其送子功能成为民间妇女崇拜的根本,徐霞客所见的"蟆拐拜观音"大概是广西地区本地信仰的蛙神崇拜和观音崇拜的组合,其寓意大概都是生育的祈祷。

少数民族祖先崇拜如桂中、桂西北地区崇拜的莫一大王神,该地区的莫姓壮族将莫一大王视为远祖,设八神庙祭祀莫一大王,每三年一次"庆愿",每十年"还愿"一次。周去非《岭外代答·地理门·并边》云:"南丹者,所谓莫大王者也"③。此外各少数民族都有自己的祖先神,且每家每户都祭祀祖先,有称为"家鬼"的,其实就是祖先神。《岭外代答·志异

---

① 罗勋.根问——壮族研究论文集[M].呼和浩特:远方出版社,2004:37.
② [明]徐弘祖著,褚绍唐、吴应寿整理.徐霞客游记(上)[M].上海:上海古籍出版社,2011:323.
③ [宋]周去非著,杨武泉校注.岭外代答校注[M].卷一.地理门.并边.北京:中华书局,2012:4.

门·家鬼》记载钦州古俗将祖先视为"鬼",设置诸多禁忌,祈求祖先不害后人,强调后人对祖先不敬会受到惩戒,这与祭祀祖先祈求得到荫护,相信祖先能为后人带来好处与利益的祖先崇拜是不同的。

六、古代广西山水散文中的民间信仰行为

古代广西民间信仰除了从其信奉的神灵体现出来之外,还可以从民间的祭祀、巫术、占卜、仪式等行为、活动体现出来。古代广西民间崇拜多神,遇事占卜问鬼,重视祭祖、游神、跳鬼、驱鬼等仪式以及一些巫术活动。

越人占卜在古代典籍中多有记录,如《史记》《汉书》《资治通鉴》都提到了越人鸡卜,即用鸡骨卜凶吉祸福。除了用鸡骨还用鸡卵卜,唐代段公路《北户录》记载的广西鸡卵卜:

> 邕州之南,有善行禁咒者,取鸡卵墨画,祝而煮之。剖为二片,以验其黄,然后决嫌疑,定祸福,言如响答。据此,乃古法也。《神仙传》曰:人有病,就茅君请福。煮鸡子十枚以内账中。须臾,茅君悉掷出,中无黄者病多愈,有黄者不愈。常以此委候。①

《岭外代答》也记载了广西的鸡卜和鸡卵卜,《西事珥》《赤雅》均记鸡卜、卵卜之事。《粤西丛载》写壮族卵卜:

> 僮人卜葬,请鸡匠祝神,以卵投地,不破者如获滕公之碑。②

正是因为古代广西占卜之风甚盛,宋代狄青镇压侬智高起义时曾借

---

① [唐] 段公路.北户录 附校勘记[M].北京:中华书局,1985:21-22.
② [清] 汪森编辑,黄振中、吴中任、梁超然校注.粤西丛载校注[M].卷十八.风气习俗.南宁:广西民族出版社,2007:745.

广西占卜之风来鼓舞士气,这个故事被《峤南琐记》记录下来:

> 狄武襄征侬智高,兵出桂林。道傍有一庙,神甚灵,武襄驻节祷之。因取百钱,朱涂其面,与神约,大捷则投此钱面尽上向。众方耸视,已挥手一掷,百钱尽红,举军欢呼震地。武襄大喜,顾左右取百钉来,即随钱疏密,就地钉之曰,俟凯旋谢神取钱。既败智高,平邕州。师还过庙,取钱与幕府士大夫共视之,乃两面钱也。南人尚鬼,武襄借此作其气尔。①

狄青通过其作假的占卜行为达到了鼓舞士气的目的。

此外古代广西民间还以占卜来预示年成,如壮族用青蛙来占卜来年是否丰收。古代广西山水散文中写到北流勾漏洞时有卜年的描述,如宋代罗大经《游南中岩洞记》:

> 洞对面高崖上,夏间望见荷叶田田,然峻绝不可到。士人云,或见荷花,岁必大熟。②

《西事珥》《赤雅》皆引用此事,《粤西偶记》也有相同的表述:

> 对洞一山,峻耸壁立,断绝攀援。荷叶田田,翩翻其顶,每菡萏花见,则占有年。③

下蛊属于害人巫术,其见于广西笔记散文中,如《岭表录异》所记"睟

---

① [明]魏濬.峤南琐记[M].卷下.北京:中华书局,1985:44.
② [清]汪森编辑,黄盛陆等校点.粤西文载校点(第二册)[M].卷十九.罗大经.游南中岩洞记.南宁:广西人民出版社,1990:90.
③ 四库全书存目丛书编纂委员会.[清]陆祚蕃著.粤西偶记[M].北京:中华书局,1985:6.

百虫为蛊以毒人",《百粤风土记》记载"以土木易人五脏",《西事珥》云"五月五日,聚诸虫豸之毒者,并置器内,自相唼食,最后独存者为蛊"①等,《赤雅》亦录《西事珥》关于蓄蛊之条。

第五节　古代广西山水散文与民间艺术

民间艺术是民众根据自身生活需要,集体创作、广泛传播于民众中间的音乐、舞蹈、戏曲、美术等艺术创造活动,是民俗活动的形象载体,是纷繁复杂的民俗事象。民间艺术对民众而言具有自娱自乐的性质,它继承了原始艺术实用性与审美性并存的特质,带有浓厚的乡土气息,与人们生活息息相关,反映了民众的审美理想,凝聚了民族文化的精髓。古代广西山水散文有表现广西民间歌舞、民间戏曲、民间乐器、民间美术等民间艺术的内容。

一、古代广西山水散文与民间歌舞

民间歌舞有民歌、民间舞蹈,也有歌舞合一。汉代刘向《说苑》卷十一《善说》中记载了春秋时期鄂君子皙泛舟,越人船夫献歌的故事,其中记载的《越人歌》又被收入《玉台新咏》《乐府诗集》《文选补遗》等。一般认为这位献歌的船夫是当时与楚国比邻的百越中的西瓯、骆越族人,从《越人歌》中表现了古代骆越人用歌来表达情感的习惯。宋代《太平寰宇记》卷一百六十三"岭南道七"、《舆地纪胜》卷一百十七、《方舆胜览》卷四十二中都记载了广西男女"盛服椎髻徒跣聚会作歌"的习俗。《岭外代答》"风土门"之"送老"提到岭南嫁女之前送老"迭相歌和",且所唱之歌

---

① 四库全书存目丛书编纂委员会.四库全书存目丛书 史部 第247册[M].济南:齐鲁书社,1996:767.

靖江人以"苏幕遮"为曲调、钦州人以"人月圆"为曲调,而歌词皆是"临机自撰"的唱歌习俗。《赤雅》"浪花歌"曰:"峒女于春秋时,花布果笙箫于名山,五丝刺同心结,百纽鸳鸯囊,选峒中之好者,伴峒官之女,名曰天姬队。余则三三五五,采芳拾翠于山椒水湄,歌唱为乐。男亦三五群,歌而赴之。相得,则唱和竟日。解衣结带相赠以去。春歌正月初一、三月初三。秋歌中秋节。三月之歌曰浪花歌。"①正是唱完春歌唱秋歌。《粤西偶记》中写"山子"(瑶族的一支)唱歌习俗:

  其风俗最尚踏歌,浓妆绮服,越阡度陌。男女杂遝深林丛竹间,一唱百和,云为之不流,名曰:会阆。自稽事毕,至明春之花朝,皆会阆之期也。余节亦间举,唯元宵与中秋夕为盛。有民歌,有猺歌,俱七言,颇相类。其不同者,民歌有韵,猺歌不用韵。民歌体绝句,猺歌体或三句或至十余句。民歌意多双关,猺歌专重比兴,其布格命意,有出于民歌之外者,虽文人捉笔不能过也。②

将"山子"所唱"民歌"和猺歌进行了对比,特别对猺歌的"布格命意"给予了较高的评价。又写到了"獐人歌":

  其歌字皆土音,韵则天籁,译而通其意,殆亦工于为词者。③

再写了狼人的歌唱习俗:

  其俗自幼即习歌,男女皆倚歌自择配,女及笄则纵诸野,少年从

---

① [明]邝露著,蓝鸿恩考释.赤雅考释[M].南宁:广西民族出版社,1995:25.
② [清]陆祚蕃.粤西偶记[M].北京:中华书局,1985:9.
③ [清]陆祚蕃.粤西偶记[M].北京:中华书局,1985:9.

者且数十,次第歌,俟女歌意所答而一人留。男遗女以扁担一条,镌歌数首,字仅如绳头,间以金彩作花卉于上,沐以漆,盖其俗女子力作必需也。女赠男以绣囊、锦带诸物,皆女所自制者,约为夫妇,各告其父母,乃倩媒以苏木汁染槟榔,并蒌叶、石灰定之。婚之日,迎亲送女,络绎于道,歌声振林木。①

呈现了少数民族自幼学歌、依歌择配、以歌定情、歌唱成婚的人生循环,唱完情歌唱喜歌,"歌声振林木"更是凸显出了歌唱风习之壮观。

清代王士祯在《池北偶谈》的"粤风续九"中说:"粤西风淫佚,其地有民歌、徭歌、俍歌、僮歌、蛋人歌、俍人扇歌、布刀歌、僮人舞桃叶等歌,种种不一,大抵皆男女相谑之词。"②清代张心泰《粤游小志》也提到广西平、梧等郡男女对歌至半夜,有"溱洧风"。可见广西各族人民自古以来都爱唱歌,歌唱活动历代都十分活跃。古代广西山水散文在写山水时也有将民歌列入山水画面中的,如唐代韦宗卿《隐山六洞记》将"棹女唱,榜人歌"纳入桂林隐山蒙泉池的景观中,表现出和谐的山水画面。明代章璜《三海岩记》中记其在灵山三海岩听到"四野樵歌",与孤村烟火相呼应。徐霞客在游融县岩洞时听到歇息在山洞中的牧人唱歌,在其笔下呈现出山水与歌声的动态画面。清代同治年间杨恩寿手稿本《坦园日记》中写船到阳朔听到舟子之土歌:

昨日午刻阳朔开行……上灯后,始依桂林之水关而泊,距省只二里许。往返冤行三百余里……盘卧于小艇中者四昼夜,皆余流年舛戾所致也。舟子粤人也,时唱土歌,初听之不甚了了,依枕细绎,其中有绝妙者。如:"苦竹山高苦竹低,贫穷莫讨富贵妻;苦竹山低

---

① [清]陆祚蕃.粤西偶记[M].北京:中华书局,1985:10.
② [清]王士祯撰,靳斯仁点校.池北偶谈[M].卷十六.北京:中华书局,1982:382.

苦竹高,贫穷莫结富贵交。"虽古诗不过如是。又有"五更鸡,莫乱啼!你若五更啼得早,拆散姻缘早分离",三百篇之遗风也。①

作者对广西歌者的民歌给予了极大的称赞,称之为诗经的遗风。

广西人民好歌喜唱,对于善歌者更有崇拜之情,刘三姐是广西民间传说中的"歌仙"形象,集中体现了广西民歌的成就。关于壮族"歌仙"刘三姐的传说传为唐代形成,但关于其籍贯和身世却是众说纷纭。最早见于宋代的地理志《舆地纪胜》,其中提到了"三妹山",提到刘三妹为春州人,即广东阳春县人。清代屈大均《广东新语》中说:"有刘三妹者善歌称为歌仙。新兴女子有刘三妹者,相传为始造歌之人,生唐中宗年间。"②清代王士禛《池北偶谈》云:"相传唐神龙中,有刘三妹者,居贵县之水南村,善歌,与邕州白鹤秀才登西山高台,为三日歌,秀才歌芝房之曲,三妹答以紫凤之歌,秀才复歌桐生南岳,三妹以蝶飞秋草和之,秀才忽作变调曰朗陵花,词甚哀切,三妹歌南山白石,益悲激,若不任其声者,观者皆歔欷,复和歌,竟七日夜,两人皆化为石,在七星岩上。"③清代很多地方志和文人笔记中都记载了刘三妹及其传说,如《庆远府志》《宜山县志》《浔州府志》《苍梧县志》《贵县志》《岭南群雅》《峒溪纤志》《粤述》《桂留山房诗集》《粤风续九》《粤西笔述》等都有过相关记述。从古籍中的记述可见,"歌仙"刘三姐的原型大概并不是出自一时一处,而是各个地方的人们对一位善歌者形象的概括。加之刘三姐周游传歌,足迹遍及岭南,对其家乡和族属说法各异,也情有可原。据学者覃桂清考证,刘三姐出生地为贵县(今广西贵港市)西山,死于广东的阳春县,可能是汉族和壮族联姻的后代④。笔者认为这一观点证据充足,是较为可信的。

---

① [清] 杨恩寿著,陈长明标点.坦园日记[M].上海:上海古籍出版社,1983:107.
② [清] 屈大均.广东新语[O].卷八.女语.清康熙水天阁刻本.
③ [清] 王士禛撰,靳斯仁点校.池北偶谈[M].卷十六.北京:中华书局,1982:382.
④ 覃桂清.刘三姐纵横[M].南宁:广西民族出版社,1992:44.

历史上刘三姐的故事和传说在广西、广东、云南、湖南、贵州、江西、福建甚至更广泛的地域范围中都有流传,其"歌仙"形象得到了包括汉族在内的各个民族的喜爱和认同。"刘三姐"文化现象是各民族对以汉文化为主的唐代文化认同的结果,就刘三姐作为"歌仙"形象和各民族对"歌仙"形象的认可而言,是对道家文化为基础的道教文化的认同。从刘三姐传世歌谣的表现形式看,用韵、赋、比、兴的表现手法和绝句体式的使用,是壮、汉在语言艺术及其表达方式方面的交流和文化认同的结果。[①] 特别是刘三姐歌谣中有很多汉语山歌,有学者认为,刘三姐的汉语山歌内容及艺术形式,主要受到广东、福建的客家山歌、粤语汉歌,湖南、湖北的汉族民歌,云南、贵州、四川的汉族民歌的影响,其渊源甚至可以追溯到吴歌、楚歌和巴东民歌[②]。刘三姐的歌谣体现了广西少数民族对汉文化的认同,是多民族文化认同的结果。

清初张尔翮《刘三妹歌仙传》是一篇将刘三姐传说、广西民歌习俗和山水融为一体的山水散文,作者先是在山林中听到奇妙的歌声,又看到山上两两对坐的石人,引发了无限的遐想:

> 世传仙女刘三妹者,一善歌之佳人也,余不知其所由来。癸卯清明日,因访友于西山杨氏,路经山谷,惟见春色撩人,红紫万状,轻烟薄雾,山突天平。须臾入坳,即仙女寨,忽闻层峦之上,有声乌乌然,若断若续,响振林木。四顾无人,青峰满目,远盼山巅,惟二石人偶坐,心颇异之。呜呼!噫嘻!无人有声,声在半天,缥缈云端,意者其仙籁乎?倾耳细听,随声仰望,或隐或现,遥见人影三五成群,互歌相答,惟闻呵呵声,而不知其所歌何调,何奇幻若此乎?[③]

[①] 邓伟龙,尹秋娥.试论刘三姐文化符号的多民族文化认同[J].创新,2012(3):106-109.
[②] 广西学者覃桂清对其进行了溯源,参见覃桂清.刘三姐纵横[M].南宁:广西民族出版社,1992;黄桂秋.刘三姐歌谣的文化阐释[J].钦州学院学报,2012(5):20.
[③] 古今图书集成方舆汇编职方典(第1435—1444卷)[O].卷一四四〇.浔州府部艺文二之五.中华书局影印版.

作者听到的山中缥缈的歌声和看到的春光明媚的景色,形成映照,增添了山水神秘奇幻的色彩。接着作者写到了友人家,见到友人80多岁的叔祖,听他讲述了歌仙刘三姐的生平事迹以及刘三姐与少年秀才对歌七日化石的传说,不禁感叹:

> 嗟乎,仙迹不磨,恍美人之宛在,歌声尚沸,怀西归之好音。陟彼崔嵬,标其概矣!挹兹突兀,掇其芳哉!一时而千古,千古而一时。贵虽僻壤,其盘礴郁积,得此而物色之,用记笔端,以垂不朽云尔。①

广西山水散文中记载的粤西民歌多以明媚的春色为背景,歌声和春光都是令人愉悦的,表现出民间音乐之美对山水审美的作用。另外广西少数民族的民歌也常伴有乐器和舞蹈,如《西事珥》和《赤雅》中记载的瑶人联袂而舞的"踏瑶"、壮人的"出寮舞"、侗人"弹胡琴,吹六管,长歌闭目,顿首摇足"的"混沌舞"、斑衣种女的"垂手善舞"的"蹋蹋歌"、苗人的"鸲鹆舞"等。清代张心泰《粤游小志》写贺县瑶人歌舞:"瑶头执短颈渔鼓,瑶妇提圆面小锣,相跳跃。一歌诧,一歌讹,诸童男女左右互歌以应,虽不辨所歌何词,而音节抑扬可听。"②

二、古代广西山水散文中的铜鼓描绘

铜鼓是广西的民间乐器,但其意义又远远超越了民间乐器,成为权力与财富的象征。中国古代西南地区广泛流传着铜鼓,它既是一种民间乐器,也是少数民族非常珍视的器物,《旧唐书》卷二十九之"音乐二"中

---

① 古今图书集成方舆汇编职方典(第1435-1444卷)[O].卷一四四○,浔州府部艺文二之五,中华书局影印版.
② 小方壶斋舆地丛钞(四八)第九帙[M].张心泰.粤游小志.十四.广文书局印行:7309-7310.

记载:"铜鼓,铸铜为之,虚其一面,覆而击其上。南夷扶南、天竺皆如此。岭南豪家则有之,大者广丈余。"①虽然使用铜鼓的范围十分广泛,但以广西出土的铜鼓最多,因而广西有"铜鼓之乡"的美誉。罗香林先生在其《古代越族文化考》中提到古代越文化最令人注意的是铜鼓之制作与使用,而又以骆越铜鼓为盛②。广西以壮族为代表的少数民族是制作和使用铜鼓最早的民族群体,有2 000多年历史,《后汉书·马援列传》中曾言马援"得骆越铜鼓",又有马援"舟载骆越二铜鼓,跃入八桂江中"的传说。《旧唐书·地理志》《太平寰宇记》《桂海虞衡志》中都记录了广西盛产铜鼓的情形。从史书中对广西铜鼓的记录情况,可以推测古代的壮族地区有过一个十分兴盛的铜鼓文化时代。铜鼓是"财富的标志、权力的象征、统治者的徽号"③。

铜鼓是全身用铜铸成的一种鼓,它分鼓面、鼓胸、鼓腰和鼓足4个部分。除了早期铜鼓鼓面较小外,一般鼓面和鼓胸都比较大,鼓腰内收比鼓胸小一些,鼓足又外放比鼓腰稍大一些,鼓胸下面有耳。鼓腹空虚,因此敲击时嘡嘡作响,悦耳动听。《岭外代答·乐器门》详细记载了广西铜鼓的外观及铜鼓出土的情形。铜鼓也是广西少数民族信仰的凝聚。历史上铜鼓的作用有其演进的过程:炊具——乐器——礼器——法器——神器。最早的铜鼓是炊具,然后演化为一种乐器,《岭表异录》中记载了"蛮夷之乐有铜鼓焉"。铜鼓以其响亮的节奏参与跳神、娱神的巫术活动,娱神与娱人难以分辨。铜鼓最常用的场合是为歌舞伴奏,烘托气氛。欢乐的歌舞场面与祈年禳灾密不可分,后来铜鼓又用于祭祀和陈设,代表神圣、权力、地位和财富,体现出礼器和神器的功能。铜鼓还具有集众

---

① [后晋]刘昫,等.旧唐书(第四册)[M].卷二十九.志九.音乐二.北京:中华书局,1975:1078.
② 罗香林.百粤源流与文化[M].台北:"国立"编译馆中华丛书编审委员会,1978:141.
③ 蒋廷瑜.铜鼓艺术研究[M].南宁:广西人民出版社,1988:2.

和传达信息的用途,在军事指挥上起到号令的作用。①

明代邝露《赤雅》、张穆《异闻录》、魏濬《西事珥》和清代张祥河《粤西笔述》对广西铜鼓皆有记载。清代雍正八年(1730)时任广西巡抚的金鉷作《铜鼓记》记载了当年春秋在广西北流县和浔江发现了两个铜鼓,并对铜鼓加以描绘:

> 完好无剥蚀,翡翠丹砂,古色斑驳,非人间所宜私宝者,敬进阙下,蒙恩加赉,耕民欢呼称谢。……

> 而宏壮之模,缜密之文,绿沈之色,要非秦汉以下物也。……底如其面而空,面有蟾蜍叠踞,大小各六,重之为数十二,意取律吕相生,而应十二月盈虚之象;与中边围纹亦十二道疏密相间,内皆细文,不一其状。旁有两耳而环,用以异。通体完整不缺不㽞,似呵护之者。②

文中也表现了铜鼓的神异色彩。广西铜鼓用铜合金铸造而成,造型是束腰的圆柱体,其鼓面、鼓身、鼓足代表了天、地、人三界世界。图案有太阳纹、雷纹、飞鹭、青蛙、水波纹、龙舟竞渡和羽人舞姿等。这些图案"笼罩着十分浓郁的图腾气氛,在其身上几乎汇集了所有重要的神祇,每一种纹饰都能在神话中找到它的来源"③。如铜鼓鼓面上的太阳纹、雷纹和四周的青蛙,是广西稻作民族的信仰体现。在壮族的信仰中,雷神是上界的主宰,青蛙是雷王的儿子或雷婆的女儿,是上天派到人间的信使,古人通过这些象征性的纹路和图案来铸造出铜鼓的神秘气息。古人认为铜鼓是神奇、有灵魂和生命的器物,如《岭表录异》中说到了"铜鼓精",《峒溪纤志》中称"铜鼓有神"。在广西少数民族的观念中,铜鼓与神的地位

---

① 《壮族简史》编写组,《壮族简史》修订本编写组. 壮族简史(修订本)[M]. 北京:民族出版社,2008:261-262.
② 北流县志编纂委员会. 北流县志[M]. 南宁:广西人民出版社,1993:1151-1152.
③ 梁庭望. 壮族铜鼓与东南亚铜鼓造型及纹饰之比较研究[J]. 中央民族学院学报,1985(5).

是并驾齐驱的。

徐霞客游太平府时曾看到过铜鼓，并将其声响和形象在《粤西游日记三》中做了简单的描述：

> 铜鼓在郡城内城隍庙，为马伏波遗物。声如吼虎，而状甚异。闻制府各道亦有一、二，皆得之地中者。土人甚重之，间有掘得，价易百牛。①

可见铜鼓在广西价值贵重，铜鼓的出土对广西人亦有极其重大的意义。

三、古代广西山水散文中的花山岩画

在广西边陲之地的崇左，有十分壮观的花山，花山在壮语中称为"岜来"，意为有画的山。山上有广西壮族先民创作的岩画，主要分布在今广西左右江流域及明江两岸江流转弯的陡峭崖壁之上，延绵200多千米，有89处岩画点，可辨认的图像达1 800多个，是亚洲东南部区域内规模最大、图像数量最多、分布最密集的涂绘类赭红色岩画群②。据专家考证，花山岩画的绘制年代大概是春秋战国至东汉时期，是古代骆越族的文化遗存。学术界认为岩画反映的是2 000多年前壮族先人的祭祀场面，但多年来花山岩画仍留下了许多未解之谜，显得十分神秘。花山岩画的风格古朴，气势磅礴，图像以断发、裸体、跣足、半蹲的人物为主，还有马、狗等动物及刀剑、铜鼓等器物和太阳的圆圈图案，大规模的岩画与周围环境浑然一体。2016年花山岩画入选世界遗产名录。

花山岩画意境神秘，千百年来，极少见于典籍。最早见于宋代李石

---

① ［明］徐弘祖著，褚绍唐、吴应寿整理.徐霞客游记（上）[M].上海：上海古籍出版社，2011：466.
② 中国人民政治协商会议广西壮族自治区委员会.左江花山岩画文化景观图典[M].南宁：广西人民出版社，2018：8.

的《续博物志》卷八:"二广深溪石壁上有鬼影,如澹墨画,船人行,以其为祖考,祭之不敢慢。"①将岩画图像称为"鬼影",且当地人将这些神秘岩画中的人物看成是祖先。而明代张穆《异闻录》则让花山岩画涂抹了更加神秘的色彩:"广西太平府,有高崖数里,现兵马持刀杖,或无首者,舟人戒无指,有言之者,则患病。"②以疾患叙事的方式阻断了人们将其作为观赏对象。古时中原到桂的文人绝少提及花山,有对花山岩画忌讳的可能性。而明清时期越南燕行诗文中却频频写到花山岩画。越南使臣北上进入镇南关后,至宁明登舟顺左江而下,其中大部分的越南使臣船经花山都将花山岩画写入诗文中,补充了明清时期有关花山岩画的文献缺失。其中将花山岩画写入燕行文中的有阮辉僊《奉使燕京总歌并日记》、李文馥《使程志略草》、阮文超《如燕译程奏草》、阮思僩《燕轺笔录》。

……经瓜村塘江,有一峰壁立,石面有人马形,似硃画出,相传是黄巢兵马。③

——阮辉僊《奉使燕京总歌并日记》

对岸有大花山,山腰石色如丹,有人马旗鼓之状,俗称黄巢兵马山,舟行至此,初认之,如画工描写者。第自水面至山腰,高二十丈许。山势如壁,山形如覆,恐人力无所施功。况所画朱色,安能久而不变?再认之,石质本红,又似乎石之筋络者,则象形酷肖,队伏整齐,段段皆然,恐造设未能如工。④

——李文馥《使程志略草》

---

① [宋] 李石. 续博物志[M]. 北京:中华书局,1985:108.
② [清] 汪森编辑,黄振中、吴中任、梁超然校注. 粤西丛载校注[M]. 南宁:广西民族出版社,2007:605.
③ 中国复旦大学文史研究院,越南汉喃研究院. 越南汉文燕行文献集(越南所藏编)第5册[M]. 上海:复旦大学出版社,2010:30.
④ 中国复旦大学文史研究院,越南汉喃研究院. 越南汉文燕行文献集(越南所藏编)第15册[M]. 上海:复旦大学出版社,2010:18-19.

石痕斑斓为兵马旗鼓状者,曰大小花山。其余若楼若台若禽若兽,徒步异形。有所谓城山者,双峰对出,弯弯内向,若城有阿。隔峰处石壁稍逊,节节相因如叠砖,自流及顶,高可数十丈,长称之,叠节以千数,绳尺不差,正中凸起,如谯楼。有小门,旁一方石挺出,如旗竖,江堑其下。土人名为黄巢城。①

——阮文超《如燕译程奏草》

　　大花、小花诸山,有黄巢(唐僖宗时人)兵马遗迹。谛观之,山腰石迹皆成符箓人马之状,或赤若渥丹,或黝若洒墨。或黄或白,色色奇肖,真异观也。然沿江诸山幻相若此者,所在而有,不独此二花山为然,旧传盖好事者之言,识者勿道可也。至于两岸临水,处处奇石林立,洞壑玲珑,与人家园亭假山酷肖者,不胜数。②

——阮思僩《燕轺笔录》

　　清代越南使臣的这些描述中一致把花山岩画与黄巢兵马的传说结合起来,面对无法解释的花山之谜,越南使臣更愿意相信这些花色并非人为,而是天然形成,红色是山石的纹理。越南使臣对花山的奇幻十分诧异和欣赏,称之为奇观,将其作为左江山水景观的一部分加以描绘和赞美。

　　总之,古代广西山水散文既记录了某一时段的广西民俗文化,折射出了广西的民俗文化的历史延续,也因广西民俗文化而有了显著的地域特色,充满了奇幻色彩。

---

① 中国复旦大学文史研究院,越南汉喃研究院. 越南汉文燕行文献集(越南所藏编)第17册[M]. 上海:复旦大学出版社,2010:10-11.
② 中国复旦大学文史研究院,越南汉喃研究院. 越南汉文燕行文献集(越南所藏编)第19册[M]. 上海:复旦大学出版社,2010:71.

第七章　古代广西山水散文作家的心态与地域文化

　　文学作品是作家在特定的时间和空间中创作出来的,地域文化首先是影响作者进而再影响文学作品的。古代广西山水散文除了在内容上与地域文化相关外,在创作者身上也能见到地域文化对他们的影响。古代广西山水散文的作者主要为本土作家和流寓作家,前者以栖居者为主,后者以观光者为主,也有短暂的栖居。本土作家受到地域文化的影响比较直接,而流寓作家则间接受到了地域文化的影响。

第一节　本土作家的心态与广西地域文化

一、古代广西山水散文的本土作家

　　广西文化发展滞后于中原,中原文化的传入和本土文化的开化经历了一个过程。中原的科举制度推广到岭南是唐代的事,据《新唐书》记载,唐高宗上元二年(675),岭南五管实行南选,南选在岭南的推行客观上刺激了广西的文化。广西各地县学兴建,培养了一批广西本地的人才。唐昭宗乾宁二年(895),桂州赵观文高中状元,为广西第一个科举状元。五代南汉白龙元年(925),平南人梁嵩进士第一。这一时期还出现了一批较有影响的文人,如阳朔人曹邺、临桂人曹唐,但都以诗歌创作为主。唐代创作广西山水散文的本土作家有上林壮族文人韦敬办、韦敬一,韦敬办《大宅颂》和韦敬一《智城洞碑》是现已发现的岭南地区最早的两块唐碑。韦敬办、韦敬一生平事迹未发现文献记录,根据地方民间传说和方志,有关于韦将军征蛮有功,聚族居住于此,乡人立庙祭祀韦将军之事,而韦将军即韦厥。一般认可韦氏一族为韦厥之后。王象之《舆地纪胜》中"上林人物"记:"韦厥,汉韦元成之裔,唐武德七年,持节压伏生蛮,开拓化外,诏领澄州刺史,后隐于智城洞,公与诸子皆封侯庙食为庙者九。"①祝融《方舆胜览》也有如此记载。韦敬办、韦敬辨、韦敬一应为其子或孙。还有认为韦厥疑为宋人捏造的人物,是宋代统治南方少数民族的需要,其根据为《舆地纪胜》中记载的韦厥于武德七年(624)为澄州刺史,而武德七年时并不称澄州,而为南方州。说其后隐于智城洞,武德年间也未有智城之名。除《舆地纪胜》等个别宋代文献外,唐高祖派韦厥到岭南开拓化外不见任何史籍记载,碑文石刻也没提及韦厥。② 而《大宅颂》中的"维我宗祧,昔居京兆,流派南邑……"也可能是韦氏提升自己的一种方式。但可以推断,韦氏一族在当地势力很大,而且世袭了几世,在唐初成了势力较大的地方溪洞豪族。"韦氏以廖州大首领为本周刺史者,按唐书选举志:肃宗上元二年,以岭南五管、黔中都督府,得即任土人为官。……自唐初至中叶咸以本土之人镇抚蛮方,敬辨殆韦厥子孙。"③黄诚沅根据唐代官职志推论韦敬办"结衔而又不著所封县邑者,盖其父

---

① [宋] 王象之.舆地纪胜(四)[M].卷一百十五.北京:中华书局,1992:3407.
② 石丽璠.上林唐碑和历史民俗文化若干问题的研究——兼论上林发展旅游业的对策与思考[D].桂林:广西师范大学,2005:16.
③ [清] 陈寿祺.左海文集[O].卷三.韦敬辨智城碑考.清刻本.

曾为刺史尔,非其爵也。说见随园随笔,首领即群蛮渠酋之号,乃敬办所自称,非出朝命者"①。唐初至唐中叶,岭南地区选官是直接任用溪洞豪族首领为刺史、县令。韦敬办、韦敬一的时代应该还是属于直接任用土人首领,形成了世袭传统和地方势力颇大的溪洞豪族。唐统治对其的管理是松散或是顾及不到的,所以这些官职称谓也可能是韦氏沿袭传统而来的,是"任官简择未甚得所"的。后来随着唐对岭南的统治的加强,渐渐希望改掉州县多用土人的弊端,才考虑岭南地区选官实行南选。所以《大宅颂》和《智城洞碑》的作者应是唐初澄州对汉文化认同的、受到了汉文化影响的壮族豪族,是集民族首领与地方州县行政长官于一身的地方豪族。

宋代广西风俗进一步向中原靠拢,学校教育有了很大发展,入桂的中原文人对广西文化的传播和开化起到很好的作用,促进了广西本土文人的成长。根据谢启昆《广西通志》"艺文略"的记载,宋代广西籍文人的著作不少,只是大部分书都散佚了,几乎无传世之作。宋代广西山水散文的本土作家更是少见,因此宋代广西山水散文作者以流寓作家为主。明代广西接受中原文化教育更为普遍,广西士人参加科举考试比以往更多,出现了一大批本土文人,如蒋辑、杨宗盛、傅惟宗、秦谦、陈钦、毛麟、吴渊、李堂、李麟、张策、陆舜臣、唐元殊、张烜、张腾霄、屠楷、冯承芳、戴钦等。而最具名望的是全州蒋冕和临桂张鸣凤,这两位也是明代广西山水散文的重要作家。蒋冕有诗文集《湘皋集》,其中有一些考证地方沿革、忘情山水的典雅之作,是明代广西山水散文的代表。张鸣凤一生著述颇丰,创作了大量的诗歌、散文作品,以散文的成就为高,文字优美,被王世贞称赞"辞甚修","文极尔雅"。张鸣凤《桂胜》《桂故》既是记载详细、引证丰富的地志作品,又是具有浓厚文学风味的山水散文。

---

① [民国]杨盟等修,黄诚沅纂.上林县志[M].台北:成文出版社,1968:921.

清代广西经济文化进一步发展,出了陈继昌、龙启瑞、张建勋、刘福姚等状元,又有名臣陈宏谋和晚清四大词人之况周颐、王鹏运,还出现了不少文学家族,如全州蒋氏家族、谢氏家族。在散文创作上有很大贡献的广西桐城派"岭西五大家"的朱琦、彭昱尧、龙启瑞、王拯,还有壮族学者郑献甫,他们对广西山水散文的贡献很大。清代的广西山水散文以本土作家为主流,代表了清代广西山水散文的水准。

从本土广西山水散文作家数量的发展规律看,表现出了唐以前绝少、唐代较少、宋代很少、明代崛起、清代名家辈出的变化过程。

二、广西本土作家在山水散文中表现的情感倾向

广西本土作家的山水散文与流寓作家的山水散文相比,所表现出来的心态是不一样的。广西本土作家对本地的景物是熟悉的,在描写本地的景物时几乎没有不良的情绪,而是充满了骄傲和自豪感,如数家珍,娓娓道来。如韦敬办《大宅颂》虽然文学价值不高,也被认为"文殊鄙俚"[①]"幼稚而随意"[②],对澄州山水的描绘很不充分,整篇文章也显得粗糙,但赞美家乡却是毫不含糊:"一人所守,即万夫莫当","木之所多,未乏南山之有。若池之流,岂不保全之祚者欤"[③]。而韦敬一《智城洞碑》更是对澄州山水用尽溢美之词。宋代僧人契嵩为藤津(今广西藤县)人,其文《送浔阳姚驾部叙》为送姚公入浔的序文:

> 潜子南人,习知其山川风俗颇详,姑为公言之。岭外自邕管之东,潮阳之西,桂林之南,合浦之北,环数千里,国家政教所被,即其霜露雪霰霑洽已繁,瘴疠之气消伏不发。秀民瑞物日出,其风土日

---

① [民国]杨盟等修,黄诚沅纂.上林县志[M].台北:成文出版社,1968:768.
② 欧阳若修.壮族文学史[M].南宁:广西人民出版社,1986:375.
③ 本段引文综合参考了广西民族研究所.广西少数民族地区石刻碑文集[M].南宁:广西人民出版社 1982:1;欧阳若修.壮族文学史[M].南宁:广西人民出版社,1986:372.

美,香木、桂林、宝花、琦果,殊名异品,聊芳接茂,而四时不绝。若梧、若藤、若容、若浔,凡此数郡者,皆带江戴山,山尤佳,江尤清,有神仙洞府,有佛氏楼观,村郭相望,而人烟缥缈,朝暾夕阳,当天地澄霁,则其气象清淑,如张画图然。其俗质,其人淳,寡争讼而浸知向方。①

作者以广西本地人的经验来告知姚公广西的山川风土:不仅物产丰富,多有奇花异果,气候宜人,江山如画,而且也有文化,更有淳朴的民风,完全不像外来作家笔下瘴气弥漫、"世情贱目,俗态无心",整篇充满了对家乡山水、物产和人文的自豪感,没有对家乡的深情写不出如此之句。明代蒋冕《送僧正某归湘山序》对自己家乡的山水也满是自豪的感情:

湘山寺在吾郡之西郭,仅二里许。冈峦秀拔,岩壑瑰诡。云泉竹树之雅,楼阁亭台之胜,为湖南兰若甲。远迩之间,幽人、胜士、方袍、宿衲来游来止者,盖岁无虚日。②

作者虽然并未亲临,却凭着对家乡的印象和热爱大加赞美全州湘山寺的景色。

张鸣凤《桂胜》也是以本地人的身份,使得桂林"古迹之几于沉晦者,至是悉显",游人可以"按图揽胜""见与闻合",使未游之人也可以"不出户则可以神游",且能"撷拾前闻,补苴遗事"、"弥缝吾桂之阙"。明代靖江王《游独秀岩记》表现出了对作者自己居住的独秀峰的风水的自豪,以

---

① [清] 汪森编辑,黄盛陆等校点.粤西文载校点(第三册)[M].卷四十七.僧契嵩.送浔阳姚驾部叙.南宁:广西人民出版社,1990:355.
② [明] 蒋冕著,唐振真、蒋钦挥、唐志敬点校.湘皋集[M].卷十七.南宁:广西人民出版社,2001:173.

桂林诸山的位置来衬托独秀峰"据岭表之胜,控藩国之雄"的地位,其在桂林群山的中心位置,"盖八景之奇无出其最者"。清代朱琦《杉湖别墅记》称:

> 吾粤山水幽邃,省治居万山中,湖水绕之,傍城处处可庐,然惟城西杉湖为胜。……
>
> 一日,余往游,侵晨微阴,已而风雨忽作,汹涛崩豁,小屋濛濛如舟,恍惚在江上,意以天下之奇无有过是者。①

文章赞赏了广西山水之清幽,并云桂林出自万山之中,湖水萦绕,朱琦带着本地居住者的感受,说出了桂林城在山水中、处处宜居的特点。

三、广西地域文化对本土作家的影响

(一)地域文化对广西本土散文作家性格气质及文风的影响

人是生活于特定地理环境和文化中的,地域文化对人的影响首先是自然环境对人的影响,古代人们已经注意到了地理环境对风俗和人的影响,如《礼记》中有"凡居民材,必因天地寒暖燥湿,广谷大川异制,民生其间者异俗,刚柔轻重迟速异齐,五味异和,器械异制,衣服异宜。修其教,不易其俗;齐其政,不易其宜。中国戎夷,五方之民,皆有性也,不可推移"②。人生活在一定风俗之中,人的精神气质也是区域风俗的重要组成部分,所以从注意到不同自然环境对各地风俗的影响到关注不同地域之人的差异是自然的事,生活于不同地理环境中的人,其性格气质、情感思维、审美趣味都难以避免地受地形、地貌、水文、气候、生物的影响。

古人在接触了不同地域的人之后,很容易从自然山川的角度来归结

---

① 张家璠,张益桂,许凌云.古代桂林山水文选[M].桂林:漓江出版社,1982:123.
② 陈澔注.礼记[M].卷三.王制第五.上海:上海古籍出版社,1987:73-74.

地域性格差异的原因。南朝时期刘义庆《世说新语·言语》记载了太原晋阳人王武子和太原中都人孙子荆各言其土地人物之美,王云:"其地坦而平,其水淡而清,其人廉且贞。"孙云:"其山崔巍以嵯峨,其水㶄渫而扬波,其人磊砢而英多。"[①]即是以地方山水之不同与地方民众之品性联系起来。清代桐城派在古文创作上影响深远,成绩斐然,人们将原因归结于舒黄间的天下奇山水。曾国藩大弟子张裕钊评说桐城派的文章时曾说:"私尝怪雍乾以来百有余年,天下文章乃罕与桐城俪者。间独闻龙眠浮渡诸山水,古所称绝胜也。姚氏之言以谓黄舒之间,山川奇杰气蕴蓄且千年,宜有儒士兴于今,理固当如是耶?"[②]后世也有不少关于这方面的论述。近代刘师培在论南北文学不同时有著名的论断来说明地理环境对北方人和南方人性格形成的影响,梁启超以理性的分析论述了自然地理对民性的作用,还论及民性的世代积淀,代代相传。"人杰地灵"说的就是这个意思。作家生活在一定的地理环境中,其气质、心理、审美情趣也必然受其影响进而影响其文风。

广西位于五岭之南,纵横的山脉成为天然屏障隔绝了与中原的交流,境内岩溶山连绵不断,山中岩洞孔窍玲珑,水网密集,河流多险滩,但也有岩溶地貌江水清澈之特点;气候炎热潮湿,瘴气蒸郁,阴晴不定,但也有风气清淑之时之地。广西各地地理环境也有些差别,但从整体上看可谓山奇水秀,奇秀山水必然对人有审美上的熏陶。但因自然环境的封闭性,文化古朴原始,如范成大所说:"习俗之醇古,府治之雄胜,又有过所闻者。余既不鄙夷其民,而民亦矜予之拙而信其诚,相戒毋欺侮。"[③]大山隔绝、环境恶劣导致了广西土著文化保留较多,广西文学上的人才从明清以后方大量涌现,文化相对落后于全国,但亦通过五岭间的一些水

---

① [南朝·宋]刘义庆撰,徐震堮注.世说新语校笺[M].北京:中华书局,1984:47.
② 张裕钊.明清八大家文选[M].张濂亭文集.吴育泉先生暨马太宜人六十寿序.上海:新文化书社,1935:17.
③ [宋]范成大著,胡起望、覃光广校注.桂海虞衡志辑佚校注[M].成都:四川民族出版社,1986:1.

陆交通博采岭外文化精华①。所以历代广西并非是没有人才,正如宋代张栻所说:"桂之为州,僻处岭外,山拔而水清,士之秀者,夫岂乏人,惟见闻之未广,而勉励之无从,故某之区区,首以立师道为急。"②在这样的地域文化中广西人有因山水之奇而带来的与众不同之性,也有民风淳朴而带来的耿直之性,质朴、真诚、勤奋,在恶劣的环境中生存自然养成了坚毅的品格,有不怕艰难、持之以恒的精神,"苟能以勤振之于始,以恒要之于终,将见德成名立,天下无难为之事矣"③。

广西文人以坚毅刻苦的求学精神取得了成就,而那些出类拔萃者还表现出了"奇""直""秀"的特点。在世人眼中广西自然山水最突出的特点是"奇",《桂海虞衡志》中称广西"山岫奇绝",评价桂山之奇为天下第一,甚至以"怪"称之。明代王士性称:"广右山水之奇,以鉴赏家则海上三神山不过。"④清代李渔称:"平章天下山水,当分'奇'与'秀'之二种,奇莫奇于华岳及东西二粤诸名山,是魁奇灏瀚之才也。"⑤至清代广西山奇已是天下人公认的了。这些地理上的特征必然影响广西人的性情和性格。清代袁枚《游桂林诸山记》认为广西之山"不足喻其多且怪",并联系广西人物:"得毋西粤所产人物,亦皆孤峭自喜,独成一家者乎?"董传策《游桂林诸岩洞记》将广西山水与广西人的特点联系起来:"粤山号奇,乃其人岂好奇若此?……且石岩,岩等耳,失之邪,或归险峭;得其正,堪秉孤贞。彼其人灵心故在也。"⑥世人对一些广西本土散文作家的评价中,

---

① 司徒尚纪.珠江传[M].保定:河北大学出版社,2009:7.
② [宋]张栻撰,邓洪波校点.张栻集[M].南轩先生文集.卷十.三先生祠.长沙:岳麓书社,2009:538.
③ [清]龙启瑞著,吕斌编著.龙启瑞诗文集校笺[M].经德堂文别集上.到任告示.长沙:岳麓书社,2008:517.
④ [明]王士性撰,吕景琳点校.广志绎[M].卷六.西南诸省.北京:中华书局,1981:115.
⑤ [清]李渔.李渔全集[M].第一卷.笠翁一家言文集.梁冶湄明府西湖垂钓图赞.杭州:浙江古籍出版社,1991:105.
⑥ [清]汪森编辑,黄盛陆点校.粤西文载校点(第二册)[M].卷二十一.董传策.游桂林诸岩洞记.南宁:广西人民出版社,1990:121.

常带有与"奇"相关的描述,可见这些作家在个性气质上具有某些与地理品格相关的"奇"的特点。

广西本土散文作家在性格上还表现出"直"的特点,如广西文学成就最早为人瞩目的是明代张鸣凤,张鸣凤即是以山水闻名天下的桂林之人,赵日冕评其文章品宜皆为第一流,其中说"其质也,巉岩嶙峋"①。清初谢良琦,钟德祥评价其为人"强岸峭独"②,王鹏运称其"孤直不容于时"③。谢济世率性耿直。岭西五大家之朱琦被认为是广西少有之"奇才","盖道光朝魁伟振奇人也"④。状元龙启瑞也欣赏奇崛之性,认为应通过阅读和游历,"使胸中常有清旷超脱、奇崛磊落之致"⑤。岭西五大家之彭昱尧才气激昂,王拯评价他:"才气所长,得于天之独异,而为人所不能齐者。"⑥而王拯亦有耿直刚毅之性,被评价为:"真挚质朴,性情非常人所能及。"⑦两粤文宗郑献甫自称是:"迂阔之性,不且事情,坦率之怀,不通时务。"⑧其《识字耕夫别传》中对作家"好"与"不好"的言说是其与众不同的旗帜,他说"秀雅之才生僻固之乡"⑨,只为适志而不争名。在清代文坛宗派众多的情形下郑献甫交友不结盟、自为一派的作风也彰显出他特立独行之"奇"。广西本土散文作家的文风亦有这些特点,彭昱尧之文"语尤奇肆"⑩;龙启瑞之文盘曲拗折;王拯之文"淬厉精洁,雄直有气"、为

---

① 四库全书存目丛书补编(第五十四册)[M].张鸣凤.羽王先生集.赵日冕序.济南:齐鲁书社,2001:2-3.
② [清]谢良琦,熊柱注释.醉白堂诗文集[M].钟德祥.王刻序.南宁:广西人民出版社,2001:14.
③ [清]谢良琦,熊柱注释.醉白堂诗文集[M].王鹏运跋.南宁:广西人民出版社,2001:16.
④ [民国]易宗夔著,陈丽莉、尹波点校.新世说[M].卷二.文学.成都:四川大学出版社,1998:73.
⑤ [清]龙启瑞著,吕斌编著.龙启瑞诗文集校笺[M].长沙:岳麓书社,2008:414.
⑥ [清]王拯.龙壁山房文集[M].卷四.彭子穆墓表.台北:文海出版社,1970:199.
⑦ [近]刘声木撰,徐天祥点校.桐城文学渊源撰述考·卷七[M].合肥:黄山书社,1989:245.
⑧ [清]郑献甫.补学轩文集·散体文·卷四·上张粤卿中丞请代辞荐举状[M].台北:文海出版社,1975:1985.
⑨ [清]郑献甫.补学轩文集·散体文·卷二·枕流山房诗稿序[M].台北:文海出版社,1975:1833.
⑩ [近]刘声木撰,徐天祥点校.桐城文学渊源撰述考·卷六[M].合肥:黄山书社,1989:223.

文篇篇变句①,"而气调则颇倜傥岸异"②;陈澧称赞郑献甫"奇辞隽旨,靡不收也"③。

除了奇之外,醇朴的文化氛围对本土文人亦有影响,如拙憨之气、真挚之心、刻苦求学之精神等都是晚清广西文人能在文坛上占有一席之地的原因之一。如谢元福《粤西五家文钞序》说当时为什么天下文章萃乎岭西时,认为并非偶然,而是"吾粤西僻在领表,去中原尤远,其俗醇古无为,不欲以文辞振天下。然山川伟丽,性情敦朴,少伪作,文辞之本源自在也"④,因为不争风会,锢于简陋,才写出了真文章。正是在这种醇朴的文化环境中,加上敦教化,山川之气必然会造就出奇人异士和文学才子,进而影响文风,广西山水秀丽,必然也使广西士人文笔雅秀。如张鸣凤所作《桂胜》《桂故》被称为地志中最为典雅之作,吴国伦评价为"简雅"。清代谢良琦散文风格含蓄委婉;谢济世古文雅洁精辟;吕璜古文"叙事勃勃有生气,意澹心闲,精造此境"⑤,有古雅之风;朱琦散文精深雅洁,"晖丽掩雅,变而不离其宗"⑥;王拯淬厉精洁,"使人得妙于语言文字之外"⑦。

广西的人文精神与广西自然地理不无联系,这种人文精神又因世代积淀成为集体无意识的存在,必然形成本土作家的内在血液,源源不断,也构成了特殊的文化心理结构影响他们的文学创作。

(二)地域文化赋予了本土作家乡土情结和栖居者心态

地域文化对本土作家的影响还体现在乡土情结和栖居者心态上,乡土情结是相对于漂泊异乡的游子而言的,而栖居者心态则是对留守故乡的人而言的。漂泊与栖居是人生常态,并互相转化,有不少作家都是生

---

① [近]刘声木撰,徐天祥点校.桐城文学渊源撰述考·卷七[M].合肥:黄山书社,1989:244.
② 钱基博.中国文学史(下)[M].上海:上海古籍出版社,2011:1011.
③ [清]郑献甫.补学轩文集·散体文·陈澧:序[M].台北:文海出版社,1975:581.
④ [清]谢元福.粤西五家文钞·卷首·粤西五家文钞序5[O].光绪二十四年(1898)刊本.
⑤ [近]刘声木撰,徐天祥点校.桐城文学渊源撰述考·卷六[M].合肥:黄山书社,1989:222.
⑥ [近]刘声木撰,徐天祥点校.桐城文学渊源撰述考·卷七[M].合肥:黄山书社,1989:246.
⑦ [近]刘声木撰,徐天祥点校.桐城文学渊源撰述考·卷七[M].合肥:黄山书社,1989:244.

于斯长于斯,因求学、出仕、游历等原因先漂泊在外,而后再回到家乡,所以这两种情怀对于本土作家而言都有可能存在,只是时期不同而已。乡土情结是中国文化的传统价值取向,即是对生养之地的精神皈依,在文学作品中表现的是对故土山水的依恋、对家乡亲人的思念、对回归家园、落叶归根的期盼。栖居者心态是一种平静、自有、有安全感的生存之心理状态,源于对生存环境的熟悉,在文学作品中表现出主人翁的意识,对栖居地的赞美,随心所欲地对生存环境之美的发现和创造。乡土情结和栖居者心态都是地域文化赋予本土作家的,并对他们的山水散文创作产生了影响。

其一是乡土情结的体现。古代中国是由不同级别的文化中心构成的,处于核心的是以都城为主的最高级"中心",第二层级的"中心"是环绕都城的核心区域中心城市,第三层级的"中心"是为数众多的一般城市,最后是为数更多的市镇①。广西不是中国文化的中心地带,古代广西省城桂林大概处于第三层级的文化中心。梅新林《中国古代文学地理形态与演变》中将文人人生道路分为3种类型,如求学、应举、仕进、授业表现为向心型地域流向;隐逸、流贬为离心型地域流向;游历、迁居为向心和离心交互型地域流向②。广西本土作家在人生各个阶段多数都经历过栖居与漂泊,广西虽然山水奇秀,但偏在岭外,远离文化中心,求学、应举、出仕、走出广西是多数广西本土文人的必经之路。广西本土文人多半以向心的姿态向文化中心学习和靠拢,其文学创作也是以中心文化的表达模式来完成的,但故乡也是他们念念不忘的地方,当他们因种种原因返归故里时,表现出乡情和对亲人的思念,即便远在他乡这种感情也是挥之不去的。广西给他们的是家园的情怀和栖居者心态,在他们的山水散文中这种情怀很常见,且真切感人。

例如明代全州人蒋冕是广西人担任官位最高的一位,25岁以后一直

---

① 梅新林.中国古代文学地理形态与演变(上)[M].上海:复旦大学出版社,2006:273.
② 梅新林.中国古代文学地理形态与演变(下)[M].上海:复旦大学出版社,2006:429.

在京城任职，62岁辞归故里，在外时间更多，他虽在京为官，但心系家乡的发展，用诗文鼓励到广西任职的官员。《送僧正某归湘山序》是蒋冕在京遥想家乡山水而作之文，因一个湘山寺和尚谈及要以搜罗湘山历来的文人骚客碑刻为己任而感动，他怀念家乡山水，渴望畅游家乡山水，表现出了乡土情结。还乡后蒋冕以花甲之岁游览全州龙岩，当看到其兄与顾璘游览过的痕迹和其兄的姓字在岩口的石壁上出现，突然充满了伤感，用文字表达了对自己兄弟无限的怀念之情。

清初谢良琦也是全州人，曾在福建做官，他生性好游，游记散文写得精巧细致、情感真挚。其《江树阁记》表现了在废官之后的人生感悟，此时身在福建，却想到了日后自己回到家乡站在湘山之上遥望，临风读此记的情景，在人生失意时山水奇崛的家乡是避风港，是最终可归之地和精神寄托处。《醉白堂记》中所记的醉白堂是少时的记忆和父亲的教诲所寄，醉白堂被修葺翻新，谢良琦设想有一天得归乡里，登斯堂来告慰父亲之灵，表达对父亲的思念。谢良琦还有不少写乡愁的文章，如《湘春楼记》《百尺台记》。

谢济世同样是全州人，也有乡土情结浓厚的散文作品，其中最具有代表性的是《梅庄记》。梅庄是谢济世家的祖宅，因庄中有一株老梅，且"叶蓁蓁结实如梧桐子"，只要开花就能给谢家带来好运，所以名曰"瑞梅庄"。梅庄对于谢济世的意义非同一般，"生于斯，小名于斯"，其号梅庄也缘于此。谢济世通过出生、取小名和取别号等事将谢氏家族欢聚一堂时的其乐融融表现出来，将对家人、故土思念之情融于文中，老梅虽然干枯但新枝突发，让人在唏嘘不已时也感到了欣慰，这篇文章浓浓的乡土情结感人至深。

岭南大儒陈宏谋为临桂人，其文《重修横山大堰记》是其离家为官10年后回乡归葬父母时所作，通过为家乡人民重修多年失修的石堰的事情，表现了陈宏谋的乡情，文章从对先父母的哀思升华为乡梓之情，十分特别又合情合理。朱琦也是临桂人，在《北堂侍膳图记》中，他通过姚湘坡的《北堂侍膳图》想起过去与父母亲人在一起的时光,说在"更历忧患颠顿,狼狈奔走道途,忽忽已二十年"之时,家人各在一方无法相聚,所以要珍惜日常熟视无睹的亲情。

彭昱尧为平南人,多有写家庭亲情和师友情谊的文章,其《碧漪堂记》写的是先辈所创的让孩子们读书的地方,作者从 13 岁起在此读书,"列几南荣,树阴掩映卷轴,据案而嘻,意气乐甚",度过了快乐的少年时光。文中还通过碧漪堂老仆人讲述先辈的故事来抒发情思,从吃、喝、睡到读书误被先生打等点点滴滴的琐碎之事看起来也令人感动。

龙启瑞是桂林人,他的《东乡桐子园先茔记》写了龙家在桂林尧山周围的一个风水宝地的墓地,其中写家族从甚微到渐渐显达得益于高祖母的墓地,抒发了对先德之感恩。其《月牙山记》写清明扫墓后游月牙山,也有想念已故亲人的伤感。王拯为柳州人,其《游石鱼山记》有一段写看到儿时在石鱼山游玩的地方,发出时光不在的感叹。蒋励常为全州人,也有不少表达对家乡山水关注的文章,包括赞美家乡新建的亭桥,记叙为百姓谋福利的义举,表达了对家乡之爱。蒋琦龄也是全州人,其《覆釜山堂记》写到了他与覆釜山的关系,这里是他生长的地方,阔别 29 年后再回到此地,定是充满了情感,文章最后还提到希望能借山之寿为母亲添寿,表达了对母亲的深情。不论是关心家乡的建设、思念故去的亲人、追忆儿时美好的时光,都是乡土情结的表现。

其二是栖居者心态的表现。栖居者有一种自然、舒畅、平静、安全的居住状态,它既突破了日常生活的琐碎,是审美的生存状态,也没有客居他乡时对环境不熟悉而产生的不安、紧张的情绪。栖居者能从自然的内部经历自然生命的涌动,为自然内在光辉所照亮,获得切近生命存在本源的感动。[1] 简言之,栖居是一种十分舒适的生存状态,栖居者对环境熟

---

[1] 赵奎英.论自然生态审美的三大观念转变[J].文学评论,2016(1):145.

悉、习惯进而发现它的美,宣扬它的美。游历者之所以无法有这种心态,是因为对环境的陌生感产生了不安全感,所以有栖居者心态的多半是本地人,或者是在此地逗留了长时间的人。广西本土作家写本地的山水时多是以栖居者的心态对本地山水带有一种自豪感的赞美,相比外来作家对广西山水的赞美,还多了一种对环境十分熟悉而有的主人翁的意识,可以感觉到人与山水的相融。

唐初壮族作家韦敬办《大宅颂》、韦敬一《智城洞碑》都是以栖居者心态来写的,在他们笔下,山水是家园,是生活,景观就是生活的一部分。比如对自己所属的这片土地的山川、风俗的大加歌颂,相比同时期的外来作家笔下"飓风摇木,饥鼬宵鸣,毒瘴横天,悲鸢昼落"的广西山水是完全不同的,在他们看来澄州山明水秀,气候宜人,人民安乐,是葛川之所以登游而王孙之所以忘返的美丽地方,"珎禽瑞兽,接翼连踪;穴居木栖,晨趣昏啸",从中也能看到栖居者与自然和谐相处。

明代张鸣凤写《桂胜》,与之前《桂林风土记》《桂海虞衡志》等书的编者不同的是,他是土生土长的桂林人,在经历了宦海沉浮,几经坎坷后回到桂林,与漓水、漓山为伴,是真正的栖居者,所以编写本地的地志类书没有猎奇心态,取而代之的是主人翁意识,更能看到生活。如《南溪山》最后写通明阁说道:"然似不若白龙、玄岩、俯映寒漪,流玩芳藻,花犹池植,鸟似家禽,隔水茆居,砧杵间发,不知身在莽荡之野也已。"能感受到人与自然的融合,隔江的茅舍和传来的捣衣声也充满了生活的气息。所以《桂胜》所写的桂林山水是"不隔"的,以张鸣凤本土人的身份和他的才华,以及众人收集的努力,使桂林"古迹之几于沉晦者,至是悉显"。谢济世的《梅庄记》《庚午再游龙隐岩记》也体现了栖居者心态:梅庄是他的家园,老梅也成了家园中重要的植物,通过几件小事表达了其乐融融的家庭生活;龙隐岩不仅是观赏的山水,也是儿时常玩耍的地方,还是让人领悟宇宙人生奥秘的地方。彭昱尧《碧漪堂记》与《梅庄记》亦有异曲同工之妙。王拯《游石鱼山记》中石鱼山有作者少时游钓之区,也是其少时生活的一部分。刘定逌《重修灵水庙碑记》表现了作者与灵水为伴的生活和深厚的感情。作者曾在这里垂钓数十年,在灵水上他与友人荡小舟,谈人生,心有所得无法用语言来形容,只有栖居者才能对灵水如此熟悉、亲切,才有深爱之情。朱琦《杉湖别墅记》中,他经常与志同道合的朋友在杉湖边上的补杉楼吟诗唱和、游赏园林,他以栖居者的身份赞美桂林宜居。龙启瑞《月牙山记》写作者清明扫墓归来游月牙山,通过回忆表达了今昔之对比,可见游赏山水与桂林人的生活本就融为一体。

栖居者是更能看到周围景物的特点和好处的人,更希望别人也能看到。如郑献甫是象州人,因为象州地处偏远,为人不识,郑献甫为家乡的温泉作了《热水铭有序》:

> 吾州去城二十里,有热水焉。夏无火而焰青,冬有冰而烟白,浑泡正出,沦涟旁流。其温者可用浴鹄,其沸者可以瀹鸡。而乃青冷草间,汩没尘外,谢公之屐未到,桑钦之经不收,洵志地者一大恨事也!①

象州温泉没有被发现和记录下来,作者认为是件遗憾的事,对家乡的温泉被埋没而抱不平。又有《象州沸泉记》说博雅的苏轼和精核的杨升庵所言的天下温泉之最皆是在不知有象州温泉的情况下才说出的。所以郑献甫是为家乡温泉求名的宣传者。

总之,广西地域文化给本土文人带来了文化上的认同感和情感上的归属感。

---

① [清]郑献甫.补学轩文集外编1[M].台北:文海出版社,1975:2991.

第二节 流寓作家的心态与广西地域文化

一、古代广西山水散文之流寓作家的分类及心态

广西山水散文的流寓作家来源基本可以分为派官、贬谪、游历、迁居、访友。不同类型的流寓者对广西山水的态度也有明显的不同。中央朝廷委派的官员励精图治,渴望有一番作为,因此对待广西山水的开发和营建十分积极,渴望对地方有所贡献,也懂得在山水中自得其乐,如唐代裴行立营建訾家洲、李昌巙开发独秀峰、李渤开发隐山和南溪山,宋代程节修复释迦寺、重建逍遥楼、开发屏风山。

贬谪官员对待广西山水的态度有明显的差别。有的贬谪官员把广西自然环境描写得阴森恐怖,把广西山水看作是牢笼和剑戟,充满了危险和束缚的感受。如唐贬臣宋之问看到"飓风摇木,饥鼬宵鸣,毒瘴横天,悲鸢昼落",显得十分绝望。当时宋之问居住的桂州经济文化发展虽然比不上北方和江南地区,但也是广西开发较早的地区,是岭西地区的政治、文化和军事重镇,不至于如此落后不堪。因而此处山水被描绘成这样恶劣,大概是由于作者被流贬的经历,其心中早已惶恐凄然,所以山水之美全不入眼,只有可怖的景象。

有的贬谪官员是在山水中纵情而乐、感悟人生。如柳宗元被一贬再贬,在贬谪永州时,他笔下所营造的山水空间总伴随着他个人情感的喜怒哀怨,山水都沾染着情绪的起伏;而再贬柳州时所写《柳州山水近治可游者记》,在山水空间与人的关系中人的感情已经藏到了幕后,而细读之也会发现在"登录地理"的同时已经渗入了他个人的体验,并表现出将个人体验赋予一种历史真实感的努力,"努力使一种短暂有限的个人感受转变为一种恒久无限的历史真实"[①]。又如明代董传策与吴时来,二人经

---

① 杨朗.在风景与地理之间——柳宗元《柳州山水近治可游者记》[J].文史知识,2014(4):54.

常结伴而游,写山水文,说人生哲理。

流寓者中的游历者和探亲访友者则更多表现为随遇而安,随性而游,不怕冒险,因此在他们的山水散文中体现的对广西山水的态度,既有遇到美景时的真心赞美,也有遇到危险时的惊吓,还有遇到不如意时的愤恨,徐霞客《粤西游日记》最能体现这些情绪的变化。

二、流寓作家对广西山水态度的变化

总的来说,流寓作家对广西山水的态度因时代的不同而有所变化:唐及唐以前对广西山水更多的是厌恶和害怕;宋代对广西山水的态度有所改善,开始欣赏山水美、赞美山水,但不可否认对广西荒远落后的感觉并未消失殆尽;直到明清,虽然广西的开发逐渐加深,经济文化也有了进步,但还留存着一些对广西山水的厌恶。可以说,随着时代的变化、广西经济文化的发展,流寓作家对广西山水的态度大致上是从激烈到缓和,从厌恶、害怕到亲和、欣赏,但也不绝对排除对广西山水的不良情绪。

唐以前由于广西自古是远离中原的少数民族地区,加上地理、气候特点迥异于中原,出于安全性和文化适应的考虑,中原人士对广西的看法也直接影响了人们"游"的意愿。地荒路远、瘴气弥漫、民风奇异、教育文化落后是古代中原人士对广西最主要的看法,直到唐宋时期,广西也是给人瘴气袭人的印象,各种原因入桂的中原人士或多或少都难免有愁意。

唐以前以"游"的心态对待广西山水的不多,对山川的记录也比较少。清代汪森所编《粤西文载》中的"山川记"所列作家作品也是从唐开始的。随着广西与中原的接触增多,从唐代到宋代,中原人士对广西的亲和度也有了变化,初唐是"愁懑与厌恶齐飞",以宋之问、沈佺期为代表;盛唐是"欣赏和感伤交织",以张九龄为代表;中唐是"适应与接受并邻",以柳宗元为代表;晚唐是"融入与留念同归"①。唐代的广西虽然还是中原人士闻之丧胆的鬼门关,但秀美的自然风景和丰富的物产使广西获得了名声,特别是中原通岭南的南方重镇桂州。秦始皇统一岭南设置桂林、南海、象郡,并派移民"与越杂处",中原汉族移民经由长江、溯湘江、沿灵渠、下漓江进入西江,桂林是汉以后中原进入岭南的水路中转站,到隋唐五代、宋元时期的桂州城(今桂林市)是岭西经济文化的中心和著名的山水城。中原人士对桂林的山水、气候都有了很多正面的描写,如韩愈的"江作青罗带,山如碧玉簪"是对桂林山水描摹的典范,杜甫"宜人独桂林"、白居易的"桂林无瘴气"是对桂林气候的赞美。

面对广西的奇山秀水,宋代中原人士的态度中少了很多唐代文人的愁怨之气,这一方面与宋代文人推崇的开朗、乐观、豁达的天下情怀有关,推崇"此心安处是吾乡";另一方面与广西在经济和文化上日益向中原靠近有关,宋代广西汉族主要是北宋狄青镇压侬智高起义后屯守南宁的军籍移民,占据了当时广西的交通要道和重要城镇,他们的语言后来形成了广西汉族平话的核心②。这些汉人在与土著的互动中占据优势,掌握了政治经济和军事权,平话也成了当时广西通行的"官话",由于"官话"在语言上具有官、商、文教的优势,促进了少数民族对汉文化的认同。

随着科举制度的普及,广西参加科举考试的人数增多,人才辈出,张仲宇在《桂林盛事记》中说宋代桂林的"距今应举之士,十倍前日。乡贡旧额八人而已,秋闱校艺,主文者每有遗才之叹"③。宋代广西人在科举考试中取得了较好成绩,中进士的人数虽然与中原比起来还较少,但比唐代广西中进士的人数有所增加。另外宋朝在派遣官员时,考虑到中原人士不习惯广西的气候风土,不愿入桂做官,广西读书人又较少,还推行

---

① 刘海波.从《粤西诗载》看唐人对广西情感印象的演进[J].河池学院学报,2009(4):73-77.
② 徐杰舜.雪球——汉民族的人类学分析[M].上海:上海人民出版社,1999:70、121、223.
③ [清]谢启昆修,[清]胡虔纂,广西师范大学历史系中国历史文献研究室点校.广西通志(第九册)[M].卷二百二十二.南宁:广西人民出版社,198:5744.

了特殊的科举制度来缓解广西官员缺乏的问题,如宋廷对当时广西提出的"不能与中土士子同工""请援两淮、荆襄例别考"表示了同意。通过科举考试这一形式,广西土著民族接受了汉文化教育,自觉学习汉文化,对汉文化的认同和对皇权的认同得以加强。宋代广西土著民族对汉文化的认同,形成了文化交流的基础,有助于中原汉文化中心的文人士大夫们接近。

唐宋时期,中原人士以"游"的心态对待广西山水开始出现。宋代入桂人士在唐代的基础上有了更为丰富的广西游山玩水的经验,有了对广西山水的亲和态度,渐渐将穷山恶水变成了富有审美意味的山水并加以欣赏,宋代的广西山水散文数量较之唐代有明显的增加。但是此时同样也存在因为文化的误解而产生的厌恶,如周去非对广西"异味"的不理解和厌恶。

明清以后广西山水逐渐开发,但也存在由于文化相对落后,而常使人表现出对广西山水产生鄙夷和厌恶的现象。如明代田汝成与其子游览桂林评价岩洞时说:"天巧有余,而人力不足,移置苏杭之间,当绝品矣。"表现出对广西地域位置的不认同。清代陆祚蕃《粤西偶记》中对看到的山水也有诸多的不满意:

> 桂林山俱青黑色,不生树木,巉削直上,不可登陟,形如笔床,琐碎险恶之状,无所不有。中多窍,每风起,洞中作声,殊不耐听。其余诸郡,则崇岚叠嶂,绝无平地,舆马无所施,每遇峻岭,必步行,颠而踣者屡矣。①

> 来宾、南宁、浔州一带,江水腥浊,从交趾诸山流出,皆孔雀之所粪也,巨蟒之所浴也。水色时而碧,时而红,秽恶不可近。舟行百里

---

① [清]陆祚蕃.粤西偶记[M].北京:中华书局,1985:1.

无井,不得已以矾澄之,加以雄黄然后饮。中毒者或泄泻,或作闷,十人而八九矣。①

三、流寓作家心态变化与广西地域文化的关系

(一) 广西地理环境与文化环境对流寓作家创作情感的影响

广西地域文化对流寓作家山水散文创作的影响首先体现在内容上,他们来到广西所写山水散文的内容必然是广西之物,前面已经论述过,在此不再重复。而广西地理环境和文化环境对流寓作家的影响也是十分明显的。自然的恶劣和文化的落后对流寓作家情绪上的影响很大。如《隋书·地理志》中的广西"大率土地下湿,皆多瘴疠,人尤夭折。……其人性并轻悍,易兴逆节,椎结跣跺……刻木以为符契,言誓至死不改"②。偏远、落后、瘴疠以及政治上的挫折和心理上的失落加深了"广西是恶土"的感觉,在流寓作家的文学作品中也反映出了这种厌恶的情绪。唐初宋之问被贬钦州并赐死,在他笔下广西不仅无山水可言,还是一个可怕的地方,以厌恶的态度看待广西山水,广西在世人眼中的印象大致如此且根深蒂固。

随着朝廷对广西的开发,中原人士与广西的接触增多,文化教育的提倡,从唐代到宋代,中原人士对广西有了改观。中唐以后广西山水散文渐渐增多,主要集中在写桂林,表现为对广西的适应与接受,如任华《宋宗判官归滑台序》清新自然的文笔亦看出桂林山水对这个落入遐荒之地的文人的安慰,"岂知遐荒之外有如是山水"表现了他对桂林山水的认可和接受。郑叔齐《独秀山新开室记》慨叹独秀山"胜概岑寂,人无知者",他亲自开发独秀山,表现出了与广西环境的适应。柳宗元贬入柳州时曾应人之托写过《桂州裴中丞作訾家洲亭记》,"窃观物象,涉句模拟",

---

① [清] 陆祚蕃.粤西偶记[M].北京:中华书局,1985:2.
② [唐] 魏征,等.隋书[M].北京:中华书局,1973:887.

第七章 古代广西山水散文作家的心态与地域文化

以欣赏的态度描绘桂林山水的特点,可看出他适应和接受广西山水的努力。李渤开发桂林南溪山和隐山更是体现了这种努力。晚唐莫休符的《桂林风土记》花了大量笔墨介绍当时桂林的风景名胜,扩大了桂林山水的影响。

到了宋代,广西山水的名声更大。北宋梅挚《五瘴说》并不把广西自然之"瘴气"看得那么可怕了;南宋张孝祥说"桂林山水之胜,甲东南";范成大将自己对桂林山水的亲身经验传递给家乡的亲人,以宽慰他们的心情,并写下《桂海虞衡志》,称"桂山之奇,宜为天下第一",真心地对广西山水依依不舍、念念不忘;后来周去非在此基础上写的《岭外代答》以旅游辞典的姿态让未到广西的中原人士更全面地了解广西。

可见随着广西开发程度的加深、经济文化的发展,人们对广西自然环境和文化环境的适应能力也增强了,不同朝代不同时期的流寓作家对广西地域文化的态度有细微不同,但不可否认,由于广西特殊的地理条件、民族和文化,广西在世人眼中瘴乡恶土、文化落后的印象到了明清时期仍然存在,也表现在山水散文中。明代田汝成《炎徼纪闻》记载了大藤峡的自然环境、地理状况,说当地闭塞、险要,万山之中全是少数民族,民俗奇异、好斗轻生,匪寇为患,是可怕的地方。在《觐贺行》中其子田艺蘅评价桂林山水为"天巧有余,而人力不足",言下之意广西文化落后,人力不足,对天造地设自然美景来说有些可惜。明代王士性曾从自然环境和人文环境方面分析过广西发展比不上中原的原因,其《桂海志续》跋中曾说:"谭粤胜者每云,借令巨灵六甲,可移于吴楚间,不知游履何如?"可见认为桂林山水落入蛮荒,若放到江南地区一定能成为胜景,这大概是明代多数人对广西山水的看法。但王士性笔锋一转,还以发展的眼光看广西的发展:"何渠知其不终而为吴楚邪?"以发展眼光看广西的还有明代董传策,董传策被贬谪至南宁,曾游桂林山水,有《游桂林诸岩洞记》,其中引姑苏袁永之氏游桂山记中的评价"其山石险峭,宜生蛮僚佬僮之类为民蠹。又意俶诡奇伟之气,不钟之人而钟之物",董传策对此不以为然,虽然自然文化环境并不尽如人意,"瘴霭迤靡,四望荒落,瑶吹猿啸,听之凄凄然",但"夫山川草木,夷裔之主,非其人谁当焉?又安知八桂诸岩洞之间,异时不有贤豪士出,而剪除荒秽,兴起斯文,与天壤相终始也"。他以辩证的、发展的眼光来看待广西,还奉劝好游之人不应鄙夷广西落后。至清代对广西地理环境和文化环境的态度仍有不欣赏的,直接影响了其文中的情感,如陆祚蕃将广西见闻写成《粤西偶记》时对广西的野蛮、落后十分不满意,因而面对广西山水很难产生审美愉悦。

总之,广西地域文化或多或少影响了流寓作家的情感,并在其山水散文中表露无遗。

(二) 广西地域文化形成了流寓作家游览者心态和他者视角

流寓作家在广西的时间有长有短,但基本上是以异乡人的身份来到广西,离开惯常的地方,观看事物的心态和角度是不同的。游览者心态以精神愉悦为目的,将广西山水作为审美对象进行观看,更加关注山水之形式美和视觉效果。与栖居者不同的是游览者心态有两种:一是缺乏家园的安全感。一些贬谪文人的绝望就源于失去了自然家园和精神家园,种种不适应使他们处于安全感缺乏的状态,甚至对自然无法产生美感,所以他们在广西的自然空间中企图用他们惯常的审美标准来重建家园。如入桂文人常常在广西山水的可造之处营建园林,修建景区,作为精神家园的领地,与广西的荒蛮隔绝开来,营造其暂时的栖居地来维护身体上和精神上的安全感。从唐代李渤开发南溪山和隐山、郑叔齐整理读书岩、裴中丞修建訾家洲开始,直到清代都如此。清代查礼在桂任官8年,其间任太平知府时写《榕巢记》和《受江亭记》。《榕巢记》写的是在榕树上筑巢而居,并非融入广西的环境中,而是为自己营建了一小块与世隔绝的家园。《受江亭记》写了作者将充满野趣的丽江山水改造成了中国士大夫的心灵向往之地。中国文人建造园林的初衷是想将山野风光变成自己的家园,利用自然演化出诗化和艺术化的诗情空间,演化成一种生存体验:一张琴、一壶酒、二三知己好友的简单生活,旷达闲适的生活态度和自然平和,清净淡远的审美趣味。在这样的空间中作者找到了精神家园和心灵的绿洲。

二是将山水作为审美对象,往往与日常生活保持距离,寻找与其熟悉环境之间的差别。广西山水秀丽,要成为观赏对象并非难事,与本土作家不同,流寓作家的山水散文中多以观光者的身份游历山水,以游览者的心态来写文章,将山水美化成世外桃源、人间仙境和神仙洞府,寻找远离尘世的美感。把广西写成仙境首推唐代韩愈的诗《送桂州严大夫》中"远胜登仙去,飞鸾不假骖"。韩愈未到过广西,这是他想象中的广西山水,仙境与人的生活是有一定距离的,将广西的荒远解释成仙境是一种审美的转化。李渤相当于被贬至桂林,心情大概不太好,但他在桂林山水中找到了乐趣,将他亲手开发的南溪山描绘成了田园仙境:"其孕翠曳烟,逦迤如画;右连幽野,园田鸡犬,疑非人间。"宋代李彦弼《湘南楼记》感叹湘南楼之景藏于遐荒,如仙人窟宅:

> 夫气象之优嘉,此亦造物之所深惜也。然其有所谓神龙之洞渊,真仙之窟宅,名山巨川,往往出于遐州眇邑之陬,幽林哀壑之荒,轨迹不得而经者,此亦物象之不幸者也。[①]

明代宗玺《拱辰亭记》写桂林叠彩山景如仙境:

> 昔人治石作磴以上,仰步骤瞻,若清都蓬岛,从天而下,雪色未

---

① [清]汪森编辑,黄盛陆等校点.粤西文载校点(第二册)[M].卷三十.李彦弼.湘南楼记.南宁:广西人民出版社,1990:376.

晴,云气恒湿,已疑非人间世界。①

广西之岩洞更具有仙境的特质,道家仙境为洞天,容州都峤绝顶之岩、浔州白石山下之洞、北流勾漏洞为道书所记三十六洞天之第二十、第二十一、第二十二洞天。宋周刊《释迦寺碑》说桂林龙隐岩为"神灵之窟宅","云雷风雨之师,魑魅魍魉之族,戍守呵护"。宋代吴元美《勾漏山宝圭洞天十洞记并序》中写灵宝观是仙灵所宅:

  香火迅扫虽无人,而圭壁照耀,云汉昭回,自有神物护持之。左右数里,虽绝无居者,岂仙圣之意,乐闲旷、厌嚣烦,故不欲廛井畜牧之溷其所也?②

在写韬真观时,吴元美听说有个老道士因家里离此观较远,只在观中挂名而不住于此,一年偶尔来一次,因此认为他是个俗人,竟不愿住在这神仙洞府。

明代章潢《三海岩记》认为廉郡灵山诸岩是洞天神符皆备:

  兹者,兵备李公瑾,高枕而居,狼烟焰熄,点出灵山仙境,摄登追攀,亹亹忘倦,胜入蓬莱之岛,列会群仙者矣。③

明代董传策《游桂林诸岩洞记》写七星岩:"世传穴通九疑山,以故,

---

① [清]汪森编辑,黄盛陆等校点.粤西文载校点(第二册)[M].卷三十二.宗玺.拱辰亭记.南宁:广西人民出版社,1990:429.
② [清]汪森编辑,黄盛陆等校点.粤西文载校点(第二册)[M].卷十九.吴元美.灵宝观记.南宁:广西人民出版社,1990:79.
③ 张成德,等.中国游记散文大系 广西卷 云南卷[M].太原:书海出版社,2002.:277.

其秘奇特甚。余意天壤间仙灵所栖,或未必胜此。"①认为仙境也未必比它好。徐霞客《粤西游日记二》写他游融县真仙岩时回头一看见到灵寿溪入口处的水月洞天,便觉得非游不可,而实际条件无法满足,船进不了洞,就想了很多办法找人用竹子拼成木筏,还动用了梯子、木盆、绳子及众人之力,在如此情形之下进洞,看到洞中奇美之景,感受到"流水杳然""别有天地",如进入了神仙境地,恍若隔世:

  既入重门,崆峒上涵,渊黛下潴,两旁俱有层窦盘空上嵌,荡映幌漾,回睇身之所入,与前之所向,明光皎然,彼此照耀,人耶仙耶,何以至此耶,俱不自知矣!②

  古代广西山水散文中也以神仙传说增加山水如仙境的说服力,如宋代尹穑《仙迹记》记唐代郑冠卿在栖霞洞遇二仙的传说,张孝祥《桂林刘真人像赞》将与桂林南溪山刘仙岩相关的神仙刘仲远的画像绘出。

  观光者心态还表现在将广西山水与其熟悉的地方或曾去过的地方进行比较。将广西山水与他处山水作比的,以唐代柳宗元为先,柳宗元《桂州裴中丞作訾家洲亭记》首段即通过比较发现了天下山水中独桂林山水"不骛远,不陵危,环山洄江,四出如一,夸奇竞秀,咸不相让"。山水即在城中的特点在清代袁枚《游桂林诸山记》中也有表述:"凡山离城辄远,惟桂林诸山,离城独近。"而更细致地将桂林山水与天下名山比较的是范成大,从《桂海虞衡志》中可见,范成大是在杜甫、白居易、韩愈、黄庭坚等人诗歌中对广西的评价和自己一生游览经验的基础上,通过比较而

---

① [清]汪森编辑,黄盛陆等校点.粤西文载校点(第二册)[M].卷二十一.董传策.游桂林诸岩洞记.南宁:广西人民出版社,1990:120-121.
② [明]徐弘祖著,褚绍唐、吴应寿整理.徐霞客游记(上)[M].上海:上海古籍出版社,2011:383-384.

获得了广西山水不同于天下名山的特点并得出桂山为天下第一的结论。虽然这也是在前人基础上的总结,但似乎少了人云亦云的成分,比较有说服力,堪称经典。之后的游览者的比较视角从外到内,从整体到局部,从山到岩洞到江水,将各地山水特色列出以突显广西山水:

> 吴中以水为乡,岭南以石为州。厥惟桂林岩空穴幽,玲珑嵯峨,磊落雕镂。①
>
> ——宋·梁安世《乳床赋》
>
> 天下名山,太华险绝,峨眉神奇,武当伟丽,天台幽邃,雁宕、武夷工巧,桂林空洞,衡岳挺拔,终南旷荡,太行逶迤,三峡峭削,金山孤绝。武林、西山,借土木之助;泰岱、匡庐,在伯仲之间。北岳不及嵩高,五台胜于王屋。雁宕无水,武夷可舟。望远则峨眉,登高则太华。水则长江汹涌,黄河迅急,两洞庭浩淼,巴江险峭,钱塘怒激,西湖妩媚,严陵清俊,漓江巧幻。②
>
> ——明·王士性《广游志》

从山的材质来比较,如徐霞客比较广西、贵州、云南山的材质——石山、石土结合、土山的不同。

从山水美之形态来进行比较,同样是以"奇"为美,各地却又不同:

> 天下形胜之地,莫不有奇。西北至奇以重关极险,五羊八闽之奇以水,荆襄吴越以山水相错为奇,粤西之奇以山,粤西之山之奇以

---

① [清]汪森编辑,黄盛陆等校点.粤西文载校点(第一册)[M].卷一.梁安世.乳床赋.南宁:广西人民出版社,1990:7.
② [明]王士性著,周振鹤编校.王士性地理书三种[M].广游志.卷下.杂志.上海:上海古籍出版社,1993:220.

石,而省城相对之象山,则又其奇之甚焉者。①

——清·舒书《象山记》

以及广西山水之间的对比:

桂林西郊多灵山,山多岩穴,韬奇竞秀,随处可喜。然而远水者病枯,近水者病迫,或郁绌伛偻,而后可窥;或列炬引绳,而后敢入。其有摆落幽偏,跨峙全巧,骋步纵目,而一境之美赴焉。则龙隐岩于桂林为第一。②

——宋·周刊《释迦寺碑》

大抵桂林岩洞,爽朗莫如龙隐,邃奥莫如栖霞,而寒冽寥寂,兼山水之奇,莫如冠岩之胜。③

——明·田汝成《觐贺行》

"他者"是相对于"自者"而言的文化学的概念,"他者"既是指不同于自己的人群,也指不同于自己的文化。根据中国古代的他者意识,他人是一种异己的、生疏的、危险的他者。且在中国历史上,自者努力将他者异类化,而他者努力向自者靠拢。④ 他者视角是在跨文化中对异文化审视的角度,有以自身为中心的居高临下的凝视,有平等的交流,也有崇拜心态的观望。对于广西流寓作家而言,更多的是居高临下的凝视,因为广西在地域上属于蛮荒,从精英文化层面看落后于其他地方,入桂者以高文化姿态看广西文化,甚至以猎奇的方式看待广西文化,在各种书籍

---

① 杜海军.桂林石刻总集辑校[M].北京:中华书局,2013:781.
② [清]汪森编辑,黄盛陆等校点.粤西文载校点(第三册)[M].卷四十一.周刊.释迦寺碑.南宁:广西人民出版社,1990:208-209.
③ 丛书集成续编(第一百一十六册)[M].田汝成.田叔禾小集.台北:新文丰出版公司,1989:325.
④ 方素梅.中国民族思想史上的他者意识及其变化[M]//刘正寅,扎洛,方素梅.族际认知——文献中的他者.北京:社会科学文献出版社,2009:307、310.

和文献的记载中积累成印象的基础上,将视线投向与他们文化、生活体验相异的自然风光和民俗文化,或者是虚拟出读者可能期待的一种印象。

对"他者"相异性的想象和夸张是他者视角的体现,把这种怪异的形象当成现实的东西,并试图从各种边远荒凉的地方找到其真实存在,这种虚与实的错位、幻想与理性的张力,产生了神秘性,满足了人们的猎奇心理①。比如鬼门关本是中国神话中阴阳两世之间的过渡,是通往阴间的关口,引申为死亡边缘。广西北流西十里有两山对峙形成关门,《舆地纪胜》记本名为桂门关,又名天门关。鬼门关之名大概形成于唐代,唐代沈佺期的《入鬼门关》诗是"鬼门关"最早出处。此关本是古代贬谪官员通往钦州、廉州、雷州、安南的必经之路,中原人来到南方地区本来就水土不服,再加上被贬谪穷途末路的精神抑郁,人易生疾。古人将对广西杀人之瘴的恐惧和贬谪之痛的折磨等各种感觉杂合,将中原人不幸离世的遭遇归结于经过了此关,有了"鬼门关,十人去,九不还"的谚语,定格了鬼门关险恶的境地和可怕的形象,并代代相传。《西事珥》比较注重对地名、山名的考证,但对鬼门关仍然以传统观念来将其神秘化。清代闵叙《粤述》才提出是因为人们恶其名而以"鬼门关"附会。

另外广西笔记中记录了不少广西神秘的泉水。如《西事珥》中"泉呼即应"写了富川犀牛泉、思恩婆娑泉、浔州白石山漱玉泉都有闻声而出的神奇,《赤雅》延续了此说,《粤述》亦录犀泉,《粤西偶记》记泗州骂泉闻声而出泉,充满了神奇色彩。徐霞客通过实地考察来辨清有呼即应的夸张之词,在游浔州白石山时欲寻访漱玉泉,亲自考察并访问了当地人,证实漱玉泉之名何指未明,更不用说其"暮闻钟鼓而沸溢而起"的夸大之说了。现代地质学家也对此解释为"间歇泉",是地形条件导致,并非有什

---

① 叶舒宪.《山海经》与"文化他者"神话——形象学与人类学的分析[J].海南大学学报(社会科学版),1998(2):60.

么神奇,但在古代文学作品中所写的泉呼即应却让人产生了无限的想象。广西笔记中还记录了广西大量奇异传闻,比如"木客""飞头獠""山魈"等都是无根之说的奇幻形象,这些虚拟形象一方面容易使人对广西产生误解,另一方面又为文学创作提供了神幻的基型,由此可见地域文化对广西山水散文的神幻风格也产生了影响。

结　　语

唐以前广西山水散文数量少,唐以后逐渐增加,每个朝代的广西山水散文在内容和形式上都具有一定的时代特征。

古代广西山水散文的题材选择及其变化规律与广西地理环境有关,广西的自然地理环境山多水少、岩溶地貌遍布、河流湍急的特点使得作家最先在古代广西山水散文中写山景,而后是写岩洞,再到写河流。广西文化逐渐接受中原文化的过程,也影响了古代广西山水散文描写对象的地域特点,从桂北、桂中、桂南向西推进。中原人士对广西民族文化的接受过程也表现在了广西山水散文题材从纯写山水到山水与民俗的融合。广西交通对古代广西山水散文题材的选择具有一定影响,表现在作者选择描写的景观都是集中在广西交通重要节点的城市和地区,或者就是在交通网络之上。从水路交通的角度可以看到,古代广西山水散文景观的书写往往是从有江河的地方向没有江河的地方层层推进。从陆路交通的角度看,古代广西山水散文景观的选择从北到南,在交通馆驿、关口的节点上,从交通发达的地方向交通闭塞的地方推进。

随着时代发展古代广西山水散文在写景状物方面越来越成熟,从最初的泛化的景观描写发展到对山水景物的精雕细刻。在情景交融方面，善于融情入景，借用广西山水抒发作者各种情感。在记叙、议论等方面，善于记录游程和事件，发表充满哲理的人生感悟。

古代广西山水散文的文体类型较多，有书、序、记、铭、赋等文体，以"记"体文为主流，发展出了数量和影响都很大的笔记体山水散文及日记体、行记类山水散文。又与广西石刻文化结合，新生了题记类山水散文。

古代广西山水散文是空间文学，与广西地域文化紧密相连，广西地域文化中的山水文化、流寓文化、边境文化及多民族文化与古代广西山水散文相辅相成，互为转化。古代广西山水散文中的山水意象蕴含了中原人与广西之间的形象学。

古代广西山水散文的本土作家和流寓作家在山水散文中表现出来的心态是完全不同的，广西本土作家熟悉本地景物，与山水、野生动植物在一起，表现出欣喜、自然的心态，享受山野田园生活，他们拥有乡土情结，表现出对生养之地的精神皈依，眷恋故乡山水。本土作家也拥有栖居者的心态，体现主人翁精神，对栖居地大加赞美，随时发现、创造美。这些情绪和心态在他们的山水散文中表现得淋漓尽致。不同类型的流寓作家对广西山水态度不同，如官员的奋发、贬官的绝望、游历者的随意等不同心态都在古代广西山水散文中表露无遗。总的来说，广西地域文化对流寓作家心态的影响表现在游览者心态和他者的视角上。他们以游览者心态关注广西山水的形式美感，同时缺乏安全感。他者的心态表现在他们在散文中是对广西民族文化进行居高临下的凝视，以猎奇方式看广西，形成了很多具有代表性的印象。

古代广西山水散文是中原文化与广西地域文化的融合。其中，广西流寓作家的山水散文作品从内容上表现了广西山水风物，关注了广西的民间风俗，在文学形式上也契合广西山水的实际发展出独特的石刻文学。随着时间的流逝和广西进一步的开发，流寓作家部分地接受了广西的本土文化,体现了中原汉文化对广西民族文化的态度及其变化。而广西本土作家的山水散文创作是以中原文化作为"正统文化"参照系的,在文学语言、文体体式、结构、抒情方式方面都受到了中原文化的极大影响,表现出既渴望离开故乡向中原文化中心靠拢,又有本能地维护本土文化的愿望。古代广西山水散文既体现了广西本土作家对中原文化的吸收和对本地文化的认同,又体现出流寓作家对广西印象、态度、看法的转变,其中有文化的冲突和调和。因此,古代广西山水散文也体现了民族文化关系,是中原文化与广西地域文化的结合,是以中原精英文学精神为主导的地域文学。

古代广西山水散文虽然在文学史上并不起眼,文学影响不算大,但塑造中国山水文化、丰富山水文学的作用是十分明显的。以桂林山水为代表的广西山水具有中国传统文化中所崇尚的美学风格,其山环水绕、洞奇石美的形象代表了中国山水美的风范,而它传达出的优美意象和诗意形象都得益于古代广西山水散文的塑造与广泛传播。古代广西山水散文对后世的山水景观开发有很深的影响,直到今天仍具有借鉴意义。另外,唐宋时期广西山水散文的作者的贬谪身份和在山水散文中营造的贬谪精神世界,丰富了中国贬谪文学。在描绘中国山水文学全景时,广西山水散文与地域文化交融后所产生的独特性,呈现出中国山水文学的多样性和差异性,而文学形态、风格、地域的多样性不仅形成了文学的生态系统,而且维护了文学生态系统的平衡,差异性则为文学欣赏提供了更多的选择和审美角度。

参 考 文 献

一、古籍类

[1] [南朝宋] 范晔. 后汉书[M]. 北京：中华书局,2007.

[2] [唐] 魏征,等. 隋书[M]. 北京：中华书局,1973.

[3] [唐] 莫休符. 桂林风土记[M]. 北京：中华书局,1985.

[4] [唐] 刘恂. 岭表录异[M]. 北京：中华书局,1985.

[5] [唐] 令狐德棻,等. 周书[M]. 北京：中华书局,1974.

[6] [后晋] 刘昫,等. 旧唐书[M]. 北京：中华书局,1975.

[7] [宋] 欧阳修,宋祁. 新唐书[M]. 北京：中华书局,1975.

[8] [宋] 王象之. 舆地纪胜[M]. 北京：中华书局,1992.

[9] [宋] 真德秀. 文章正宗[M]. 台北：台湾商务印书馆影印文渊阁四库全书本,1983.

[10] [宋] 范成大著,胡起望、覃光广校注. 桂海虞衡志辑佚校注[M]. 成都：四川民族出版社,1986.

[11] [宋] 周去非著,杨武泉校注. 岭外代答[M]. 北京：中华书局,

2012.

[12] [宋] 张栻撰,邓洪波校点. 张栻集[M]. 长沙：岳麓书社,2009.

[13] [宋] 李石. 续博物志[M]. 北京：中华书局,1985.

[14] [宋] 王溥. 唐会要[M]. 上海：上海古籍出版社,2006年.

[15] [宋] 宋敏求. 唐大诏令集[M]. 北京：中华书局,2008年.

[16] [宋] 罗大经撰,王瑞来点校. 鹤林玉露[M]. 北京：中华书局,1983.

[17] [明] 吴纳著,于北山校点. 文章辨体序说[M]. 北京：人民文学出版社,1962.

[18] [明] 蒋冕著,唐振真、蒋钦挥、唐志敬点校. 湘皋集[M]. 南宁：广西人民出版社,2001.

[19] [明] 张鸣凤著,杜海军、闫春点校. 桂胜桂故[M]. 北京：中华书局,2016.

[20] [明] 林富、黄佐. 广西通志[M]. 济南：齐鲁书社,1996.

[21] [明] 王士性著,吕景琳点校. 广志绎[M]. 北京：中华书局,1981.

[22] [明] 王士性著,周振鹤编校. 王士性地理书三种[M]. 上海：上海古籍出版社,1993.

[21] [明] 田汝成撰,欧薇薇校注. 炎徼纪闻校注[M]. 南宁：广西人民出版社,2007.

[22] [明] 邝露著,蓝鸿恩考释. 赤雅考释[M]. 南宁：广西民族出版社,1995.

[23] [明] 徐弘祖著,褚绍唐、吴应寿整理. 徐霞客游记[M]. 上海：上海古籍出版社,2011.

[24] 明太祖实录[M]. 台北：台湾"中研院"历史语言研究所影印,1962.

[25] [明] 黄汴撰,杨正泰校注. 一统路程图记[M]. 上海：上海古籍出版社,2006.

[26] [清] 汪森编辑,黄盛陆等校点.粤西文载校点[M].南宁：广西人民出版社,1990.

[27] [清] 陈寿祺.左海文集[O].清刻本.

[28] [清] 董浩,等.全唐文[M].卷五三一.太原：山西教育出版社,2002.

[29] [清] 谢济世著,黄南津等校注.梅庄杂著[M].南宁：广西人民出版社,2001.

[30] [清] 谢良琦著,熊柱等注释.醉白堂诗文集[M].南宁：广西人民出版社,2001.

[31] [清] 王拯.龙壁山房文集[M].台北：文海出版社,1970.

[32] [清] 龙启瑞.龙启瑞集[M].桂林：广西师范大学出版社,2012.

[33] [清] 龙启瑞.龙启瑞诗文集校笺[M].长沙：岳麓书社,2008.

[34] [清] 王拯.龙壁山房文集[M].台北：文海出版社,1970.

[35] [清] 郑献甫.补学轩文集(散体文)[M].台北：文海出版社,1975.

[36] [清] 郑献甫.补学轩文集续刻(散体文)[M].台北：文海出版社,1975.

[37] [清] 郑献甫.补学轩文集(骈体文)[M].台北：文海出版社,1975.

[38] [清] 郑献甫.补学轩文集外编[M].台北：文海出版社,1975.

[39] [清] 闵叙.粤述[M].北京：中华书局,1985.

[40] [清] 陆祚蕃.粤西偶记[M].北京：中华书局,1985.

[41] [清] 赵翼.檐曝杂记(清代史料笔记丛刊)[M].北京：中华书局,1997.

[42] 丛书集成续编[M].台北：新文丰出版公司,1989.

[43] 中国复旦大学文史研究院,越南汉喃研究院.越南汉文燕行文献集(越南所藏编)[M].上海：复旦大学出版社,2010.

[44] [清] 顾祖禹.读史方舆纪要[M].北京：商务印书馆,1937.

[45] [清]傅泽洪辑录.行水金鉴[M].北京：商务印书馆,1937.

[46] 四库全书存目丛书编纂委员会.四库全书存目丛书[M].济南：齐鲁书社,1997.

[47] 黄权才.古代越南使节旅桂诗文辑览[M].桂林：广西师范大学出版社,2015.

[48] 冯云鹏,冯云鹓.金石索[M].北京：书目文献出版社,1996.

[49] 马衡.凡将斋金石丛稿[M].北京：中华书局,1977.

[50] 叶昌炽撰,柯昌泗评,陈公柔、张明善点校.语石 语石异同评[M].北京：中华书局,1994.

[51] [民国]刘声木撰,徐天祥点校.桐城文学渊源撰述考[M].合肥：黄山书社,1989.

[52] [民国]杨盟等修,黄诚沅纂.上林县志[M].成文出版社据民国二十三年(1934)铅印本影印.

[53] 重庆市博物馆.中国西南地区历代石刻汇编[M].天津：天津古籍出版社,1998.

[54] 杜海军.桂林石刻总集辑校[M].北京：中华书局,2013.

[55] 桂林文物管理委员会.桂林石刻[M].内部选编,1977.

二、学术专著类

[56] 袁行霈,陈进玉.中国地域文化通览·广西卷[M].北京：中华书局,2013.

[57] 钟文典.广西通史[M].南宁：广西人民出版社,1999.

[58] 陈柱.中国散文史[M].上海：上海书店,1984.

[59] 朱世英,方道,刘国华.中国散文学通论[M].合肥：安徽教育出版社,1995.

[60] 尚永亮.唐五代逐臣与贬谪文学研究[M].武汉：武汉大学出版

社,2007.

[61] 章尚正.中国山水文学研究[M].上海：学林出版社,1997.

[62] 钱基博.中国文学史[M].上海：上海古籍出版社,2011.

[63] 褚斌杰.中国古代文体概论[M].北京：北京大学出版社,1984.

[64] 吴承学.中国古代文体形态研究[M].广州：中山大学出版社,2002.

[65] 张明非.广西古代诗文发展史(下卷)[M].桂林：广西师范大学出版社,2012.

[66] 李德辉.唐代交通与文学[M].长沙：湖南人民出版社,2003.

[67] 欧阳若修,等.壮族文学史[M].南宁：广西人民出版社,1986.

[68] 罗田汉.中国南方民族文学关系史(下)元明清卷[M].北京：民族出版社,2001.

[69] 〔日〕户崎哲彦.唐代岭南文学与石刻考[M].北京：中华书局,2014.

[70] 莫道才.骈文通论(修订本)[M].济南：齐鲁书社,2010.

[71] 白寿彝.中国交通史[M].武汉：武汉大学出版社,2012.

[72] 江绍原.中国古代旅行之研究[M].上海：上海文艺出版社,1989.

[73] 李兴盛.中国流人史与流人文化论集[M].哈尔滨：黑龙江人民出版社,2000.

[74] 张学松.流寓文化与雷州半岛流寓文人研究[M].北京：中国社会科学出版社,2013.

[75] 莫乃群.广西历史人物传[M].南宁：广西地方志研究组编印,1981.

[76] 邓敏杰.广西历史地理通考[M].南宁：广西民族出版社,1994.

[77] 郑宪春.中国笔记文史[M].长沙：湖南大学出版社,2004.

[78] 刘叶秋.历代笔记概述[M].北京：中华书局,1980.

[79] 黄伟林.历史文化名城桂林[M].广州：广东人民出版社,2010.

[80] 王立群.中国古代山水游记研究[M].北京：中国社会科学出版社,2012.

[81] 梅新林,俞樟华.中国游记文学史[M].上海：学林出版社,2004.

[82] 张维.清代广西古文研究[M].桂林：广西师范大学出版社,2008.

[83] 张维,梁杨.岭西五大家研究[M].南京：江苏古籍出版社,2003.

[84] 梅新林.中国古代文学地理形态与演变(上下册)[M].上海：复旦大学出版社,2006.

[85] 司徒尚纪.珠江传[M].保定：河北大学出版社,2009.

[86] 刘正寅,扎洛,方素梅.族际认知——文献中的他者[M].北京：社会科学文献出版社,2009.

[87] 常建华.社会生活的历史学：中国社会史研究新探[M].北京：北京师范大学出版社,2004.

[88] 王学泰.游民文化与中国社会[M].太原：山西人民出版社,2014.

[89] 徐松石.粤江流域人民史[M].上海：上海书店,1990.

[90] 方国瑜.中国西南历史地理考释[M].北京：中华书局,1987.

[91] 冯智.清代治藏军事研究[M].昆明：云南民族出版社,2007.

[92] 周建新.中越中老跨国民族及其族群关系研究[M].北京：民族出版社,2002.

[93] 杨义.文学地理学会通[M].北京：中国社会科学出版社,2013.

三、学术论文类

[94] 叶舒宪.探寻中国文化的大传统——四重证据法与人文创新[J].社会科学家,2011(11).

[95] 陈桥驿.《水经注》记载的广西河流[J].广西民族学院学报(哲学社会科学版),1998(1).

[96] 汪春泓.关于《文心雕龙》"江山之助"的本义[J].文学评论,2003(3).

[97] 郑学檬,陈衍德.略论唐宋时期自然环境的变化对经济重心南移的影响[J].厦门大学学报(哲社版),1991(4).

[98] 陈伟明.宋代岭南交通路线变化考略[J].学术研究,1989(3).

[99] 莫道才.从上林唐碑《大宅颂》和《智城碑》看唐代中原文风对岭南民族地区文化的影响[J].民族文学研究,2005(4).

[100] 唐晓涛.唐代桂管地区贬官人数考析[J].学术论坛,2003(2).

[101] 张蜀蕙.现实经验与文本经验的南方——柳宗元贬谪作品中的疆界空间[A].唐代文学研究第十一辑,2006.

[102] 蔡良军.唐宋岭南联系内地交通线路的变迁与该地区经济重心的转移[J].中国社会经济史研究,1992(3).

[103] 赵维平.从南宋文人出行记看南宋出行文化[J].青海社会科学,2009(5).

[104] 吴小凤.明代广西交通建设述略[J].中国边疆史地研究,2003(4).

[105] 吴小凤.明代广西城市圩市建设研究[J].广西民族研究,2004(2).

[106] 滕兰花.论王士性对明代广西史地考察及贡献[J].安宁师范高等专科学校学报,2008(2).

[107] 滕兰花.从王士性的《广志绎》看明代广西史地区开发的差异[J].广西地方志,2009(3).

[108] 向铁生,康震.类型与范式——关于古代文学与地域文化研究的一点思考[J].西北大学学报(哲学社会科学版),2012(5).

[109] 杨义.重绘中国文学地图的方法论文体[J].社会科学战线,2007(1).

[110] 王祥.试论地域、地域文化与文学[J].社会科学辑刊,2004(4).

[111] 白晓欲."地域文化"内涵及划分标准探析[J].江苏社会科学,2011(1).

[112] 雍际春.地域文化研究及其时代价值[J].宁夏大学学报(人文社会科学版),2008(3).

[113] 赵奎英.论自然生态审美的三大观念转变[J].文学评论,2016(1).

[114] 叶舒宪.《山海经》与"文化他者"神话——形象学与人类学的分析[J].海南大学学报(社会科学版),1998(2).

[115] 张永刚.明中后期贬谪官宦与广西文化[J].河池学院学报,2008(6).

[116] 李向荣.论中国陆地边境文化[J].云南社会科学,1994(6).

[117] 廖寅.宋代安南使节广西段所经路线考[J].中国历史地理论丛,2012(2).

[118] 范宏贵.中越两国的跨境民族概述[J].民族研究,1999(6).

四、学位论文

[119] 姚远.桂林历史城市人居环境山水境域营造智慧研究[D].西安:西安建筑科技大学,2013.

[120] 张超.此心安处是吾乡——唐宋时期中原流寓文人作品的广西意象[D].南宁:广西大学,2012.

[121] 彭巧红.中越历代疆界变迁与中法越南勘界问题研究[D].厦门:厦门大学,2006.

[122] 张金莲.发展与变迁:古代中越水路交通研究[D].广州:暨南大学,2006.

[123] 赵越.八旗驻防与清代广西边疆社会发展研究[D].桂林:广西师范大学,2013.

后　　记

本书是在我的博士论文基础上修改而成的。毕业若干年后，重拾论文，修改错漏之时，不由得想起，当时实在是太快了，若是能慢下来，应是让研究过程更从容。可在这快节奏的时代，总是不想落人之后，世间种种利益和诱惑，或是无知，让自己迷失了方向。虽然我之所作，即便修订之后也大概并不值一提，但此中过程，却是付出了时间精力的，不求它有何大用，只希望为生养我的故土做一点小小的积累，便是我所深愿了。

读博期间，是我非常快乐的一段光阴。8年前，我说希望做个老学生，捧着书读文、看人、品心，于是我来了。我对广西师范大学文学院有很深厚的感情，一进校门就激荡着愉悦的心情，我曾在这里度过了青春岁月，有过那么多曾经帮助过我、看好过我的老师们——有时候真感觉辜负了老师们的期望。这些年来真正感受到"韶光到眼轻消遣，过后思量总可怜"的真谛，所以再踏进校门，扎扎实实地做最后一次老师的学生。回顾这几年受到的古代文学的熏陶，夜不能寐，到这个年纪很珍惜这种畅然的情衷，"立字为据"吧，正如胡大雷老师说的"修辞立其诚"，浅语寄深情。

我导师杨树喆老师是中国民俗学泰斗钟敬文先生的关门弟子,于是我也把自己当作是钟老的传人。杨老师外表威严,却是亲和的老师,和别人说起我时,总是提着我的好,把我当作得意门生,尽管也许我并没那么优秀。始终记得第一次上课他说的话:要做学问,先学做人,这是我要铭记于心的教诲。杨老师常会为我考虑,帮我解决难题,他严谨的治学态度、敏锐的学术眼光给了我很多思想上的启发。

在学习期间,得到了古代文学博士导师集体老师们的帮助,与他们在一起讨论做人与做学问,常受启发,受益匪浅。胡大雷老师大气,深厚学养蕴育出大家风范,言语间笑容可掬,他给我们说他的经历和个性,他说要做好事情就要坚持专注,水滴石穿不在乎大器晚成。他对中古的情怀、对酒的热爱,时时让我想起魏晋风流的气度。王德明老师儒雅,言语间淡淡笑意,很容易与宋代那种自适自持、耐人寻味的美学风范联系起来。他说宋诗比唐诗更有味道,唐诗绚丽,宋诗恬淡自然,宋诗崇高、乐观、有气节。他的粤西家族文学开拓了一片天,希望我也能从中吸收养分。杜海军老师严谨,慈眉善目,对学生循循善诱,听他的课如坐春风。杜老师说当你不在乎名利的时候,名利就来了。他说一个人的学问再好也得要身体好,可以真正地多做点事。他带我们爬尧山、南溪山,看石刻,身体力行地传授他的信仰。莫道才老师幽默,每次上他的课都忍不住要笑出声,他手摇大扇说"是不是"的时候,一脸严肃,我的笑就要蹦出来了,那是骈文绚烂中的真性情吧。他说文章不可发太多,要写就写精品。他开出一个又一个的书目,源源不断地提示我的学问太低,要努力。张利群老师明睿,思维异常活跃,从一个点到另一个点总能联系起来。从文艺学到人类学、从西方到中国,从中心到边缘,他总能信手拈来。张老师他自己一年发 10 篇 C 刊论文,却告诉我们发太多也是制造垃圾。力之老师犀利,对学生却是极好,让我们有学术想象力、学术热情。他上课时拿着《文学遗产》上的某篇文章要我指出它的毛病,我战战兢兢地说

"好像都挺好",看他无奈的表情,接着就是一阵痛批。李乃龙老师恬淡,他讲唐代学术与文学,讲儒学、道学,时不时穿插着他的人生态度,他说很多人都是白老的,说人不能光变老,要成长。他说人生其实就是由一个个小高兴和最终大悲哀组成,讲到这里戛然而止,留下长长的省略号,尽显潇洒的风采。黄伟林老师才华横溢,是我从少年时代就仰慕的人,只叹和黄老师交往的机会并不算多,有时候会默默地看他写的文章,目光专注地听他的课,从他上课的笔记里也偷学了不少东西。老师们告诉我学问里自有"坚持"与"传承"。

还有我的博士兄弟姐妹们,志准师兄嘘寒问暖,楷峰师兄大哥担当,正刚班长忙前顾后带来欢笑,陈勇不厌其烦解惑,孟春真心关爱,啸啸小师妹冰雪聪明善解人意,谢谢你们为我出谋划策,解惑解忧。开荣是越南小伙,丽达是柬埔寨姑娘,他们带给我们异国情调。某个夏日得丽达和开荣盛情邀请,到他们宿舍吃了越南、柬埔寨家常菜,包越南春卷,里面不是米饭而是柬埔寨米粉,太丰盛了,大家席地而坐,热闹极了。丽达说,姐姐,要用手才好吃哦。最要夸赞的是越南的罗望子配上柬埔寨的花生。

读博应该出于一种情怀,我不得不说在论文写作过程中,并没有感受到人们所说的痛苦万状,耗尽所有。这是我最快乐的学习时光,我是在愉快地作我的论文,我享受这种专注思考、无暇顾及其他的境界。我常常会因看到一则古人的材料而乐不可言,这快感让我忘记了辛苦,且觉得很有意思。只是自己力量薄弱,在浩如烟海的古代文献面前,感叹时光有限,自己渺小而浅薄,我所做的研究应不过沧海之一粟。我的博士论文从选题到写作经历了预开题、开题、中期汇报、预答辩到答辩的过程,每一个过程喜啊、忧啊,交替起伏,选题从模糊到明确,得到博士导师团体的各位老师指点迷津,他们一次又一次地对我的选题和写作进行细致入微的批评和指正,让我感到严谨的学术思维确实很重要。他们教我如何思考、如何倾听不同的声音,不带偏见地衡量各种观点,冷静思考不同意见中是否也有公正的论点。我从中获益匪浅,在此深表谢意。还有各位同届的博士师兄弟姐妹,他们的学识在我之上,与他们交游中切磋琢磨、互相启发,是我这一段学习中最为畅快的事。楷峰师兄师从杜海军老师,对广西石刻有相当多的了解,他告诉我要关注石刻中题记这种形式的山水散文,给了我一定的启发。在论文写作中遇到古书上疑难的不可辨认的文字,是楷峰师兄和陈勇一个一个帮我认出。开荣在知道我的论文需要越南材料时,尽心为我寻找,并为我翻译,真是感谢不尽。

在博士求学过程中还有幸跟随广西师范大学文学院的老师们到广西花山进行考察,见证了广西花山岩画成功成为世界文化遗产。一路上观赏祖国南疆奇秀山水、领略神奇而独特的边境文化,和老师们交谈、汇报,对我的论文写作也有很大的帮助。我的小论文也有幸入选中山大学第五届全国中文学科博士生论坛,我在中大校园多次造访陈寅恪先生故居,在他的阳台上看书,沾点先生的光,希望自己学业精进。在此次博士生论坛上接受了中大教授的点评和批评,他们的敏锐和一针见血给了我很多启示。其间还结识了一些全国名校中文博士精英,有幸和浙大博士王正中、武大博士陈昱昊、台湾暨南国际大学博士温佩琪结伴同游珠江、"小蛮腰"(广州塔)、越秀公园、圣心大教堂,共同探讨学术和生活,彼此鼓励,共同努力,结下深厚友谊。

博士毕业已近5年,往日种种,细微在心。老师们的教诲,师兄弟姐妹们的真心帮助,我们一起上过的课、唱过的歌、走过的路、爬过的山、看过的碑文、没赶成的圩,都是我珍惜的每一次相聚。我天生爱歌,没有好茶饭,没有好酒量,就用古老的《越人歌》"山有木兮木有枝,心悦君兮君不知"表达对大家的热情吧!

我是有浓厚家乡情结的人,所做研究心系家乡文化,博士毕业之时得胡大雷老师赠言,希望我在桂学研究的大路上奋勇向前。此言不敢一时或忘,我将以之一生自勉!

2022 年 2 月 3 日
于桂林王城